塩 卓悟
河村晃太郎 編

譯注 太平廣記 婦人部

汲古書院

序

藤善眞澄

このたび塩・河村兩君の共譯注『太平廣記　婦人部』の試刷を手にし、本書が上梓の運びとなったことを慶ぶと同時に、感慨無量となる昔の出來ごとをふと憶い出した。學園紛爭に苦惱し、歴史は死學だなどと學生たちの突き上げにとまどう一方、人間不在の歴史學に抵抗感を覺えていた頃のことである。民衆の生活をヴィヴィッドに描き出す史料はないか、思案投げ首のところに、同僚で大先輩にあたる國文學の岡見正雄教授が日本の說話文學作品の數篇を持込み、それらの依據した中國の文獻を探して欲しいと求められた。今にして思えば和漢比較文學の世界なのであるが、お蔭で道世の『法苑珠林』はともかく、これが『太平廣記』を丹念に繙いた最初であり、お手傳いどころか大いに啓發を蒙むった次第。その直後、牧田諦亮先生の『五代宗教史研究』に採錄していただいた拙論は、小說の類を歴史史料とすることの憚られる時代に、私なりの挑戰を試みた記念の一稿であった。

小說類を歴史史料として扱うには嚴密な時代考證が要求される。これもクリヤーできれば、またフィクションにも時代の世相や意識が盛込まれ、なによりも同時代人の生活をきわだたせる貴重な史料となるに違いない。かねての持論が乗り移ったわけでもあるまいが、私の研究室で兩君を中心に輪讀會が定期的に開かれるようになり、折角のことだから譯注を作って公表しては、という話になったらしい。報告を受けて、いささか驚き、かつ兩君の積極的な姿勢に嬉しさと、若干の危懼の念を抱いたのも事實である。かつて森鹿三先生の『水經注抄』をお手傳いした折、譯注の難しさを嫌というほど味わった經驗を持ったからでもある。文學的表現をどうこなすか、原資料との校勘その他、難題とのしのぎあいである。自分に無謀とも思える冒險を敢て許された恩師達の心境もかくやと偲びつつ、成果を期待して今日に至った。それだけに慶びもひとしおである。

塩君は宋代の物流經濟を中心とした生活史、河村君は中國の美術理論に興味を抱いて研究を續けている。華やかさにはひかえめで着實な業績を積み重ねてきた兩人である。必ずや今後にわたっても、かかる地道な仕事を繼續していくに違いない。兩君にかわって、博雅の士より大いなる指教を賜るよう、謹んでお願いする次第である。

譯注 太平廣記 婦人部

目次

卷二七二・婦人三

妬婦篇

卷二七三・婦人四

妓女篇

譯注　太平廣記　婦人部

解　題

塩　卓悟

一、はじめに――歴史史料としての『廣記』――

社會構造の變化は、人々の意識構造に大きな影響を與える。我々は、たとえそれが十年ほど前の近い過去のものであったとしても、當時の小說や新聞などを讀むとき、現在の社會通念と懸絕している部分が存在していることを痛感させられる。そのギャップは、時代背景のみならず地域、社會階層の相違によって生じたものである。從って、その相違を規定する社會的要因が何であるのかを、自身が存在する社會構造によって構築された先入觀にとらわれることなく、さまざまな史料の中から讀み解くことが、當該時代の理解を深めるために必要である。

遣唐使や日宋貿易によって古代日本に大きな影響を與えた七～十三世紀の唐宋時代は、二十世紀の劇的な變化にこそ及ばないものの、政治・社會・文化が大きく變貌を遂げた時代として知られている。しかし、この社會變革がいかなる地域・社會階層にまで影響をもたらしたのかという點に關しては、明らかにされているとは言い難い。すでに膨大な研究の蓄積を有する唐の都長安、宋の汴京、臨安の研究はさておくとしても、首都以外の州、縣、鎮レベルでの民衆の生活狀況・意識構造を今後さらに検討する必要がある。その際、公的な史料からは窺い知ることができない民衆の生活や意識に關する貴重な手掛かりを我々に與えてくれるのが、小說史料である。本書において取りあげる『廣記』は、そのような唐・五代以前の小説史料を集大成したものである。

中國における小説史料の定義が、現在我々が用いる小説の概念と大きく異なることは周知の如くである。そのため、中國小説史を研究する際には、中國史上における時代別の「小説」概念と現在の我々の「小説」概念との齟齬を認識する必要がある。たとえば、『漢書』『宋史』『明史』藝文志、『隋書』『舊唐書』『新唐書』經籍志および『四庫全書』には小説類あるいは小説家類が存在するが、その小説類・小説家類に含まれる書物は一定ではなく、錯綜が見られる。(1) 勿論、『廣記』自身もその分類は定まっていない。(2) つまり、當時の中國知識人の「小説」觀念を表した目錄學上の分類は、時代によってその概念に相違が見られ、この概念に從えば、『廣記』を一概に「小説」と定義づけることはできないのである。

しかし本書では、そのような目錄學的な「小説」概念よりも、内山知也氏が述べる「雜事・異聞・瑣言などを書きとめた面白いゴタゴタした記事の類」(3) という、現代的視點による「小説」概念に從い、『廣記』を「小説」史料として位置づけることにしたい。

さて、このように複雑な中國の「小説」研究は、魯迅以來、枚擧に遑がない。(4) 從來の研究をもとに、宋以前の「小説」の概略をまとめると、以下のようになろう。

中國社會において「小説」とは、現在我々が利用する小説、すなわち作者の想像力によって物語を構想し、または事實を脚色するという敍事文學を指すのではなく、市中における些細な出來事や話題を記錄したものであった。その起源は神話にまで遡るとされるが、六朝の頃より、人間世界とは別の異界のことが語られ、志怪小説として記錄されるに至った。これは、佛教や道教が流行する中で、因果應報・輪廻轉生・神仙思想などが廣まったことに起因する。唐代に入ると、潤色を排除し、話の内容をそのまま記錄するといった六朝の小説とは異なり、作者によって構築された虚構の小説いわゆる唐代傳奇が流布するようになる。そのため唐代小説は六朝志怪の素朴な文體に比べると、美辭麗句すなわち作者による脚色が目立つ。さらに、宋代に入ると小説は再び變貌を遂げる。話の出處を一々記すといった具合に、根據のある事實性の高いものが求められるようになる。

このように史實性を追求する宋代人によって編纂されたがゆえに、『廣記』の記事は唐代傳奇小説でありながらも、建前上、荒唐無稽な創作話ではありえなかった。(5) しかし、實際には、宋代小説は多くの虚構によって構成されていた。

如上の前提を踏まえた上で、『廣記』の歴史史料としての性格を整理しておきたい。その問題點としては、第一に、杜撰な編集態度による誤り、第二に、版本流布過程において生じた錯誤、第三に、小説史料に内在する虚構が擧げられる。

第一の問題點は、『廣記』の短い編集期間によるところが大きい。次節で述べるが、『廣記』は僅か一年半足らずで成立した書物である。編者も十數人名を連ねていたものの、全員が編纂に全面的に取り組んだ譯ではない。そのため、同じ話が二度出てきたり、原典の話を適當に刈り込んだりあるいは原典に直接當たらずに節錄された二次史料をみてそれをそのまま引用したりするといった杜撰な態度が『廣記』には間々見受けられる。

第二の問題點は、『廣記』の多くが後世散逸したことや多くの版本が存在することに起因する。その校勘の過程において、たとえば、巻三一五、狄仁傑は『吳興掌故集』（作者は明、徐獻忠）、巻四六三、冠鳬は『海錄碎事』（談刻本では『海陸碎事』と誤っている。作者も宋、徽宗政和年間（一一一一〜一一八年）の進士葉廷珪）、巻一九四、僧俠は『唐語林』（談刻本による。明鈔本、孫潛校本では出典を『酉陽雜俎』とする。『唐語林』の作者は徽宗朝の人）と『廣記』編纂後に成立した書物を出典とするような後代の校訂者による大きな誤りが付加されるに至った。(6)

しかし、この二つの問題點は『廣記』特有のものではなく、他の史料においても見出し得るものである。各版本、諸史料との比較・檢討を經ることによって、この問題は解決できる。本譯注公刊の狙いの一つもそこにある。

第三の問題點は、小説史料が有する根源的問題であると言える。だが、『廣記』とともに編纂され、貴重な歷史史料として名高い『御覽』に『廣記』と同じ記事が採錄されており、[7]さらに兩書を比較すると、『廣記』記事のほうがより精密と思われる部分が存在すること、[8]宋代小説の中でも史實性の追求に力を盡くした南宋、洪邁の『夷堅志』[9]や、『新唐書』や『通鑑』といった正統な歷史史料とも目される史料に『廣記』の記事が取りあげられていることから、[10]いくつかの問題點を内在させつつも、宋代において、『廣記』の記事が事實あるいは事實に即した事柄として認識されていたことが窺える。またここで重視すべき點は、作者がその虛構を創作するに至った社會背景である。巧みに構築された虛構の中に内包される、當時の人々の意識や生活、社會狀況の一端に我々は着目すべきであろう。かかる觀點にたてば、『廣記』が宋以降の中國の文人・説話家などに影響を與えただけではなく、現代における唐・五代以前の社會・文化・思想研究に有用な史料として、多くの研究者によって利用されていることも充分に首肯できるのである。[11]

近年、李季平氏らの編集による『太平廣記社會史料集萃』が出版された。本書は『廣記』の記事を社會政治と社會經濟に大別し、官制、科擧、學校教育、兵制、奴婢や貴族の身分、土地制度から奴婢、婢妾、妓女などの社會最下層の女性たちに至るまでさまざまな項目に分類した勞作である。本書の公刊あるいは『四庫全書』に代表される漢籍のCD—ROM化によって、『廣記』記事の檢索は非常に容易になった。今後『廣記』は研究者によってますます網羅的に利用されることになるに違いない。

さて、歷史史料としての位置づけがなされ、一方で文學的評價も高い『廣記』だが、從來、本格的に譯注が試みられることはなかった。その最大の理由は五百卷というその壓倒的な量にあることは疑うべくもなく、全體の譯注を行うことは困難であると言わざるを得ない。しかし、學生の「漢文離れ」が深刻な現在、中國學の裾野を擴大するためにも、個々のテーマ別に今後少しずつ譯注および研究を進めていくことが肝要であろう。[12] 本譯注がその叩き臺になれば幸いである。

『廣記』に採錄された九十二種類のテーマのうち、本書で取りあげる「婦人」の部は、上は皇后から下は妓女に至るまで、あるいは新・舊『唐書』列女傳にみられる儒教道德を體現する女性から嫉妬深い女性や自由奔放に生きた女性まで、中國中世（一部には古代も含む）の女性群像を餘すことなく傳えている。このような女性群像は、公的史料からは窺い知ることはできない。一般的に、比較的女性道德が緩やかであった唐代に比べ、宋代は女性道德が嚴しくなったとされる。女性たちの姿を明らかにすることは、當該時代を理解するための重要な手掛かりになると思われる。そのような意味からも、近年進みつつある唐代女性史研究、ひいては唐宋の社會變革を考える上で、『廣記』「婦人」の部は貴重な史料であると言える。本テーマの譯注を通して、『廣記』「婦人」の部が、唐宋社會史研究だけではなく、中國文學、日本文學、女性史研究に一層活用されんことを望みたい。

以下、第二節では『廣記』の成立背景とその影響、第三節では、『廣記』の篇目、第四節では、『廣記』の諸版本、第五節では、『廣記』「婦人」の部の内容を紹介し、今後、『廣記』「婦人」の部を史料として引用する方々の參考に供したい。

＊本解說では、『太平廣記』を『廣記』、『太平御覽』を『御覽』、『册府元龜』を『元龜』、『文苑英華』を『英華』、『四庫全書總目提要』を『總目提要』とそれぞれ略稱した。
＊本解說注に引く『廣記』に關する論文の掲載雜誌などは、本書卷末の參考文獻一覽を參照されたい。

注

（1） このような正史や他の私家藏書目における「小説（家）類」の錯綜に關しては、程毅中『古小説簡目』（中華書局、一九八一年）前言、王國良『魏晉南北朝志怪小説研究』（文史哲出版社、一九八四年）附録、勝山稔「唐代を中心とする子部小説家類の錯綜について」（『（中央大學大學院）論究』二八－一、一九九六年）を參照されたい。

（2） 『廣記』は、宋、王堯臣等『崇文總目』や『通志』藝文志に「類書」、『宋史』藝文志、南宋、尤袤『遂初堂書目』に「小説類」、『直齋書録解題』『四庫全書』に「小説家類」とある。

（3） 内山知也『隋唐小説研究』（木耳社、一九七七年）一〇頁。

（4） 魯迅『中國小説史略』上・下（北京大學新潮社、一九二三・二四年。のち『魯迅全集』第九巻、人民文學出版社、一九五七年所收）。同書の翻譯としては、今村与志雄譯『中國小説史略』上・下（筑摩書房、一九九七年）、中島長文譯『中國小説史略』一・二（平凡社東洋文庫、一九九七年）がある。齋藤秀夫「隋唐五代小説研究文獻目録」（http://www.ne.jp/asahi/sinology/lib/history/biblio/mktitle.html）には、一九一二～二〇〇〇年までの隋唐五代小説研究に關する著書・論文などが整理されており、非常に簡便である。唐宋小説に關する近年の研究としては、李劍國『宋代志怪傳奇敍録』（南開大學出版社、一九九七年）、侯忠義『隋唐五代小説史』（浙江古籍出版社、一九九七年）、薛洪勣『傳奇小説史』（浙江古籍出版社、一九九八年）、張兵『宋遼金元小説史』（復旦大學出版社、二〇〇一年）、程國賦『唐五代小説中文化闡釋』（人民文學出版社、二〇〇二年）、黃霖ほか『中國小説研究史』（浙江古籍出版社、二〇〇二年）、程毅中『宋元小説研究』（江蘇古籍出版社、一九九八年）、同上『唐代小説史』（人民文學出版社、二〇〇三年）、岡本不二明『唐宋の小説と社會』（汲古書院、二〇〇三年）などが擧げられる。また宋以前の中國小説史の概略を述べた代表的なものには、魯迅『中國小説史略』のほか、郭箴一『中國小説史』上・下（上海商務印書館、一九三九年、のち北京商務印書館、一九九八年）、孟瑤『中國小説史』第一冊～第四冊（傳記文學社、一九六九年）、前野直彬『中國小説史考』（秋山書店、一九七五年）、高橋稔『中國説話文學の誕生』（東方書店、一九八八年）、竹田晃『中國小説史入門』（岩波書店、二〇〇二年）などがある。

（5） 宋、袁褧《えんけい》『楓窗小牘』巻上に「太宗命儒臣輯『太平廣記』、時徐鉉實與編纂。『稽神録』、鉉所著也。毎欲採擷、不敢自專。

輒示宋白使問李昉、曰、『徐率更以博信天下、乃不自信而取信於宋拾遺乎。詎有率更言無稽者、中採無疑也。』于是此錄、遂得見收」とあるように、編者の一人である徐鉉の著作『稽神錄』について宋白から打診された李昉が、「徐率更殿が根も葉もない話を作るはずがない」と言って推薦し、これを『廣記』に採り入れた事例が記されている。事の眞僞はともかく、かかる記事が記録されているところに、宋代知識人の小說に關する意識を看取できる。

(6) 盧錦堂「『太平廣記』引書種數試探」參照。

(7) 『拾遺記』薛靈芸（『廣記』卷二七二・『御覽』三八一）、同書蜀甘后（『廣記』卷二七二・『御覽』三八一）、『雜鬼神志怪』會稽郡鬼（『廣記』卷三二三・『御覽』八八四）、『述異記』劉順（『廣記』卷三六〇・『御覽』八八五）など、數多くの事例がみられる。

(8) 前野直彬氏は「魯迅『古小說鉤沈』の問題點」（前揭注（4）前野著書所收）の中で、魯迅が、『廣記』と『御覽』の同一の記事に異同がある場合、『御覽』にくみする傾向があることを擧げ、『廣記』が『御覽』よりも正しい部分があることを指摘している。

(9) 『夷堅志』の史料的性格に關しては、大塚秀高「洪邁と『夷堅志』――歴史と現實の狹間にて――」（『中哲文學會報』五、一九八〇年）、塩卓悟「歴史史料としての『夷堅志』――その虛構と史實――」（『中國筆記小說研究』六、二〇〇二年）參照。

(10) 章群『通鑑、新唐書引用筆記小說研究』（文津出版、一九九九年）。

(11) そうした例は枚擧に遑がないほど多い。ここでは、歴史學の範疇に入るもので代表的なものにとどめる。日野開三郎『唐代邸店の研究』（九州大學文學部東洋史研究室、一九六八年）、同上『續唐代邸店の研究』（九州大學文學部東洋史研究室、一九六八年）、大澤正昭『唐宋變革期における女性・婚姻・家族の研究』（平成十二―十四年度科學研究費補助金　基盤研究（c）（2）研究成果報告書、二〇〇三年）がある。『廣記』に關する諸研究は、本書後揭參考文獻一覽を參照されたい。

(12) 從來の譯注は、前野直彬『六朝・唐・宋小說選』（平凡社、一九六八年）や同上『唐代傳奇集』（平凡社、一九六三年）のように、體系的なものではなく、部分譯であった。しかし近年、木村秀海監修・堤保仁編『譯注　太平廣記　鬼部』一・二、太平廣記研究會「『太平廣記』譯注――卷三百五十六「夜叉」㈠――」などが出され、テーマ別の譯注も少しずつ行われるようになってきた。今後のさらなる進展を期待したい。

二、『廣記』の成立とその影響

『廣記』は太平興國二（九七七）年三月に、宋朝二代皇帝太宗の命によって、『御覽』と同時に編纂された[1]。同書は、漢代から宋初までの道教・佛教關係の物語や、正統な歴史の範疇に屬さない小説の類に至るまでの著作から廣く史料を編纂したもので、本文五百巻、目録十巻にもおよぶ一大巨編であった。編者は翰林學士の李昉[2]をはじめとして、扈蒙[3]、李穆[4]、湯悦[5]、徐鉉[6]、張洎[7]、趙隣幾[8]、宋白[9]、陳鄂[10]、王克貞[11]、呉淑[12]、董淳[13]、呂文仲[14]らの當時を代表する文人十三人であった[15]。翌年八月には完成して太宗のもとに上呈され、敕を奉じて稿本が史館に送られ、太平興國六（九八一）年正月には旨を奉じて版木に雕《ほ》られ、天下に頒布された[16]。

しかし、同年、この書物は後人にとってさしあたって必要ではないものだという意見が出されたために、政府は版木を回收し、太清樓に收めた[17]。このことは『廣記』に關する流傳に混亂をきたした。『總目提要』巻一四二、小説家類では、博覽強記を以て知られた北宋の鄭樵がその著書『通志』の中で『廣記』と『御覽』とを同一書として扱う誤りを犯した事例を擧げ、宋代の人々は『廣記』を目にする機會が餘りなかったと指摘している[18]。だが、それは人々から完全に隔離されたものでなかった。たとえば、北宋、贊寧『宋高僧傳』や南宋、志磐『佛祖統記』のような佛教史籍には『廣記』より引用したと考えられる記事が多々みられ[19]、北宋、元豐年間（一〇七八～八五年）に趙元老が神宗の下問に對して『廣記』の記事を引用して答えた事例もみえる[20]。

南宋代に入ると、陳振孫『直齋書錄解題』巻十三に『廣記』の名がみえ、尤袤『遂初堂書目』にも『京本太平廣記』の名前がみえる。元代に編纂されたと考えられる『醉翁談錄』甲集巻一にも、當時の説話人は「幼くして太平廣記を習う」と記している。[21]また文人たちが異界や佛教的な應報思想、唐代以前の狀況を知るための手掛かりとして『廣記』を愛讀していたことも記されている。[22]

このような事例はあるが、一般的にいえば、明代以前における『廣記』の流布が廣範であったとは言い難い。『廣記』が一擧に廣まったのは、明の嘉靖四十五（一五五六）年に談愷[23]が『廣記』の鈔本を校訂、刊行してからのことであろう。談愷の刻本（以下、談刻本と稱す）に四つの版本が存在し、さらに談刻本をもとにさまざまな版本が刊行されていったことからもそのことが窺える。この談刻本刊行の後、萬曆年間（一五七三～一六二〇年）に許自昌による刊本（以下、許刻本と略す）が出版され、『廣記』は比較的廣範圍に流通するようになったが、五百卷という大部の著作であり、その取り扱いが不便であったために、清の乾隆二十（一七五五）年、黄晟が小型の本である巾箱本を出版した。以後、陸續と『廣記』は出版され、多くの人々に讀まれるようになるのである（版本の詳細に關しては第四節參照）。

このように多くの讀者を有した『廣記』は後世に大きな影響を與えた。その第一は、小說史料の持つ重要性を後世に示したことである。これは、宋代以降の史料に『廣記』の記事が多く引かれていることからも窺える。

第二は、小說のテーマ別分類法による編纂態度である。たとえば、宋の阮閱輯『詩話總龜』や曾慥『類說』、明の陶宗儀『說郛』などはその編集にあたって、『廣記』に倣ってテーマ別に項目をたてている。[24]

第三は、後世の史料に大きな影響を與えたことである。上述の如く、南宋以降、話本、雜劇、諸宮調などの資料源として『廣記』が大いに活用された。同時に『廣記』は後世の中國國內だけではなく、日本にも大きな影響を與えた。平安中期から鎌倉初期にかけて成立した藤原孝範の手になる『明文抄』には『廣記』からの引用がみられ、下って南北朝時代の『異制庭訓往來』にも『廣記』の名がみえる。また五山の高僧義堂周信の日記にも『廣記』の說話が引用されている。[25]江戶時代に入っても、江戶初期の僧侶で假名草子作家として有名な淺井了意が著した怪異小說『伽婢子《おとぎぼうこ》』

やその續編『狗張子』に『廣記』の史料が多く引用されており、[26] さらに江戸時代を通じて『廣記』がたびたび日本に將來されていたこともすでに大庭脩氏によって明らかにされている。[27]

第四は、散逸した諸史料を後世に傳えたことである。談刻本の巻首にある引用書目は三百四十三[28]である。だが鄧嗣禹氏によれば、以下の〈表A〉になる。[29]

〈表A〉

書目項目	書目總數	書目存亡數		
		現存するもの	現存しないが史志に名前がみえるもの	現存せず、史志にも名前がみえないもの
書目に元々あるもの	三百四十三種			
書目にあるが書中にないもの	十五種	百八十三種	八十五種	六十種
書目にないが書中にあるもの	百四十七種	五十二種	五十種	四十五種
合計	四百七十五種	二百三十五種	百三十五種	百五種

『廣記』に收錄された本の數が四百七十五種類という鄧氏の説はその後も踏襲された。一九八四年に盧錦堂氏は綿密な調査によって、引用書物は四百三十二種類前後と指摘した。[30] ただし、書物の數を完全に特定することは難しいとの見解も示している。いずれにせよ、膨大な種類の書物が『廣記』に採錄されていたことは間違いない。その中で重要な點は、〈表A〉にあるように、現存しない書物が二百四十種類もあることである。つまり、『廣記』によって我々は現在ほとんど散逸してしまった史料や全く存在しない書物の概容を窺い知ることができるのである。

ところで、『廣記』はいかなる理由によって編纂されたのか。上述の如く、『廣記』は太宗の文化事業の一環として編纂された。太宗が行った文化事業の背景に關する從來の説を整理すると、以下の四點に集約できる。第一の説は、太宗が己への不滿を解消させるために、五代列國の舊臣たちを文化事業にあたらせたというものである。南宋の王明清は「太平興國中、列國の降王たちが相次いで死亡したため、その舊臣たちが不平を言い立てた。太宗は彼らを館閣に置き、『元龜』『英華』『廣記』のような大部の書物を編集させ、俸給を多く與えて滿足させ、文字の間に年をとらせた」という傳聞を記している。(31)

第二の説は、清の王夫之に代表される、(32)太宗の適材適所の人材登用策であったというものである。彼は第一の説を、君子（太宗）の深い考えを淺はかな小人が惡し様に述べたに過ぎず、取るに足りないと一蹴する。太宗が南唐、後蜀の舊臣を文化事業に用いたのは、平和が長く續いた兩國において文苑の繁榮を享受できた士大夫層が存在していたからであると指摘し、その人材登用策を高く評價している。(33)

第三の説は、郭伯恭氏に據るものである。氏は、王明清の説を、1、『元龜』は太宗のときに編纂されたものでないこと、2、『廣記』や『御覽』の成立時期と十國の降王の沒年が符合しないことなどから批判し、太宗には何ら深い政治的配慮はなく、文化事業を尊ぶ君子という稱號を欲しただけで、南唐の舊臣たちを用いたのは全くの偶然に過ぎないと主張した。(34)

第四の説は、太宗が南唐出身の文化人の懷柔策と、文治國家を標榜、確立して尙文の譽れを得る一擧兩得を狙ったとする竺沙雅章氏の説である。(35)

これらの説を檢討するにあたって、『廣記』と『御覽』に對する太宗の態度および類書編者の人的構成の二點に注目する必要がある。

前者に關して言えば、太宗は『御覽』を毎日三卷愛讀した。これに對し、『廣記』は、後學にさしあたって必要な書物ではないという意見が提出されると早速その版本を回收し、太清樓に納める處置をとっている。この太宗の迅速な行動は、臣下の諫言を無視して獨斷專行を行うという彼の性格とはいささか異なっている。また約五年をかけて編纂させた『御覽』一千卷に對して、『廣記』五百卷の編纂期間はその三分の一にも滿たない僅か一年五ヶ月程である。これらのことから、太宗が『廣記』を重要視していなかったことが窺えるであろう。

その理由として、『廣記』は太宗自身の意志に基づいて開始されたものではなく、李昉の發議によって行われたこと、「小説」や「野史」が傳統的中國社會において低俗なものとしか見なされていなかったことの二點が擧げられよう。[36]おそらく太宗は李昉の發議によって一旦『廣記』の編纂を認めたものの、「後人によって必要のない書物」と知識人が見なしたので、その出版で「文を尊ぶ皇帝」という自身の名聲に傷がつくと考えたものと思われる。

次に、「編者の人的構成」である。太宗の類書編纂事業の編者には幾つかの傾向が認められる。[37]第一が、南唐の中下級官僚出身者が多いこと（『廣記』『御覽』は八名、『英華』は五名）、第二が、類書の編者でのちに執政まで登り詰めたものが存在していること。特に太宗朝出身者五名全てが執政まで出世している（『廣記』『御覽』編者からは三名、『英華』編者からは九名）。第三に、編者の中に太祖朝出身者が少ない點（『廣記』『御覽』は一名、『英華』は二名）である。

つまり、太宗は、自身への「文を尊ぶ皇帝」という名聲を希求し、大々的な編纂事業を開始したが、それは同時に人心懷柔策でもあり、かつ人材登用策でもあった。太宗は決して類書の編者の地位を低いものであるとは見なしていなかった。むしろ、高い學問的能力を有する人物登用のための重要なポストと考えていた節がみられる。彼が特に南唐の中下級官僚出身者をそのポストに拔擢したのは、心底から信用し難い太祖朝出身者を任用するよりも、彼らを意圖的に拔擢することによって、その懷柔をはかり、かつ文化事業のより一層の圓滑化を狙ったものと考えるほうが妥當であろう。[38]

如上の如く、太宗の個人的野心と政治的意圖によって開始された編纂事業の一環として『廣記』は編纂された。太宗や宋代知識人によって輕視されていた『廣記』が、その後現代に至るまで、『御覽』と同様のあるいはそれ以上の價値を後世の人々に認められていることは、歴史上における一つの大きな皮肉な結果といえよう。

注

（1）『玉海』卷五十四、「太平興國太平御覽　太平廣記」所引『太宗實錄』および『宋會要』。

（2）李昉は生沒年九二五〜九六年。字は明遠、饒州の人。五代、後漢乾祐年間（九四八〜五〇）のときの進士。後漢、後周に仕えて三度翰林に入り、宋の太宗が卽位すると、戸部侍郎を加えられ、以後、政治にあたり高位にのぼった。『太祖實錄』のほか、『廣記』『御覽』『英華』などの編修を行った。『宋史』卷二六五、李昉傳參照。

（3）扈蒙は生沒年九一五（九一四？）〜八六年。字は日用、幽州安次の人。五代、後晉天福（九三六〜四四年）の進士。後周のとき知制誥に任じられる。宋初に翰林學士となった。乾德六（九六八）年には史館修撰となり、開寶年間（九六八〜七六年）に、李穆らとともに『五代史』を編集し、また太宗卽位後、『英華』の編纂にも參加した。『宋史』卷二六九、扈蒙傳參照。

（4）李穆は生沒年九二八〜八四年。字は孟雍、開封陽武縣の人。五代、後周顯德（九五四〜五九年）の進士。宋初、左拾遺、知制誥に拜せられ、太平興國三（九七八）年、史館修撰、翌年、中書舍人となり、『太祖實錄』の編纂に與る。同八（九八三）年、知開封府、次いで參知政事となる。『宋史』卷二六三、李穆傳參照。

（5）湯悅は生沒年不詳。五代、南唐の人。もとの名前を殷崇義という。南唐の二代李璟のとき、右僕射となる。後周の南唐征伐にあたっては、書、檄など全てを擔當し、後周の世宗はこれを絶贊した。後主李煜のとき、宰相となる。南唐滅亡ののち、宋朝に用いられ、諱を避けて姓名を湯悅と變えた。のち、太宗の命によって徐鉉とともに『江南錄』十卷を著す。北宋、馬令『南唐書』卷二十三參照。

（6）徐鉉は生沒年九一七〜九一年。字は鼎臣、揚州廣陵の人。南唐の後主李煜が宋に降伏したとき、それに從って開封に上った。その後任官して、直學士院給事中、散騎常侍を歷任したが、淳化二（九九一）年、連坐して靜難行軍司馬に配流され、配所にて沒した。主な著作に『稽神錄』『徐騎省集』があり、『御覽』の編集、『說文解字』の校訂を行った。『宋史』卷四四一、徐鉉傳參照。

（7）張洎は生沒年九三三～九六年。字は師黯《しあん》（のちに偕仁と改める）、滁州全椒の人。南唐の進士。知制誥をへて、中書舍人となり、後主李煜より絶大な信頼を得る。のち、宋朝においても重んじられ、太宗即位後、太子中允、戸部員外郎、史館修撰、翰林學士などを歷任し、至道元（九九五）年、參知政事となるが、翌年死去。著書に『賈氏談錄』がある。『宋史』卷二六七、張洎傳參照。

（8）趙隣幾は生沒年九二一～七九年。字は亞之。鄆州須城の人。後周顯德二（九五五）年の進士。許州・宋州從事をへて、太平興國元（九七六）年、召されて左贊善大夫、直史館となり、宗正丞に改められる。同四（九七九）年、左補闕、知制誥となるも、まもなく沒した。彼の著した文集三十四卷や補輯した『會昌以來日曆』二十六卷などは現存しない。『宋史』卷四三九、趙隣幾傳參照。

（9）宋白は生沒年九三六～一〇一二年。字は太素、大名の人。建隆二（九六一）年の進士。太宗即位後、左拾遺に拔擢され、『太祖實錄』編集に加わる。太平興國五（九八〇）年、史館修撰となり、同八（九八三）年翰林學士となる。雍熙年間（九八四～八七年）、李昉らとともに『英華』『御覽』を編纂した。『宋史』卷四三九、宋白傳參照。

（10）陳鄂は生沒年不詳。後蜀の後主孟昶《もうちょう》（在位九三四～六五年）に仕え、起居舍人に至るが、孟昶の第二子孟玄珏《もうげんかく》の教授となる。後蜀滅亡ののち、宋朝に仕え、開寶中（九六八～七六年）太子中舍となる。著書に『十經韻對』『四庫引對』がある。『宋史』卷九十八、禮志・同書卷二〇五、藝文志・同書卷四七九、西蜀孟氏傳參照。

（11）王克貞は生沒年不詳。字は守節。廬陵の人。南唐の進士。觀政院副使を歷任し、宋初、漢州知となる。太宗はその文才を知り、舍人院に配せしめた。『廣記』編纂に與り、のち、滑・襄・梓三州の刺史として善政を行った。『尙友錄』卷九參照。

（12）吳淑は生沒年九四七～一〇〇二年。字は正儀、潤州丹陽の人。南唐に仕えて內史となる。宋に仕えたあと、大理評事、さらに太府寺丞、著作佐郎を歷任し、『廣記』のほか、『御覽』『英華』の編纂に加わり、至道二（九九六）年には起居舍人となり、『太宗實錄』の編纂にも加わった。著作に『江淮異人錄』『祕閣閒談』あり。『宋史』卷四四一、吳淑傳參照。

（13）董淳は生沒年不詳。官は太宗のとき、工部員外郎。著書に『孟昶故事』がある。

（14）呂文仲は生沒年?〜一〇〇七?年。字は子臧、歙州新安の人。南唐の進士。のち、宋朝に仕えて、少府監丞となり、『廣記』のほか、『御覽』『英華』の編纂に加わった。景德四（一〇〇七）年、刑部侍郎、集賢院學士となるが、まもなく死去。『宋史』卷二九六、呂文仲傳參照。

（15）「太平廣記表」に據る。『總目提要』卷一四二、小說家類もこれに從う。ただし『玉海』卷五十四では、編者を李昉をはじめとする扈蒙、李穆、湯悅、徐鉉、張洎、李克勤、宋白、陳鄂、徐用賓、吳淑、舒雅、呂文仲、阮思道の計十四名とする。『玉海』には續けて「二書（『廣記』・『御覽』）所命官皆同、唯克勤、用賓、思道改他官。續命太子中允克正《ママ》、董淳、直史館趙隣幾預焉」と記しており、初期のメンバーであった李克勤、徐用賓、阮思道が他の官職に遷され、代わって趙隣幾、董淳、王克貞が編者として加わり、前後して十七名が編者として名を連ねていたことが分かる。「太平廣記表」に舒雅の名前が脱落している理由に關しては定かでないが、當初名前を連ねたものの編纂途中でメンバーから外れ、實際の編纂にほとんど加わらなかったと考えられる。また、編者の中で呂文仲と吳淑の傳にのみ『廣記』編纂に參畫したとの記載があることから、この二人が編集にあたって大きな役割を果たしたことが窺える。なお、編者の官職は「太平廣記表」と『玉海』卷五十四所引『宋會要』とでは若干異なっている。

（16）『廣記』成立までの過程は『玉海』卷五十四所引『宋會要』に據る。ただし『玉海』卷五十四では、編纂の命が下ったのは同じく太平興國二（九七七）年二月であるが、同八（九八三）年十一月に太宗より『廣記』を上呈せよとの命が下り、翌月完成したとする。

（17）『玉海』卷五十四には「（太平興國）六年詔令鏤版。廣記鏤本頒天下。言者以爲非學者所急。墨板藏太清樓」とある。太清樓は、宋代、朝廷の圖書を所藏した宮殿の名。『宋史』卷二〇二、藝文志に「宋初、有書萬餘卷。其後削平諸國、收其圖籍、及下詔遣使購求散亡、三館之書、稍復增益。太宗始於左昇龍門北建崇文院、而徙三館之書以實之。又分三館書萬餘卷、別爲書庫、目曰祕閣。閣成、親臨幸觀書、賜從臣及直館宴。又命近習侍衞之臣、縱觀群書。眞宗時、命三館寫四部書二本、置禁中之龍圖閣及後苑之太清樓、而玉宸殿、四門殿亦各有書萬餘卷。又以祕閣地隘、分內藏西庫以廣之、其右文之意、亦云至矣。已而王宮火、延及崇文、祕閣、書多煨燼。其僅存者、遷于右掖門外、謂之崇文外院、命重寫書籍、選官詳覆校勘、常以參知政事一人領之、書成、歸于太清樓」とある。

（18）この見解は、魯迅も『中國小說史略』の中で首肯している。

（19）竺沙雅章「『太平廣記』と宋代佛教史籍」參照。

（20）『澠水燕談錄』巻九にその事例がみえる。この記事の末尾に、「元老之強記如此、雖怪僻小說、無不該覽」とあり、趙元老が博覽強記であるという一つの條件として、小說である『廣記』に通じていることが擧げられていることから、當時の文人たちの中で小說史料が通常讀むべき書として位置づけられていなかったことや、北宋中期において『廣記』が流布されていたことが窺える。

（21）『醉翁談錄』には「夫小說者、雖末學、尤務多聞。非庸常淺識之流、有博覽該通之理。幼習太平廣記、長攻歷代史書」とある。なお、『廣記』と『醉翁談錄』との關係を論じたものに、稻田尹「醉翁談錄と太平廣記」、小松建男「『封陟』の改作――『太平廣記』から『醉翁談錄』へ――」がある。

（22）前揭注（19）竺沙論文では、南宋代の隨筆で『廣記』を引用する早い例として吳曾の『能改齋漫錄』を擧げている。ただ、張邦基『墨莊漫錄』巻二に「建炎改元冬、予閑居揚州里廬、因閱太平廣記。每遇予兄子章家夜集、談記中異事以供笑語」とあるように、建炎元（一一二七）年の時點で張邦基が『廣記』を讀んでいたことが知られ、北宋末〜南宋初期の動亂の中においても『廣記』が流布されていたことや『廣記』を雜談の種本として利用していたことが窺える。また、陸游『老學庵筆記』巻八に「陳師錫家享儀、謂冬至前一日爲冬住、與歲除夜爲對、蓋閩音也。予讀太平廣記三百四十巻有盧頊傳云、是夕、冬至除夜。乃知唐人冬至前一日、亦謂之除夜」とあるように、當時の文人が『廣記』から知識を得ていたことが窺える。

（23）生沒年?〜一五六八年。字は守敬、號は十山、無錫の人。嘉靖五（一五二六）年の進士。戸部主事を授けられる。

（24）張兵『宋遼金元小說史』（復旦大學出版社、二〇〇一年）。

（25）高橋昌明『酒呑童子の誕生』（中央公論社、一九九二年）第二章四節參照。

（26）麻生磯次『江戸文學と支那文學』（三省堂出版、一九四六年）參照。なお、『伽婢子』と淺井了意に關しては、淺井了意著・江本裕校訂『伽婢子』（平凡社、一九八八年）二の解說に詳しい。また王建康「『廣記』と近世怪異小說――『伽婢子』の出典關係及び道敎的要素——」では、淺井了意が著した『新語園』『狗張子』と『廣記』に關する從來の研究を整理するとともに『伽婢子』の中にも『廣記』の道敎的要素を含む史料が多く引用されていることを明らかにしている。

（27）大庭脩『江戸時代における唐船持渡書の研究』（關西大學東西學術研究所、一九六七年）資料編參照。なお、現在多くの日本國內の圖書館が、『廣記』の明・淸刊本を所藏していることからも、近世以降、日本において『廣記』が流布していたことを窺い知ることができる。

（28）『妖亂志』と『河洛記』の名前がそれぞれ重複しているため、實際には三百四十一種である。

（29）『太平廣記篇目及引書引得』序參照。

（30）「太平廣記引書種數試探」參照。

（31）『揮麈後錄』卷一。なお、王明淸の見解は、張端義『貴耳集』や談愷の跋文にも受け繼がれ、魯迅も前揭注（18）著書の中でこの說を採っている。

王明淸は生沒年一一二七頃～?年。汝陰の人。字は仲言、王銍《おうちつ》の次子。孝宗・光宗・寧宗三朝に滁州來安令、簽書寧國軍節度判官、泰州通判、浙西參議官などを歷任す。宋朝南渡後の史料が散逸しているのに鑑み、『揮麈錄』二十卷を著す。そのほかの著作に『投轄錄』『玉照新志』などがある。

（32）生沒年一六一九～九二年。明末淸初の思想家。湖南省衡陽縣の人。字は而農、號は薑齋、船山先生とよばれた。反淸の軍事運動に加わったこともあるが、のち、任官の意を捨て、ひたすら學問に專念した。著作に『春秋家說』『讀通鑑論』『宋論』などがある。

（33）王夫之『宋論』卷二、太宗に「太宗修册府元龜、太平御覽諸書至數千卷、命江南、西蜀諸降臣分纂述之任。論者曰、太宗疑其懷故國、蓄異志、而姑以是縻之、錄其長、柔其志、銷其歲月、以終老於柔翰而無他。嗚呼、忮人之善而爲之辭以擿之、以細人之心度君子之腹、奚足信哉。……自唐亂以來、朱溫凶戾、殄殺淸流、杜荀鶴一受其接納、而震慄幾死。陷其域中者、人以文藻風流爲大戒、豈復有撩猛虎而矜雅步者乎。……周世宗稍欲拂拭而張之、而故老已凋、新知不啓。王朴、竇儀起自燕、趙、簡質有餘、而講習不夙、隔幕望日、固北方學士之恆也。唯彼江東（南唐）、西蜀者、保國數十年、畫疆自守、兵革不興、水涘山

椒、縢緘無理損、故人牛士得以其從容之歲月、咀文苑之英華。則欲求博雅之儒、以采群言之勝、舍此二方之士、無有能任之者。太宗可謂善取材矣」とある。また趙翼も『廿二史箚記』巻二十四、宋初降王子弟布滿中外の中で、太祖、太宗の統治政策を高く評價している。

(34) 『宋四大書考』導言。
(35) 竺沙雅章『獨裁君主の登場　宋の太祖と太宗』（清水書院、一九八四年）一六〇～一六一頁。
(36) 李樂民「李昉的類書編纂思想及成就」（『河南大學學報・社科版』四二―五、二〇〇二年）。
(37) 『廣記』『御覽』の編者數は、『玉海』巻五十四に據った。
(38) 塩卓悟「宋太宗の文化事業――『太平廣記』を中心に――」（『比較文化史研究』五、二〇〇三年）參照。

三、『廣記』の内容

『廣記』には、現在散逸してしまった多數の作品が収められている。目錄に據れば、その篇目は、以下の〈表B〉の通りである。

〈表B〉

＊各項目は中華書局、一九八六年第三版に據った。

No	篇目	卷數	總卷數	頁數	備考
一	神仙	一〜五十五	五十五	一〜三四三頁	
二	女仙	五十六〜七十	十五	三四四〜四三九頁	
三	道術	七十一〜七十五	五	四四〇〜四七四頁	
四	方士	七十六〜八十	五	四七五〜五一五頁	
五	異人	八十一〜八十六	六	五一六〜五六五頁	
六	異僧	八十七〜九十八	十二	五六六〜六五七頁	
七	釋證	九十九〜一〇一	三	六五八〜六八三頁	
八	報應	一〇二〜一三四	三十三	六八四〜九六一頁	一〜七金剛經、八法華經、九〜十觀音經、十一〜十五崇經像、十六陰德、十七異類、十八〜二十四冤報、二十八〜二十九婢妾、三十〜三十二殺生、三十三宿業畜生
九	徵應	一三五〜一四五	十一	九六二〜一〇四六頁	一〜二帝王休徵、三〜四人臣休徵、五〜六邦國咎徵、七〜十一人臣咎徵

一〇	定數	一四六～一六〇	十五	一〇四七～一一五三頁	十四・十五婚姻
一一	感應	一六一～一六二	二	一一五四～一一七四頁	
一二	讖應	一六三	一	一一七五～一一八七頁	
一三	名賢	一六四	一	一一八八～一一九八頁	諷諫附
一四	廉儉	一六五	一	一一九九～一二一一頁	吝嗇附
一五	氣義	一六六～一六八	三	一二一二～一二二七頁	
一六	知人	一六九～一七〇	二	一二二八～一二五〇頁	
一七	精察	一七一～一七二	二	一二五一～一二七二頁	
一八	俊辯	一七三～一七四	二	一二七三～一二九七頁	二幼敏附
一九	幼敏	一七五	一	一二九八～一三〇六頁	
二〇	器量	一七六～一七七	二	一三〇七～一三二〇頁	
二一	貢擧	一七八～一八四	七	一三二一～一三八〇頁	七氏族附
二二	銓選	一八五～一八六	二	一三八一～一三九五頁	
二三	職官	一八七	一	一三九六～一四〇五頁	
二四	權倖	一八八	一	一四〇六～一四一二頁	
二五	將帥	一八九～一九〇	二	一四一三～一四二六頁	二雜譎智附
二六	驍勇	一九一～一九二	二	一四二七～一四四四頁	
二七	豪俠	一九三～一九六	四	一四四五～一四七三頁	
二八	博物	一九七	一	一四七四～一四八一頁	

二九	文章	一九八～二〇〇	三	一四八二～一五〇八頁	
三〇	才名	二〇一	一	一五〇九～一五一七頁	好尚附
三一	儒行	二〇二	一	一五一八～一五二八頁	憐才・高逸附
三二	樂	二〇三～二〇五	三	一五二九～一五六九頁	
三三	書	二〇六～二〇九	四	一五七〇～一六〇三頁	
三四	畫	二一〇～二一四	五	一六〇四～一六四四頁	
三五	算術	二一五	一	一六四五～一六五〇頁	
三六	卜筮	二一六～二一七	二	一六五一～一六六三頁	
三七	醫	二一八～二二〇	三	一六六四～一六九三頁	
三八	相	二二一～二二四	四	一六九四～一七二七頁	
三九	伎巧	二二五～二二七	三	一七二八～一七四七頁	三絶藝附
四〇	博戲	二二八	一	一七四八～一七五四頁	
四一	器玩	二二九～二三二	四	一七五五～一七八一頁	
四二	酒	二三三	一	一七八二～一七八九頁	酒量・嗜酒附
四三	食	二三四	一	一七九〇～一七九七頁	能食・菲食附
四四	交友	二三五	一	一七九八～一八〇五頁	
四五	奢侈	二三六～二三七	二	一八〇六～一八二九頁	
四六	詭詐	二三八	一	一八三〇～一八四〇頁	
四七	諂佞	二三九～二四一	三	一八四一～一八六四頁	

四八	謬誤	二四二	一	一八六五～一八七三頁	遺忘附
四九	治生	二四三	一	一八七四～一八八五頁	貪附
五〇	褊急	二四四	一	一八八六～一八九三頁	
五一	詼諧	二四五～二五二	八	一八九四～一九六三頁	
五二	嘲誚	二五三～二五七	五	一九六四～二〇〇七頁	
五三	嗤鄙	二五八～二六二	五	二〇〇八～二〇五四頁	
五四	無頼	二六三～二六四	二	二〇五五～二〇六八頁	
五五	輕薄	二六五～二六六	二	二〇六九～二〇九一頁	
五六	酷暴	二六七～二六九	三	二〇九二～二一一五頁	
五七	婦人	二七〇～二七三	四	二一一六～二一五六頁	
五八	情感	二七四	一	二一五七～二一六三頁	
五九	童僕奴婢	二七五	一	二一六四～二一七二頁	
六〇	夢	二七六～二八二	七	二一七三～二二五二頁	
六一	巫厭	二八三	一	二二五三～二二六一頁	呪附
六二	幻術	二八四～二八七	四	二二六二～二二八八頁	
六三	妖妄	二八八～二九〇	三	二二八九～二三一〇頁	
六四	神	二九一～三一五	二十五	二三一一～二四九七頁	二十五淫祀附
六五	鬼	三一六～三五五	四十	二四九八～二八一六頁	
六六	夜叉	三五六～三五七	二	二八一七～二八二九頁	

六七	神魂	三五八	一	二八三〇～二八三八頁	
六八	妖怪	三五九～三六七	九	二八三九～二九二五頁	九人妖附
六九	精怪	三六八～三七三	六	二九二六～二九六六頁	
七〇	靈異	三七四	一	二九六七～二九七八頁	
七一	再生	三七五～三八六	十二	二九七九～三〇八四頁	
七二	悟前生	三八七～三八八	二	三〇八五～三〇九八頁	
七三	塚墓	三八九～三九〇	二	三〇九九～三一一二頁	
七四	銘記	三九一～三九二	二	三一一三～三一三五頁	
七五	雷	三九三～三九五	三	三一三六～三一六二頁	
七六	雨	三九六	一	三一六三～三一七三頁	風虹附
七七	山	三九七	一	三一七四～三一八三頁	溪附
七八	石	三九八	一	三一八四～三一九六頁	坡沙附
七九	水	三九九	一	三一九七～三二一〇頁	井附
八〇	寶	四〇〇～四〇五	六	三二一一～三二七二頁	一金上、二金下・水銀・玉附、四雜寶上、五雜寶下、六錢・奇物
八一	草木	四〇六～四一七	十二	三二七三～三四〇〇頁	一文理木附、七五穀・茶荈附
八二	龍	四一八～四二五	八	三四〇一～三四六四頁	
八三	虎	四二六～四三三	八	三四六五～三五一六頁	
八四	畜獸	四三四～四四六	十三	三五一七～三六五一頁	
八五	狐	四四七～四五五	九	三六五二～三七一九頁	

八六	蛇	四五六～四五九	四	三七二〇～三七六二頁	
八七	禽鳥	四六〇～四六三	四	三七六三～三八一六頁	
八八	水族	四六四～四七二	九	三八一七～三八九一頁	四水經、五～七水族爲人、九龜
八九	昆蟲	四七三～四七九	七	三八九二～三九四九頁	
九〇	蠻夷	四八〇～四八三	四	三九五〇～三九八四頁	
九一	雜傳記	四八四～四九二	九	三九八五～四〇四四頁	
九二	雜録	四九三～五〇〇	八	四〇四五～四一〇六頁	

『玉海』に引く『宋會要』では、『廣記』を五十五部とし、談愷の序や『總目提要』もこれに從っているが、〈表B〉の如く、篇目は大別すると九十二種類であり、細かい項目を含めると百三十餘種にも及んでいる。このことから、『玉海』などの記事が誤りであることが分かるとともに、いかに多くの分野に關する記事が『廣記』に採錄されていたかが窺える。

これらの篇目のうち、巻數の多い順に擧げると、①神仙（五十五卷）②鬼（四十卷）③報應（三十三卷）④神（二十五卷）⑤女仙（十五卷）⑥定數（十五卷）⑦畜獸（十三卷）⑧再生・異僧・草木（各十二卷）⑨徴應（十一卷）となる。張兵氏は『廣記』の記事を、一、道家思想を體現したもの、二、佛家思想を體現したもの、三、儒家思想を體現したもの、四、巫文化を體現するもの、五、雜家の思想を體現するもの、六、少數民族の物語を記述するものの六つに分類している。[1]『廣記』には神仙をはじめとして道教・佛教・儒教などに關わる宗教的な記事が多いことから、中世中國社會における宗教の影響の強さを看取することができる。

注

（1）前掲第二節注（24）張兵著書。

四、『廣記』の諸版本

『廣記』の刋本に關しては、すでに諸先學による詳細な檢討がある。[1] 本節では、それらをふまえつつ、簡略に諸版本を整理、紹介することにしたい。『廣記』は宋、元刋本はすでに亡逸し、明刋本が現存する最も古い刋本となるが、その主な版本としては以下の①～⑬のものが現存する。

①明、嘉靖四十五（一五六六）年談愷刻本（以下、談刻本と略す）。無錫の談愷が、『廣記』の鈔本をもとに校勘したもの。ただし、汪紹楹・程毅中氏はこの談刻本にも三種の刋本が存在していたことを指摘している。[2] また、張國風氏は四種の版本が存在すると指摘している。[3] そこで本書では、便宜上、汪氏の「初印本」、程氏の「甲本」、張氏の「文六二三／五一四」を「A本」、汪氏の「後印本」、程氏の「乙本」、張氏の「一〇一四六」を「B本」、汪氏の「最後印本」、程氏の「丙本」、張氏の「CBM六五五―六五八」を「C本」、張氏の「一一二四七八」を「D本」とそれぞれ表記することにした。それらの諸本の異同を表にしたものが〈表C〉である。

〈表C〉

箇所／版本・所藏先	A本	B本	C本	D本
卷二六一～二六四	闕	闕	有	許刻本に同じ。
卷二六五	卷首に識語なし。	卷首に隆慶元（一五六七）年の「余聞藏書家有宋刻蓋	B本に同じ。	A本とB本の原板を合成したもの。

		闕七巻云。其三巻餘攷之得十之七、已付之梓。其四巻僅十之二三。博洽君子其明以語我、庶幾爲全書云。隆慶改元秋七月朔日十山談愷志」という談愷の識語がある		
	「劉祥」「劉孝綽」「許敬宗」「盈川令」「崔湜」「杜審言」「杜甫」「陳通方」「李賀」「李群玉」「溫庭筠」「薛能」の十二篇は文がB、Cと異なり、許刻本と同じ。	目次「汲師」の下に「以下倶闕」の小字があり、「汲師」「崔駢」「西川人」「河中幕客」「崔昭甫」「溫定」六篇の本文がない。（「西川人」のみ題名なし。他五篇は題名のみあり）	B本に同じ。	
	B、Cにない「汲師」「崔駢」「西川人」「河中幕客」「崔昭符」「溫定」六篇があり、許刻本と配列は異なるが、文は同じ。			
巻二六九	B、Cにない「胡淛」「韋公幹」「趙思綰」「安道進」四篇があり、文は許刻本と同じ。	目次「胡淛」の下に「以下倶闕文」の小字があり、「胡淛」「韋公幹」「陳延美」「趙思綰」「安道進」の五篇の	B本に同じ。	

巻	A	B	C
		本文がない。（「陳延美」はAにもない）	
巻二七〇	巻首に談愷の識語なし。	巻首に隆慶元（一五六七）年の「此巻宋板原闕。予攷家藏諸書得十一人補之。其餘闕文尚俟他日。十山談愷志」という談愷の識語がある	B本に同じ。
	「洗氏」の文がB、Cと異なり、許刻本と同じ。（許刻本は「又」と題してこの本と同文のものも載せている）		
	「竇烈女」の文がB、Cと異なり、許刻本と同じ。（許刻本は「奉天竇氏二女」と題してこの本と同文のものも載せている）		
	B、Cにない「李誕女」「義成妻」「魏知古妻」「侯四娘」「鄭路女」「鄒僕妻」「歌者婦」の七篇があり、許刻本と配列順は異なるが、文は同じ。	目次「李誕女」の下に「以下倶闕」の小字があり、「李誕女」「義成妻」「魏知古妻」「侯四娘」「鄭路女」「鄒僕妻」「歌者婦」の七篇の本文	B本に同じ。

		がない。		
所藏先	中國國家（舊北京）圖書館	中國國家（舊北京）圖書館・上海圖書館・日本宮內廳書陵部・關西大學內藤文庫	中國國家（舊北京）圖書館（マイクロフィルム）・復旦大學圖書館・東洋文庫・國立國會圖書館（マイクロフィルム）	中國國家（舊北京）圖書館

〈表C〉に關していささか補足を付け加えておきたい。まず、A本とB・C本とは別系統の本であると考えられる。なぜなら、A本とB・C本との相違點が多く、かつB本とC本との相違が卷二六一～二六四の存否のみであり、兩者は同系統と考えられるからである。上述の如く、各版本の刊行時期を汪・程兩氏はA・B・C本の順番にするが、張氏はB本がA本より早い刊本だと指摘している。C本はB本に缺落している卷二六一～二六四を補充したほかはおおむねB本に從ったものと解されることから、重要な點はA本とB本との關係となろう。

〈表C〉に據れば、兩者の相違は、一、卷二六五の識語の有無、二、卷二六五「汲師」以下六篇の有無、三、卷二六五「劉祥」以下の篇目の文の內容、四、卷二六九「胡淛」以下の篇目の有無、五、卷二七〇の識語の有無、六、卷二七〇「竇烈女」の文の內容、七、卷二七〇の「李誕女」以下の七篇の有無の七點である。

このうち、A本になく、B本にあるものは、卷二六五・卷二七〇の識語である。逆にB本になくA本にあるものは、巻二六五「汲師」以下の六篇、巻二六九「胡澌」以下の篇目、巻二七〇「李誕女」以下の篇目である。假にA本を初印本とすれば、何故、B本で巻二六五「汲師」以下の六篇および巻二六九「胡澌」以下の篇目、「李誕女」以下の篇目を加えなかったのかという疑問が生じる。

いずれにせよ、この問題は簡單に結論が下せない。今後、談刻本の諸版本および他の版本を含めた總合的檢討が行われることを期待したい。

このほかの版本としては、以下のようなものがある。

E、北平文友堂書坊依明談刻本影印。民國二十三（一九三四）年に北平文友堂書坊から影印出版された談刻本。程毅中氏は、この影印本の底本を上記のB本とする。(4) 富永氏は、この影印本並びに中華書局本の底本はともにC本の可能性があると指摘している。(5) 版はやや小さいが、巾箱本に比べると大きい。一九七〇年藝文印書館影印本および一九七二年中文出版社縮刷影印『校補本太平廣記』は、ともにこの文友堂影印本の影印。所藏先は、國立國會圖書館・東京大學東洋文化研究所・東北大學・京都大學人文科學研究所・新潟大學。

F、國立中央圖書館所藏刻本。巻二六一〜二六四缺。巻二六五、二六九、二七〇に缺文あり。B本に似ている。

G、國立臺灣大學研究圖書館所藏清孫潛校本。(6) 孫潛(7)が宋鈔本をもとに談刻本を校訂したもの。嚴一萍『太平廣記附校勘記』が出版されている。宋本の名殘をとどめる貴重な史料だが、「太平廣記表」、巻四八七〜五〇〇などが缺けている。孫潛以外の後人の手による校補部分がある。陳鱣校刻本（以下、陳校本と略す）、明、沈與文所藏の鈔本（以下、野竹齋鈔本と略す）と比べると異文が最も少ないとされる。巻二六一～二六四は鈔補されているが、巻二六五、二六九、二七〇の缺文はB本と同じである。孫潛所藏ののち、李石（詳細不詳）が揚州で購入、その後、清代、閩縣の人龔藹人の手に渡り、彼の鳥石山房の藏書として臺灣大學に傳わる。

H、前北平圖書館所藏刻本。巻二六一～二六四は鈔補ではなく、補刊されたもの。巻二六五、二六九、二七〇の缺文はFと同じである。

I、中央研究院歴史語言研究所傅斯年圖書館所藏刻本。巻二六一～二六四は鈔補でなく、補刊されたものでFと同じである。巻二六五と巻二七〇はそれぞれ兩巻あり、一つの巻二六五と巻二七〇はCと同じである。もう一つは文字の異同があり、缺文も隆慶元年の識語もなく、許刻本・黄氏巾箱本とも異なっている。盧錦堂氏は、舊刻談刻本に重複して存在していたものの一本ではないかという(8)。

J、四庫全書本。『四庫全書總目提要』には談刻本によるものとするが、どの談刻本とも一致しない。張國風氏は、許刻本、清、黄晟刋本（以下、黄刻本と略す）などを參考にしたり、獨自の見解で字句を改めたものと指摘する(9)。また、文淵閣本巻二七〇には談愷の識語がないが、文津閣本巻二七〇にはあるなど、兩本間でも異同がみられる。

②許自昌本（以下、許刻本と略す）。萬曆年間（一五七三～一六二〇年）に蘇州の許自昌(10)が刋行。巻頭の李昉の上表文のあとに嘉靖四十五年の談愷の自序はそのまま殘存。自身の序はないが、各巻の巻首に「明長洲許自昌玄祐甫校」の一

行十字があり、半葉十二行、一行二十四字で、字體も談刻本とは異なり、新たに刻されたものであることが分かる。談刻本のより善いものを採錄し、たとえば、談刻本では出典を記さない巻二七〇衞敬瑜妻に「出雍州記」、同巻高彦昭女に「出廣德神異錄」、同巻盧夫人に「出朝野僉載」とあるように、[11]談刻本の闕を補っており、現存の『廣記』諸版本の中では貴重な版本。數種類の異なった版本が存在。所藏先は國立公文書館（舊内閣文庫）（四種の版本あり。五十册本が二部、五十二册本、四十册本が各一部）・宮内廳書陵部（五十二册本）・東洋文庫（四十七册本）・靜嘉堂文庫（八十册本）・廣島市立中央圖書館淺野文庫（四十八册本）・京都大學人文科學研究所（六十四册本）・名古屋市蓬左文庫（二十册本）・新潟大學（四十八册本）・臺灣國立中央圖書館（四十册本・五十二册本各一部）・國立故宮博物院圖書館（二十四册本）。

③陳校本。陳鱣[12]が殘宋刻本をもとに許刻本を校訂した宋本（南宋、高宗期のものか？）の名殘を留める貴重な資料。「太平廣記表」や「總目錄」に校批があり、『廣記』成立時期や宋本の巻次・篇目の分布などを明らかにする上で貴重な版本。中華書局本も校勘資料として使用しているが、談刻本との異同の全てを記載している譯ではない。[13]中國國家（舊北京）圖書館所藏（二十六册）。

④（明吳縣沈氏）野竹齋鈔本。明の沈與文[14]が所藏していた鈔本。中華書局が校訂に使用。張國風氏は、沈與文が嘉靖三十（一五五一）年に八十歳ぐらいであったと推定されることから、この本は談刻本以前のもので、宋本あるいは元本を書き寫したものであると述べる。[15]中國國家（舊北京）圖書館所藏。

⑤明嘉靖常州府刻本。この版本は大變稀少なものであり、周弘祖の『古今書刻』にその名がみえるのみである。程

彀中氏は談刻本のことを指すとしているが、[16]定かではない。

⑥明隆慶活字本。この版本の字は判讀しにくく、『廣記』の版本中、掃葉山房石印本に次いで劣惡な版本とされる。前北平圖書館・國立國會圖書館所藏。

⑦黃刻本。清の乾隆二十（一七五五）年に、黃晟[17]が談愷本を補訂して刊行した巾箱本で、槐蔭草堂藏板。談刻本の脫落はほとんど補われているが、黃晟がどの版本に據って校訂を加えたのかは明らかではない。卷首に乾隆十八（一七五三）年の黃氏の序あり。[18]卷二七〇には談愷の識語があり、その前に「天都黃晟曉峯氏校刋」と記す。汪紹楹氏は談刻本のC本をもとに刊行されたものとする。[19]所藏先は國立國會圖書館・關西大學內藤文庫・東北大學圖書館。

⑧嘉慶元年重鐫本。嘉慶元（一七九六）年に重刻された黃刻本。靜嘉堂文庫所藏。

⑨蘇州聚文堂坊刻巾箱本。嘉慶十一（一八〇六）年に黃刻本をもとに刻された本。文字がはっきりせず、誤った箇所も多々散見され、善い版本ではないとされる。京都大學人文科學研究所所藏。

⑩三讓睦記本。[20]道光二十六（一八四六）年に黃氏巾箱本をもとに刻された本。一部に魯迅『古小說鉤沈』と共通する字句あり。卷二七〇婦人、冼氏～高彥昭女まで十一條は黃刻本同樣、全て出典が缺けている。東洋文庫・神戸大學文學部所藏。

⑪筆記小說大觀本。民國十一（一九二二）年に、黄氏巾箱本をもとに上海文明書局が印行した本。一九六二年には臺灣新興書局が影印本を出版している。

⑫掃葉山房石印本。上海掃葉山房が、民國十二（一九二三）年に印行した本。杜撰で、談・黄刻本とも大きく異なり、闕文も多く、『廣記』版本中最も劣悪であるとされる。

⑬點校本。一九五九年に、談刻本を底本として、明鈔本、陳校本、許刻本、黄氏巾箱本などの校勘を施して、人民文學出版社から刊行された（全五册）。それに若干の改訂を加えて、一九六一年に中華書局から出版された點校本新版（全十册）が、現在『廣記』の定本となっており、本書においてもその第三版を底本として利用した。ただ、この點校本も誤りが多々あり、さらなる校訂の必要性がある。[21]

以上が『廣記』の現行の諸版本である。『廣記』の利用にあたって、これらの諸版本全てに目を通すことは多大な勞力と時間、經費を費やすためにはなはだ困難であると言わざるを得ない。やはり現状においては⑬の點校本を利用するのが最善の策であろう。ただ、中華書局の校訂より四十年以上經た現代においても、多くの問題點を内在している點校本を利用せざるを得ないという状況は憂うべきである。しかし、幸いなことに、『廣記』研究者として名高い張國風氏による、諸版本を網羅的にとらえたより精緻な校勘本（張國風彙校『太平廣記彙校本』全二十册、北京燕山出版社）が近々刊行される豫定である。本譯注の作成にあたって氏の點校本を利用出來なかった點は惜しまれるが、一日も早く公刊されんことを期待したい。

注

(1)『廣記』の諸版本については、すでに鄧嗣禹『太平廣記篇目及引書引得』序や郭伯恭『宋四大書考』、富永一登「『太平廣記』の諸本について」に詳細な言及がある。本節はこれらの諸研究に依據するところが大きい。
(2)汪紹楹『太平廣記』點校說明・程毅中「『太平廣記』的幾種版本」參照。
(3)張國風「試論『太平廣記』的版本演變」參照。
(4)前掲注(2)程論文參照。
(5)前掲注(1)富永論文。
(6)この版本については、佐野誠子「臺灣大學藏孫潛校本『太平廣記』について」に紹介がある。
(7)生沒年一六一二頃～七八(?)年。清代常熟の人。字は潛夫、號は茞園、藏書家として知られるが、自ら手鈔手校した本の多くが世に傳わり、校勘學の大家としても名高い。康熙七(一六六八)年、『水經注』の校訂を終えたあと、一ヶ月餘りで『廣記』の校訂作業を行う。
(8)盧錦堂「太平廣記引書種數試探」。なお、F～Iの版本に關しては、盧錦堂「記所見明談愷刻本太平廣記——兼及有關宋本流傳的一些線索——」の論考で詳述されていると富永注(1)論文は記すが、殘念ながら、筆者はこれを入手し得なかったため、未見であり、本書では富永論文に據ったことを記しておきたい。
(9)前掲注(3)張論文。また氏には、四庫全書の版本に關するものとして「文淵閣四庫本『太平廣記』底本考索」がある。
(10)生沒年不詳。明代吳縣の人。字は元祐。官は中書舍人。藏書家・校勘家として名高い。その書齋を梅花墅という。
(11)前掲注(1)郭伯恭著書では「盧夫人」「符鳳妻」の二條に「出朝野僉載」と記すとするが、筆者の確認した京都大學人文科學研究所および新潟大學所藏版本では「符鳳妻」の末尾に出典名は記されていない。なお、新潟大學所藏許刻本の調査に關しては、新潟大學人文科學研究科の榎並岳史氏のご協力を頂いた。この場をかりて謝意を表したい。

(12) 生没年一七五三〜一八一七年。清代海寧の人。字は仲魚、號は簡荘。嘉慶三(一七九八)年の進士。清代浙江における有数の藏書家。その藏書には宋、元の舊刻本が多くみられる。また校勘者としても名高い。その書樓を向山閣という。著書に『經籍跋文』『詩人考』などがある。
(13) 張國風「『太平廣記』陳鱣校宋本異文輯選」では、陳校本と談刻本との比較検討を行っている。なお、張氏は、「『太平廣記』陳校本的價値」および「『太平廣記』宋本原貌考」の中で、陳校本が現在散逸している宋本を復元する上で重要な手掛かりを有していることを指摘し、その價値を高く評價している。
(14) 生没年一四七二〜?年。明代呉縣の人。字は辨之、號は姑餘山人。明、嘉靖年間(一五二二〜六六年)の藏書家として名高く、その書齋を野竹齋という。
(15) 前掲注(13)張「『太平廣記』宋本原貌考」參照。
(16) 前掲注(2)程論文參照。
(17) 生没年不詳。清代歙縣の人。字は曉峯。
(18) 「廣記之流傳獨鮮、迨至有明中葉、十山談氏得其鈔本始梓行之。長洲許氏重刊於後、海內好古敏求者、胥快覩之矣。……茲以卷帙浩繁、便於廣廈細旃、不便於奚囊行笈。因爲校讎翻刻、而易以袖珍窄本。至於闕文闕卷、悉仍其舊」。
(19) 汪紹楹點校『太平廣記』點校說明。
(20) 岑仲勉「跋歷史語言研究所所藏明末談刻及道光三讓本太平廣記」に詳論がある。
(21) 前掲注(13)張「『太平廣記』宋本原貌考」參照。

五、『廣記』婦人の部について

婦人の部の内容に關する簡單な紹介をしておきたい。篇目に關しては、巻二七〇が篇名なし（ただし、許刻本には「烈女」の篇名あり）、巻二七一が賢婦篇・才婦篇、巻二七二が美婦人篇・妬婦篇、巻二七三が妓女篇となっている。そこで、まず巻二七〇に一體いかなる記事が收錄されているのかを分類すると、

（a）賢女（機略に長けた女性）……洗氏（一）・（二）、竇烈女（二）、鄒僕妻。

（b）貞女（貞操の堅い女性）……衞敬瑜妻、**鄒待徵妻**、**竇烈女**（一）、盧夫人、符鳳妻、呂榮、封景文、義成妻、魏知古妻、鄭路女、歌者婦。

（c）孝女（父母に孝行な女性）……**鄭神佐女**。

（d）烈女（死を恐れない勇敢な女性）……周迪妻、高彥昭女、李誕女、侯四娘。

＊ゴシック體は『舊唐書』巻一九三、列女傳および『新唐書』巻二〇五、列女傳に採錄されているもの。

＊傍線部は『新唐書』巻二〇五、列女傳にのみ採錄されているもの。

中には二項目以上の性格を有する場合もあるが、おおむねこの四つのタイプに分けることができよう。

これをみると、巻二七〇の記事がいかに多く新・舊『唐書』列女傳の記事と重複しているのかが分かる。(1) これは、兩『唐書』列女傳が小說史料を採り入れたことと、(2)（a）から（d）がいずれも當時の國家が求めていた「忠」「孝」

「貞」などの性格を有し、列女傳に採錄されるべき資格を有する女性たちであったためであると考えられる。從って、許刻本に記す「烈女」の篇目が正しいものと考えられるが、他の版本は、なぜこの篇目を記さなかったのか。それは談愷が校勘に當たって參照した版本に篇名が記されておらず、彼がそれに從い、以降の版本もそれに倣ったためであると考えられる。

巻二七〇全二十件の記事のうち八件が新・舊『唐書』列女傳にみられるのに對し、同じく優れた女性たちと考えられる巻二七一の賢婦篇・才婦篇は、賢婦篇（全十三件）の高叡妻、李畬母、盧獻女、鄧廉妻（四件）が『新唐書』列女傳にみられるのみであり、才婦篇（全十二件）の記事は一つも新・舊『唐書』列女傳には見當たらない。

では、なぜ、才婦篇の記事は新・舊『唐書』列女傳には見當たらないのだろうか。才婦篇には詩文などの文學的才能に惠まれた女性たちの姿が描かれており、夫や息子などに控えめながら的確なアドバイスをする女性たちが描かれている賢婦篇とはその性格を異にする。才婦はその才能によって賞賛される。だが決して當時の社會や國家が求めた理想的女性像ではなかった。國家は豐かな文學的才能よりも、「忠」「孝」「貞」の行爲を行う女性を求めていた。そのため才婦篇の記事は新・舊『唐書』列女傳にみられないものと考えられる。

巻二七〇と二七一が女性の節義・才能・機略などに關する記事が多いのに對して、巻二七二と二七三は性格が異なる。巻二七二は美婦人篇と妬婦篇に分かれている。前者の特徴としては、第一に、女性の能力などの內面的なものではなく、容貌という外面的なものによって分類している點、第二に、巻二七〇・二七一に現れる能動的な女性とは異なり、男性の所有物としての受動的な女性が描かれている點、第三に、唐代の記事が大部分を占める婦人部の他の巻とは異なり、唐代のものが僅か一件にすぎない點が擧げられよう。

第一點に關しては、『藝文類聚』や『初學記』の篇目に據ったものと思われる。第二點は、美貌であるがゆえに權力者の所有物とならざるを得なかったという彼女たちの運命を表したものといえよう。問題となるのは第三點である。いささかシニカルな見方をすれば、絶世の美女と稱され、かつ男性の所有物として受動的な女性が唐代には少なかった（あるいは少なかったと編者たちに考えられていた）との解釋も成り立とうが、確證はない。

美貌によって賞贊された女性を描いた美婦人篇に對し、後者の妬婦篇は嫉妬心を剝き出しにした女性の姿が描かれている。これは、當時の社會において忌むべき存在であった。外面的な美と内面的な醜、受動的態度と感情の赴くまま行動する能動的態度というように、兩者はまさに好對照な篇目といえる。このコントラストに、編者の意識の一端が垣間みえる。おそらく編者たちは、嫉妬心の醜惡さを強調し、その行爲を訓戒したいがために、意圖的に美婦人の直後に妬婦篇を配して兩者のコントラストを際立たせたものと思われる。

妬婦篇の記事をみると、全十二件のうち、四件（車武子妻、段氏、王導妻、杜蘭香）が隋以前のことを記し、三件（吳宗文、蜀功臣、秦騎將）が十國の前蜀のことを記している。このように前蜀に關する記事が多いのは興味深い。ただ、これが偶然かあるいは意圖的かそれとも地方固有のものなのか判然としない。

卷二七三の妓女篇は、美婦人篇同樣、權力者である男性の所有物として受動的にしか生きられない妓女たちの姿が描かれている。この卷では、おおむね主役は女性ではなく男性であり、婦人の部に採錄されていることに違和感を覺える。武昌妓、徐月英の二件は詩の才能に溢れた女性が主人公であり、本來、才婦篇に採錄されるべき性格の記事であるが、いずれも彼女たちが妓女であるため、本卷に採錄されている。ことさらに篇目をたてていることからも、宋初において妓女は特別な存在とみなされていたことが窺えるのである。

以上檢討してきたように、一概に『廣記』婦人の部といっても、篇目ごとにその性格が大きく異なっていたことが分かる。『廣記』婦人の部は、卷二七一と卷二七二の篇目のように唐代類書の方式を踏襲した部分もあるが、「婦人」

という部門を創作した點、「妓女」という篇目をたてた點、巻二七二にみられる配列の妙という點においてその編纂方法の獨自性を看取することができよう。ただし、李昉らの意圖を十分に斟酌することなく、『廣記』が刊行後まもなく太清樓に納められることになったことは編者たちにとっては非常に殘念な事態であったに違いない。

ともあれ、唐代の學風を大いに繼承しつつ、宋代の編纂方法を採り入れて成立した『廣記』の婦人の部は、唐・五代以前の女性たちの實情を窺うと同時に、宋朝初期に國家や社會が求めていた理想の女性像を明らかにする手掛かりを内在した歴史史料といえる。

注

（1）山内正博「『舊唐書』の「烈女傳」と『宋史』の「列女傳」」（『宮崎大學教育學部紀要・社會科學』二九、一九七一年）に、『舊唐書』列女傳の解説と譯注がある。

（2）山崎純一「兩唐書烈女傳と唐代小説の女性たち――顯彰と勸誡の女性像――」（石川忠久編『中國文學の女性像』所收）。

本文篇

凡　例

1、本譯注は、關西大學大學院文學研究科發行の『千里山文學論集』六十一〜六十三、六十六〜六十九號（一九九九〜二〇〇三年）に掲載した原稿（後掲參考文獻一覽參照）に加筆し、修正を加えたものである。

2、本譯注は、卷二七〇および二七一、卷二七三の周皓、杜牧、李逢吉、洛中擧人、蔡京、武昌妓は塩卓悟が、卷二七二および卷二七三の李季蘭㈠・㈡、劉禹錫、韋保衡、曹生、羅虬、徐月英に關しては河村晃太郎が最終的に擔當した。從って、各擔當箇所の文責は擔當者にある。

3、史料の表記について。二十四史は作者名を割愛した。そのほかの史料に關しては、初出のものには作者名を付したが、二回目以降は省略した。

4、『廣記』の版本について。中華書局本（一九九五年第六版）を底本に、各種版本によって校勘を行い、必要に應じて・や「　」『　』を書き加えた。末尾注を除いて、底本にある注は原文では割愛した。なお、各版本の表記については、中華書局本は「底本」、談愷の刻本は「談刻本」、さらに談刻本には四種の刊本が存在することから、それらを「談氏A本」「談氏B本」「談氏C本」「談氏D本」と表記し、許自昌の刻本は「許刻本」、黃晟の刻本は「黃刻本」と表記した。なお、談刻本に關しては、談氏A本および談氏D本を譯者は閲覽することができず、B本およびC本を用いた。

5、底本にない語句を補う場合や、西暦、皇帝の在位年、現在の地名、異字・異稱などについては、（　）で表した。

6、本書は多くの先學の業績によっているが、參考に供した研究書、論文等については、基本的に紙幅の都合上割愛した。代表的なものに關しては、後掲參考文獻一覽を參照されたい。

7、本書においては、『太平廣記』を『廣記』、『太平御覽』を『御覽』、『資治通鑑』を『通鑑』とそれぞれ略稱した。

8、卷二七〇、洗氏および竇烈女、卷二七三、李季蘭の㈠・㈡の數字は、底本にはみられないが、便宜上譯者が附した。

巻二七〇※・婦人一

※　本巻首には、談氏B・C本に「此巻宋板原闕。予攷家藏諸書得十一人補之。其餘闕文尚俟他日。十山談愷志」と談愷の識語が記されているが、許刻本では「此巻宋板原闕。舊刻復贊一巻。今訂取其一、倘有謬盭、不妨更駁」と許自昌の識語が記されている。黃刻本は談愷の識語をそのまま踏襲している。底本では、談愷の識語のあとに續けて「本巻原闕。談氏初印本有此巻。未知所出。後印本撤出。附增識語云云。今將初印本此巻附錄於後。以資參考」と記している。

　また、許刻本では、本巻の篇目を「烈女」としているが、他の諸版本では篇目を記していない。ここでは底本に從って、「烈女」の篇目を割愛した。

洗　氏（一）

洗氏、高涼人。世爲南越首領、部落十餘萬。幼賢明、在父母家、能撫循部衆、壓服諸越。高涼太守馮寶聞其志行、娉爲妻。每與夫寶、參決詞訟、政令有序。侯景反、都督蕭勃徵兵入援、遣刺史李遷仕召寶。寶欲往、氏疑其反、止之。後果反。寶卒、嶺表大亂。氏懷集之、百越晏然。子僕尚幼、以氏功封信都侯。詔冊氏爲高涼郡太夫人、賚繡幰油絡駟馬安車、鼓吹麾幢旌節、如刺史之儀。僕卒、百越號夫人爲聖母。王仲宣反、夫人帥師敗之、親披甲乘馬、巡撫諸州、嶺南悉定。封譙國夫人、幕府署長史、官屬、給印章、便宜行事。皇后賜以首飾及宴服一襲。時番州總管趙訥貪虐、黎獠多亡叛。夫人上封事論之。敕夫人招慰。夫人親載詔書、自稱使者、歷十餘州、宣述德意、所過皆降。文帝賜夫人臨振縣湯沐邑。卒謚誠敬。

洗　氏(一)(1)

洗氏は高涼(2)の人である。その家は代々南越(3)の首領で十餘萬の部族民を従えていた。洗氏は幼い頃から聰明で、父母のもとにあって、部族の者を手なずけ、越の諸部族を服屬させた。高涼の太守馮寶(4)は、その志と行いを聞き、彼女を娶って妻とした。洗氏は常に夫の馮寶とともに訴訟を裁き、政令よろしきを得ていた。

侯景(5)が亂をおこすと、都督蕭勃(6)は兵を集めて救援に向かおうとし、刺史李遷仕(7)に馮寶を召し出させた。馮寶が行こうとすると、洗氏は、李遷仕が寢返るかもしれないと言って引き止めた。のち、李遷仕は案の定背いた(8)。

馮寶が死ぬと、嶺表(9)は大いに亂れた。洗氏がこれを懷柔したので、越の諸部族は平穏におさまった(10)。息子の馮僕はまだ幼かったが、洗氏の功績によって、信都侯に封ぜられた(11)。(陳の武帝は)詔して洗氏を高涼郡太夫人に冊封し、繡《しゅう》幰《けん》、油絡《ゆらく》、駟馬《しば》、安車(12)を賜い、鼓吹《こすい》、麾幢《きどう》、旌節(13)などの禮式は、刺史のそれに準じさせた(14)。息子馮僕の死後、越の諸部族は彼女を聖母と呼んだ。王仲宣が反亂をおこしたとき(15)、夫人は軍を率いてこれを打ち破り、自ら甲《よろい》をつけて馬に乘り、諸州をめぐって安撫した。これによって嶺南はことごとく治まったので朝廷は彼女を譙國夫人に封じ(16)、幕府を開いて長史(17)やその配下の官吏を任命し、(洗氏に)印章を與え、自由に裁量させた(18)。皇后(19)は、洗氏に首飾・宴服一揃いを賜った。ときに番州總管の趙訥《ちょうとつ》(20)が貪虐な政治を行っていたので、黎獠《れいりょう》(21)たちの多くは逃亡したり(22)、反亂をおこしたりした。洗氏が上奏してこのことを報告したので、朝廷は洗氏に命じて黎獠たちを招慰させた。洗氏は自ら詔書を攜えて、皇帝の使者と名乘って十餘州をめぐり、皇帝の德恩を述べたので、洗氏が經過した地域はすべて降伏した(23)。(隋の)文帝(24)は洗氏に臨振縣において湯沐の邑を賜った(25)。また彼女は死後、誠敬(夫人)という謚を贈られた。

注

（1）冼氏　底本および諸版本には出典を記していない。『北史』巻九十一、列女傳・『隋書』巻八十、列女傳・宋、鄭樵『通志』巻一八五に同様の記事がある。
冼氏は生沒年五一二頃～六〇一年。南朝梁～隋の人。高涼太守の馮寶に嫁ぎ、夫の死後、嶺南をよく統治した。やがて陳の武帝（在位五五七～五五九年）に朝貢し、高梁郡太夫人に封ぜられた。また開皇十（五九〇）年、王仲宣の亂の際、これを鎭壓し、隋の文帝より譙國夫人に封ぜられ、死後、誠敬夫人と謚された。上記諸史料參照。

（2）高涼　晉代には高涼郡、南朝の陳代は高州、隋代は高涼郡に屬した。現在の廣東省陽江市の西。

（3）南越　唐、杜佑『通典』巻一八四、州郡十四に「自嶺而南、當唐、虞、三代爲蠻夷之國、是百越之地、亦謂之南越」とあるように、嶺南の地のこと。また百越とも稱された。現在の廣東省、廣西壯族自治區のあたりをさす。

（4）馮寶　北燕二代目の主馮弘の子馮業の曾孫、生沒年？～五五八年。『隋書』巻八十、列女傳・『通鑑』巻一六七に高涼太守として、また『新唐書』巻一一〇、馮盎附傳にもその名がみえる。

（5）侯景　生沒年五〇三～五五二年。梁代、朔方（陝西省楡林市）あるいは雁門（山西省代縣）の人。字は萬景。はじめ北魏の守備兵となり、爾朱榮に用いられて定州刺史となる。ついで高歡に仕えるが、高歡の死後、その息子高澄と不和であったため、所部の州郡をひきいて梁の武帝（在位五〇二～五四九年）に降った。やがて梁と東魏との間に和議が成立しそうになったので、梁に背き、五四九年三月には建康宮城を陷れ、同年五月武帝を窮死させた。さらに簡文帝（在位五四九～五五一年）を廢し、新たに豫象王蕭棟を梁帝とし、自ら漢王を稱した。五五一年十月、禪讓の形式をとり、漢帝となるが、翌年、蕭繹（元帝・在位五五二～五五四年）が遣した王僧辨、陳覇先によって討たれた。

『梁書』巻五十六、侯景傳・『南史』巻八十、侯景傳參照。

（6）都督蕭勃　都督は官名。魏の文帝（在位二二〇～二二六年）のとき、都督諸州軍事をおいたのが、そのはじまりとされる。元來、軍政の官としての性格を有したが、民政を掌る刺史を兼務する例も存在した。この制度は南北朝時代にも踏襲され、隋は都督を總管と改めるが、唐の武德七（六二四）年、再び都督と改めた。全國の都督府は上・中・下の三等に分けられ、秩はそれぞれ從二品、正三品、從三品であった。

蕭勃は生沒年？～五五七年頃。梁の武帝の從父弟の吳平侯蕭景の子。曲江鄉侯に封ぜられる。紹泰（五五五～五五六年）中、太尉、ついで太保となる。陳の武帝（在位五五七～五五九年）禪讓の際に擧兵し、敗れて殺される。『南史』巻五十一、吳平侯景附傳參照。

（7）刺史李遷仕　刺史は官名。地方長官の一つ。州の長官。秩は、唐代、上州從三品、中州正四品上、下州正四品下である。刺史の下には、別駕、長史、司馬などの佐官や錄事參軍・司功參軍などの曹官、そのほかの州官がおかれていた。

李遷仕は生沒年？～五五一年。高州刺史、太寶元（五五〇）年、侯景の亂に乘じて背くが、翌年、陳覇先に敗れて斬死。

（8）馮寶が行こうとすると……案の定背いた　『北史』巻九十一、列女傳には「（馮）寶欲往、夫人疑其反、止之。數日、遷仕果反」とあり、『隋書』巻八十、列女傳には「高州刺史李遷仕據大皐口、遣召寶。寶欲往、夫人止之曰、『刺史無故不合召太守、必欲詐君共爲反耳。』寶曰、『何以知之。』夫人曰、『刺史被召援臺、乃稱有疾、鑄兵聚衆、而後喚君。今者若往、必留質、追君兵衆。此意可見、願且無行、以觀其勢。』數日、遷仕果反」とある。

（9）嶺表　五嶺の南の地。現在の廣東省・廣西壯族自治區のあたりをさす。五嶺については巻二七〇、冼氏（二）、

注（28）（本書55頁）参照。

（10）馮寶が死ぬと……おさまった　『通鑑』巻一六七には、「（永定二年）高涼太守寶卒、海隅擾亂。寶妻洗氏懐集部落、數州晏然。其子僕、年九年、是歲、遣僕帥諸酋長入朝、（陳武帝）詔以僕爲陽春太守」とあり、『通鑑』では、これを陳の永定二（五五八）年のこととする。

（11）息子の馮僕は……封ぜられた　『通鑑』巻一七〇、宣帝太建二（五七〇）年二月條には「馮僕以其母功、封信都侯、遷石龍太守、（元、胡三省注）五代志、石龍縣屬高涼郡、蓋梁、陳置郡也。今爲化州。遣使持節冊命洗氏爲石龍太夫人、賜繡幰油絡駟馬安車一乘、（注）幰、許偃翻。安車加繡幰油絡也。乘、繩證翻。給鼓吹一部、幷麾幢旌節、（注）吹、尺瑞翻。幢、傳江翻。其鹵簿一如刺史之儀」とある。

馮僕は生没年五五二〜？年。高涼の人。馮寶と洗氏の子。母の功によって信都侯に封ぜられるが、至德中（五八三〜八七年）に没する。

（12）繡幰、油絡、駟馬、安車　繡幰はぬいとりの施された車の掛幕。『宋史』巻一五〇、輿服志に「皇后之車、唐制六等、一曰重翟、二曰厭翟、三曰翟車、四曰安車、五曰望車、六曰金根車。宋因之、初用厭翟車。其制、箱上有平盤、四角曲蘭、盤兩壁紗窗、龜文、金鳳翅、前有虛匱、香爐、香寶、緋繡幰衣、絡帶、門簾、三轅鳳首、畫梯、推竿、行馬、緋繒裏索」とある。

油絡は車上から垂れる絲縄。『隋書』巻三、煬帝紀上に「五品已上給犢車、通幰、三公親王加油絡」とある。

駟馬は安車などの駕を引く四頭の馬。『北史』巻八十二、熊安生傳に「安生曰、『武王伐紂、懸首白旗、陛下平齊、兵不血刃、愚謂聖略爲優。』帝大悅、賜帛三百匹、米三百石、宅一區、幷賜象笏及九鐶金帶、自余什物稱是。又詔所司給安車駟馬、令隨駕入朝、幷敕所在供給」とあるように、功臣などに賞賜の一つとして安車などとともに與えられた。

安車は座乘する車。一頭立てで蓋付きの背の低い小さな馬車。皇后、皇太子その他特に朝廷に對して功績のあったものに賜與された。『隋書』卷十、禮儀志に「安車、案禮、卿大夫致事則乘之、其制如輜軿、蔡邕『獨斷』有五色安車、皆畫輪重轂、今畫輪、重輿、曲壁、紫油幢絳裏、通幰、朱絲絡網、赤鞶纓、駕四馬、省問臨幸則乘之、皇太子安車、斑輪、赤質、制略同乘輿、亦駕四馬」とあり、唐、玄宗撰、李林甫等奉敕撰『唐六典』卷十二、內僕局に「內僕令掌中宮車乘出入導引、丞爲之貳。凡中宮有出入、則令居左、丞居右、而夾引之。凡皇后之車有六、……四曰安車、臨幸則供之」とある。

(13) 鼓吹、麾幢、旌節　鼓吹は軍事の際に鼓や太鼓をならす軍樂で、北方より傳えられたとされる。『通典』卷七十六、沿革、軍禮に「隋大業七年……騎兵四十隊、隊百人。(注) ……前部鼓吹一部、大鼓、小鼓及鼙、長鳴、中鳴等各十八具、棡鼓、金鉦各二具」とあり、『舊唐書』卷八十五、唐臨附傳に「(唐) 紹上疏諫曰、『竊聞鼓吹之樂、本爲軍容、昔黃帝涿鹿有功、以爲警衛』」とある。

麾幢は指揮に用いる旗。『通鑑』卷九十五、成帝咸和九（三三四）年六月條に「(陶) 侃疾篤、上表遜位。遣左長史殷羨奉送所假節、麾、幢、曲蓋（元、胡三省注）麾、大將旌旗、臨敵之際、三軍視以爲進退者也。幢、幡幢、『方言』曰、『幢、翳也、楚曰翿、關東、西皆曰幢。』『文選』註、『幢、以羽葆爲之。』『釋名』曰、『幢、童也、其狀童童然。』……晉制、諸公任方面者、皆給節、麾、幢、曲蓋……」とある。

旌節は、『新唐書』卷二十四、車服志に「大將出、賜旌以顓賞、節以顓殺。旌以絳帛五丈、粉畫虎、有銅龍一、首纏緋幡、紫縑爲袋、油囊爲表。節、懸畫木盤三、相去數寸、隅垂赤麻、余與旌同」とあり、『舊唐書』卷四十三、職官志に「凡天下節度使有八、若諸州在節度內者、皆受節度焉。其福州經略使、登州平海軍、則不在節度之內。

凡親王總戎、曰元帥、文武官總統者、則曰總管。以奉使言之、則曰節度使、有大使、副使、判官。若大使加旌節以統軍、置木契以行」とあるように、皇帝より節度使、大將などに與えられたいわゆる皇帝權力の象徵物ともいえる旗印のこと。旌は恩賞を節は罰をそれぞれ掌ることを意味した。

(14) 繡幰、油絡……準じさせた　『隋書』巻八十、列女傳には「賚繡幰油絡駟馬安車一乘、給鼓吹一部、幷麾幢旌節、其鹵簿一如刺史之儀」とあり、『通鑑』巻一七〇、宣帝太建二（五七〇）年條に「賜繡幰油絡駟馬安車一乘、給鼓吹一部、幷麾幢旌節、其鹵簿一如刺史之儀」とある。

(15) 王仲宣が……おこしたとき　王仲宣は生沒年不詳。隋代の番禺（廣東省廣州市）の人。俚（獠）族の首領。陳の東衡州刺史王勇の部將となり、隋軍に抵抗する。開皇十年、衆を集めて反亂を起こし、嶺南の少數民族が多くこれに呼應した。裴矩に破られ、また洗氏が隋軍を助けたので反亂軍は潰滅した。ここでいう反亂とは、このときのことをさすものと考えられる。『通鑑』巻一七七・『隋書』巻六十七、裴矩傳などに王仲宣の名前がみえる。

(16) 朝廷は彼女を譙國夫人に封じ　『北史』巻九十一、列女傳に「追贈寶爲廣州總管、封譙國」とあり、『隋書』巻八十、列女傳に「追贈寶爲廣州總管、譙國公、冊夫人爲譙國夫人」とある。また『事物紀原』巻一に「通典曰、隋高涼女子洗氏、世爲南越首領、有功、冊爲高涼郡夫人、既而冊譙國太夫人。此夫人封郡之始也」とある。

(17) 長史　隋、唐では諸王府、都督、衞、率府および諸州におかれた。ここでの長史は都督府・州の都督や刺史を補佐する副官を指す。秩は大都督府の從三品から中州の正六品上がある。

(18) 幕府を開いて……自由に裁量させた　この部分を底本では「幕府署長史。官屬給印章」に作るが、『北史』巻九十一では「夫人幕府長史已下官屬、給印章聽發部落、六州兵馬、若有機急、便宜行事」に作り、『通鑑』巻一七七では「開譙國夫人幕府、置長史以下官屬、官給印章、聽發部落六州兵馬、若有機急、便宜行事」に作り、『隋書』

巻八十、列女傳では「開譙國夫人幕府、置長史以下官屬、給印章、聽發部落六州兵馬、若有機急、便宜行事」に作る。「便宜行事」の文を考えると、印章を與えられたのは洗氏と解釋する方が妥當であろう。從って、ここではそのように譯した。

(19)　皇后　このときは開皇十（五九〇）年であるから、この皇后とは隋の文帝（在位五八一～六〇四年）の獨孤皇后のことであろう。獨孤皇后は生沒年五四四（五五三？）～六〇二年。北周の大司馬獨孤信の第七女。河南洛陽（河南省洛陽市）の人。十四歳で楊堅（文帝）に嫁ぎ、開皇元（五八一）年、文帝が卽位すると皇后となる。讀書を好み、文帝に多くの獻策をしたため、文帝とあわせて「二聖」と稱された。ただし、潔癖で嫉妬深い性格な餘り、重臣の高熲を失脚させ、皇太子楊勇を廢嫡に追い込んだりした。『隋書』巻三十六、皇妃傳・『北史』巻十四、皇妃傳下參照。

(20)　番州總管趙訥　番州は隋代には南海郡に屬した。現在の廣東省廣州市。總管は內外の軍事を掌る官。北周に都督を改めて總管とした。隋代に一旦廢されたが、唐代には再び各州に總管をおいた。

趙訥は『隋書』巻八十、列女傳および『通鑑』巻一七七、隋紀に番州總管として、南宋、潛說友『(咸淳)臨安志』巻五十一、縣令條にも「富陽縣。歷代縣令。趙訥、唐咸通十四年築縣城」とあるように、咸通十四（八七三）年頃の富陽縣令としてその名前がみられるが、詳細は不明である。

(21)　黎獠　黎は、現在の海南島一帶に居住していた民族。俚人ともいう。獠は、現在の廣東省、廣西壮族自治區、湖南省、四川省、雲南省などに居住した民族。『晉書』巻一二一、李勢載記に「初、蜀土無獠、至此、始從山而出、北至犍爲、布在山谷、十餘萬落」とあり、『周書』巻四十九、異域傳上に「獠者、蓋南蠻之別種、自漢中達于邛笮、川洞之間、在所皆有之」とある。また『隋書』巻八十二、南蠻傳に「南蠻雜類、與華人錯居、曰蜒、曰獽、曰俚、曰獠、曰徂、倶無君長、隨山洞而居、古先所謂百越是也」とある。

(22) 反亂　『通鑑』卷一七七に「(開皇十年) 番州總管趙訥貪虐、諸俚、獠多亡叛」とある。

(23) 冼氏は自ら……すべて降伏した　『隋書』卷八十、列女傳および『通鑑』卷一七七には「夫人親載詔書、自稱使者、歷十餘州、宣述上意、諭諸俚、獠、所至皆降」とある。

(24) 文帝　生沒年五四一～六〇四年。在位五八一～六〇四年。姓名は楊堅。弘農郡華陰（陝西省渭南市）の人。はじめ北周に仕え、相國となり隨公に封ぜられる。靜帝（在位五七九～八一年）の禪讓を受けて自立し、ついで五八九年、陳を滅ぼし、南北朝以來分裂狀態にあった中國全土を再統一した。『隋書』卷一、高祖紀・『北史』卷十一、隋本紀參照。

(25) 臨振縣に……賜った　臨振縣は隋代臨振郡に屬した。現在の海南省三亞市。湯沐の邑は、周代において、天子が諸侯に賜った特定の采地で、その邑からあがる收入を齋戒、沐浴などの費用にあてたことから、このように稱された。『漢書』卷一下、高帝紀には「上乃起舞、炕慨傷懷、泣數行下。謂沛父兄曰、『游子悲故鄉。吾雖都關中、萬歲之後吾魂魄猶思沛。且朕自沛公以誅暴逆、遂有天下、其以沛爲朕湯沐邑。』（注）師古曰、『凡言湯沐邑者、謂以其賦稅供湯沐之具也』」とある。後世、天子・皇后・公主（皇女）などにもこの制度を設けた。『隋書』卷八十、列女傳ではこの部分を「高祖嘉之、賜夫人臨振縣湯沐邑、一千五百戶」と記す。

洗　氏（二）

洗氏高州保寧人也。身長七尺、多智謀、有三人之力。兩乳長二尺餘、或冒熱遠行、兩乳搭在肩上。秦末五嶺喪亂。洗氏點集軍丁、固護鄉里、蠻夷酋長不敢侵軼。及趙陀稱王徧霸嶺表、洗氏乃齎軍裝物用二百擔入覲、趙陀大慰悅、與之言時政及論兵法、智辯縱橫、陀竟不能折、扙委其治高梁。恩威振物、鄰郡賴之。今南道多洗姓、多其枝流也。出『嶺表錄異』。據談氏初印本附錄

洗　氏（二）[26]

洗氏は高州保寧[27]の人である。身の丈七尺、知略にすぐれ三人力であった。兩方の乳房は長さ二尺あまりもあった。ひどく暑い日に遠出をするときには、（ムレないように）兩乳房を肩の上に乘せていた。秦末、五嶺で戰亂がおこった。[28]洗氏は軍丁を集めて、固く鄉里を守ったので、蕃夷の酋長たちもあえて侵入して來なかった。

趙陀が王を稱して、嶺表一帶に覇を唱えると、[29]洗氏は軍旅の必需品二百籠をかつがせて入覲《おめどおり》した。趙陀は大いにこれを悅び、洗氏と時政や兵法について論じ合った。洗氏は豊かな知識と爽やかな辯舌を縱橫に驅使したので、趙陀はついに彼女を言い負かすことができなかった。そこで（趙陀は）洗氏に高梁[30]の統治を委ねた。洗氏の恩威は民衆を心服させ、隣郡も彼女を賴るようになった。いま、南方の地に洗姓のものが多いが、大部分は彼女の末裔である。

注

(26) 洗氏　底本および談氏A本、許刻本では出典を唐、劉恂『嶺表錄異』とする。ただし許刻本は本記事を巻二七〇の最初に配列している。談氏B・C本および黄刻本にはこの記事は收錄されていない。「洗氏」二つの記事の時代を考えれば許刻本の配列が正しいものと思われるが、ここでは底本に従った。現存する『嶺表錄異』にはこの話は缺落しているが、商壁・潘博『嶺表錄異校補』輯佚に收錄されている。この記事以外の洗氏の詳細は不明である。

(27) 高州保寧　漢代は合浦郡に屬する。現在の廣東省茂名市電白縣の東北、鑒江および漠陽江流域。南朝梁のとき高州を置いた。隋初に廢され、唐代に復活する。保寧は保寧縣。唐の至德二（七五七）載、保安縣から保寧縣と改められ、高州に屬した。漢代にはこの地名はみられず、この話を收錄したときの地名に基づいたものと思われる。

(28) 秦末、五嶺で戰亂がおこった　秦末でおこった亂としては、前二〇九年の陳勝・吳廣の亂が有名であるが、『史記』巻一一三、南越列傳に「佗、秦時用爲南海龍川令。至二世時、南海尉任囂病且死、召龍川令趙佗語曰、『聞陳勝等作亂、秦爲無道、天下苦之、項羽、劉季、陳勝、吳廣等州郡各共興軍聚衆、虎爭天下、中國擾亂、未知所安、豪傑畔秦相立。南海僻遠、吾恐盜兵侵地至此、吾欲興兵絕新道、自備、待諸侯變、會病甚。且番禺負山險、阻南海、東西數千里、頗有中國人相輔、此亦一州之主也、可以立國。郡中長吏無足與言者、故召公告之。』卽被佗書、行南海尉事」とあるように、その餘波が嶺南にまで及んでいたことを窺い知ることができるが、この當時、嶺南で戰亂があったという記事は檢出し得ない。

五嶺は現在の湖南省、江西省、廣東省、廣西壯族自治區にまたがる地域。また、大庾、始安、臨賀、桂陽、揭

陽の五つの山の總稱。『史記』卷八十九、張耳陳餘列傳に「秦爲亂政虐刑以殘賊天下、數十年矣。北有長城之役、南有五嶺之戍、（注）『漢書』音義曰、『嶺有五、因以爲名、在交阯界中也。』『索隱』、裴氏『廣州記』云、『大庾、始安、臨賀、桂陽、揭陽、斯五嶺』」とある。

(29)　趙陀が……唱えると　趙陀は生沒年?～前一三七年。漢代、眞定（河北省正定縣の南）の人。秦の始皇帝（在位前二四六～前二一〇年）のとき、南海龍川令となる。二世皇帝胡亥（在位前二〇九～前二〇七年）のとき、南海尉任囂が病死したのち、その仕事を代行した。秦が滅びたのち、前二〇三年に、自立して南越武王となり、南越を建國した。本記事はおそらくはこのときのことをさしたものであろう。やがて漢の高祖（在位前二〇六～前一九五年）によって南越王に封ぜられたが、のち自尊して南越武帝と稱した。文帝（在位前一八〇～前一五七年）が即位して使者を派遣すると、趙陀は謝して帝號をやめ、藩臣として服屬したが、國内では依然として帝を稱していたとされる。『史記』卷一一三、南越尉佗列傳・『漢書』卷九十五、西南夷兩粵朝鮮傳參照。

嶺表は、卷二七〇、冼氏（一）、注（9）（本書48頁）參照。

(30)　高梁　高涼のこと。卷二七〇、冼氏（一）、注（2）（本書47頁）參照。

衞敬瑜妻

衞敬瑜妻、年十六而夫亡、父母舅姑欲嫁之、乃截耳爲誓、不許。戶有巢燕、常雙飛、後忽孤飛、女感其偏栖、乃以縷繫脚爲誌。後歲、此燕果復來、猶帶前縷、妻爲詩曰、「昔年無偶去、今春又獨歸。故人恩義重、不忍更雙飛」原闕出處。

許刻本作出『南雍州記』

衞敬瑜の妻(1)

衞敬瑜の妻は十六歳のときに夫を亡くした。父母や舅、姑も彼女を再婚させようとしたが、彼女は耳を切りとって誓いをたて、(2)再婚を拒絶した。家の戸口に燕が巣を作った。燕は常に二羽で飛んでいたが、その後、突然一羽だけで飛ぶようになった。彼女はその燕の一羽住まいに共感し、縷をその足に結んで目印にした。翌年、その燕は期待通りに、またやってきた。足にはまだ（彼女がつけた）縷《いと》をつけたままであった。そこで彼女は詩を一首を作った。その詩は、

昔年無偶去　　昔年偶《つれあい》を無くして去る
今春又獨歸　　今春又獨り歸る
故人恩義重　　故人の恩義重くして
不忍更雙飛　　更に雙飛するに忍びず

というものであった。(3)

注

（1）衞敬瑜の妻　談刻本および黃刻本では「衞敬瑜」と題し、出典を記していないが、許刻本により、「妻」の字を補った。また許刻本では出典を『南雍州記』とする。『南雍州記』は、『隋書』巻三十三、經籍志に「南雍州記六卷。鮑至撰」とあり、『舊唐書』巻四十六、經籍志上には「南雍州記三卷、郭仲彥撰」、『新唐書』巻五十八、藝

文志には「鮑堅、南雍州記、三巻」とある。現在は劉宋、王韶之の『南雍州記』一巻が『説郛』弖六十一に收められているが、この記事は記載されてはいない。本記事は、許刻本の方が談刻本、黃刻本よりも詳細に記述されているが、底本では談刻本を採っているので、それに従う。この記事は『南史』巻七十四、張景仁附傳に收録されているほか、それを引く『御覽』巻九二一や『通志』巻一六七・明、彭大翼『山堂肆考』巻九十四、撃孤燕・宋、曾慥輯、『類説』巻二十九にも收められている。

衞敬瑜の妻は覇城の王整の姉の王氏のことか。生沒年不詳。年十六にして夫を亡《うしな》い、父母舅姑が皆再婚を勸めたが、聞き入れず、遂に耳を切って誓いをたてた。雍州刺史蕭藻はその貞節を賞めて、その門に「貞義衞婦之閭」と題して表彰した。『南史』巻七十四、張景仁附傳參照。『御覽』および『通志』『山堂肆考』は『南史』の記述に從うが、『類説』巻二十九には「宋末娼家女、姚玉京嫁襄州小校敬瑜、敬瑜溺水而死。玉京守志養姑舅」とあり、南朝宋末期の娼家の娘姚玉京のことだとしている。

(2) 耳を切りとって誓いをたて　この衞敬瑜の妻王氏が耳をきって再嫁しないことを誓った事例から、のちに截耳とは、婦女が再婚しないことを指すようになる。『新唐書』巻二〇五、列女傳に「山陽女趙者、父盜鹽、當論死、女詣官訴曰、『迫飢而盜、救死爾、情有可原、能原之邪。否則請倶死。』有司義之、許、現父死。女曰、『身今爲官所賜、願毀服依浮屠法以報。』即截耳目信、侍父疾、卒不嫁」とある。

(3) その詩は……というものであった　『南史』巻七十四、張景仁附傳・『御覽』巻九二一・『通志』巻一六七・『類説』巻二十九・『山堂肆考』巻九十四に收録されている。『南史』ではこの詩のあとに「雍州刺史西昌侯藻嘉其美節、乃起樓於門、題曰、『貞義衞婦之閭。』又表於臺」と續いている。

周迪妻

周迪妻某氏。迪善賈、往來廣陵。會畢師鐸亂、人相略賣以食。迪飢將絕、妻曰、「今欲歸、不兩全。君親在、不可並死。願見賣以濟君行。」迪不忍、妻固與詣肆、售得數千錢以奉。迪至城門、守者誰何、疑其紿、與迪至肆問狀、見妻首已在於枅矣。迪裹餘體歸葬之。　未註出處。談氏引自『新唐書』

周迪の妻(1)

周迪《しゅうてき》の妻某氏のことである。周迪は才覺のある商人で、廣陵までよく商賣に出かけていた。(2)折しも畢師鐸《ひっしたく》の亂がおこり、人々は互いに略賣《かどわかし》をして、その人肉を食べた。(3)（そのような状況の中）周迪は餓えて死にそうになった。妻は、「いま郷里へ帰ろうにも、二人一緒に命長らえることはできないでしょう。あなたのご兩親は健在です。ここで二人とも死んでしまう譯にはいきません。お願いですから私を賣ってあなたが帰る費用に當てて下さい」といった。周迪はそうするには忍びなかったが、妻は頑として聞かず、肉肆《にくや》へ行った。(4)そして自分を賣り、數千錢を受け取り、それを周迪に差し出した。周迪が城門に至ると、守衞が姓名を問いただした。守衞は周迪が（數千錢を持っていることについて）嘘をついていると疑い、一緒に肉肆へ行って事情を問いただしたところ、そこに周迪の妻の首が切られて柱にぶらさげてあった。そこで周迪は妻の遺骨を包み、故郷に帰ってこれを葬った。

注

（1）周迪の妻　談刻本および黄刻本では出典を記していない。底本は談愷が『新唐書』より引くものとする。許刻本では出典を『（廣陵）妖亂志』とし、「封景文」のあとすなわち本巻最後から三番目に配列している。配列は底本、談刻本、黄刻本に従った。

『（廣陵）妖亂志』は『通鑑』巻二五三、乾符六（八七九）年條にある胡三省注に「『考異』曰、『郭廷誨妖亂志……』」とあり、『新唐書』巻五十八、藝文志に「郭延誨廣陵妖亂志三巻」とある。また宋、王堯臣等編『崇文總目』巻二には「廣陵妖亂志三巻、郭廷誨撰、繹按、宋志、無廣陵二字、『書錄解題』、『郭廷誨作郭延誨』」とある。このほか、清、張潮『虞書新志』には、唐、羅隱の『廣陵妖亂志』がみえ、『羅隱集』には、補遺として『廣記』からこの話が收錄されている。撰者名は分かれるが、その內容は同じである。この話は『新唐書』巻二〇五、列女傳にも同様の記事がある。談刻本と許刻本では記述に違いがみられるが、底本では談刻本を採っているので、それに從う。

（2）周迪の妻……往來していた　許刻本には「有豫章民周迪、貨利於廣陵、其妻偕老焉」とあり、周迪が豫章の商人であったことが分かる。豫章は、唐代には江南西道の洪州に屬していた。現在の江西省南昌市である。廣陵は廣陵郡すなわち揚州のこと。唐代は淮南道に屬した。現在の江蘇省揚州市。また清、謝旻等修・陶成等纂『江西通志』巻九十七では『新唐書』を引くとして「周迪妻。迪洪州人善賈、往來廣陵」に作る（ただし『新唐書』では『廣記』底本と同様の記述である）。また清、黃之雋等修『江南通志』巻一七八には「五代周迪妻某氏。迪本洪州商人、居揚城。光孝（啓）中楊光密圍揚州。城中食盡殺人而食」とあり、周迪が元來洪州の商人であったが、揚州に居住していたとする。

（3）　畢師鐸の亂がおこり……人肉を食べた　畢師鐸は生沒年？～八八八年。唐代、曹州冤句（山東省曹縣の西北）の人。乾符（八七四～七九年）の初め、王仙芝とともに盜賊となったが、王仙芝の死後、高駢に下り信任される。光啓三（八八七）年、廣陵の高駢を攻めてこれを殺した。しかしまもなく楊光密に敗れ、翌年正月、孫儒に殺される。『舊唐書』卷一八二、高駢附傳參照。『通鑑』卷二五七、僖宗光啓三年冬十月條に「楊行密圍廣陵且半年、秦彥、畢師鐸大小數十戰、多不利、城中無食、米斗直錢五十緡、草根木實皆盡、以菫泥爲餠食之、餓死者太半。宣軍掠人詣肆賣之、驅縛屠割如羊豕、訖無一聲、積骸流血、滿於坊市。彥、師鐸無如之何、嚬蹙而足」とあることから、この記事は楊光密が揚州城の畢師鐸を包圍したときのことを指すものと考えられる。

（4）　妻は……肉肆へ行った　底本には「妻固與詣（注）詣原作請。據黃本改。肆」とある。談氏B・C本および黃刻本は「詣肆」に作る。文意から考えて、底本に從った。

鄒待徵妻

鄒待徵妻薄者、武康尉自牧之女也。從待徵官江陰。袁晁亂、待徵解印竄匿、薄爲賊所掠、將汙之、不從。語家嫗、使報待徵曰、「我義不辱。」卽死於水。賊去、得其尸。義聲動江南、聞人李華作「哀節婦賦」曰、「昔歲群盜並起、橫行海浙。江陰萬戶、化爲凝血。無石不焚、無玉不折。峩峩薄媛、烱然名節。自牧之子、鄒徵之妻。玉德蘭姿、女之英兮。鄒也避禍、伏於榛莽。婉如之賓、執爲囚虜。匍匐泥沙、極望無睹。出授官之告、託垂白之姥。姥感夫人、爰達鄒君。兵解求尸、在於江濱。哀風起爲連波、痛氣結爲孤雲。鳧雁爲之哀鳴、日月爲之蒙昏。端標移景而恆直、勁芳貫霜而猶存。知子莫如父、誠哉長者之言。」 未註出處。談氏引自『新唐書』

鄒待徵の妻(1)

鄒待徵(2)の妻薄氏は、武康縣尉である薄自牧(3)の娘である。鄒待徵が江陰縣に赴任するとき、これに同行した。(4) 袁晁(5)の亂がおこると、待徵は職務を放棄して逃げ隠れたが、薄氏は賊にさらわれてしまった。賊が彼女を犯そうとしたが、彼女は頑として從わなかった。彼女は家媼《ばあや》に賴んで(6)鄒待徵に、

「私は操を守って辱しめを受けませんでした」

とことづけ、すぐさま入水して死んだ。

賊が引き上げ、薄氏の死體が發見されると、彼女の操を守り通したことを譽めそやす聲は江南中(7)に鳴り響いた。文名音に聞こえた李華が「節婦を哀《あわ》れむの賦」を作った。(8) その賦は、

昔歳群盜並起　横行海浙
江陰萬戸　化爲凝血
無石不焚　無玉不折
峩々薄媛　烱然名節
自牧之子　待徵之妻
玉德蘭姿　女之英兮
鄒也避禍　伏於榛莽
婉女之賓　執爲囚虜

昔歳　群盜並び起りて(9)　海浙(10)に横行す
江陰の萬戸　化して凝血と爲る(11)
石の焚《や》かれざるもの無く(12)　玉の折られざるもの無し
峩々《がが》たり薄媛　烱然《けいぜん》たり名節
自牧の子にして　待徵の妻なり(13)
玉のごとき德　蘭のごとき姿は　女の英なり
鄒や禍いを避け　榛莽《しんもう》に伏せり(14)
婉女の賓　執われて囚虜と爲る

匍匐泥沙　極望無睹　　泥沙に匍匐し　望を極むも睹るもの無く
出授官之告　託垂白之姥　　授官の告(15)を出だし　垂白の姥に託す
姥感夫人　爰達鄒君　　姥は夫人に感じ　爰《ここ》に鄒君に達す
兵解求尸　在於江濱　　兵解《とき》て尸を求むるに　江濱に在り
哀風起爲連波　痛氣結爲孤雲　　哀風起りて連波と爲り　痛氣結ぼれて孤雲となる
鳧雁爲之哀鳴　日月爲之蒙昏　　鳧雁《ふがん》(16)これが爲に哀鳴し　日月これが爲に蒙昏す
端標移景而恆直　勁芳貫霜而猶存　　端標景を移して恆に直く　勁芳霜を貫きて猶お存す
知子莫若父　誠哉長者言　　子を知るは父に如くは莫し(17)　誠なるかな長者の言

というものであった。

注

（1）鄒待徵の妻　談氏B・C本および黄刻本では出典を記していない。底本は談愷が『新唐書』より引くものとする。『新唐書』巻二〇五、列女傳所收。また『舊唐書』巻一九三、列女傳・『御覽』巻四四〇、人事部、貞女中・『文苑英華』巻九十六、賦、哀節婦賦幷序にも同様の記事あり。『廣記』には、『新唐書』にみられない記述がある。唐、李肇『唐國史補』巻上にも、「江左之亂、江陰尉鄒待徵妻薄氏爲盜所掠、密以其夫棺告托于村媼、而後死之。李華爲哀節婦賦、行于當代」という簡略な記事が載せられている。

（2）鄒待徵　注（1）の諸文獻に名前はみられるが、詳細は不明である。許刻本は「鄒待徴」に作る。

（3）武康縣尉である薄自牧　武康縣は、唐代、江南東道の湖州に屬した。現在の浙江省德清縣の西。縣尉は、諸縣におかれた縣丞の下に屬する官。元來は盜賊や犯罪者を取り締まったが、隋代以後、一旦縣正と改稱され、その職掌が改められた。武德七（六二四）年、縣尉の舊稱に復したが、その職掌は元に戻らず、唐代では、中縣以下では一人の縣尉が縣政のあらゆる職掌を判することになったが、上縣では、戸口の按批・賦役の催促など民生擔當の官と、警察・裁判の事務に從事する官と二人が存在した。薄自牧は注（1）諸文獻にその名前はみられるが、詳細は不明である。

（4）鄒待徵が……同行した　『舊唐書』巻一九三、列女傳には、「待徵、大曆中爲常州山陰縣尉、其妻爲海賊所掠」とあり、鄒待徵が常州山陰縣に赴任したとするが、山陰縣は唐代、越州に屬しており、台州で勃發した袁晁の亂との距離や『舊唐書』に記す「海賊」という記事から、あるいは越州山陰縣の誤りとも考え得る。ここでは底本に從った。

江陰縣は唐代、江南東道の常州に屬した。現在の江蘇省無錫市の北。

（5）袁晁　生沒年？〜七六四年。台州（浙江省台州市）の人。寶應元（七六二）年に台州で反亂をおこし、台、信、溫、明州などを陷れたが、やがて、御史中丞袁傪《えんじん》によって征討された。『唐國史補』巻上、宋、王讜《おうとう》『唐語林』巻三に名前が散見される。一に「袁鼂」に作る。

（6）家媼に賴んで　底本には「語家媼」とあるが、許刻本には「密以待徵官告托家媼」とある。また『舊唐書』巻一九三、列女傳には「薄氏守節、出待徵官告於懷中、託付村人、使謂待徵曰、……」とあり、薄氏が傳言を賴んだ人物を村のものとする。

（7）江南　揚子江以南の總稱。主に現在の江蘇、安徽、江西三省を指す。

（8）李華が「節婦を哀れむの賦」を作った　李華は生沒年七一五（？）〜六六（七四？）年。唐代、贊皇（河北省趙縣）の人。字は遐叔。開元二十三（七三五）年、進士弘辭科に及第し、天寶十一（七五二）年に監察御史となった。安祿山の亂（七五五～五九年）が起こったのち、山陽（江蘇省淮安市）の地に隱棲し、佛教を信じた。蕭穎士とともに古文家として有名。古文運動の先驅者の一人。著書に『李遐叔文集』がある。『舊唐書』卷一九〇下、李華傳・『新唐書』卷二〇三、李華傳參照。「節婦を哀れむの賦」は『文苑英華』卷九十六、賦所收。

（9）群盜並び起りて　底本注には「群原作隋。據『全唐文』三二四改」とある。談刻本・許刻本ともに「群」の字を「隋」に作る。底本では『全唐文』卷三二四により改めている。『文苑英華』も「群盜」に作るため、底本に從う。

（10）海浙　江浙のこと。現在の江蘇・浙江省のあたり。海は宋、章如愚『群書考索』別集卷二十四、邊防門、海に「江淮手足也。海口咽喉也。京畿腹心也。錢塘面瞰浙江去淮有千里之遙」とある。

（11）化して凝血と爲る　談刻本および『文苑英華』『全唐文』では「化爲凝血」に作る。許刻本は「花爲凝血」に作るが、底本に從う。

（12）石の焚かれざるもの無く　『文苑英華』『全唐文』は「無蘭不焚」に作る。

（13）待徵の妻なり　底本は「自牧之子／鄒徵之妻」に作るが、『文苑英華』『全唐文』により改めた。

（14）榛莽　天下が爭亂している狀態を指す。唐、谷神子『博異志』閻敬立に「敬立見之、問曰、『此館甚荒蕪、何也』。對曰、『今天下榛莽、非獨此館、宮闕尙生荊棘矣』」とある。

（15）授官の告　告身を指す。告身とは、唐代、官職につくものが受け取る辭令書。『新唐書』卷四十五、選擧志に「皆給以符、謂之告身」とある。

（16）鳧雁　鴨と雁。唐、溫庭筠「商山早行」詩（『全唐詩』卷五八一所收）に「因思杜陵夢／鳧雁滿迴塘」とある。

（17）子を知るは父に如くは莫し　『管子』巻七、大匡の「鮑叔曰、先人有言、曰『知子莫若父、知臣莫若君……』」によったもの。この言葉は、『文苑英華』巻九十六の「節婦を哀れむの賦」の序に「武康尉薄自牧嘗謂余曰、『僕有賢女』」とあるのを受けたものであろう。

竇烈女（一）

奉天縣竇氏二女伯娘、仲娘。雖長於村野。而幼有志操。住與邠州接界。永泰中、草賊數千人持兵刃、入其村落、行剽刼。聞二女有容色。姊年十九、妹年十六、藏於巖窟間。賊徒擬爲逼辱。乃先曳伯娘出。行數十步。又曳仲娘出。賊相顧自慰。行臨深谷。伯娘曰、「我豈受賊汙辱。」乃投之於谷、賊方驚駭。仲娘又投於谷、谷深數百尺、姊尋卒。仲娘脚拆面破、血流被體、氣絕良久而蘇。賊義之而去。京兆尹第五琦感其貞烈、奏之。詔旌表門閭、長免丁役、二女葬事官給。京兆戶曹陸海、首賦以美之。未註出處。談氏引自『唐書』列女傳

竇の烈女㈠(1)

奉天縣の竇氏の二人の娘伯娘《ちょうじょ》と仲娘《じじょ》(2)は村里で育ったとはいえ、幼い頃から志操《みさお》が堅かった。その住まいは邠州(3)の州境にあった。永泰年間（七六五～七六六年）に、草賊數千人が武器を手にして彼女らの村に侵入し、略奪を行った(4)。賊は姊妹が美しいことを聞きつけた。姊は十九歲、妹は十六歲であり（二人は）岩窟の中に隠れた。賊たちは二人を凌辱しようとし、そこでまず伯娘の方を引きずり出した。數十步ほど行ったところで、今度は仲娘を引きずり出して賊は

互いに顔を見合わせてほくそ笑んだ。深い谷の近くまできたとき、伯娘が、

「私がどうして賊の汙辱《はずかし》めなど受けましょう」

と言って、その身を谷に投げた。賊が驚駭《おどろ》いていると、今度は仲娘も身を投げた。谷の深さは數百尺もあり、伯娘は間もなく死んだ。仲娘は脚が折れ、顔がつぶれ全身血塗れになり、長い間氣絶していたが、やがて蘇生した。賊は二人の行いをあっぱれとして立ち去った。京兆尹の第五琦(5)がその貞烈さに感じ入り一切を上奏した。帝は詔を下して門閭に二人の娘の行いを旌表(6)させ、長く徭役を免除した。二人の娘の葬儀には官より弔費を支給したほか、京兆戸曹の陸海(7)が、賦をつくってこのことをほめたたえた。

注

（1）竇の烈女　談氏B・C本では出典を記していない。許刻本、黄刻本も本記事を「奉天竇氏二女」と題し、ともに出典はみられない。底本は談愷が『新唐書』列女傳より引くものとするが、『新唐書』巻二〇五、列女傳にはかなり省略された記事しか載せられていない。『舊唐書』巻一九三、列女傳や宋、王欽若等『冊府元龜』巻一三九、帝王部、旌表三には本記事と同様の記事が収錄されている。

（2）奉天縣の……伯娘、仲娘　奉天縣は唐代、關內道京兆府に屬した。現在の陝西省乾縣。伯娘は長女、仲娘は次女のこと。『冊府元龜』巻一三九では「永泰元年正月、京兆尹第五琦奏、奉天縣竇昇朝二女伯娘仲娘……」とあり、竇氏の名を「昇朝」と記す。

（3）邠州　唐代は關內道に屬した。現在の陝西省彬縣。

（4）永泰年間……略奪を行った　『冊府元龜』では、永泰元（七六五）年正月に第五琦が上奏したとあるので、この

記事は永泰元年の正月あるいはそれより少し以前のことと思われるが、『舊唐書』巻十一、代宗本紀に「（永泰元年）九月辛卯、太白經天。丁酉、僕固懷恩死于靈州之鳴沙縣。時懷恩誘吐蕃數十萬寇邠州、客商尙品息贊磨、尙悉東贊等寇奉天、醴泉、黨項羌、渾、奴刺寇同州及奉天、逼鳳翔府、盩厔縣、京師戒嚴。……丁巳、吐蕃大掠京畿男女數萬計、焚廬舍而去。同華節度周智光以兵追擊于澄城、破賊萬計。冬十月己未、復講仁王經於資聖寺。吐蕃至邠州、與迴紇相遇、復合從入寇」とあり、永泰元年九月・十月に吐蕃の大軍が邠州に來寇したことが知られる。あるいは『册府元亀』の第五琦の上奏年が誤っており、本記事はこのときの吐蕃の來寇を記したものであるとも考え得る。

（5）京兆尹の第五琦　生沒年七一〇（七一二）～七九（八二）年?。唐代、長安（陝西省西安市）の人。字は禹珪。乾元元（七五八）年に鹽法をたてて諸道鹽鐵使となり、天下の財政を握った。翌年、同中書門下平章事となる。寶應（七六二～六三年）の初め、召されて太子賓客となり、まもなく京兆尹に任じられる。再び度支を判し、鹽鐵使を兼ね、扶風郡公に封ぜられた。また鹽鐵使劉晏とともに、唐朝の財政再建に辣腕を振るったが、魚朝恩が誅に服すると、これに連座して左遷された。のち、その才を惜しんだ德宗（在位七七九～八〇五年）によって呼び戻されたが、病氣のため急死した。『舊唐書』巻一二三、第五琦傳・『新唐書』巻一四九、第五琦傳參照。

京兆尹は京師の長官。唐代、長安の行政長官を京兆尹と稱した。秩は從三品。

（6）旌表　一般に「門閭旌表」という。孝義貞節の人などに坊を立て額を賜って世に知らせること。朝廷が爵位や官位を與えたり、あるいは免税措置などを行った。唐代では、『唐六典』巻三十に「若孝子順孫義夫節婦、志行聞於鄉閭者、亦隨實申奏、表其門閭、若精誠感通則加優賞……」とあるように、門閭旌表が令として規定、受旌者の範圍も孝子、順孫、義夫、節婦と明記している。唐代における旌表の事例は、『册府元龜』巻一三八、帝王部、旌表二から一四〇、帝王部、旌表四にかけて記されている。

（7）京兆戸曹の陸海　底本および許・黄刻本には「京兆尹曹陸海」に作るが、京兆尹曹なる官職名は存在しない。従ってここでは『舊唐書』巻一九三の記載に従い、「京兆戸曹陸海」に改めた。京兆戸曹參軍事は京兆尹の屬官。秩は正七品下。陸海については詳細は不明である。

竇烈女（二）

烈女姓竇氏、小字桂娘。父良、建中初爲汴州戸曹參軍。桂娘美顏色、讀書甚有文。李希烈破汴州、使甲士至良門、取桂娘去。將出門、顧其父曰、「愼無戚戚、必能滅賊、使大人取富貴于天子。」桂娘旣以才色在希烈側、復能巧曲取信、凡希烈之密、雖妻子不知者、悉皆得聞。希烈歸蔡州、桂娘嘗謂希烈曰、「忠而勇、一軍莫如陳仙奇。其妻竇氏、仙奇寵且信之、願得相往來、以姊妹敍齒、因徐說之、以堅仙奇之心。」希烈然之。因以姊事仙奇妻。嘗間謂曰、「賊凶殘不道、遲晩必敗、姊因早圖遺種之地。」仙奇妻然之。貞元二年四月、希烈暴死、其子不發喪、欲盡誅老將校、俾少者代之。計未決、有獻含桃者、桂娘曰希烈子、請分遺仙奇妻、且以示無事於外。因爲蠟帛書曰、「前日已死、殯在後堂、欲誅大臣、須自爲計。」次朱染帛丸、如含桃。仙奇發丸見之、言於薛育曰、「兩日稱疾、但怪樂曲雜發、盡夜不絕、此乃有謀未定、示暇於外、事不疑矣。」明日、仙奇、薛育各以所部兵譟於衙門、請見希烈、烈子迫出拜曰、「願去僞號、一如李納。」仙奇曰、「爾悖逆、天子有命。」因斬希烈妻及子、函七首以獻、陳尸於市。後兩月、吳少誠殺仙奇、知桂娘謀、因亦殺之。

出『樊川集』。原闕。據談氏初印本附錄

竇の烈女[8](二)

烈女、姓は竇氏、幼い頃の字は桂娘といった。父の竇良[9]は、建中年間（七八〇～八三年）の初めに、汴州の戸曹掾[10]となった。桂娘は容貌が美しく、書を讀み、非常に文才があった。李希烈が亂をおこし、汴州を陥れたとき[11]、武装した兵を竇良の家に遣して桂娘をさらわせた。ちょうど門を出ようとしたとき、桂娘はその父を振り返って、

「決して悲しまないでください。必ず賊を滅ぼして、父上が天子から榮達を受けられるように致します」

といった。桂娘は才色を愛でられ、李希烈の側に仕え、また巧みに媚びへつらい、信頼を得た。およそ李希烈の祕密にしていることで、妻子すら知らないことまでも桂娘はすべて聞いて知っていた。李希烈が蔡州[12]に引き上げたとき、桂娘は李希烈に、

「忠實で勇猛な點において、全軍のうち陳仙奇[13]におよぶものはありません。その妻を竇氏といって、陳仙奇は彼女を愛し、信じきっています。どうか互いに義姉妹《きょうだい》としてのつきあいをさせて下さい。そうして徐々に彼女を説き伏せ、陳仙奇の心を固めさせるようにいたしましょう」

ともちかけた。李希烈が納得したので、彼女はこうして陳仙奇の妻を姉として仕えることになった。桂娘はある機會に、

「李希烈は凶暴で、人としてあるまじき行爲をしています。遲かれ早かれ必ず敗れるでしょう。お姉さんも早いところ、安全な場所を確保したほうがよいでしょう」

といった。陳仙奇の妻はまったくだとうなずいた。

貞元二（七八六）年[14]四月、李希烈がにわかに死んだ。彼の子は喪を發せず、古參の将校を皆殺しにし、若いものにとって代わらせようとした。計略がまだ決まらないうちに、含桃《おうとう》[15]を獻上したものがあった。桂娘は李希烈の子に、

「これを陳仙奇の妻にも分けてあげて下さい。しばらく陛下（李希烈）が存命しているように外には見せかけるのです」

といった。そうして蠟帛書[16]を作り、

「前日、李希烈は死にました。殯《もがり》[17]は後堂で行われています。李希烈の息子は大臣を誅そうと思っていますので、あなたも何か手だてを講じられるように」

としたため、次に帛を朱に染めて含桃のような形にした。陳仙奇は、帛の玉を開いてこの書面をみると、薛育[18]に、

「李希烈はこの二日間、病氣と稱している。ただ樂曲がばらばらにかなでられ夜通し絶えないのはいぶかしい。これはおそらくはかりごとをめぐらしているが、うまくいかず外に餘裕のあるふりをしているだけだ。仔細は（彼女がいってきたとおりで）間違いなかろう」

といった。

　翌日、陳仙奇と薛育は、手勢を率いて、衙門で大騒ぎし、李希烈に會いたいと申し入れた。李希烈の子はほうほうの態で彼らの前に出てきて謝り、

「僞號をやめて、李納[19]のように、朝廷に歸順したい」

といった[20]。陳仙奇は、

「お前は謀反人であり[21]、皇帝から（討伐の）命令が下っているのだ」

といい、そこで李希烈の妻と子を斬り、七つの首級《しるし》を箱に入れて獻上し、死體は市にさらした。二ヶ月後、呉少誠[22]は陳仙奇を殺した。また今度の事件の黑幕が桂娘であったことを知って、桂娘も殺した。

注

（8）竇の烈女　談氏B・C本にはこの記事は缺けている。許刻本、黃刻本には出典を唐、杜牧『樊川（文）集』（巻六）としてこの記事を收錄している。底本では出典を『樊川集』として、もともと缺けていたものを談氏A本によって付加したものとする。『樊川文集』では「竇烈女」を「竇列女」に作る。明、彭大翼『山堂肆考』巻二〇七、雜蠟丸に節錄されているほか、『文苑英華』巻七九六、竇烈女傳にも收錄されている。

（9）竇良　汴州戶曹參軍であったこと以外、詳細は不明である。

（10）汴州の戶曹掾　汴州は唐代、河南道に屬した。現在の河南省開封市の西北。底本および『樊川文集』『文苑英華』では、「戶曹掾」に作るが、戶曹掾は隋以前にその名がみられるものの、隋代に戶曹參軍に改められている。唐もこれにならっており、かつ『山堂肆考』に「戶曹參軍」に作るので、ここでは「戶曹參軍」に改めた。戶曹參軍は民戶を掌る屬官。唐代は諸府に戶曹があった。

（11）李希烈……陷れたとき　李希烈は生沒年？～七八六年。唐代、遼西（北京市懷柔）の人。はじめ李忠臣の副將だったが、忠臣が追われると、代宗（在位七六二～七七九年）は、彼を留後とした。德宗（在位七七九～八〇五年）のとき、淮西節度使となり、南平郡王に昇進した。李納が謀反を起こしたとき、仲間となり汴州を破り帝位を僭稱し、國號を楚とした。李希烈が汴州を陷れたのは、『通鑑』巻二二九によれば、建中四（七八三）年十二月のことである。『舊唐書』巻一四五、李希烈傳・『新唐書』巻二二五中、李希烈傳參照。『舊唐書』および『新唐書』では李希烈はその部將の陳仙奇に毒殺されたとするが、『廣記』には「希烈暴死」、『唐語林』巻六には「希烈死、蔡師陳仙奇、奉魯公喪歸京」とある。

（12）蔡州　唐代は河南道に屬した。現在の河南省汝南縣。

（13）陳仙奇　生沒年?～七八六年。李希烈の牙将として仕えていたが、貞元二（七八六）年三月、李希烈を毒殺し、淮西節度使に任じられるが、同年七月、呉少誠によって殺される。新・舊『唐書』李希烈傳のほか、宋、錢易『南部新書』卷乙、『唐語林』卷六に名前が散見される。『樊川文集』では陳仙奇の「仙」の字を「先」に作るが、これは誤り。

（14）貞元二年　底本では「興元元（七八四）年」とするが、新・舊『唐書』では李希烈の死を貞元二年のこととする。ここでは、新・舊『唐書』に從って改めた。

（15）含桃　櫻桃のこと。荊桃、李桃などとも呼ばれた。その形狀が桃に似ているために桃の字が使用されてはいるが、桃ではなく、櫻の一種である。鶯《うぐいす》が桃の形狀に似た櫻桃を口に含んで食する様子から含桃と呼ばれたともいう。『禮記』卷十六、月令に「天子乃以雛嘗黍羞。以含桃先薦寢廟。（注）含桃、櫻桃也」とあり、また明、李時珍『本草綱目』卷三十に「櫻桃（注）別錄上品。釋名鶯桃（注）禮註。含桃（注）月令。荊桃（注）宗奭曰、『孟詵本草言此乃櫻非桃也。雖非桃類、以其形肖桃、故曰櫻桃、又何疑焉。』……時珍曰、『其顆如瓔珠、故謂之櫻。而許愼作鶯桃、云鶯所含食、故又曰含桃、亦通』」とある。

（16）蠟帛書　帛書（帛《きぬ》に書きつけた手紙）を、漏洩を防ぐため、蠟で固めたもの。宋、楊萬里『誠齋集』卷一一六に「（苗）傅等遣大兵駐臨平、（張）浚爲蠟帛書、募人持付臨安守臣康允之等、俾勿驚動乘輿」とある。蠟彈、蠟丸帛書ともいう。

（17）殯　人が死んで葬るまでの間、屍を棺に納めて、假に安置しておくこと。後漢、許愼『說文解字』に「殯、死在棺、將遷葬柩、賓遇之、從歹賓、賓亦聲。夏后殯胙階、殷人殯於兩楹之間、周人殯於賓階」とある。

（18）薛育　『新唐書』卷二二五中、李希烈傳にもその名がみえるが、詳細は不明である。

(19) 李納　生沒年七五九〜九二年。李正己の息子。唐の代宗のとき殿中丞に拔擢される。李正己の死後、喪を隠して發せず、兵を率いて田悅と濮陽で會し、また李希烈らと連合して自ら齊王と稱した。德宗のときの初め、再び唐に歸服する。官は同平章事、李希烈を破った功績により司空を加えられる。『舊唐書』卷一二四、李正己傳・『新唐書』卷二一三、李正己傳參照。

(20) ……といった　底本には「烈子迫出拜、願去僞號、一如李納」とあるが、『樊川集』によって、「曰」の一字を「烈子迫出拜」の下につけ加えた。

(21) お前は謀反人であり　底本には「爾悖逆」とあるが、『樊川文集』は「爾父勃逆」に作る。

(22) 吳少誠　生沒年七五〇〜八〇九年。唐代、潞縣（山西省潞城市）の人。初め荊南節度使庾準の衙（牙）門將となり、入朝する。李希烈の死後、陳仙奇を推擧して戎事を統べさせたが、間もなく陳仙奇を殺してそのあとを繼ぎ、德宗より申、蔡、光州等の節度觀察留後に任じられた。順宗（在位八〇五年）即位後、同中書門下平章事を加えられた。『舊唐書』卷一四五、吳少誠傳・『新唐書』卷二一四、吳少誠傳參照。

鄭神佐女

大中五年、兗州瑕丘縣人鄭神佐女、年二十四、先許適驍雄牙官李玄慶。神佐亦爲官健、戍慶州。時黨項叛、神佐戰死。其母先亡、無子。女以父戰歿邊城、無由得還、乃剪髮壞形、自往慶州護父喪還、至瑕丘縣進賢鄉馬靑村、與母合葬。便廬於墳所、手植松檟、誓不適人。節度使蕭俶以狀奏之曰、「伏以閭里之中、罕知禮敎、女子之性、尤昧義方。鄭氏女痛結窮泉、哀深陟岵、投身沙磧、歸父遺骸、遠自邊陲、得還閭里。感蓼莪以積恨、守丘墓以誓心、克彰孝理之仁、足勵貞方之節。」詔旌表門閭。贊曰。政教隆平、男忠女貞。禮以自防、義不苟生。彤管有煒、蘭閨振聲。關雎合雅。始號文明。 未註出處。談氏引自『唐書』列女傳

鄭神佐の娘(1)

大中五（八五一）年、兗州瑕丘縣(2)の人、鄭神佐の娘は、二十四歳であったが、先に驍雄軍の牙官(3)である李玄慶に嫁ぐことが決まっていた。(4)鄭神佐もまた官健(5)となって、慶州(6)を守っていた。そのとき黨項《タングート》が反亂を起こし、(7)鄭神佐は戰死してしまった。彼女の母は、それより以前に亡くなっており、ほかに子供もなかった。彼女は、父が邊境で戰沒し、(8)故郷に歸る術がなくなったと思い、そこで髪を切り姿を變え、自ら慶州に出かけ、父の亡骸《なきがら》を護送して歸り、瑕丘縣の進賢鄉馬靑村に運び、母とともに合葬した。その墳墓のかたわらに廬《いおり》を結び、手ずから松や檟《ひさぎ》を植え、(9)生涯二度と嫁がないことを誓った。節度使の蕭俶(10)が、狀(11)によって事の次第を上奏した。

「つらつら以《おも》いますに、村里《むら》の中では禮教を知るものはほとんどいません。ましてや女性はもともと節義といったものに疎いものでございます。しかし鄭氏の娘は、その心の痛みはあの世に結ぼれ、(12)父を慕う哀しみは陟岵《ちょくこ》よりも深いものがあります。(13)身を砂漠に投じて父の亡骸のあるところにたどりつき、遠く邊境の地から自分の故郷の村里へ持ち歸ることができました。蓼莪《りくが》の詩(14)に歌われているような父を失った恨みを心の底に閉ざし、墳墓を守って二度と嫁がないことを心に誓いました。これこそ孝道の仁として顯彰すべきものであり、人々に貞節のあり方を知らしめるに足る事例であると思います」

帝は詔を下して、門閭に旌表した。(15)

贊(16)に曰く、

「政治や禮教が正しく盛んに行われれば、男は忠、女は貞である。禮儀につとめることは自らを律するものであり、義は生きていく上でなくてはならないものである。彤管《とうかん》(17)に輝きがあり、節操をわきまえた行いが世に讚えられ(18)、關雎《かんしよ》(19)の雌雄が節義を守りあって、始めて文明の世の中といえるのではないだろうか」

と。

注

(1)　鄭神佐の娘　談氏B・C本、許刻本、黃刻本では出典を記していない。底本は談愷(談氏A本)が『新唐書』(巻二〇五)列女傳より引いたものとするが、『新唐書』の記事は本記事よりも簡略化されている。『舊唐書』巻一九三、列女傳は本記事とほぼ同文。五代、孫光憲『北夢瑣言』巻一にも同様の記載がみられるが、底本には『新唐書』および『北夢瑣言』にみられない記事が含まれている。

(2)　兗州瑕丘縣　兗州は唐代には河南道に屬した。現在の山東省兗州市。瑕丘縣はその東北。

(3)　驍雄軍の牙官　底本は「馳雄」に作るが、『北夢瑣言』には「右驍雄軍健」、『舊唐書』巻一九三は「驍雄牙官」、『新唐書』巻二〇五は「牙兵」とある。驍雄は禁軍の組織名であることから、ここでは「驍雄牙官」に改めた。

(4)　先に……決まっていた　『北夢瑣言』には「先亡父未行營已前、許嫁右驍雄軍健李玄慶、未受財禮」とある。納財禮とは、中國古代からの婚禮の儀式である六禮(納采・問名・納吉・納徵・請期・親迎)のうち、納徵のこと。納徵によって、男家から女家へ聘財を納め、婚姻が成立する。この場合、それ以前であったため、婚約を破棄することが可能であったものと思われる。

李玄慶は注（1）諸文獻に名前がみられるが、軍健という以外、詳細は不明。

（5）官健　農民の強壯な者を選んで編成される團練兵をその一部に含むが、大部分が募兵によって編成される。軍衣、兵糧、給與などすべて國家から支給される國家的傭兵。その多くは生業を失った流民、客戸、無賴の徒が召募に應じたもので、待遇改善を掲げ反亂をおこすものもいた。底本では「神佐亦爲官健」とあり、許刻本ではその前に「未及適李氏而」の語あり。

（6）慶州　唐代は關内道に屬した。現在の甘肅省慶陽縣。

（7）そのとき黨項族が反亂を起こし　黨項は六～十四世紀にかけて、中國西北邊において勢力を有したチベット系民族のこと。六世紀より四川省北部から青海省にかけて活躍したが、七世紀に入って吐蕃の強壓を受けたため、その一部は吐蕃に歸屬し、拓拔氏を中心とする殘餘の部衆は唐に歸屬した。ただ、唐の鎭將の誅求に耐えかねて反亂をおこすこともあった。

黨項の叛亂については、『新唐書』巻八、宣宗紀には「（大中四年）十一月、黨項羌寇邠、寧」とあり、『通鑑』巻二四九には、大中四（八五〇）年から五年にかけて黨項がしばしば叛亂をおこしたことが記されている。

（8）鄭神佐の娘は、父が邊境で戰沒し　底本には「神佐戰死、其母先亡、無子、女以父戰沒邊城」とある。許刻本では「戰死、其母先亡、無子、女以父」の部分がない。

（9）その墳墓の……檟を植え　この鄭神佐の娘の行爲は、『禮記』喪大記第二十二にある「父母之、居倚廬、不塗、寢苫枕凷、非喪事不言。君爲廬宮之。大夫士襢之、既葬、柱楣、塗廬、不於顯者。君大夫士皆宮之。凡非適子者、自未葬以於隱者爲廬」という禮制にのっとったものであろう。

また「檟」の字を『底本』では「檜」に作るが、松と檟はともに墓に植えられる木であることから、ここでは

『舊唐書』の記載に従って「櫝」に改めた。宋、王溥『唐會要』巻二十三、寒食排歸に「龍朔二年四月十五日詔、如聞父母初亡……亦有送葬之時、共爲歡飲遞相酬歡酣醉始歸、或寒食上墓復爲歡樂、坐對松櫝曾無威容、既玷風猷並宜禁斷」とある。

（10）節度使の蕭俶　節度使は唐、五代の軍職。唐中期の府兵制の崩壊に伴って、邊境の傭兵集團の總司令官として設置された。天寶元（七四二）年、邊境に河西節度使をはじめとする十節度使が出現した。安史の亂以降、内地にも多くの節度使が設置され、これらの節度使は觀察處置使を兼ねて民政も掌握した。河北三鎭など強大な節度使は唐朝にたびたび反亂をおこし自立を保った。しかし、唐末・五代に舊來の節度使はその力を失い、在地土豪層によって取って代わられることになる。宋代になると、節度使は單なる武官の稱號と府州の格式を示す名稱にすぎなくなった。

蕭俶は生沒年？〜八五八年。南朝梁の武帝（在位五〇二〜四九年）の末裔である蕭俛の弟。大中四年、檢校戶部尙書、兗州刺史、兗・沂・海節度使となる。『舊唐書』巻一七二、蕭俛附傳參照。

（11）狀　『唐六典』巻八、門下省、侍中に「凡下之通于上、其制有六、一日奏抄、……二日奏彈、……三日露布、……四日議、……五日表、六日狀」とあるように、皇帝への上呈文書の形式の一つであるが、個人の書札に對してもこの語は用いられた。狀や表、疏を皇帝に奉ることを上奏という。唐代においては、九品以上の官が狀を以て上奏することが可能であった。

（12）その心の痛みはあの世に結ぼれ　窮泉は地下の果ての泉、墓中をいう。唐、白居易「李白墓」詩（『全唐詩』巻四四〇所收）に「采石江邊李白墳／遶田無限草／可憐荒壠窮泉骨／曾有驚天動地文／但是詩人多薄命／就中淪落不過君」とある。

(13)　父を慕う哀しみは……あります　『詩經』魏風、陟岾に「陟彼岾兮／瞻望父兮／父曰嗟予子／行役夙夜無已／猶來無止」とあり、詩序に「陟岾、孝子行役、思念父母也……」とある。

(14)　蓼莪の詩　父母を失った限りない悲しみをうたった詩。『詩經』小雅、谷風之什、蓼莪に「蓼蓼者莪／匪莪伊蒿……父兮生我／母兮鞠我……欲報之德／昊天罔極」とある。

(15)　門閭に旌表した　巻二七〇、竇烈女（一）、注（6）（本書68頁）参照。

(16)　贊　ある事柄や人物を贊美する文體の一つ。必ず四字句にまとめ、簡潔に事情を盡くし、明晰な文章を用いた。

(17)　彤管　赤い軸の筆。宮中の政令および后妃のことを記すのに用いる。『後漢書』卷十、皇后紀序に「女史彤管、記功書過」、唐、李賢注に「彤管、赤管筆也」とある。

(18)　節操をわきまえた行いが世に讚えられ　蘭閨は女性の寝室の意。ここでは、廬に住み、生涯貞操を守り通す鄭神佐の娘の行爲を賞讚することから、轉じて「節操をわきまえた行い」と譯した。

(19)　關雎　『詩經』詩序に「關雎后妃之德也。風之始也。所以風天下而正夫婦也。故用之鄉人焉、用之邦國焉。風風也、敎也。風以動之、敎以化之」とある。『詩經』國風、周南、關雎には「關關雎雎／在河之洲／窈窕淑女／君子好逑」とある。

盧夫人

盧夫人、房玄齡妻也。玄齡微時、病且死、諉曰、「吾病革、君年少、不可寡居、善事後人。」盧泣入帷中、剔一目示玄齡、明無他。會玄齡良愈、禮之終身。按『妬婦記』、亦有夫人、何賢於微時而妬於榮顯邪。予於是而有感。原闕出處。許刻本作出『朝野僉載』

盧夫人(1)

盧夫人は房玄齡(2)の妻である。(3)玄齡が微官であったとき、病氣で明日をも知れぬ容態になった。そこで妻に遺言し、「私はもう長くはない。おまえはまだ若いからこのまま獨り身でいてはいけない。いい人をみつけて再婚しなさい」といった。これを聞いて盧夫人は泣きながら自分の部屋へ入り、自分の片目をえぐり取って玄齡にみせ再婚の意志のないことを示した。そうこうしているうちに、玄齡の病氣は治った。彼は一生夫人に頭が上がらなかった。

考えてみるに、『妬婦記』にも夫人のことが書かれてある。(4)何故地位の低いときに賢夫人であった人が、榮達すると嫉妬深い夫人になったのであろうか。私（筆者）はこのことについて思うところがある。

注

（1）盧夫人　談刻本、黄刻本では出典を記していないが、許刻本では出典を『朝野僉載』としている。現存する唐、張鷟《ちょうさく》『朝野僉載』にはこの記事は缺落している。『朝野僉載』補輯（所引『廣記』卷二七〇）および『新唐書』

巻二〇五、列女傳所收。

（2）房玄齢　生沒年五七八〜六四八年。唐初の名相、太宗（在位六二六〜四九年）創業の功臣。齊州、臨淄（山東省臨淄縣）の人。隋の開皇十五（五九五）年、十八歳で進士となる。隋末、唐の太宗李世民が渭北を占領したとき、これに投降して知遇を受ける。太宗即位後、宰相の位にあること十五年、杜如晦、魏徵らとともに貞觀の治といわれる黃金時代を築いた。褚遂良らとともに『晉書』を著した。『舊唐書』卷六十六、房玄齢傳・『新唐書』卷九十六、房玄齢傳參照。

（3）盧夫人は……である　『新唐書』は「房玄齢妻盧、失其世」に作る。

（4）考えてみるに……書かれてある　底本、談刻本、黃刻本では「□按『妬婦記』亦有夫人」に作るが、許刻本では「按」の字の上に「出『朝野僉載』」とある。ここでは「按」の上に闕字は無いと考え、底本の「□」を割愛した。『宋書』卷四十一、后妃傳に「宋世諸王、莫不嚴妬、太宗每疾之。湖熟令袁慆妻以妬忌賜死、使近臣虞通之撰『妬婦記』」とあり、『新唐書』卷五十八、藝文志に「虞通之『后妃記』四卷、又『妬記』二卷」とある。この『妬婦記』と『妬記』は同一のものと考えられるが、唐代の盧夫人のことが書かれていることから、ここでの『妬婦記』とは虞通之のものではないことが分かる。むしろ『直齋書錄解題』卷十一に「『補妬記』八卷（注）案『文獻通考』作一卷。稱京兆王績編、不知何時人。古有宋虞之『妬記』等、今不傳、故補之、自商周而下、迄於五代史補傳、所有妬婦皆載之、未及神怪雜說文論等。最後有治妬二方、尤可笑也」とあるように、『補妬記』のことを指すものと考えられる。

符鳳妻

玉英、唐時符鳳妻也、尤姝美。鳳以罪徙儋州、至南海、爲獠賊所殺、脅玉英私之。對曰、「一婦人不足以事衆男子、請推一長者。」賊然之、乃請更衣。有頃、盛服立於舟上、罵曰、「受賊辱、不如死。」遂自沉於海。原闕出處。許刻本作出『朝野僉載』

符鳳の妻(1)

玉英は唐代の符鳳の妻である。(2)彼女は非常に美しい女性であった。符鳳が罪に問われて儋州《たんしゅう》(3)に流され、南海郡(4)に到着したとき、獠(5)の賊たちに殺されてしまった。賊たちは玉英を脅して我がものにしようとしたが、玉英は、「私一人では皆様を相手にすることはできません。なにとぞどなたかお一人を選んで下さい」と答えた。賊たちはこれをもっともだとして、一人を選んだ。玉英はそこで、着物を着替えたいと申し出た。しばらくくして玉英は盛装して舟の上に立ち上がり、賊に向かって、「お前たち賊徒の辱めを受けるくらいなら、死んだ方がましです」と罵り、ついに海に身を投げた。

注

（1）符鳳の妻　談刻本、黄刻本では出典を記していない。底本では、許刻本が出典を『朝野僉載』とするとしているが、譯者が調査した京都大學人文科學研究所・新潟大學・東洋文庫所藏の許刻本には出典を記していない。現在この記事は『朝野僉載』には缺落している。『朝野僉載』補輯（所引『廣記』卷二七〇）および『新唐書』卷二〇五、列女傳所收。

（2）玉英は……妻である　『新唐書』は「符鳳妻某氏、字玉英」に作る。符鳳については、『舊唐書』卷一八三、武承嗣傳に「公府倉曹符鳳」とその名がみえる。

（3）儋州　唐代は嶺南道に屬した。現在の海南省儋州市。

（4）南海郡　底本は「至南海」に作る。南海は唐代、嶺南道廣州に屬した。現在の廣東省廣州市。

（5）獠　卷二七〇、冼氏（一）、注（21）（本書52頁）參照。

呂　榮

許升妻呂氏字榮。升少爲博徒、不理操行、榮嘗躬勤家業、以奉養其姑。數勸升脩學、每有不善、輒流涕進規。榮父積忿疾升、乃呼榮欲改嫁之。榮嘆曰、「命之所遭、義無離貳。」終不肯歸。升感激自勵、乃尋師遠學、遂以成名。尋被本州辟命、行至壽春、爲盜所殺。刺史尹耀捕盜得之。榮迎喪於路、聞而詣州、請甘心讐人。耀聽之。榮乃手斷其頭、以祭升靈。後郡遭寇賊、賊欲犯之、榮踰垣走、賊拔刀追之。賊曰、「從我則生、不從我則死。」榮曰、「義不以身受辱。」寇虜遂殺之。是日疾風暴雨、雷電晦冥、賊惶懼叩頭謝罪、乃殯葬之。

呂　榮[1]

許升の妻である呂氏は字を榮といった。[2]許升は若い頃やくざな男で、素行が惡かった。呂榮はかねてより一所懸命家業につとめ、姑に孝養をつくした。呂榮はたびたび夫に學問を修めるよう勸めた。そして許升が惡業を重ねるごとに涙を流して諫めたものである。呂榮の父は怒りをつのらせ、許升を憎んでいた。そこで呂榮を呼び戻し、再婚させようとした。呂榮は嘆息し、

「縁があって結ばれた以上、人の道として別れるわけにはまいりません」

といい、とうとう里に歸るのを承知しなかった。許升はこの言葉に感激して、深く反省し、そこで各地に師を求めて遊學し、ついにひとかどの人物となることができた。彼はまもなく故鄉の長官より辟命を受け、[3]壽春まで來たとき、[4]盜賊の手に掛かって死んでしまった。壽春の刺史尹耀[5]はこの盜賊を捕らえた。呂榮は夫の亡骸を道の途中で迎え、盜賊が捕まったと聞いて尹耀のもとに行った。呂榮は、

「どうか私の氣のすむように復讐させてください」

と賴んだ。尹耀がこれを許すと、呂榮は手ずから賊の首をはね、それを許升の靈前に供えた。

後日、吳郡が賊の襲擊を受けたとき、賊が呂榮を犯そうとした。[6]呂榮は垣を越えて逃げたが、賊は拔刀して追いすがった。賊が、

「俺のいうことを聞けば助けてやる。さもなければ命はないぞ」

というと、呂榮は

「この身に辱めを受けないことが節義というものです」

といい放ったので、賊は彼女を殺した。

この日、風が吹きすさび大雨が降り、雷光が走り空が眞っ暗になった。賊は恐れおののき、叩頭して罪を詫び、手厚く呂榮を葬ったのである。[7]

注

（1）呂榮　底本、談刻本、黄刻本では出典を記していない。許刻本では出典を『文樞教要』とする。『文樞教要』は詳細不明。『後漢書』巻八十四、列女傳・『御覽』巻五十三（所引『列女後傳』）・『御覽』巻四四〇（所引『列女傳』）・『通志』巻一八五、列女傳に同様の記事がみられる。なお宋、范成大『呉郡志』巻二十七、烈女では呂榮が夫の仇を自ら討った話を『列女傳』、賊に犯されそうになったものの、これを拒んで殺された話を『文樞鏡要』より引いたものとする。

（2）許升の妻……といった　『後漢書』では「呉許升妻者、呂氏之女也、字榮」とあり、『列女後傳』に「呂榮者呉郡許昇之妻也」とあることから、許升が呉（江蘇省）の人であったことが分かる。

（3）辟命　漢代の官吏登用制度における、孝廉、茂才などの常科と賢良、方正などの制科とならぶ人材誘致の有力な方法の一つ。辟あるいは辟召ともいう。將軍、三公、地方長官などが人材を選任し、出仕させる場合に用いられる。

（4）壽春　漢代は九江郡に屬した。現在の安徽省壽縣。

（5）刺史尹耀　刺史は巻二七〇、冼氏（一）、注（7）（本書48頁）參照。尹耀は生沒年?～一四四年。『後漢書』巻三十八、滕撫傳に「建康元年、九江范容、周生等相聚反亂、屯據歷陽、爲江淮巨患、遣御史中丞馮緄將兵督揚州刺史尹耀、九江太守鄧顯討之、耀、顯軍敗、爲賊所殺」と揚州刺史としてその名前がみえる。ただ尹耀が壽春太守であった時期は明らかではない。

（6）後日……犯そうとした　『列女後傳』には「榮貞固自守。黃巾賊陳寶欲干穢之」とあり、ここで呂榮を犯そうとしたのは、黃巾の賊陳寶であるとしている。しかし黃巾の亂が勃發したのは中平二（一八四）年であり、尹耀の沒年と符合しない。おそらく『列女後傳』にみえる「黃巾賊陳寶」とは、後人あるいは作者である皇甫謐の手により付加されたものであると考えられる。

（7）かくして……である　底本、談刻本、黃刻本、『漢書』もここで話が終わるが、許刻本ではこのあとに「後刺史增其冢於嘉興郭里、名曰義婦坂」と續き、また『列女後傳』では「纍府君聞榮高行、遣主簿祭之。又出錢助縣爲冢」と續いている。

封景文

殷保晦妻、封敖孫也、名絢、字景文。能文章、草隸。保晦歷校書郞。黃巢入長安、共匿蘭陵里。明日、保晦逃。賊悅封色、欲取之、固拒。賊誘悅萬詞、不答。賊怒、勃然曰、「從則生、不然、正膏我劍。」封罵曰、「我公卿子、守正而死、猶生也。」終不從逆賊手、遂遇害。保晦歸、左右曰、「夫人死矣。」保晦號而絕。未註出處。談氏引自『新唐書』

封景文（1）

殷保晦（2）の妻は封敖《ふうごう》（3）の孫である。名を絢《じゅん》、字を景文といった。文章に巧みで草書、隸書が得意であった。殷保晦は校書郎[4]などの官についていた。黄巣が長安に侵入したとき、[5]封景文と一緒に蘭陵里[6]に潜んだ。その翌日、殷保晦だけ逃げた。[7]賊は封景文の容色を愛《め》で、我がものにしようとした。彼女は頑なに拒み、賊が千言萬言を盡くして口說いても、應じようとしなかった。賊は怒り、血相を變えて、

「いうことを聞けば命を助けてやる。嫌だというのなら刀の錆《さび》にしてくれよう」

といった。封景文は、

「私は公卿の子です。節操を守りぬいて死ぬことは、生きるに等しいこと」

と罵り、ついに逆賊を拒み通して殺されてしまった。

殷保晦が歸って來ると、左右のものが、

「奧様はお亡くなりになりました」

と告げた。(それを聞いた)殷保晦は號泣して絕命した。

注

(1) 封景文　底本、諸版本では出典を記していない。底本は本記事を談愷が『新唐書』より引いたものとする。『新唐書』巻二〇五、列女傳所收。唐、皇甫枚『三水小牘』巻下にも同様の記事がみられるが、『三水小牘』の記載はより詳細である。また封景文の名は『北夢瑣言』巻十一にもみえる。

(2) 殷保晦　生沒年?~八八〇年。詳細は不明。

(3) 封敖　生沒年不詳。唐代、蓨(河北省景縣)の人。字は碩天。元和(八〇六~二〇年)の進士、會昌元(八四一)年、翰林學士、中書舍人となる。武宗(在位八四〇~四六年)から重用され、衞國公に封ぜられた。平盧興元節度使、

尚書右僕射を歴任し、戸部尚書にて卒す。『舊唐書』巻一六八、封敖傳・『新唐書』巻一七七、封敖傳參照。

(4) 校書郎　祕書を校勘することを掌る官。唐代は祕書省には校書郎八人、祕書省著作局に校書郎二人、ほかに門下省弘文館に二人、太子左春坊の崇文館に二人、仝《どう》司經局に四人がおかれる。秩は正九品上。『三水小牘』では「祕省校書」に作る。

(5) 黄巣が長安に侵入したとき　黄巣の亂（八七五～八八四年）のこと。黄巣は生没年?～八八四年。唐代、曹州冤句（山東省曹縣）の人で、もとは鹽の密賣商人。のちに亂をおこし洛陽、長安を陥れる。中和三（八八三）年、李克用に大敗し、翌年、泰山の南東狼虎谷で最期を遂げた。『舊唐書』巻二〇〇下、黄巣傳・『新唐書』巻二二五下、黄巣傳參照。黄巣の長安入城を『三水小牘』では廣明元（八八〇）年十二月のこととする。また『通鑑』巻二五四、廣明元年の條では、黄巣は十一月に洛陽を落とし、十二月に長安に入ったとする。

(6) 蘭陵里　蘭陵坊のこと。唐代、長安城の坊名。萬年縣に屬した。朱雀門外の東側、北から南へ向かって六番目の坊。『唐兩京城坊攷』巻二、西京、外郭城に「次南蘭陵坊。東南隅、天官尚書韋待價宅。宅西、工部尚書李珍宅。……蕭氏池臺（注）詳下永寧坊殷保晦宅下」とある。

(7) この翌日、殷保晦だけ逃げた　このときの様子を、『廣記』では封景文を見捨てて逃げたことになっているが、『三水小牘』巻下では、「廣明庚子歳、妖纏黄道釁起、白丁關輔烽飛、輦轂遐狩、以天府陸海之盛、奄化於鯨鯢腹中、卽冬十二月七日也。邦人大潰、校書自永寧里所居盡室潛於蘭陵里蕭氏池臺。池隣五門以爲賊不復入。至明日、群凶霧合、祕校遂爲所俘。賊酋睹夫人之麗、將欲叱後乘以載之」とあり、殷保晦が蘭陵里にある蕭氏の池臺に逃れ、そこで夫人とともに賊に捕らわれたものとする。『唐兩京城坊攷』はこの『三水小牘』の記事を引いて、殷保晦の邸宅の場所を永寧里に比定している。

高彦昭女

高愍女名妹妹、父彦昭事正己。及納拒命、質其妻子、使守濮陽。建中二年、挈城歸河南都統劉玄佐、納屠其家。時女七歲、母李憐其幼、請免死爲婢、許之。女不肯曰、「母兄皆不免、何賴而生。」母兄將被刑、偏拜四方。女問故、答曰、「神可祈也。」女曰、「我家以忠義誅、神尙何知而拜之。」問父在所、西嚮哭、再拜就死。德宗駭嘆、詔太常謚曰愍。諸儒爭爲之誄。彦昭從玄佐救寧陵、復汴州、授潁州刺史。朝廷錄其忠、居州二十年不徙、卒贈陝州都督。原闕出處。許刻本作出『廣德神異錄』

高彦昭の娘(1)

高愍女は名前を妹妹といった。父の高彦昭(2)は李正己(3)に仕えていた。正己の息子の李納(4)が唐朝に背いたとき、高彦昭の妻子を人質にとり彼を濮陽の長官にした(5)。建中二（七八一）年、高彦昭は城を擧げて河南都統の劉玄佐(6)に歸順してしまった。李納は彼の家族を皆殺しにした(7)。ときに妹妹は七歲(8)、母の李氏はまだあどけない娘を憐れみ、死を免じて婢の身分におとしてほしいと願った。李納はこれを許した。ところが妹妹はそれを聞かず、

「お母様もお兄様もみんな殺されて、私だけどうして命乞いまでして生きなきゃならないの、そんなのいや」

といった。母と兄とが殺される間際に、四方に向かって拜禮をすると、彼女はなぜそんなことをするのか、と問うた。母と兄は、

「神に祈るのです」

と答えた。（すると）彼女は、

「わが家は忠義を盡くしたために誅殺《ころ》されるというのに神様は素知らぬ様子なのよ。それでも拜むの？」

といい、父の居所を聞いて西へ向かって慟哭し、二度頭を下げ悠揚として死についた。

これを知った德宗[9]は驚嘆し、太常[10]に命じて彼女に愍女と謚[11]した。儒者（文人）たちは爭って彼女のために誄《しのびごと》[12]を作った。

（その後）高彦昭は玄佐に従って寧陵[13]を救い、汴州[14]を奪回した功で潁州刺史[15]を授けられ、朝廷は彼の忠節を記録にとどめた。潁州刺史として二十年を勤め上げた彼は、轉任することなく卒し、陝州都督[16]をおくられた。

注

（1）高彦昭の娘　底本、談刻本、黃刻本では出典を記していない。許刻本では出典を『廣德神異錄』とする。『廣德神異錄』（一に『廣德神異記』に作るが、これは誤りであろう）は『宋史』巻二〇三、藝文志、別史類に「渤海塡唐『廣德神異錄』四十五巻」とその名がみえるが、詳細は不明。『新唐書』巻二〇五、列女傳に同様の記事あり。談刻本と許刻本では記述に違いがみられるが、底本では談刻本を採っているので、それに従う。

（2）高彦昭　生沒年不詳。最初、李正己に仕えていたが、建中二（七八一）年、その子李納が唐朝に背いたときに、家族を人質にとられながらも、濮陽を擧げて唐朝に歸順する。のち劉玄佐に従って汴州を奪回した功績により、潁州刺史に任じられ、轉任することなく卒し、死後、陝西都督を贈られた。

（3）李正己　生沒年七三三〜八一年。本名は懷玉。高麗の人。官は檢校司空、同平章事。饒陽郡王に封ぜられる。『舊唐書』巻一二四、李正己傳・『新唐書』巻二一三、李正己傳參照。

(4) 李納　巻二七〇、竇烈女(二)、注(19)(本書74頁)参照。

(5) 高彦昭の妻子を……長官にした　底本には「質其妻子。使(注)子使二字原闕。據黃本補。守濮陽」とある。ここでは底本に従った。

濮陽は、唐代、河南道に屬した。現在の河南省濮陽市。

(6) 河南都統の劉玄佐　河南は黃河以南の地を指す。都統は官名。唐代は天寶(七四二〜五六年)以後、大臣に命じて都統とし、諸道の兵馬を統べさせた。秩は從一品。

劉玄佐は本名は洽。生沒年七二九〜八七年。滑州匡城(河北省長垣縣)の人。李希烈が陳州を攻めたとき、彼は劉昌を遣わして救った。そののち李希烈が汴州を放棄すると、軍を率いて汴州を收め、汴宋節度使、陳州諸軍行營都統となり、玄佐の名を授けられる。『舊唐書』巻一四五、劉玄佐傳・『新唐書』巻二一四、劉玄佐傳參照。

(7) 李納は……した　底本および談刻本・黃刻本には「屠其家」とあるが、許刻本は「納怒殺其妻子」に作り、『新唐書』列女傳には「納屠其家」に作る。ここでは『新唐書』の記載に従った。

(8) ときに妹妹は七歳　許刻本では「九歲」に作る。

(9) 德宗　生沒年七四二〜八〇五年。在位七七九〜八〇五年。唐朝の九代皇帝。諱は适。寶應元(七六二)年、父の代宗(在位七六二〜七九年)が即位すると、天下兵馬大元帥となり史朝義を討ち、その功により尙書令、ついで皇太子に立てられ大曆十四(七七九)年即位する。宰相楊炎の意見により兩稅法を斷行し、また節度使に對しても強硬な態度で臨んだが、その在世中ついに藩鎮の跳梁をおさえることはできなかった。『舊唐書』巻十二・十三、德宗紀、『新唐書』巻七、德宗紀參照。

(10) 太常　禮樂、郊廟、社稷などを掌る官。秩は正三品。

（11）彼女に愍女と謚した　底本には「謚曰愍」とある。許刻本は「謚曰愍女」に作る。
（12）誄　人の生前の嘉言美行を選んで記録し、死者生前の功徳を譽め、その死を悼む弔いの文。まずその人の榮譽を述べ、ついでその死に哀悼の意を表す。『文心雕龍』誄碑第十二に「周世盛德、有銘誄之文。大夫之材、臨喪能誄。誄者累也。累其德行、旌之不朽也」とある。
（13）寧陵　寧陵縣のこと。唐代は河南道宋州に屬した。現在の河南省寧陵縣。
（14）汴州　巻二七〇、竇烈女（二）、注（10）（本書72頁）參照。
（15）潁州刺史　潁州は唐代、河南道に屬した。現在の安徽省阜陽市。刺史は巻二七〇、洗氏（一）、注（7）（本書48頁）參照。
（16）陝州都督　陝州は唐代、河南道に屬した。現在の河南省陝縣。都督は巻二七〇、洗氏（一）、注（6）（本書48頁）參照。

李誕女

東越閩中、有庸嶺、高數十里。其西北隰中。有大蛇、長七八丈、圍一丈、土俗常懼。東治都尉及屬城長吏、多有死者。祭以牛羊、故不得福。或與人夢、或喩巫祝、欲得啗童女年十二三者。都尉、令長患之、共求人家生婢子、兼有罪家女養之。至八月朝。祭送蛇穴口。蛇輒夜出、吞嚙之。累年如此、前後已用九女。一歲將祀之、募索未得。將樂縣李誕家、有六女、無男、其小女名寄、應募欲行、父母不聽。寄曰、「父母無相留、今惟生六女、無有一男、雖有如無。女無緹縈濟父母之功、既不能供養、徒費衣食、生無所益、不如早死。賣寄之身、可得少錢以供父母、豈不善耶。」父母慈憐、不聽去、終不可禁止。寄乃行、請好劍及咋蛇犬。至八月朝、便詣廟中坐、懷劍將犬、先作數石米餈、蜜麨以置穴口。蛇夜便出、頭大如囷、目如二尺鏡。聞餈香氣、先噉食之。寄便放犬、犬就嚙咋、寄從後斫、蛇因踊出、至庭而死。寄入視穴、得其九女髑髏、悉擧出、咤言曰、「汝曹怯弱、爲蛇所食、甚可哀愍。」於是寄女緩歩而歸。越王聞之、聘寄爲后、拜其父爲將樂令、母及姊皆有賜賞。自是東冶無復妖邪之法。其歌謠至今存焉。出『法苑珠林』。原闕。據談氏初印本附錄

李誕の娘(1)

東越の閩中に庸嶺があった(2)。高さは數十里もあり、その西北に濕地があり(3)、大蛇が棲みついていた。その長さは七、八丈あり、胴回りは一丈もあった(4)。土地のものは、いつもこれに恐れおののいていた。東冶都尉(5)や管轄下の長吏《やくにん》(6)たちは、この蛇のために命を失う領民が多かったので、牛や羊を供えてみたものの、何の效果もなかった(7)。大蛇は人の夢に現れたり、あるいは巫祝(8)にお告げして十二、三歳ほどの童女《おぼこむすめ》を犧牲《いけにえ》に欲しいというので、都尉や縣令、縣長(9)たちはその對策に頭を惱ませた。(そして)手分けして召使いが生んだ子や、罪人の娘たちを連れてきて一緒に養っておき、八月一日になると、大蛇を祭ってその穴に娘たちを送り込んだ。すると大蛇は夜になって出てきて彼女たちを呑み込んでしまうのだった。何年もこのような狀態が續き、前後九人の娘が犧牲になった。

ある年、大蛇を祭るため(10)に童女を搜し求めたが得られなかった。(ちょうどその頃)將樂縣(11)の李誕の家には六人の娘ばかりで男の子がいなかった。その末娘《すえむすめ》の李寄が應募して行きたいと望んだが、兩親は許さなかった。(そこで)李寄は、

「お父さん、お母さん、止めないでください(12)。うちには女の子ばかり六人もあって男の子がありません。これでは子供

がないのと同じです。私は娘として漢の緹縈《ていえい》(13)のように親を救う手柄もたてられず、お父さんやお母さんを養うこともできないばかりか、いたずらに家の財産を食いつぶしているだけです。生きていても何ら役に立たないものですから、早く死んでしまった方がいいのです。私の身體を賣れば、わずかでもお金が手に入ってお父さんお母さんのお役にたつことができます。これこそ親孝行というものではありませんか」

といった。兩親は李寄がいとおしく、どうしても行くことを許さなかったが、ついに引き止めることができなかった(14)。


かくして李寄は役人のもとへ行き、よく切れる劍と蛇がりの犬が欲しいと願い出た(15)。そして八月一日の日になると、李寄は劍を懷にし、犬を引き連れて廟の中に入って座った。まず彼女は數石の米の蒸し餅を作り蜜入りの麥焦がしをまぶして、蛇の穴の前に置いた。大蛇は夜になってから出てきた。頭の大きさは米ぐらほどもあり、目は二尺の鏡ほどであった。米の蒸し餅の香ばしさにつられて大蛇はまずこちらを食べ始めた。その隙をみて李寄が犬を放つと、犬は大蛇に飛びかかり嚙みついた。李寄が續いて斬りつけると、大蛇はのたうちまわって外に出て(16)、庭まで來て死んだ。李寄が穴に入ってみると、九人の童女たちの骸骨があった。李寄はこれをことごとく運び出し、溜息をついて、

「あなたたちは氣弱だったから蛇に食べられたのね。まったくお氣の毒に」

といった。かくて彼女はゆっくりと歩いて歸ってきた。越王はこの話を聞き、李寄を聘《めと》って后《きさき》にした。また彼女の父を將樂令に任じ、母や姉たちにもみな褒美を與えた。


それ以後、東冶(17)の地には二度と妖邪が現れることはなかった。李寄の活躍をたたえた歌謡が今もこの地に殘っている。

注

（1）李誕の娘　底本、許刻本、黄刻本では出典を唐、道世『法苑珠林』（巻三十一、妖怪編第二十四）とする。底本ではこの記事を談氏A本によって付加したものとする。談氏B・C本にはこの記事は缺落している。晉、干寶『捜神記』巻十九にも同様の記事あり。『藝文類聚』巻九十四、『御覧』巻三四四・四三七・四四一・九〇五にも幾分簡略化した同様の記事を載せるが、いずれも出典を『捜神記』としている。おそらく『法苑珠林』も『捜神記』の記事を引いたものであると考えられる。

（2）東越の……あった　通常、東越は、福建省閩江流域に居住する越族が建てた閩越國の後身として、前一三五年頃余善が建てた國を指す。のち武帝（在位前一四一〜前八七年）の征伐を受けて、前一一〇年滅亡した。一方、閩中とは秦代に設置され、漢初に廢止された閩中郡（福建省閩侯縣）を指すものであり、兩者の時期は符合しない。また緹縈は前漢の文帝（在位前一八〇〜前一五七年）期の人物であり（注（13）參照）、東冶は武帝によって冶縣から改名された縣名である。さらに將樂縣は三國呉以降の地名であり、この記事にみえる地名にはいくつかの矛盾がみられる。ただし、東越と東冶の二點および緹縈以後という條件を考えると、この話の作者はおそらく前漢、武帝期あたりのことが念頭にあったのではないかと考えられる。從って、「東越の閩中」とは、東越國の福建一帯と解釋する方が妥當であろうが、確證はない。

庸嶺は、宋、樂史『太平寰宇記』巻一〇一、江南東道、邵武軍に「烏嶺山在（邵武）縣西北三百里。烏嶺極峻不通牛馬、以其與君山連接、因此爲名。魏王秦坤元錄云、邵武有庸嶺、一名烏頭。嶺北隰中有蛇長七八丈、爲患都尉」という記事があり、このあとに李誕の娘の蛇退治の様子が描かれていることから、福建の邵武縣西北三百里に位置する烏嶺山であったことが分かる。ただ、烏嶺山が邵武縣の西北にあるのに對して、將樂縣は邵武縣の南に位置し、兩者がかなり離れていることは指摘しておかねばならないだろう。

（3）その西北に……があり　底本は「其下北隰中」に作るが、『捜神記』は「其西北隰中」に作り、『法苑珠林』は「其西北隙中」に作る。文意から考えて、ここでは『捜神記』の記載に従った。

（4）胴回りは……もあった　『捜神記』は「大十餘圍」に作る。ここでは底本に従った。

（5）東治都尉　底本は「東治」に作るが、これは誤り。従って「東冶」と改めた。東冶は漢代前半期においては冶縣と稱されたが、武帝のとき、東冶縣と改めた。會稽郡に屬し、現在の福建省閩侯縣を治所とした。都尉は秦代、三十六郡におのおの郡尉をおき、武事を掌らせたことをその起源とする。漢の景帝（在位前一五七～前一四一年）のとき、都尉と改められ、武官として各郡に置かれた。秩は二千石。都尉は各郡に置かれ、縣には都尉が存在しないため、この役職は不適切であり、何かと混同して間違えたものと思われる。

（6）長吏　『漢書』巻十九上、百官公卿表に「縣令、長、皆秦官、掌治其縣。萬戸以上爲令、秩千石至六百石。減萬戸爲長、秩五百石至三百石。皆有丞、尉、秩四百石至二百石、是爲長吏」とあり、『漢書』巻五、景帝紀に「五月、詔曰、『夫吏者、民之師也、車駕衣服宜稱。吏六百石以上、皆長吏也……』（注）張晏曰、『長大也。六百石、位大夫』」とあるように、漢代においては、通常、縣吏の二百石以上から四百石のもの、すなわち縣丞、縣尉などの縣の次官クラスを指すが、六百石以上のもの、すなわち縣令、縣長などの長官クラスをそのように呼ぶ場合もある。ただ本記事における長吏は前者を指すものと思われる。

（7）何の効果もなかった　『捜神記』は「故不得禍」に作るが、これでは意味が通じないので、ここでは底本に従った。

（8）巫祝　『藝文類聚』は「巫覡」に作る。いずれも同義。一般に治病、卜占、靈媒、雨乞、厭勝《まじない》を行う呪術者《シャーマン》のことを指す。晉、葛洪『抱朴子』内篇巻一、論僊傳に「或云見鬼者、在男爲覡、在女爲巫」とあるように、男は覡《げき》、女は巫《ふ》と呼ばれた。

（9）縣令、縣長　注（6）に引く『漢書』百官公卿表に記すように、一萬戸以上の縣の長官を縣令、一萬戸以下の縣の長官を縣長といった。

（10）ある年、大蛇を祭るために　『捜神記』は「爾時預復募索、未得其女」に作る。

（11）將樂縣の李誕　漢代は會稽郡に屬した。現在の福建省南平市の西。李誕は注（1）諸文獻にその名がみえるのみである。

（12）お父さん、お母さん、止めないでください　『捜神記』は「父母無相」に作り、「留」の字が缺落しているが、ここでは底本に從った。

（13）漢の緹縈　漢の文帝のときの孝女。齊國の太倉令であった父の淳于意が罪を犯し處刑されようとしたとき、彼女は父に代わって自らその肉刑を受けることを願い出た。これに感動した文帝は、以後肉刑を廢止し、淳于意も肉刑を免れた。『史記』卷一〇五、扁鵲倉公列傳・『漢書』卷二十二、禮樂志參照。

（14）兩親は……できなかった　『法苑珠林』『捜神記』ともに「寄自潛行、不可禁止」に作る。

（15）李寄は……といった　『法苑珠林』は「乃往告貴請好劍及齧蛇犬」に作る。

（16）大蛇はのたうちまわって外に出て　『法苑珠林』は「蛇得瘡痛、因踊出」『捜神記』は「得數創、瘡痛急、蛇因踊出」に作る。

（17）東治　底本は「東冶」に作るが、「東治」に改めた（注（5）參照）。

義成妻

漢源縣人義成妻、壯年無子。夫死將葬。及先殯時、含毒藥酒、至未入墓時、撫棺呑之而死。乃爲合葬焉。時以狀聞、有詔賜帛。事見常璩『國志』。出『黎州圖經』。原闕。據談氏初印本附錄

義成の妻(1)

義成(2)は漢源縣(3)の人である。その妻は、年たけても子がなかった。夫が死に、埋葬することとなった。その殯《もがり》(4)のとき になると、毒薬の入った酒を含んでおき、棺を墓へ入れる直前に棺桶を撫でながら毒酒を飲みほして、息絶えた。そこで（遺族は）二人を合葬した。ときの地方官がその次第を状(5)によって天子に奏聞した。天子は詔を下して帛を賜った。この話は、常璩の『國志』(6)にみられる。

注

(1) 義成の妻　底本、黃刻本では出典を『黎州國經』とし、許刻本では『黎州圖經』とする。許刻本により『黎州圖經』と改めた。底本では、この記事を談氏A本によって付加したものとする。談氏B・C本にはこの記事は缺落している。『黎州圖經』は『廣記』卷三九七、聖鐘山・卷四六二、黎州白鷺・明、曹學佺『蜀中廣記』卷六十一・七十四にもその名がみえるが、詳細は不明である。

義成の妻に關しては、『華陽國志』卷十中、廣漢士女に「謝姫引決、同穴齊定。姫、南安人、武陽儀成妻也」と

その名がみえる。

（2）義成　『華陽國志』『蜀中廣記』は「武陽儀成」に作るが、ここでは底本に従った。

（3）漢源縣　漢源縣は隋、大業のはじめに設置され、臨邛郡に屬した。現在の四川省雅安市漢源縣。ただ、この記事は三世紀頃のことであると思われることから、『華陽國志』『蜀中廣記』にある武陽縣が正しいかも知れない。武陽縣は、兩書に記すように義成の妻の出身地である南安とともに西晉代、益州犍爲郡（四川省彭山の東）に屬しており、話の辻褄もあうが、確證はない。あるいは『晉書』巻十四、地理志に「（成漢主）李雄又分漢嘉、蜀二郡、立沈黎、漢原二郡」とあり、成漢の武帝（在位三〇三～三二四年）のときに設置された漢原郡の誤りである可能性も否定できない。

（4）殯　巻二七〇、竇烈女（二）、注（17）（本書73頁）參照。

（5）狀　巻二七〇、鄭神佐女、注（11）（本書78頁）參照。

（6）常璩の『國志』　常璩は生沒年未詳。晉代の成漢、江原（四川省崇州市の西北）の人。字は道將。成漢最後の主李勢（在位三四三～四七年）のとき、散騎常侍となる。著書に『華陽國志』『蜀李書』『西州後賢志』などがある。ここでの「常璩の國志」とは『華陽國志』を指す。
『華陽國志』は全十二巻。四世紀中頃に成立したとされる。書名の華陽とは、陝西省渭南市の東にある、五嶽の一つ西嶽華山の南という意味。巴蜀地方の歴史、地理、人物を記したものである。その一部は宋以後の流傳中に脱誤があったり、修改、削除が行われており、注意を要するものの、史料的價値が高く、古代四川一帶の豪族や歴史地理研究における根本史料となっている。

魏知古妻

唐工部尙書魏知古、性雅正、善屬文。年七十、卒於位。妻蘇氏不哭。比至、香水洗浴、唅襲訖、擧聲一慟而絕。與尙書同日合喪。時奇其節、以爲前代未之有。原闕。據談氏初印本附錄

魏知古の妻(1)

唐の工部尙書(2)であった魏知古(3)は、優雅な人柄で正義感に溢れ、文章を作るのが巧みであった。七十歳のとき、工部尙書在任中に亡くなったが(4)、妻の蘇氏は哭(5)を行わなかった。葬式のときになって、魏知古の遺體を香水で淨め、唅と襲(6)を濟ませると、一度《ひとたび》慟哭して息絕えた。同じ日、魏知古とともに合葬された。時人は、このようなことは、前代未聞だといって魏知古の妻の節義を譽め稱えた。

注

（1）魏知古の妻　底本および許刻本、黃刻本では出典を記してない。底本はこの記事を談氏A本によって付加したものとする。談氏B・C本にはこの記事は缺けている。宋、曾慥『類說』巻四、蘇氏合葬および『南部新書』巻七には、この記事よりやや簡略化されたものが採錄されている。

魏知古の妻蘇氏は、生沒年?〜七一五年。信都（河北省冀縣）の民蘇氏の長女。進士及第したばかりの魏知古に嫁ぎ、魏知古が宰相になると夫人に封ぜられた。『酉陽雜俎』前集巻十二、語資參照。なお、魏知古が死ぬと悲し

みの餘りあとを追ってすぐに亡くなった顚末は本記事の通りである。

（2）工部尙書　唐の官名。六部の一つで、營造工作を掌る官署。尙書はその長官。秩は正三品。

（3）魏知古　生沒年六四六（六四七？）?〜七一五年。唐代、深州陸澤（河北省石家莊市深澤縣）の人。麟德三（六六六）の進士。著作郎から衞尉少卿をへて、神龍（七〇五〜〇六年）の初め、吏部侍郎となる。睿宗（在位七一〇〜一二年）が即位すると、金仙、玉眞觀の造營工事に反對する直諫を行い、認められて宰相に拔擢される。先天二（七一二）年に梁國公に封ぜられ、開元（七一三〜四一年）の初め、玄宗（在位七一二〜五六年）の信任を得たが、姚崇の讒言によって失脚し、まもなく沒した。『舊唐書』卷九十八、魏知古傳・『新唐書』卷一二六、魏知古傳參照。

（4）工部尙書在任中に亡くなった　『廣記』および『類說』は「魏知古年七十卒」とあるが、『舊唐書』卷九十八では「姚崇深忌憚之、陰加讒毀、乃除工部尙書、罷知政事。（開元）三年卒、時六十九」とあり、魏知古が工部尙書在任中の六十九歳で亡くなったと記す。彼が工部尙書であったのは、開元二（七一四）年から三（七一五）年の間である。

（5）哭　人の死を弔って、大聲で泣き叫ぶこと。『禮記』喪大記第二十二に「始卒、主人啼、兄弟哭、婦人哭踊」とあり、唐、孔穎達疏に「親始死、孝子哀痛嗚咽不能哭、嬰兒失母故啼也。兄弟哭者有聲曰哭、兄弟情比主人爲輕、故哭有聲也」とある。

（6）唅と襲　唅とは、死者の口に米と珠・玉・貝・錢などを入れること。襲とは、死者に新しく着物を着せることである。『通典』卷八十四、含に「大唐元陵儀注『內有司奉盤水升堂、嗣皇帝出、……、奠玉貝於口之右。大臣一人親納粱飯、次含玉。旣含訖、嗣皇帝復位。執服者陳襲衣十二稱、實以箱篚、承以席。去巾加面衣訖、設充耳、著握手及手衣、納舃、乃襲。旣襲、覆以大斂之衾。乃開帷、內外俱入、復位哭。其三品以上用粱及璧、四品、五品用稷與碧、六品以下用粱與貝。』其儀具開元禮」とあり、同書巻八十四、襲に「大唐之制、五品以上襲三稱、六品以下襲一稱。餘具開元禮」とある。

侯四娘

至德元年、史思明未平、衞州有婦人侯四娘等三人、刺血謁於軍前、願入義營討賊。出『獨異志』。原闕。據談氏初印本附錄

侯四娘(1)

至德元（七五六）載、史思明の亂がまだ平定されていなかった頃のことである(2)。衞州(3)で、侯四娘たち三人の婦人が刺血(4)して、軍前で將軍に拜謁し、官軍に加わり賊を討ちたいと願い出た(5)。

注

（1）侯四娘　底本、許刻本、黃刻本では出典を唐、李亢『獨異志』とする。底本ではこの記事を談氏A本によって付加したものとする。談氏B・C本にはこの記事は缺落している。ただし、現存する『獨異志』にはこの記事はみられず、『獨異志』補佚（所引『廣記』巻二七〇）に收錄されている。

（2）至德元載……頃のことである　この話を『廣記』では至德元載のこととするが、『舊唐書』巻十では至德三（七五八）載のこととする。いずれにせよ史思明の亂はまだ平定されてはいない。

史思明は生没年?～七六一年。唐代、安史の亂（七五五～六三年）の指導者の一人。安祿山が反亂をおこした際、これに從い活躍した。のち、一旦唐朝に下ったが、肅宗（在位七五六～六二年）が彼を殺そうと計ったことから、また反旗を翻し、乾元二（七五九）年一月、大燕皇帝を稱し、その子史朝義を懷王とした。やがて末子の史朝清を溺愛するようになり、史朝義を除こうとしたため、上元元（七六一）年、史朝義に殺された。『舊唐書』卷二〇〇、史思明傳・『新唐書』卷二二五、史思明傳參照。

（3）衞州　唐代は河北道に屬した。治所は衞州。現在の河南省衞輝市。

（4）刺血　敬虔な態度を示し誓いを立てるときに行う一種の儀式である。『新唐書』卷一九五、萬敬儒傳に「萬敬儒、廬州人。三世同居、喪親廬墓、刺血寫浮屠書、斷手二指、輒復生」とある。また南宋、吳自牧『夢粱錄』卷十七、后妃列女に「唐孝女馮氏、少孤獨、無兄弟共侍母、惟母子相依、誓不嫁以奉母、母病篤、刲股治之不救、葬母、乃結草廬墓下、以供晨香夕燈、侍奉如生、又刺血書經、報劬勞之恩、以宅捨建梵宮薦母、仍不嫁、以死盡孝節」とあり、亡くなった母に孝養を盡くす際に刺血を行っている。

（5）衞州で……願い出た　『舊唐書』卷十、肅宗紀、至德三（七五八）載十月乙未條に「許叔冀奏衞州婦人侯四娘、滑州婦人唐四娘、某州婦人王二娘相與歃血、請赴行營討賊皆補果毅」とあり、『新唐書』卷二〇五、列女傳に「史思明之叛、衞州女子侯、滑州女子唐、靑州女子王、相與歃血赴行營討賊、滑濮節度使許叔冀表其忠、皆補果毅」とあり、この三人の女性が侯四娘、唐四娘、王二娘であったことが分かる。

鄭路女

鄭路昆仲有爲江外官者、維舟江渚、群偸奄至。卽以所有金帛羅列岸上、而恣賊運取、賊一不犯、曰、「但得侍御小娘子足矣。」其女則美色、賊潛知之矣。骨肉相顧、不知所以答。女欣然請行。其賊卽具小舟、載之而去。謂賊曰、「君雖爲偸、得無所居與親屬焉。然吾家衣冠族也、旣爲汝妻。豈以無禮見逼、若達所止、一會親族、以託好仇足矣。」賊曰、「諾。」又指所偕來二婢曰、「公旣以偸爲名、此婢不當有。爲公計、不若歸吾家。」賊以貌美、其言且順、顧已無不可者、卽自鼓其棹、載二婢而去。女於是赴江而死。出『玉泉子』。原闕。據談氏初印本附錄

鄭路の娘(1)

鄭路(2)の兄弟(3)に江南(4)の地方官として赴任するものがいた。舟を長江のほとりにつないでいると、突然群盗が襲ってきた。そこで持っていた金帛(5)を岸邊に並べ、賊の取るに任せようとしたが、賊は全く手を付けようとせず、

「ただ、侍御(6)の小娘子《おじようさん》をもらえれば充分だ」

といった。その娘は大變美しく、賊は人知れずそれを知っていたのである。

鄭路の近親のものたちは顔を見合わせるばかりで、誰も答える術《すべ》を知らなかった。娘はうれしそうに行きたいと願い出た。賊は、すぐに小舟を用意し、彼女を乗せて去った。彼女は、賊に、

「あなたは偸盗《とうぞく》だといっても住まいや身内がない譯ではないでしょう。まして、わが家は衣冠《かんりよう》の家柄です。(7)こうしてあなたの妻になった以上は、正式の婚禮もしないまま無理強いされたくありません。あなたの住んでいる所へ着いたら、

あなたの親族を一堂に集め、きちんとお披露目をして下さい、そうすれば私は満足です」(8)

と頼んだ。賊は、

「分かった」

といった。彼女はまた、一緒に連れて來た二人の婢を指さして、

「あなたがすでに偸盜を以て自任しているからには、この婢たちをおくべきではないでしょう。あなたのためには、二人をわが家に歸したほうがよいと思います」

といった。賊は、彼女の表情が明るく、その言葉も素直であったので、もはや思い通りに行くとみて、すぐに自分で竿を操り、二人の婢を乘せて行った。彼女は賊が去ると長江に飛び込んで自殺した。

注

（1）鄭路の娘　底本、許刻本、黃刻本では出典を唐、闕名『玉泉子』とする。底本ではこの記事を談氏A本によって付加したものとする。談氏B・C本にはこの記事は缺落している。なお、黃刻本の巻首題名（本文は「鄭路女」に作る）は「鄭路」に作る。

底本では『玉泉子』に作るが、『新唐書』巻五十九、藝文志・『通志』巻六十五・宋、王堯臣等輯『崇文總目』巻四およびこの記事を現在收錄している『說郛』巻十一は「『玉泉子眞錄』五巻」に作り、『宋史』巻二〇六、藝文志は「『玉泉筆論』五巻」、『文苑英華』巻二一五は「『五泉筆端』三巻　又別一巻」に作る。また『直齋書錄解題』巻十一は「『玉泉筆端』三巻　又別一巻」とし、さらに「別一巻」を『玉泉子』と號したとしている。『總目提要』巻一四〇も『直齋書錄解題』と同様の見解を示し、『玉泉子』は一巻本とする。このように『玉泉子』の正

式名稱に關しては諸説があり、にわかには判斷し難いが、おそらくは『直齋書錄解題』にいうところの書物がこの記事を收錄している正式な『玉泉子』に當たるのではないかと思われる。從って、本書では『玉泉子』の名稱を用いることにする。

（2）鄭路　『舊唐書』巻一二十六、禮儀志に「（會昌）六年三月、太常博士鄭路等奏……」とあり、『全唐文』巻七六五に「鄭路。路會昌六年官太常博士、後爲吏部員外郎、司封郎中」とあり、唐、張璘『因話錄』巻五にも「察院南院、會昌初監察御史鄭路所葺」とその名がみられる。

（3）兄弟　昆仲とは兄弟を指す。長男を昆、次男を仲という。『舊唐書』巻一四一、張孝忠附傳に「憲宗念其忠藎、諸昆仲子姪皆居職秩、仍詔每年給絹二千匹、春秋分給。克讓、克恭官至諸衞大將軍。小男克勤、長慶中左武衞大將軍」とあり、同書巻一五八、鄭余慶附傳に「（鄭）處誨字延美、於昆仲間文章拔秀、早爲士友所推」とある。

（4）江南　底本では「江外」に作る。「江外」は特に現在の江蘇・浙江・安徽省などの揚子江以南の地すなわち江南のこと。

（5）金帛　『玉泉子』では「金帛」を「金幣」に作るが、ここでは底本に從った。

（6）侍御　『因話錄』に「會昌初、監察御史鄭路」という記事がみえる。監察御史は御史臺の屬官で、朝廷において内外百官の糺察、祭祀、軍事、出使などの監察を掌るとともに、州縣に赴いてそれら諸事の監察にもあたった。初めは監察侍御史という。秩は正八品上。ここでの侍御は鄭路を指す。『唐六典』巻十三に「監察御史十人、正八品上。監察御史、蓋取秦監郡御史以名官、……隋初改爲監察御史、置十二人、從八品上。……武德初、監察御史置八人、貞觀二十二年、加監察二人、其外又置監察御史裏行、其始自馬周以布衣、太宗令於監察御史裏行、自此便置裏行之名」とある。

（7）　わが家は衣冠の家柄です　『玉泉子』では「然吾衣冠族也」に作る。「衣冠族」とは、衣冠（朝廷に出るときに着用する禮服）をつける貴顯すなわち官僚の家柄のことを指す。『三水小牘』に「許州長葛令嚴郜、衣冠族也。立性簡直雖羈束於官署、常畜退心」とある。

（8）　きちんと……滿足です　底本にある好仇とはよい相手、似つかわしい配偶者を指す。「好逑」とも書く。『詩經』周南、關雎「窈窕淑女、君子好逑（注）窈窕幽閒也。淑善、逑匹也。言后妃有關雎之德是也。（疏）……善女宜爲君子之好匹也。」とある。

鄒僕妻

梁末龍德壬午歲、襄州都軍務鄒景溫移職于徐、亦綰都軍之務。有勁僕、失其姓名。自恃拳勇。獨與妻策驢以路、至宋州東芒碭澤。素多賊盜、行旅或孤、則鮮有獲免者。其日與妻偕憩于陂之半雙柳樹下、大咤曰、「聞此素多豪客、豈無一人與吾曹決勝負乎。」言粗畢、有五六盜、自叢薄間躍出。一夫自後雙手交抱、搏而仆之。其徒遽扼其喉、抽短刃以斷之。斯僕隨身兵刃、略無所施。蓋掩其不備也。唯妻在側、殊無惶駭。但矯而大呼曰、「快哉、今日方雪吾之恥也。吾比良家之子、遭其俘掠、以致於此。孰謂無神明也。」賊謂誠至而不殺、與行李並二驢驅以南邁。近五六十里、至亳之北界、達孤莊南而息焉。莊之門有器甲、蓋近戍巡警之卒也。其婦遂徑入村人之中堂。盜亦謂其謀食、不疑也。乃泣拜其總首、且告其夫適遭屠戮之狀。總首聞之、潛召其徒、俱時執縛。唯一盜得逸。械送亳城、咸棄於市。其婦則返襄陽、還削爲尼、誓終焉之志。出『玉堂閑話』。原闕。據談氏初印本附錄

鄒家の下僕の妻(1)

梁末の龍徳壬午の歳(2)、襄州都軍務の鄒景温(3)が徐州(4)へ轉任し、そこでもまた、都軍のポストについた。彼の家に勇敢な下僕（原注）その名は分からないがいて、腕っぷしの強さを自慢していた。彼は妻と二人で驢馬《ろば》に鞭打って、旅をした。宋州の東にある芒碭澤(5)にさしかかったときのことである。そこはもともと盗賊が多く、一人で旅して助かったものはほとんどなかった。その日妻と一緒に、坂道の途中にある二本の柳の木の下で休んでいた彼は、大聲で、

「噂によると、ここには豪傑が多いそうではないか。この俺と勝負しようという奴は一人もいないのか」

と呼ばわった。言いもやらず、五六人の盗賊がしげみの中から躍り出た。その一人が彼を後ろから羽交い締めにして組み伏せた。仲間がすぐに彼の首を押さえつけ、短刀を抜いてかき斬った。下僕は武器を携えていたが、何の役にも立たなかった。おそらく彼が不意をつかれたからであろう。側にいた妻は格別恐れおののいた様子もなかった。ただ彼女はわざと大聲をあげ、

「ああ、うれしい」

と叫んだ。

「今日やっと私の恥をそそぐことができました。私はさる良家の生まれなのですが、この男にさらわれて、いまはこのようなていたらくなのです。神の思し召しがないと誰が申せましょう」

賊はその言葉を眞に受けて、彼女を殺さなかった。彼女は旅の荷物をのせた二頭の驢馬とともに驅りたてられるように南へ向かった。五、六十里も行った頃、亳州(6)の北の境界へ至り、ぽつんとある莊園の南までたどり着いて休息した。莊園の門には武器や甲冑があった。莊園を守備する兵のものであろう。彼女は、道づたいに村人の中堂へ入った。盗賊たちもまた、彼女が食べ物を貰いにいったと思い、疑わなかった。彼女は中堂へ入ると、總首(7)に涙ながらに挨拶

した。そして、夫が賊のためになぶり殺された次第を告げた。總首はこれを聞いてひそかに配下を集め、盗賊を一網打盡にした。賊はたった一人が逃げおおせただけであった。賊たちは手枷足枷をはめられて亳州に送られ、そこでみな棄市[8]された。彼女は襄陽[9]に歸るとすぐに髮をおろして尼となり、そのまま身を終わることを誓ったのである。

注

（1）鄒家の下僕の妻　底本、許刻本、黃刻本では出典を五代、王仁裕『玉堂閑話』とする。底本では、この記事を談氏A本によって付加したものとする。談氏B・C本にはこの記事は缺落している。『說郛』弓四十八に收錄されている『玉堂閑話』にはこの記事は記載されていない。
『玉堂閑話』は『宋史』卷二〇六、藝文志には「『玉堂閑話』三卷」に作り、『通志』卷六十五は十卷本とする。

（2）梁末の龍德壬午の歲　後梁末帝（在位九一三〜九二三年）の龍德二（九二二）年のこと。

（3）襄州都軍務の鄒景溫　襄州は、唐代に襄陽郡を改めて襄州をおき、山南道に屬した。現在の湖北省襄樊市。
都軍は都軍務事。唐代、宦官に軍隊を監督させたことに始まる。州の都監は大小使臣をこれにあて、本城の屯駐、兵甲、訓練、差使のことを掌る。鄒景溫については、詳細は不明である。

（4）徐州　唐代、彭城郡を改めて徐州をおき、河南道に屬した。現在の江蘇省徐州市。

（5）宋州の東にある芒碭澤　宋州は唐代、河南道に屬した。現在の河南省商邱市。
芒碭澤とは、「宋州の東にある」という地理的狀況から考えても、宋州碭山縣（商邱市東部）の芒碭山麓にある澤地を指すものと考えられる。芒碭山は河南省永城縣の北三十キロメートルの場所に位置し、漢の劉邦が蛇を斬って蜂起した場所として傳えられる。

（6）亳州　唐代は河南道に屬す。治所は襄陽。現在の安徽省亳州市。談刻本は「毫」に作るが、これは誤り。
（7）總首　莊園の持ち主、管理者あるいは莊園内の自衞團の指導者のいずれかを指すものと思われる。宋代、特に南宋期の史料にたびたびこの名稱がみられるが、唐代における用例は管見の限りこの一件のみである。
（8）棄市　市場において處刑されること。中國では古來、市において處刑を行った。『隋書』巻二十五、刑法志に「其謀反、降叛、大逆已上皆斬。父子同產男、無少長、皆棄市。母妻姊妹及應從坐棄市者、妻子女妾同補奚官爲奴婢」とあり、『唐六典』巻六、都官郎中には「及吏坐受贓枉法、守縣官財物而卽盜之、已論而復有笞罪者皆棄市」とある。沈家本『歷代刑法考』では、この棄市の制度は、玄宗（在位七一二～五六年）の頃には既に廢れていたとする。しかし、「棄市」は、宋以降、刑罰名から消えるものの、これに代わって、市における公開刑を指すようになる。これは淸末まで續くことになる。
（9）襄陽　注（6）參照。

歌者婦

南中有大帥、世襲爵位、然頗恣横。有善歌者、與其夫自北而至。頗有容色、帥聞而召之。每入、輒與其夫偕至、更唱迭和。曲有餘態、帥欲私之、婦拒而不許。帥密遣人害其夫、而置婦于別室、多其珠翠、以悅其意。逾年往詣之、婦亦欣然接待、情甚婉孌。及就榻、婦忽出白刃於袖中、擒帥而欲刺之、帥掣肘而逸。婦逐之、適有二奴居前闔其扉、由是獲免。旋遣人執之、已自斷其頸矣。出『玉堂閑話』。原闕。據談氏初印本附錄

歌者の婦《つま》(1)

南中(2)に大帥(3)がいた。代々爵位を継ぐ家柄であったが、専横な振る舞いが非常に多かった。（あるとき）歌のうまい女がその夫とともに北方からやって來た。女の容貌が非常に美しいという噂を聞きつけて、大帥は呼びつけたのであった。女は召し出されるといつも夫とともにやってきて唱い、互いに唱和しあった。その歌謡は扇情的で豔《つや》っぽいものであった。大帥は女を我が物にしようとしたが、彼女は拒んで應じなかった。そこで大帥は密かに刺客を放ってその夫を殺させ、彼女に家を與え、眞珠や翡翠の贈り物をして、彼女の歡心を買おうとした。

年が明け大帥が彼女のもとへ行くと、彼女もまた嬉々として接待した。その風情たるや何とも若やいでなまめかしいものであった。ところが榻《ベッド》に就くと、彼女はやにわに袖の中から短刀を取りだし彼を取り押さえて刺そうとした。大帥は肘打ちでこれをかわした。彼女は追いすがったが、たまたま前に二人の奴隷がおり、扉を閉めたので大帥は逃げおおすことができた。彼はすぐに人をやって女を捕らえさせようとしたが、彼女はすでに首を切って自殺していた。

注

（1）歌者の婦　底本、許刻本、黄刻本では出典を『玉堂閑話』とする。底本では、この記事を談氏A本によって付加したものとする。談氏B・C本にはこの記事は缺落している。『説郛』弓四十八に収録されている『玉堂閑話』にはこの記事は記載されていない。

（2）南中　一般には南方の地、または嶺南の地を指すが、『舊五代史』巻五十七、王仁裕傳に「王仁裕字德輦、天水人也。少不知書、以狗馬彈射爲樂、年二十五始就學、而爲人儁秀、以文辭知名秦、隴間。秦帥辟爲節度判官。秦州入于蜀、仁裕因事蜀爲中舍人、翰林學士」とあるように、『玉堂閑話』の作者である王仁裕が、若い頃前蜀に仕えていた經驗を有することから、ここでの南中とは、嶺南の地ではなく、『通鑑』巻七十、文帝黃初四（二二三）年三月條に「益州治中從事楊洪、啓太子遣將軍陳曶、鄭綽討元。衆議以爲元若不圍成都、當由越巂據南中（元、胡三省注）南中、漢益州、永昌二郡之地」とあり、『華陽國志』巻四、南中志に「寧州、晉泰始六年初置、蜀之南中諸郡、庲降都督治也。南中在昔蓋夷越之地、滇濮、句町、夜郎、葉楡、桐師、嶲唐侯王國以十數」とあるように、現在の四川省南部から雲南省一帶の地域を指すものと考えたほうがよかろう。

（3）大師　官名。軍隊の總大將。

巻二七一・婦人二・賢婦篇

徐　才　人

徐氏名恵、堅之姑也。生五月能言。唐太宗以爲才人、特遷爲充容。軍旅未寧、上疏諫修宮室。詞甚典美、上然之。原闕出處。明鈔本作出『大事神異運』

徐　才　人[1]

徐氏は名前を恵といい、徐堅の伯母[2]である。生後五ヶ月で話ができるようになった。唐の太宗[3]は彼女を才人とし、特別に充容の地位に進めた[4]。戰爭がまだ終わらない頃、上疏して宮室を造営することを諫めた[5]。文章がとても典雅で美しかったので、太宗はこれをもっともなこととして聞き入れた。

注

（1）徐才人　談刻本、許刻本、黄刻本ともに出典を記していない。孫校本、明鈔本は出典を『大事神異運』とする。『大事神異運』は詳細は不明である。『舊唐書』巻五十一、賢妃徐氏傳・『新唐書』巻七十六、徐賢妃傳に同様の記事がみられるが、記述はより詳細である。また、『大唐新語』巻二・『唐語林』巻四にも同様の記事がみられる。

徐才人は諱は惠。生沒年六二七～五〇年。唐代、湖州長城縣（浙江省長興縣）の人。徐孝德の女。生後五ヶ月にして話すことができ、四歳にして『論語』『詩經』に通じ、八歳で文章を上手に書いたという。これを聞きつけた太宗によって召し出されて才人に任じられた。貞觀（六二七～四九年）の末、太宗の度重なる外征と宮室造營を諫めた。太宗が崩御したのち、帝を哀慕して病氣になり、永徽元（六五〇）年、二十四歳で死去した。『舊唐書』卷五十一、賢妃徐氏傳・『新唐書』卷七十六、徐賢妃傳參照。

（2）徐堅の伯母　徐堅は生沒年？～七二九年。唐代、湖州長城（浙江省長興縣）の人。字は元固。汾州參軍事、萬年縣主簿、東都判官を歷任する。張說、劉知幾らと『三教珠英』を編纂し、集賢院學士となる。そのほか『唐六典』『初學記』などの編纂に參加する。『舊唐書』卷一〇二、徐堅傳・『新唐書』卷一九九、徐堅傳參照。著書に『徐堅文府』二十卷がある。

徐惠は底本では「堅之女也」に作るが、『舊唐書』卷一〇二、徐堅傳には「堅長姑爲太宗充容、次姑爲高宗婕妤」、『舊唐書』卷五十一、賢妃徐氏傳には「太宗賢妃徐氏、名惠、右散騎常侍堅之姑也」、『新唐書』卷七十六、徐賢妃傳にも「惠之弟齊聃、齊聃子堅、皆以學聞、女弟爲高宗婕妤、亦有文藻、世以擬漢班氏」とあり、『大唐新語』および『唐語林』も徐堅の伯母としている。また徐堅の生沒年からみても『廣記』の記載は誤りであると考えられるので、ここでは「堅之姑也」に改めた。

（3）太宗　生沒年五九八～六四九年。在位六二六～四九年。唐、第二代の皇帝、諱は世民、李淵（高祖）の次子。隋末の混亂期、父に勸めて擧兵させ、統一に助力する。武德元（六一八）年、父の即位とともに尙書令に任じられ、秦王に封ぜられる。武德九（六二六）年の玄武門の變をへて皇太子に立てられ、同年即位する。廣く人材を登用し、唐王朝の政治の基礎を築いた。その安定した時代は、その年號によって「貞觀の治」と稱せられる。『舊唐書』卷二・三、太宗紀・『新唐書』卷二、太宗紀參照。

（4）彼女を才人とし、特別に充容の地位に進めた　才人も充容もともに宮中の女官の名。『唐會要』卷三、內職に「唐制、皇后之下有貴妃、淑妃、德妃、賢妃、各一人、是爲夫人、正一品。昭儀、昭容、昭媛、修儀、修容、修媛、充儀、充容、充媛、各一人、爲九嬪、正二品。婕妤九人、正三品。美人九人、正四品。才人九人、正五品」とあるように、唐初、皇后、四妃、九嬪、婕妤（九名）、美人（九名）、才人（九名）、その下に寶林、御女、采女各二十七名が置かれた。しかし『唐六典』卷十二、內官に「妃三人、正一品……夫人佐妃、坐而論婦禮者也。其於內則無所不統、故不以一務名焉。六儀六人、正二品。……六儀六人、正二品。……美人四人、正三品。……美人掌率女官脩祭祀、賓客之事。才人七人、正四品。（注）周官八十一女御之位也。周人因二十七世婦增以三二十七、列八十一女御之位。舊制沿革、略同於上注。隋氏依周官、制寶林、御女、采女等。皇朝初因之。今上改制才人之位、以備其職焉。才人掌序燕寢、理絲枲、以獻歲功焉」とあるように、開元年間（七一三～四一年）に一旦縮小整理され、三妃、六儀、美人（四名）、才人（七人）という順番になった。『舊唐書』卷五十一、賢妃徐氏傳には「太宗聞之、納爲才人。其所屬文、揮翰立成、詞華綺贍。俄拜婕妤、再遷充容」とあり、『新唐書』卷七十六、徐賢妃傳には「太宗聞之、召爲才人。手未嘗廢卷、而辭致贍蔚、文無淹思。帝益禮顧、擢孝德水部員外郎、惠再遷充容」とある。

（5）戰爭が……諫めた　『新唐書』卷七十六、徐賢妃傳に「貞觀末、數調兵討定四夷、稍稍治宮室、百姓勞怨。惠上疏極諫、且言東戍遼海、西討崑丘、士馬罷耗、漕饟漂沒。……人勞者、爲易亂之符也」とある。また『通鑑』卷一九八、太宗貞觀二十二（六四八）年三月條に、「充容長城徐惠、以上東征高麗、西討龜茲、翠微、玉華、營繕相繼、又服玩頗華靡、上疏諫、其略曰、『以有盡之農功、塡無窮之巨浪、圖未獲之他衆、喪已成之我軍。……是知地

廣非常安之術、人勞乃易亂之源也。』又曰、『雖復茅茨示約、猶興木石之疲、和雇取人、不無煩擾之弊。』又曰、『珍玩伎巧、乃喪國之斧斤、珠玉錦繡、寔迷心之酖毒。』又曰、『作法於儉、猶恐其奢、作法於奢、何以制後。』上善其言、甚禮重之」とあることから、この上奏が貞觀二十二年に行われたことが分かる。

盧氏

狄仁傑之爲相也。有盧氏堂姨、居于午橋南別墅。姨止有一子、而未嘗來都城親戚家。仁傑每伏臘晦朔、修禮甚謹。常經雪後休假、仁傑因候盧姨安否、適表弟挾弓矢、攜雉兎而來歸、進膳於母。顧揖仁傑、意甚輕簡。仁傑因啓於姨曰、「某今爲相、表弟有何樂從、願悉力從其旨。」姨曰、「相自貴、爾姨止有一子、不欲令其事女主。」仁傑大慙而退。出『松窗雜錄』

盧氏(1)

狄仁傑(2)が宰相であった頃の話である。（狄仁傑の）母の從姉妹《いとこ》(3)にあたる盧氏という叔母が、午橋(4)の南にある（彼の）別墅《べっそう》に住んでいた。彼女には一人の息子がいたが、彼はまだ都城の親戚（狄仁傑）の家に來たことがなかった。(5)一方、狄仁傑は季節の變わり目ごとに、叔母のもとを訪れて挨拶を缺かさず、甥としての禮を盡くしていた。(6)

雪が降ったために朝政が休みになったとき、狄仁傑が叔母のご機嫌を伺いに赴いたことがあった。ちょうどそこへ、表弟《いとこ》(7)が弓矢を手ばさみ、雉と兎をぶらさげて歸ってきた。表弟は料理を母に勸めると、狄仁傑に向かって挨拶した。

それがそっけない素振りだったので狄仁傑は叔母に、

「私はいま、宰相の地位にあります。表弟は何の楽しみがあってこんな生活に甘んじているのですか。叔母さんのご意向に沿えるように（仕官に）力を盡くしますが」

といった。叔母は、

「宰相は確かに偉いでしょうよ。でも私はたった一人の息子を女主人(8)などに仕えさせたくはないのですよ」

といったので、狄仁傑は大いに恥じ入って帰った。

注

（1） 盧氏　底本は出典を唐、李濬『松窗雜錄』とする。『說郛』巻三に収められている『松窗雜錄』にこの記事がみえる。そのほか『唐語林』巻四・『類說』巻十六、一子不事女主にも同様の記事がみられる。

（2） 狄仁傑　生沒年六三〇〜七〇〇年。唐代、太原（山西省太原市）の人、字は懷英。唐初の名臣。明經にあげられ、汴州參軍となり、大理丞、侍御史、江南巡撫使などを歷任し、則天武后（注（8）參照）に重用される。神功元（六九七）年、鸞臺侍郎、同鳳閣鸞臺平章事となる。『舊唐書』巻八十九、狄仁傑傳・『新唐書』巻一一五、狄仁傑傳參照。

（3） 母の從姊妹　堂姨とは母の從姊妹。『通典』巻六十、外屬無服尊卑不通婚議に「大唐永徽元年、御史大夫李乾祐奏言、鄭州人鄭宣道、先聘少府監主簿李元義妹爲婦、即宣道堂姨。元義先雖執迷許其姻、媾後以情禮不合、請與罷婚」とある。

（4） 午橋　洛陽城の南壁のほぼ中央に位置する長夏門（一說にその位置は、通說より東寄りの興敬・仁和坊間にあったともする）の南五里（約二・五キロメートル）に位置する午橋村を指す。『唐兩京城坊攷』巻五、通濟渠に「通津渠、隋大業元年開。於午橋莊（注）在長夏門南五里。西南二十里分雒堰（注）分雒堰北十里有重津橋、見『宋會要』。引雒水、又于正南十八里龍門堰引伊水（注）伊水在河南縣東南十八里。以大石爲杠、互受二水」とある。午橋村は河南省龍門鄉に屬し、現在の洛陽市の南郊（豆腐店村付近とも、潘村の西北ともいう）にあり、「城南莊」「南莊」とも呼んだ。『舊唐書』巻一七〇、裴度傳に「東都立第於集賢里、築山穿池、竹木叢萃、有風亭水榭、梯橋架閣、島嶼迴環、極都城之勝概。又於午橋創別墅、花木萬株、中起涼臺暑館、名曰綠野堂」とあるように、裴度の別莊綠野堂があった場所としても有名である。

（5）彼はまだ……なかった　底本は「未嘗來都城親戚家」に作る。『唐語林』は「未嘗入城」に作る。

（6）狄仁傑は……盡くしていた　底本には「仁傑毎伏臘晦朔。修禮甚謹」とあり、『唐語林』には「仁傑伏臘、毎修禮甚謹」とある。

伏は、伏日のことで、特に夏至後の第三庚を初伏、第四庚を中伏、立秋後の初庚を後伏といい、この三つを合わせて三伏という。夏の最も暑い時期を指す。『史記』巻五、秦本紀、德公二（前六七六）年條に、「初伏、以狗禦蠱」とあり、その孟康の注に「六月伏日初也。周時無、至此乃有之」とある。また『漢書』巻二十五上、郊祀志に「秦德公立、卜居雍。子孫飮馬於河、遂都雍、雍之諸祀自此興。用三百牢於臺畤。作伏祠。磔狗邑四門、以御蠱災」とあり、顏師古の注に「伏者、謂陰氣將起、迫於殘陽而未得升。故爲藏伏、因名伏日也。立秋之後、以金代火、金畏於火。故至庚日必伏。庚金也」とある。すなわち、陰陽五行說の「伏」の火氣を畏れて金氣を伏藏するという意味から、物事を愼むという考え方が生まれたとされる。

臘は、臘日のことで、神々や祖先を祭る臘祭が行われる冬至後の戌の日をいう。後漢、應劭『風俗通義』に「謹按禮云、夏曰嘉平、殷曰淸祠、周曰大蜡、漢改爲臘。臘者獵也。言田獵取獸、以祭祠其先祖也」とあり、後漢、崔寔『四民月令』十月條に「是月也、作脯腊以供臘祠」とある。さらに唐、歐陽詢等奉敕撰『藝文類聚』巻五、歳時部、臘條に「鄭玄別傳曰、『玄年十二、隨母還家、正臘宴會。同列十數人、皆美服盛飾』」とあり、また同書に引く『陳留志』に「范喬邑人、臘多盜斫其樹、人有告、喬佯弗聞。邑人愧而歸之。喬曰、『卿臘日取此、欲與父母相歡娛耳』」とあり、臘祭が父母への孝養という意味に擴大していることが分かる。晦朔は、舊暦のつごもりとついたち。『新唐書』巻一七九、舒元輿傳に「獻文闕下、不得報、上書自言……（臣）自陳文章、凡五晦朔不一報」とある。

（7）表弟　年下の從兄弟。唐、李肇『唐國史補』巻下に「李袞善歌、初于江外、而名動京師。崔昭入朝、密載而至。乃邀賓客、請第一部樂、及京邑之名倡、以爲盛會。紿言表弟、請登末坐、令袞弊衣以出、合坐嗤笑。頃命酒、昭曰、『欲請表弟歌』坐中又笑」とある。

（8）女主人　則天武后のこと。則天武后は、生沒年六二四～七〇五年。在位六九〇～七〇五年。姓名は武照。幷州文水（山西省汾陽縣）の人。荊州都督武士彠の娘。貞觀十一（六三七）年、十四歳で太宗（在位六二六～四九年）の後宮に召されて才人となる。太宗の死後、尼となるが、再び高宗（在位六四九～八三年）に召されて寵愛を受け、皇后王氏らを排斥し、永徽六（六五五）年、皇后に册立される。さらに長孫無忌ら反對派を彈壓し、高宗とともに政務をみるようになり、世間から「二聖」と號された。高宗の沒後中宗（在位六八三～八四、七〇五～一〇年）を廢し、その弟の睿宗（在位六八四年）を立てるが、天授元（六九〇）年、國號を周と變え自ら聖神皇帝と稱した。この間密告を奬勵し、來俊臣、周興らを使って貴族數百人を誅殺した。『舊唐書』巻六、則天皇后紀・『新唐書』巻七十六、則天武皇后紀參照。

董氏

則天朝、司僕少卿來俊臣之彊盛、朝官側目、上林令侯敏偏事之。其妻董氏諫止之曰、「俊臣國賊也、勢不久。一朝事壞、奸黨先遭、君可敬而遠之。」敏稍稍而退。俊臣怒、出爲涪州武龍令。敏欲棄官歸、董氏曰、「速去、莫求住。」遂行至州、投刺參州將、錯題一張紙。州將展看、尾後有字、大怒曰、「修名不了、何以爲縣令。」不放上。敏憂悶無已、董氏曰、「且住、莫求去。」停五十日、忠州賊破武龍。殺舊縣令、略家口並盡。敏以不計上獲全。後俊臣誅、逐其黨流嶺南、敏又獲免。出『朝野僉載』

董　氏(1)

則天朝(2)のことである。司僕少卿の來俊臣(3)が権勢を振るっており、朝官たちはみなその顔色を窺っていた。上林令の侯敏(4)もひたすら彼のご機嫌をとっているくちであった。しかし妻の董氏に、

「來俊臣は國賊です。その權勢も長いことはないでしょう。ひとたび權力の座を失えば、まず奸黨が處分されるでしょう。貴方は敬して遠ざかるようになさいませ」

と忠告され、次第に來俊臣から遠ざかった。

來俊臣は怒って侯敏を涪州武龍縣の縣令に左遷してしまった(5)。(がっかりした)侯敏は官を辭して都に留まろうとしたが、董氏が、

「すぐ任地へお發ちなさい。都に留まろうとしてはいけません」

というのに勵まされ、任地へと赴いたのだった。涪州に到着すると役所へ行き、名刺を差し出して州將に面會した。(6)侯敏は一枚の紙に名前とここへ來た理由とを一緒にしたためていた。これを開いた州將は末尾に侯敏の字《あざな》が書いてあるのをみて大いに怒り、

「書類もまともに書けないものに、縣令が勤まるものか」

といい、上申せず職につかせなかった。侯敏はどうにも困《こう》じ果ててしまった。それでも董氏が、

「しばらくここに留まりましょう。(7)ここを去ってはいけません」

というのでそれに從った。

五十日ほど經って忠州(8)の賊軍が武龍縣を陷れた。前任の縣令を殺し、一家を根こそぎ略奪していった。侯敏は州將が上に手續きしなかったので、災難を免れた。のちに來俊臣が誅されると、その一黨も嶺南に流された。(9)侯敏はまた難を逃れることができたのだった。

注

（1）董氏　底本は出典を『朝野僉載』（巻三）とする。『通鑑』巻二〇六、神功元（六九七）年條・『山堂肆考』巻九十四、戒夫遠禍にも同様の記事がみられる。

（2）則天朝　則天武后在位の時期は六九〇〜七〇五年である。則天武后に關しては、巻二七一、盧氏、注（8）（本書119頁）參照。

（3）司僕少卿の來俊臣　底本は「太僕卿來俊臣」に作るが、『舊唐書』巻六、則天皇后紀に「（神功元年）六月、内史李昭德、司僕少卿來俊臣以罪伏誅」とあり、『通鑑』巻二〇六、神功元（六九七）年六月條にも「司僕少卿來俊

臣」とあるので、本文では「司僕少卿」に改めた。

太僕卿は官名。九卿の一。太僕寺の長官で、輿馬および牧畜のことを掌る。秩は從三品。司僕少卿はその次官である太僕少卿に同じ。秩はともに從四品。『唐六典』巻十七に「(太僕寺)光宅元年改爲司僕寺、神龍元年復故」とある。

來俊臣は、生沒年六五一～九七年。唐代、長安萬年縣（陝西省西安市）の人。密告をもって則天武后に取り入り、意に添わぬものに無實の罪を着せて處刑した。侍御史、御史中丞を歷任。のち收賄事件に連座し、庶人におとされ、反亂を企てて誅殺された。著書に『告密羅織經』がある。『舊唐書』巻一八六上、來俊臣傳・『新唐書』巻二〇九、來俊臣傳參照。來俊臣がいつ司僕少卿に任じられたかは不明である。

（4）上林令の侯敏　上林令は庭園、果樹園、藏氷のことを掌る官で、司農寺に屬した。秩は從七品下。侯敏は『通鑑』巻二〇六、神功元（六九七）年條に「上林令侯敏」とその名がみられるが、詳細は不明である。

（5）來俊臣は……してしまった　『通鑑』巻二〇六、神功元（六九七）年六月條に「上林令侯敏、素諂事俊臣、其妻董氏諫之曰、『俊臣國賊、指日將敗、君宜遠之。』敏從之。俊臣怒、出爲武龍令。敏欲不住、妻曰、『速去勿留。』俊臣敗、其黨皆流嶺南、敏獨得免」とある。
涪州は唐代、山南道に屬した。現在の四川省涪陵市。武龍縣は現在の四川省武隆縣。底本は「武隆」に作るが、前出『通鑑』のほか、『新唐書』巻四十、地理志にも「涪州、涪陵郡、……縣五。涪陵、賓化、武龍、樂溫、溫山」とあるので、本文では「武龍」に改めた。

縣令は縣の行政長官。秩は京縣の正五品上から下縣の從七品下までである。武龍縣は中下縣であるため武龍縣令の秩は從七品上である。

（6）名刺を差し出して州將に面會した　唐代、他の人々に會うときは、まず名刺、名紙、門狀などとも呼ばれる名刺を渡す風習があった。これは本人の身分を相手方に傳えるために利用された。特に官僚同士が出合う際には必ずといってよいほど用いられた。『廣記』卷二六五、崔昭符（所引『三水小牘』）に「一說東都留守劉允章。文學之宗、氣頗高介。後進循常之士、罕有敢及門者。咸通中、自禮部侍郎授鄂州觀察使。明年皮日休登第、將歸覲於蘇臺。路由江夏、困投刺焉。劉待之甚厚」とある。

（7）しばらくここに留まりましょう　底本は「但住」に作るが、『朝野僉載』は「且住」に作る。文意から考えて、ここでは『朝野僉載』に從って改めた。

（8）忠州　唐代は山南東道に屬す。現在の四川省忠縣。

（9）來俊臣が……流された　來俊臣が誅殺されたのは神功元（六九七）年六月のことである。その件に關しては、注（3）・注（5）參照。
嶺南は現在の廣東省・廣西壯族自治區。卷二七〇、冼氏（一）、注（3）（本書47頁）參照。

高叡妻

趙州刺史高叡妻秦氏、默啜賊破定州部、至趙州、長史已下開門納賊。叡計無所出、與秦氏仰藥而詐死。舁至默啜所、良久、啜以金獅子帶、紫袍示之曰、「降我與爾官、不降卽死。」叡視而無言、但顧其婦秦氏。秦氏曰、「受國恩、報在此今日。受賊一品、何足爲榮。」倶合眼不語。經兩日、賊知不可屈、乃殺之。出『朝野僉載』

高叡の妻(1)

趙州刺史高叡(2)の妻秦氏のことである。默啜《もくてつ》(3)が入寇して定州一帯を攻略し、趙州に至ったとき(4)、長史以下は城門を開けて賊を引き入れた(5)。高叡は萬策つき果てて、秦氏とともに薬を飲んで死んだふりをし、かつがれて默啜の所に運ばれた。しばらくして默啜は金獅子帯と紫袍(6)をみせながら、

「降參すれば、わしはお前に官位をやろう。降參しなければ即刻殺すぞ」

といった。高叡は金獅子帯と紫袍をみつめたまま言葉を發せず、ただ妻の秦氏を顧みた。秦氏は、

「私たちは國の恩を受けてきました。國に報いるのはいまをおいてありません。たとえ賊から一品の官爵を授けられたとしても、どうして榮譽となせましょうか」

といい、ともに目を合わせたまま返事をしなかった。(そうこうして)二日經った。默啜は彼らを承知させることができないと悟り、二人を殺した。

注

(1) 高叡の妻　底本では出典を『朝野僉載』とするが、現存する『朝野僉載』にはこの記事は缺落している。『朝野僉載』補輯(所引『廣記』巻二七一)所收。『新唐書』巻二〇五、列女傳、明、解縉等『古今列女傳』巻二に同様の記事が收録されている。

(2) 趙州刺史高叡　趙州は唐代、河北道に屬す。現在の河北省石家荘市趙縣。刺史は巻二七〇、冼氏(一)、注(7)(本書48頁)參照。高叡は生沒年?～六九八年。唐代、雍州萬年縣(陝西省西安市)の人。隋の重臣高熲《こうけい》の孫。明經に擧げられ、趙

州刺史となる。聖暦元（六九八年）年、突厥默啜の入寇を制することができず、自殺を圖ったが死ねずに、捕らえられて殺される。『舊唐書』巻一八七上、高叡傳・『新唐書』巻一九一、高叡傳參照。

（3）默啜　生沒年?～七一六年。在位六九一～七一六年。唐代、突厥の末裔。兄骨咄祿《こっとつろく》を繼いで立ち、則天武后（在位六九〇～七〇五年）のとき、唐のために契丹を撃破し、立功報國可汗に冊されるが、これよりしばしば邊境を侵した。そのため則天武后は怒り、「默啜を斬るものを王に封ず」といって默啜の名を斬啜と改めた。開元年間（七一三～四一年）、老いた默啜は兵威を頼んで部衆を虐待したので、部落が次第に離散した。さらに鐵勒諸部が相次いで反亂し、拔曳固《ばつえいこ》に襲殺された。『舊唐書』一九四上、突厥傳・『新唐書』巻二一五上、突厥傳參照。

（4）默啜が……至ったとき　定州は唐代、博陵郡を改めて置く。河北道に屬す。現在の河北省定縣。『舊唐書』一九四上、突厥傳および『新唐書』巻二一五上、突厥傳では、默啜が趙州を陥れたのは聖暦元年とするが、『舊唐書』巻六、則天皇后紀および『通鑑』巻二〇六では、聖暦元年九月のこととする。

（5）長史以下は……引き入れた　長史は巻二七〇、洗氏（一）、注（17）（本書51頁）參照。『舊唐書』巻一八七上および『新唐書』巻一九一ではこのときの長史は唐波若である。『通鑑』巻二〇六では「唐般若」に作る。

（6）金獅子帶と紫袍　金獅子帶は獅子の文様のある金帶のことを指すものと考えられる。金帶は、『事物紀原』巻三、金帶に「『穆天子傳』曰、『天子北征、舍於珠澤、珠澤之人獻白玉石、天子賜黃金之鐶、朱帶。此即金帶之起也。至唐令爲四品服』」とあり、また『唐會要』巻三十一、章服品第に「上元元年八月二十一日敕、一品已下文武、並帶手巾、算袋、刀子、礪石、其武官欲帶者、亦聽之。文武三品已上服紫、金玉帶十三銙、四品服深緋、金帶十一銙、五品服淺緋、金帶十銙、六品服深綠、七品服淺綠、並銀帶」とあることから、高官が身に着けていたことが分かる。

紫袍は紫の綿入れのこと。『舊唐書』巻四十五、輿服志に「（大業）六年、復詔従駕渉遠者、文武官等皆戎衣、貴賤異等、雜用五色。五品已上、通著紫袍、六品已下、兼用緋綠。……（武德）四年八月敕、三品已上、大科紬綾及羅、其色紫、飾用玉。……貞觀四年又制、三品已上服紫、五品已下服緋、六品、七品服綠、八品、九品服以靑、帶以鍮石。……（貞觀五年）十一月、賜諸衞將軍紫袍、錦爲標袖」とあり、三品以上の高官が身に着けた。この兩者を提示したことから、默啜が高叡を高位で召し抱えようとしたことが窺える。

崔敬女

唐冀州長史吉哲、欲爲男頊娶南宮縣丞崔敬女、敬不許。因有故、脅以求親、敬懼而許之。擇日下函、並花車。卒至門首。敬妻鄭氏初不知、抱女大哭曰、「我家門戶底不曾有吉郎。」女堅臥不起。其小女白其母曰、「父有急難、殺身救解。設令爲婢、尙不合辭、姓望之門、何足爲恥。姊若不可、兒自當之。」遂登車而去。頊遷平章事、賢妻達節、談者榮之。頊坐與河內王武懿宗爭競、出爲溫州司馬而卒。出『朝野僉載』。

崔敬の娘(1)

唐の冀州長史の吉哲(2)は、息子の吉頊《きつぎょく》(3)のために南宮縣の縣丞である崔敬(4)の娘を娶ってやろうとしたが、崔敬は承知しなかった。そこで（崔敬に）過失があったのを盾にとり、脅迫して縁組みを求めた。崔敬は懼れて婚姻を認めた。吉哲は吉日を選び、婚姻の文箱と花車(5)を出し家の門前にやってきた。崔敬の妻鄭氏はこのときまで何も知らされて

いなかった。彼女は娘をかき抱いて、

「(よりによって)吉さんのような家柄の卑しい人が我が家の婿になるなんて」

といって大聲で泣いた。(上の)娘は突っ伏したまま、頑なに起とうとしない。末娘が母に、

「お父様に急難があれば、身を挺して助けたく思います。たとえ婢《はしため》になろうとも、躊躇《ためらい》は致しません。我が家は家柄がよいのだから、どうしてこの結婚を恥と致しましょうか。もし姉さんが嫁《い》かないというのなら私が嫁ぎます」

といい、花車に乗って行ってしまった。

(やがて)吉頊は平章事に昇進し、[6]賢妻は婦節を全うした。この話をするものは(もっぱら)崔敬の娘を譽め稱えた。

(のちに)吉頊は河内王《かだいおう》武懿宗との政争で罪を得ると、溫州司馬に左遷され、そこで死んだ。[7]

注

(1) 崔敬の娘　底本では出典を『朝野僉載』(巻三)とする。『南部新書』庚集にも同様の記事がみられるが、こちらは記述が簡略化されている。
なお、唐代においては、名門士族との婚姻を求める新興權力者が跡を絶たなかったが、本記事は、それをうかがうことのできる貴重な史料の一つであると言えよう。

(2) 冀州長史の吉哲　底本注には「明鈔本懋作哲」とある。底本および談刻本、許刻本、黄刻本、『朝野僉載』はいずれも「吉懋」に作るが、『新唐書』巻一一七、吉頊傳に「父哲」、同書巻七十四下、宰相世系下に「哲易州刺史　頊相武后」とあることから、ここでは「吉哲」に改めた。吉哲は生没年不詳。易州刺史であったという以外の詳細は定かではない。冀州は唐代、河北道に屬した。現在の河北省冀縣。

長史は巻二七〇、冼氏（一）、注（17）（本書51頁）參照。

（3）吉頊　生沒年？～七〇〇年。唐代、洛陽（河南省洛陽市）の人。明堂尉、右肅政臺中丞を經て、則天武后（在位六九〇～七〇五年）の聖曆二（六九九）年、鳳閣鸞臺平章事となる。久視元（七〇〇）年、弟が官を僞って琰川尉に落とされた事件に連座し、始豐尉となり江都（江蘇省揚州市）で客死した。注（7）參照。『舊唐書』巻一八六上、吉頊傳・『新唐書』巻一一七、吉頊傳參照。

（4）南宮縣の縣丞である崔敬　南宮縣は唐代、河北道冀州に屬した。現在の河北省南宮縣。丞は縣の次官。秩は上縣の從八品下から下縣の正九品下までである。南宮縣は上縣であるため、南宮縣丞は從八品下である。崔敬については詳細は不明であるが、おそらく山東士族崔氏の流れを汲むものであろう。

（5）花車　祝典などに使われる華やかに飾った特別仕立ての車。清、徐珂『清稗類鈔』舟車類に「花車爲汽車之一、以頭等車或頭等臥車爲之、其中陳設、無異常時、惟於門於窗。紮花爲綵、緣於門及窗。以爲飾。花則五色具備、綴於松柏枝。政界於迎送長官時用之、藉表優待之意也」とある。

（6）吉頊は平章事に昇進し　平章事は宰相の位の一。正しくは同中書門下平章事。このときは則天武后の治世であるから同鳳閣鸞臺平章事である。吉頊が平章事に昇進したのは、『舊唐書』巻一八六上、吉頊傳では「聖曆二年臘（十二）月、（吉頊）遷天官侍郎、同鳳閣鸞臺平章事」とあり、聖曆二年のこととし、『通鑑』もこれに從う。

（7）河内王武懿宗との……そこで死んだ　武懿宗は生沒年不詳。則天武后の伯父武士逸の孫。唐代、幷州文水（山西省文水縣）の人。官は司農卿、天授元（六九〇）年九月、河内王に封じられ、洛州刺史、左金吾衞大將軍を歷任する。天授年間（六九〇～九二年）から中旨（天子の御意）を受けて王公大臣を多く罪に陷れた。神龍元（七〇五）年、耿國公に降格され、懷州刺史に移り死去した。『舊唐書』巻一八三、武懿宗傳・『新唐書』巻二〇六、武懿宗傳參照。

吉頊と武懿宗が争った一件は『舊唐書』巻一八六上、吉頊傳に「及與武懿宗爭趙州功於殿中、懿宗短小俯僂、頊聲氣凌厲、下視懿宗、嘗不相假。則天以爲、卑我諸武於我前、其可倚與。其年十月、以弟作僞官、貶琰川尉、後安固尉」とある。

吉頊の左遷先については、『新唐書』巻一一七、吉頊傳では「明年（聖曆三年）、頊坐弟冒僞官貶琰川尉、……頊尋徙始豐、客江都、卒」、『通鑑』巻二〇六では「（聖曆三年）正（十一）月……天官侍郎、同平章事吉頊貶安固尉」とあり、また『廣記』および『朝野僉載』では溫州司馬とし、記述に違いがみられる。

溫州は現在の浙江省溫州市。唐代は江南東道に屬す。司馬は官名。軍事を掌る官であったが唐代は長史の次官。秩は上州の從五品下から下州の從六品上までである。溫州は上州であるため、溫州司馬の秩は從五品下である。

李畬母

監察御史李畬母清素貞潔、畬請祿米送至宅、母遺量之、賸三石。問其故、令史曰、「御史例不槩。」又問脚錢幾、又曰、「御史例不還脚車錢。」母怒、令送所賸米及脚錢以責畬、畬乃追倉官科罪。諸御史皆有慚色。出『朝野僉載』

李畬の母(1)

監察御史李畬《りよ》(2)の母は、清廉潔白で貞潔な人だった。あるとき、李畬は祿米を自宅に送るよう賴んだ。李畬の母がそれを量らせたところ、三石（約二百十キログラム）多かった。そこで令史(3)にその譯を問うと、「御史の方々の場合、量を量ったりしない習わしになっています」ということだった。また運び賃がいくらであるかを問うと、(4)令史は、「御史の方々は、脚銭《はこびちん》を支拂わないのが慣わしです」と答えた。彼女は怒って餘分な米と送料を返させ、李畬を詰問した。彼はそこですぐに倉官(5)を罪に問うた。（これを知った）御史たちはみな恥じ入った。

注

（1）李畬の母　底本では出典を『朝野僉載』（巻三）とする。『新唐書』巻二〇五、列女傳・『類説』巻四十、御史不還車脚銭にも同様の記事がみられる。

（2）監察御史李畬　監察御史は巻二七〇、鄭路女、注（6）（本書106頁）参照。
李畬は唐代の人、生没年不詳。至遠の子、字は玉田。はじめ汜水主簿をへて、のち、黜陟使の路敬潛にその清廉ぶりを推薦され、右臺監察御史裏行となり、まもなく監察御史を授けられ、國子司業にうつる。母親に非常に孝養を盡くし、母が亡くなると、悲しみの餘りまもなく沒した。『舊唐書』巻一八五上、李素立附傳・『新唐書』巻一九七、李素立附傳參照。

（3）令史　御史臺の下級事務官。『唐六典』巻十三、御史臺の題名に、錄事の下に令史十五人、監察御史の下に令史三十四人とそれぞれその名前がみえるものの、詳細は記載されていない。

（4）また……問うと　底本では「又問車（注）車字原闕。據明鈔本補。脚銭幾」とあり、「車」の字を明鈔本によって補っているが、談刻本、許刻本などには「車」の字がみえず、またあとの文でも「脚銭」とあるので、ここでは「脚銭」とする。『朝野僉載』では「車脚幾銭」に作る。脚銭は運送料の意。

（5）倉官　唐代、祿米のことは戸部の屬司である倉部が掌った。『新唐書』巻四十六、百官志に「倉部郎中、員外郎、各一人、掌天下庫儲、出納租税、祿糧、庫廩之事。以木契百、合諸司出給之數、以義倉、常平倉備凶年、平穀値」とある。倉官とはこれらの仕事の實務を行っていた下級役人のことを指すと思われる。

盧獻女

文昌左丞盧獻第二女、先適鄭氏、其夫早亡、誓不再醮。姿容端秀、言辭甚高。姊夫羽林將軍李思沖、姊亡之後、奏請續親、許之。兄弟並不敢白。思沖擇日備禮、贄幣甚盛。執贄就宅、盧氏拒關、抗聲詈曰、「老奴、我非汝匹也。」乃踰垣至所親家、截髪。思沖奏之、敕不奪其志。後爲尼、甚精進。出『朝野僉載』

盧獻の女（1）

文昌左丞盧獻（2）の次女は、鄭氏に嫁いだが、夫が早く亡くなり、再婚しないと誓った。盧氏の容姿は非常に美しく、言葉遣いもまことに上品であった（3）。彼女の姉の夫である羽林将軍李思沖（4）が、妻の死後、盧氏と再婚したいと願い、許された。盧氏の兄弟たちはあえて反對しなかった。思沖は吉日を選んで禮物を調え、その贈り物はたいそう豪華であった。これを盧氏のもとに送ったところ（5）、盧氏はかんぬきを掛け、聲を張り上げて、

「老いぼれめ、お前なんかに嫁ぎはしないぞ」と罵り、垣根を越えて親戚の家に行き、そこで髪を切り下ろした。李思沖がこれを上奏したところ、(6)その志を奪ってはならないとの敕が下された。この後盧氏は尼となり、非常に精進を重ねた。

注

（1）盧獻の女　諸版本、底本ともに出典を『朝野僉載』（巻三）とする。『舊唐書』巻一九三、列女傳・『新唐書』巻二〇五、列女傳・宋、馬永易『實賓錄』巻十四、老奴にも同様の記事がみられる。

（2）文昌左丞盧獻　文昌左丞は、光宅元（六八四）年、則天武后（在位六九〇～七〇五年）が尚書省を文昌臺と改めたことにより、この名になった。尚書官の次官。秩は正四品上。

盧獻は生没年不詳。常州刺史盧幼孫の子。則天武后のときに鸞臺侍郎、文昌左丞（『廣記』巻二六七、來俊臣、所引『御史臺記』には文昌右丞とする）を歴任するが、天授年間（六九〇～九二年）、來俊臣によって誣告され、失脚して西鄉令となり、その地位のまま死去した（『大唐新語』巻十三・『舊唐書』巻一九三、列女傳参照。『通鑑』巻二〇五では、失脚の時期を天授三（六九二）年のこととする）。『新唐書』巻七十三上、宰相世系表のほか、注（1）・（2）の上述の諸文獻にその名がみえる。

（3）言葉遣いもまことに上品であった　底本では「顏調甚高」に作るが、『朝野僉載』では「言辭甚高」に作る。ここでは『朝野僉載』の方がより適切な表現であると思われるので、『朝野僉載』に従った。

（4）羽林將軍李思沖　『舊唐書』『新唐書』列女傳では「工部侍郎」に作るが、ここでは底本に従った。羽林將軍は唐代におかれた官職。大將軍と將軍がある。大將軍の秩は正三品、將軍の秩は從三品である。北衙の禁兵を統べ、左右相を督攝するを掌る。

李思沖は生沒年不詳。李敬玄の子、神龍（七〇五～〇七年）の初め、工部侍郎となる。景龍元（七〇七）年、節愍太子に從って武三思を誅す。『新唐書』卷一〇六、李敬玄傳參照。

（5）これを……送ったところ　底本および諸版本は「執致就宅」に作るが、『朝野僉載』では「執贄就宅」に作る。文意から考えて、ここでは『朝野僉載』に從った。

（6）李思沖がこれを上奏したところ　底本は「沖奏之」に作るが、『朝野僉載』は「思沖奏之」に作る。ここでは『朝野僉載』に從った。

鄧廉妻

滄州弓高鄧廉妻李氏女、嫁未周年而廉卒。李年十八、守志、設靈几、每日三上食臨哭、布衣蔬食六七年。忽夜夢一男子、容止甚都、欲求李氏爲偶、李氏睡中不許之。自後每夜夢見、李氏竟不受。以爲精魅、書符呪禁、終莫能絕。李氏嘆曰、「吾誓不移節、而爲此所撓、蓋吾容貌未衰故也。」乃援刀截髮、麻衣不濯、蓬鬢不理、垢面灰身。其鬼又謝李氏曰、「夫人竹柏之操。不可奪也。」自是不復夢見。郡守旌其門閭、至今尙有節婦里。出『朝野僉載』

鄧廉の妻(1)

滄州弓高郡の鄧廉(2)の妻は、李氏の娘である。嫁いで一年も經たないうちに、夫の鄧廉が死んだ。李氏はそのとき十八歳だった。彼女は貞節を守り抜こうという志が堅く、靈几(3)を設けると毎日三度お供物をあげて哭に臨んだ。（こうして）六、七年もの間、みすぼらしい着物に粗末な食事で通した。

そんなある夜、突然一人の男が夢に現れた。容貌も立ち居振る舞いも大變優美な男で、彼女に妻になって欲しいという。李氏は夢の中でそれを拒絶した。男はそれから毎晩夢に現れたが、彼女は拒み續けた。李氏はその男を精魅《もののけ》(4)であると思い、護符でお拂いをしようとしたが、まるきり効果がない。彼女は嘆息して、

「せっかく貞節を守り通そうと誓ったのに、あの男にかき亂されてしまった。それもこれも私の容色がまだ衰えていないからだわ」

というと、やおら刀を抜いて髪を切ってしまった。そして垢じみた痲衣を着、櫛も入れないざんばら髪で、顔には泥を、身體には灰を塗りたくったのである。すると精魅がまた現れ、

「あなたの堅い操(5)は到底奪うことはできません」

といって謝った。それ以來二度と男の夢をみることはなくなった。

郡守(6)は李氏の行いを褒め、その門閭に旌表(7)した。現在でもまだ弓高郡には節婦里という地名が殘っている。

注

（1）　鄧廉の妻　諸版本、底本ともに出典を『朝野僉載』（巻三）とする。

（2）　滄州弓高郡の鄧廉　滄州弓高郡は唐代、河北道に屬した。現在の河北省滄州市東光縣。鄧廉については『廣記』と『朝野僉載』に名前がみえるだけで、詳細は不明である。

（3）　靈几　棺の前に置く机、靈座。唐、蕭嵩等奉勅撰『大唐開元禮』巻一三八、凶禮、三品以上喪之一・巻一四

二凶禮、四品五品喪之一に「既殯設靈座於下室」とある。

（4）精魅　底本は「以爲精魅」に作る。唐、慧然『臨濟錄』示衆に「好人家男女、被這一般野狐精魅所著、便卽捏怪」や「如是之流、總是野狐精魅魍魎」などいくつかの事例がみられる。

（5）堅い操　「竹柏之操」とは、竹と柏がいずれも霜雪に屈しないことから、堅い操のたとえに用いられる。梁、昭明太子蕭統輯『文選』巻五十七、誄下、顔延年、陽給事誄に「如彼竹柏、負雪懷霜。（劉良注）竹柏、喩堅貞也」とある。

（6）郡守　郡の長官。秦代におかれるが、漢代に太守と改められる。唐の高宗（在位六四九～八三年）のとき郡を州と改め、太守を刺史としたが、玄宗（在位七一二～五六年）のとき、舊に復して郡となし太守と稱した。『通典』巻三十三、官職に「郡守、秦官。秦滅諸侯、以其地爲郡、置守、丞、尉各一人。……漢景帝中元二年更名郡守爲太守。……大唐武德元年、改郡爲州、改太守爲刺史、加號持節。……天寶元年、改州爲郡、刺史爲太守。自是州郡史守更相爲名、其實一也」とあり、『新唐書』巻五、玄宗紀に「天寶元年二月、改州爲郡、刺史爲太守」とある。また『新唐書』巻九十八、馬周傳に「古者郡守、縣令皆選賢德、欲有所用、必先試以臨人、或由二千石高第入爲宰相」とある。

（7）旌表　巻二七〇、竇烈女（一）、注（6）（本書68頁）參照。

粛宗朝公主

粛宗讌于宮中、女優弄假戲、有綠衣秉簡爲參軍者。天寶末、蕃將阿布思伏法、其妻配掖庭、善爲優、因隷樂工。是以遂令爲參軍之戲。公主諫曰、「禁中妓女不少、何必須得此人、使阿布思眞逆人耶、其妻亦同刑人、不合近至尊之座。若果冤横、又豈忍使其妻與群優雜處、爲笑謔之具哉、妾雖至愚、深以爲不可。」上亦憫惻、遂罷戲而免阿布思之妻。由是賢重公主。公主卽柳晟之母也。出『因話録』

粛宗朝の公主(1)

粛宗(2)が宮中で宴を催したとき、妓女に演劇をさせた(3)。その中に、樂器をとって參軍戲を演じるものがいた(4)。天寶（七四二〜五六年）末、蕃將の阿布思(5)が處刑され、その妻は掖庭に入れられたが、樂藝に秀でていたので樂工に配屬された(6)。このため結局、彼女は參軍戲を演じるメンバーに入れられた(7)。和政公主が諫めて(8)、「禁中には妓女が大勢いるのですから(9)、彼女を使ういわれがどこにありましょう。阿布思をまことの反逆者と斷定なされるのであれば、その妻もまた同じ反逆者です。玉座に近づけるべきではありません。もしまことに冤罪であれば、その夫人をほかの俳優たちと一緒に餘興をさせ笑いの種にすることなど到底できないはずです。私はとても愚か者ですが、つくづくなさるべきではないと思います」といった。粛宗もまた哀れに思い、ついに演藝をとりやめ、その妻を放免した。（そして）これ以後、（粛宗は）公主の賢婦人ぶりを重んじるようになった(10)。（原注）公主は柳晟の母である。

注

（1）肅宗朝の公主　諸版本、底本ともに出典を『因話録』（巻一）とする。『新唐書』巻八十三・『唐語林』巻四・宋、廖瑩中『江行雑録』に同様の記事がみられる。

（2）肅宗　生沒年七一一～六二年、在位七五六～六二年。唐の第八代皇帝。諱は亨、玄宗（在位七一二～五六年）の第三子。開元二十六（七二八）年、兄李瑛に代わり皇太子となる。安史の亂のとき、蜀へ逃げる玄宗に従うが、途中長安奪回のため別れ、靈武（寧夏回族自治區靈武縣の北西）で即位する。のち、靈武を根據地として西域諸國の援助を得、長安および洛陽の奪還に成功する。李泌らを顧問として公正な政治を試みるが、張皇后や宦官勢力におされ、李輔國と張皇后の抗爭のさなか死去する。『舊唐書』巻十、肅宗紀・『新唐書』巻六、肅宗紀參照。

（3）肅宗が……演劇をさせた　『唐語林』および『因話録』では「政和公主肅宗第三女也。降柳潭。肅宗宴于宮中。女優有弄假戲」とある。

（4）その中に……ものがいた　『唐語林』では「緑衣秉簡謂之參軍椿」、『因話録』では「其緑衣秉簡者謂之參軍椿」とある。參軍とは、唐代、散樂に屬す參軍戲を指す。その起源について、一説に後漢代のものとあるが、おそらくは唐の玄宗期に成立したものであると考えられる。その内容は、主に參軍と蒼鶻《そうこつ》の二人の役柄が滑稽な會話や動作を演じて笑いを誘うもので、ときには朝廷や社會の出來事を風刺した演技も行った。中唐以降になると、女優が扮裝したり、歌舞を伴ったりするようになった。

（5）阿布思　底本ではすべて「阿布恩」に作るが、これは誤り。従ってここでは「阿布思」と改めた。阿布思は生沒年？～七五四年。唐代、鐵勒同羅部の首領。天寶元（七四二）年、唐に歸し、同十（七五一）年三月、李獻忠の名を賜り、朔方節度使を累遷し、奉信王に封ぜられる。安祿山の亂の際背き、同十二（七五三）年正月、楊國忠、安祿山に讒言されて同年九月に捕らえられ、翌年長安に送られて斬られる。『通鑑』巻二一五、天寶元年七月條から巻二一七、天寶十三（七五四）年三月條・『舊唐書』巻一〇六、楊國忠傳・『新唐書』巻二二三上、李林甫傳・巻二二五上、安祿山傳に名前が散見される。

（6）その妻は……配屬された　『唐六典』尙書刑部巻六、都官郎中に「凡反逆相坐、沒其家爲官奴婢。（注）反逆家男女及奴婢沒官、皆謂之官奴婢。男子十四以下者、配司農。……凡初配沒有伎藝者、從其能而配諸司、婦人工巧者、入于掖庭、其餘無能、咸隷司農」とあるように、唐代では謀反および大逆罪を犯した官僚士大夫層の家族と奴婢はみな後宮に入れて官奴婢とすることになっており、特に女性で技藝に秀でたものは後宮の婢とされた。

掖庭とは掖庭宮、すなわち宮女の居住するところである後宮を指す。宮城の西に置かれた。長安の掖庭宮の發掘調査によれば、その規模は東西七〇二メートル、南北は宮城と同じく一四九二メートルであった。東宮と比べるとかなり大規模であるが、宮内の建造物はごくわずかである。宮中女性は、招聘、選拔、獻上、連坐といった方法によってこの掖庭宮へ集められていた。

（7）このため……入れられた　『因話錄』は「是日遂爲假官之長所爲椿者」に作り、また『唐語林』は「是日遂爲參軍椿」に作るが、ここでは『廣記』の記事に從う。

（8）和政公主が諫めて　『因話錄』には「上及侍宴者笑樂公主獨俛首頻眉不視。上問其故。公主諫曰」とある。『因話錄』は「政和」に作る（注（3）參照）が、『舊唐書』巻一八三、柳晟傳および『新唐書』巻八十三、諸帝公主傳・巻一五九、柳晟傳には「和政」に作ることから、和政公主が正しい。

和政公主は生沒年七二九～六四年。隴西成紀（甘肅省天水市秦安縣の西）の人。肅宗の第三女で柳潭に下嫁した。代宗（在位七六二～七九年）に社會の利害得失や國家の盛衰について進言した。廣德二（七六四）年、吐蕃が唐に侵入してくると、出産間近にも關わらず宮廷に驅けつけて邊境防衛のための獻策を行ったが、その翌日、出産して亡くなった。『新唐書』卷八十三、諸帝公主傳・『唐語林』卷四（所引「顏眞卿集和政公主神道碑」）參照。

(9) 禁中には……ですから　『因話錄』は「禁中侍女不少」に作るが、ここでは底本の記事に從う。

(10) これ以後……ようになった　諸版本、底本ともに末尾注に「公主卽柳晟之母也」とある。柳晟は生沒年七四九～八一八年。唐代、解（河南省洛陽市の南）の人。父は柳潭、母は肅宗の第三女である和政公主。十二歲のとき父が死去し、代宗は彼を宮中に召し入れ、太子諸王とともに學問をさせた。德宗（在位七七九～八〇五年）のとき朱泚が背き、帝に從い奉天（遼寧省瀋陽市）へ逃れる。事態脫却を計り、德宗の信賴を得て、一人都へ戻り畫策するが、朱泚に捕われた。自力で脫出し、その後將作少監、檢校工部尙書、山南西道節度使などを歷任し、元和十三（八一八）年に亡くなった。『舊唐書』卷一八三、柳晟傳・『新唐書』卷一五九、柳晟傳參照。

潘炎妻

潘炎侍郎、德宗時爲翰林學士、恩渥極異。其妻劉晏女也。京尹某有故伺候、累日不得見、乃遺閽者三百縑。夫人知之、謂潘曰、「豈爲人臣、而京尹願一謁見、遺奴三百縑、其危可知也。」遽勸潘公避位。子孟陽初爲戶部侍郎。夫人憂惕、謂曰、「以爾人材、而在丞郎之位、吾懼禍必之至也。」戶部解喩再三、乃曰、「不然、試會爾同列、吾觀之。」因遍招深熟者、客至、夫人垂簾視之。既罷會、喜曰、「皆爾儔也、不足憂矣。」問末座慘綠少年何人也、曰、「補闕杜黃裳。」夫人曰、「此人全別。必是有名卿相。」出『幽閑鼓吹』

潘炎の妻[1]

潘炎侍郎[2]は、徳宗[3]の世に翰林學士[4]となり、皇帝に大變信任された。その妻は劉晏の娘であった。[5]（あるとき）京兆尹[6]の某《なにがし》が用事で伺候したが、何日間も潘炎に謁見することができなかった。そこで宮中の宦官に三百匹の縑《きぬ》を贈った。夫人はこれを知り、潘炎に、

「どうして臣下の身でありながら、京兆尹がちょっと面會したいと願い出るのに、宦官如きに三百匹もの縑を贈るなどということがありえましょうか？（これは）政情が先行き危うい證しです」

といって、すぐに潘炎に位を退くことを勸めた。

　その子の潘孟陽が戸部侍郎になったときのことである。[7]夫人は危ぶみ憂い、孟陽に、

「お前程度の能力で、丞郎[8]の位にあると、私には必ずや禍があなたの身にふりかかってくるように思えて懼《おそろ》しいのです」

といった。孟陽は夫人を繰り返しなだめた。そこで夫人は、

「もしそうでないというのなら、試しにお前の同僚に會って私が品定めをしましょう」

といった。そこで孟陽は深くつき合っている人々をあまねく招いた。客がくると、夫人は簾ごしに彼らを眺めた。會合が終わると、夫人は喜んで、

「みなお前とどっこいどっこいの連中であり、[9]心配する必要はありませんよ」

といい、末座にいた深緑色の衣を着ていた若者が何者であるのかを尋ねた。孟陽は答えていった。

「補闕の杜黃裳[10]です」

夫人は、

「この人は格別な人物です。必ずや卿相《さいしょう》に名を連ねる人でありましょう」
といった。

注

（1）潘炎の妻　底本では出典を唐、張固『幽閒鼓吹』とする。『幽閒鼓吹』は『幽閑鼓吹』の誤り。従って、ここでは『幽閑鼓吹』に改めた。『說郛』弓五十二の『幽閑鼓吹』のほか、『南部新書』戊・己集・『唐語林』巻三にも同様の記事がみられる。

（2）潘炎侍郎　潘炎は生沒年不詳。大曆（七六六～七七九年）の末、右庶子を授けられる。大曆十二（七七七）年、禮部侍郎にうつるが、病氣になり、免ぜられた。劉晏が罪を得たとき、炎はその婿であったことから、連坐して澧州司馬に左遷された。『舊唐書』巻一六二、潘孟陽傳・『新唐書』巻一六〇、潘孟陽傳參照。

（3）德宗　生沒年七四二～八〇五年。在位七七九～八〇五年。唐の第九代の皇帝。巻二七〇、高彥昭女、注（9）（本書91頁）參照。

（4）翰林學士　唐初、文詞經學の士を集めて文學を講究させたが、玄宗（在位七一二～五六年）のとき翰林待詔をおき、以降制書・詔書の起草を掌る役所を翰林學士院と稱した。翰林學士はその長官。潘炎が翰林學士になったという記事は管見の限り注（1）諸文獻のほかには見當たらない。

（5）皇帝に大變……劉晏の娘だった　底本には「恩渥極其異。妻劉晏女也」に作るが、『唐語林』により改めた。劉晏は生沒年七一五?～八〇年。曹州南華（山東省菏澤市）の人。代宗のとき、戸部侍郎京兆尹となり、度支を判して鹽鐵・轉運二使を領し、天下の財計を掌る。第五琦の鹽法を改革し、成果をおさめたが、德宗が即位し、楊炎が宰相になると、讒言されて忠州刺史に左遷され、ついで死を賜った。『舊唐書』巻一一三、劉晏傳・『新唐書』巻一四九、劉晏傳參照。

（6）京兆尹　巻二七〇、竇列女（一）、注（5）（本書68頁）參照。

（7）その子の潘孟陽が……ことである　底本注には「子原作于。據明鈔本改」とある。ここでは底本に從った。潘孟陽は生沒年？～八一五年。若くして父炎の蔭によって博學宏辭科に擧せられ、殿中侍御史、兵部郎中を歴任したあと、貞元（七八五～八〇五年）末には戸部侍郎を權知するに至った。從ってこの記事は貞元末の頃のものであると考えられる。のち、豪奢な生活のため、元和元（八〇六）年に華州刺史に左遷され、ついで劍南東川節度使となる。再び中央に召されるも遊蕩にふけり、左散騎常侍にて卒した。『舊唐書』巻一六二、潘孟陽傳・『新唐書』巻一六〇、潘孟陽傳參照。

（8）丞郎　左右丞および六部の侍郎の總稱。南宋、陸游『老學庵筆記』巻八に「唐所謂丞郎、謂左右丞六曹侍郎也。尙書雖序左右丞上、然亦通謂之丞郎、猶今言侍從官也」とある。
戸部侍郎は戸部の次官、秩は正四品下。戸部は尙書六部の一つ。唐以前は民部とも稱したが、太宗（在位六二六～四九年）の諱世民を避けて、以後戸部と稱する。民籍、會計、貨財交易、穀物の貯藏などを掌った。

（9）深綠色の衣を着ていた若者　『唐會要』巻三十一、章服品第に「上元元年八月二十一日敕、……文武三品已上服紫、金玉帶十三銙、四品服深緋、金帶十一銙、五品服淺緋、金帶十銙、六品服深綠、七品服淺綠、並銀帶」とあり、また『舊唐書』巻四十五、輿服志に「（大業）六年、復詔從駕涉遠者、文武官等皆戎衣、貴賤異等、雜用五色。五品已上、通著紫袍、六品已下、兼用緋綠。……貞觀四年又制、三品已上服紫、五品已下服緋、六品、七品服綠、八品、九品服以靑、帶以鍮石。……（貞觀五年）十一月、賜諸衞將軍紫袍、錦爲標袖」とあるように、唐

代においては六・七品の低級官僚が緑色の服装をしていた。

(10) 補闕の杜黄裳　補闕は唐代におかれ、左右に分かれる。左補闕は門下省に屬し、右補闕は中書省に屬し、天子を諷諫して、その過失を補うことを掌る。秩は左右ともに從七品上。そのため注(9)のように杜黄裳は緑色の服裝をしていたのである。

杜黄裳は生沒年七三八〜八〇八年。唐代、萬年縣（陝西省西安市）の人。字は遵素。進士の第に拔擢され宏辭科に合格する。郭子儀によって辟せられ、佐朔方府となり、ついで侍御史に任じられる。貞元末に太常卿、さらに門下侍郎、同中書門下平章事に任じられる。劉闢叛亂の際に功績あり、憲宗（在位八〇五〜二〇年）はその獻策に多く從い、世に中興と讚えられる。元和二（八〇七）年、河中・晉絳節度使、邠國公に封ぜられる。『舊唐書』卷一四七、杜黄裳傳・『新唐書』卷一六九、杜黄裳傳參照。

劉皇后

後唐太祖至汴州上源驛之變、太祖憤恨、欲廻軍攻之。劉皇后時隨軍行、謂太祖曰、「公爲國討賊、而以杯酒私忿、若攻城、卽曲在於我、不如回師、自有朝廷可以論列。」於是班退。天復中、周德威爲汴軍所敗、三軍潰散、汴軍乘我、太祖危懼、與德威議出保雲州。劉皇后曰、「妾聞王欲棄城而入外藩、誰爲此畫。」曰、「存信輩所言。」劉后曰、「存信本北蕃牧羊兒也、焉顧成敗。王常笑王行瑜棄城、失勢、被人屠割、今復欲效之也。王頃歲避難達靼、幾遭陷害、賴遇朝廷多事、方得復歸。今一旦出城、便有不測之變、焉能遠及北蕃。」遂止、居數日、亡散之士復集、軍城安堵、劉后之力也。

出『北夢瑣言』

劉皇后(1)

後唐の太祖が汴州に到着したとき、上源驛の變がおこった。(2)太祖は憤怨やるかたなく、軍を返して汴州に攻め寄せようとした。そのとき恰《あたか》も劉皇后が軍と行動をともにしていた。彼女は太祖に、

「あなたは國のために賊を討つのです。もし杯酒という個人的な恨みで城を攻めるようなことをなさったら、非は我が方にあります。進軍はお止しなさいませ。當然朝廷が罪の是非を論じてくれるに違いありません」

といって止めた。そこで太祖は軍を戻した。(3)

天復年間（九〇一～〇四年）、周徳威が汴軍（朱全忠の軍）に大敗を喫し、彼の三軍は潰滅してしまった。(4)汴軍はこの機に乗じ（かさにかかって攻め寄せてき）た。恐れをなした太祖が周徳威と晉陽を出て雲州に立てこもろうと相談していると、(5)劉皇后が尋ねた。

「聞くところによると、王は城を捨てて外藩の雲州に逃れようと畫策していらっしゃるというではありませんか。誰がそのような策を建てたのですか」

「李存信たちの進言である」(6)

太祖が答えると、皇后は、

「李存信はもともと北方蕃族の羊飼いです。そのような人物に明確な判斷などできましょうか。王は以前、王行瑜が城を捨てたばかりに勢いが衰え、（部下に）殺されてしまったのを笑っておいででした。(7)今それと同じことをなさろうとしておられます。(8)何年か前王は達靼に避難され、(9)危うく殺されかけたことがありました。そのときは朝廷が多事多端

であったことが幸いし、ようよう唐朝に復歸することができました。もし今一度城を放棄するようなことになれば、不測の事態が起こることは必至です。（そうなったら）どうしておめおめと遠い北蕃（達靼）の地へなど逃れていられましょう」

といってたしなめた。（そこで）太祖はついに計畫を諦めたのだった。

數日を經て散り散りになっていた將兵が再び集まってきた。こうして軍も城内も安堵したのは、劉皇后のおかげである。

注

（1）劉皇后　諸版本、底本ともに出典を『北夢瑣言』（卷十七）とする。ただし『太平廣記』と『北夢瑣言』の記述には若干の違いがある。『新五代史』卷十四、劉皇后傳・『通鑑』卷二六三、天復二（九〇二）年條にも同樣の記事がみられる。『北夢瑣言』は「太祖」を「晉王」に、「劉皇后」を「劉夫人」に作る。

劉皇后は生沒年不詳。代北（山西省代縣の北）の人。後唐の太祖李克用の正室。『舊五代史』卷四十九、后妃傳・『新五代史』卷十四、正室劉氏傳參照。

（2）後唐の太祖が……上源驛の變がおこった　『北夢瑣言』では冒頭に「晉王李克用妻劉夫人、常隨軍行、至於軍機、多所弘益」とある。太祖は生沒年八五六～九〇八年。姓名は李克用。突厥、沙陀族の出身。祖父朱執宜のとき唐に歸す。黃巣の亂中の中和三（八八三）年、長安を回復した功績により、同平章事、河東節度使となる。乾寧二（八九五）年、鳳翔の李茂貞を逐い昭宗（在位八八八～九〇四年）を長安に歸還させ、王行瑜を滅ぼして晉王に進爵された。天復年間（九〇一～〇四年）になり朱全忠に攻擊され、應戰中に陣沒した。『舊五代史』卷二十五・二十

六、武皇紀・『新五代史』巻四、唐本紀參照。

底本には「汴州」の「汴」の字なし。『北夢瑣言』によって字を補う。汴州は現在の河南省開封市。唐代は河南道に屬した。

上源驛は開封縣城の南の驛。上源驛の變とは、中和四（八八四）年、黃巣追討の途中、軍糧を整えるために汴州に入った李克用が朱全忠に酒を勧められて酔ったところを急襲され、殺されかけた事件のこと。後文の「杯酒という個人的な恨み」とは、このことをいったものである。『舊五代史』巻二十五、武皇紀上、中和四年五月條に「武皇（李克用）追賊至於曹州。是月、班師過汴、汴師迎勞於封禪寺、……館於上源驛。……汴師（朱全忠）素忌武皇、乃與其將楊彥洪密謀竊發、彥洪於巷陌連車樹柵、以扼奔竄之路。時武皇之從官皆醉、俄而伏兵竊發、來攻傳舍。武皇方大醉、譟聲地、從官十餘人捍賊。侍人郭景銖滅燭扶武皇、以茵幕裹之、匿於牀下、以水洒面、徐曰、汴帥謀害司空。武皇方張目而起、引弓抗賊。有頃、烟火四合、復大雨震電、武皇得從者薛鐵山、賀回鶻等數人而去。雨水如澍、不辨人物、隨電光登尉氏門、縋城而出、得還本營」とある。

（3）そこで太祖は軍を戻した　底本は「於是班師」に作るが、『北夢瑣言』により改めた。

（4）周德威が……してしまった　周德威は生沒年不詳。字は鎭遠。五代後唐の馬邑（山西省朔州市の東、馬邑鎭）の人。官は盧龍節度使。後梁の軍と戰い陣沒した。『舊五代史』巻五十六、周德威傳・『新五代史』巻二十五、周德威傳參照。天復年間の敗戰は、『舊五代史』巻二十六、武皇紀下に「天復二年二月、李嗣昭、周德威領大軍自慈、隰進攻絳、營於蒲縣。……（三月）戊午、氏叔琮率軍來戰、德威逆擊、爲汴人所敗、兵仗、輜車委棄殆盡」とある。

（5）太祖が……相談していると　『通鑑』巻二六三、天復二年條に「辛酉、汴軍圍晉陽、營於晉陽攻其西門」とあり、『舊五代史』巻二十六、武皇紀下に「(天復二年二月)乙巳、汴帥自領軍至晉州、徳威之軍大恐。……(三月)辛酉、汴軍營於晉陽之西北、攻城西門」とあることから、ここでの「城」は晉陽城のことである。

底本は「與徳威議出保雲州」に作る。『北夢瑣言』は「與徳威議欲出保雲州」に作る。『舊五代史』巻二十六、武皇紀下に「天復二年、……三月丁巳、……汴軍攻城日急、武皇召李嗣昭、周徳威等謀將出奔雲州、嗣昭以爲不可。李存信堅請且入北蕃、續圖進取、嗣昭等固爭之、太妃劉氏亦極言於內、乃止」とある。

雲州は現在の山西省大同市。唐代は河東道に屬した。

(6) 李存信　生没年八六二~九〇二年。五代後唐、回鶻部の人。本姓は張。太祖李克用が姓名を賜って子とした。四夷の語をよくし六蕃の書に通じた。李克用に従って、關中に入り黃巣を破る。官は馬步軍都指揮使。『舊五代史』巻五十三、李存信傳・『新五代史』巻三十六、李存信傳・『新唐書』巻二一八、沙陀傳參照。

(7) 王行瑜が……笑っておいででした　底本注には「城字原闕。據『北夢瑣言』補」とあるように、談刻本、黃刻本には「城」の字はない。ただ許刻本には「城」の字がある。ここでは底本に従った。

王行瑜は生没年?~八九五年。唐代、邠州(陝西省彬縣)の人。初め朱玫《しゅばい》に仕え、朱玫が反逆したあと朱玫を殺して邠寧節度使を授けられる。李茂貞らと楊守亮を討つ。昭宗を廢そうとするが、李克用に攻められて慶州に走り、部下に殺された。『舊五代史』巻二十六、武皇紀下に「乾寧二年……十一月丁巳、……(王)行瑜懼、棄城而遁。武皇收其城、封府庫、遽以捷聞。既而慶州奏、王行瑜將家屬五百人到州界、爲部下所殺、傳首闕下」とある。『舊唐書』巻一七五、王行瑜傳・『新唐書』巻二二四下、王行瑜傳參照。

(8) 今それと……しておられます　『北夢瑣言』は「今復欲效之何也」に作るが、底本に従った。

(9) 何年か前王は達靼に避難され　廣明元(八八〇)年、李克用が雲州沙陀の将兵に推されて代北に覇をとなえ、朔州（山西省朔州市）を攻めたが、敗れて達靼に逃れた事件。『新五代史』巻四、荘宗紀に「廣明元年、招討使李琢會幽州李可擧、雲州赫連鐸擊沙陀……琢軍夾擊、又敗之于蔚州、沙陀大潰、克用父子亡入達靼」とある。達靼は蒙古高原にいた遊牧民族タタール部のこと。

河池婦人

梁祖攻圍岐隴之年、引兵至于鳳翔、秦師李茂貞、遣戎校李繼朗統衆救之。至則大捷、生降七千餘人。及旋軍、於河池縣掠獲一少婦。甚有顏色、繼朗悅之、寢處於兵幕之下。西邁十五餘程、每欲逼之、卽云、「我姑嚴夫妬、請以死代之。」戎師怒、脅之以威、終莫能屈。師笑而憫之、竟不能犯、使人送還其家。出『玉堂閑話』

河池の婦人(1)

梁の太祖が岐隴を攻め圍んだ年のことである。(2)兵を率いて鳳翔へ(3)到着したとき、秦の將李茂貞(4)は戎校の李繼朗(5)を派遣して、軍を率いて鳳翔を救おうとした。李繼朗の軍は鳳翔に至り、大勝利をおさめた。投降するものは七千餘人にもなった。凱旋する途中、河池縣(6)で一人の若い婦人を掠《と》らえた。非常に美しかったので、李繼朗は彼女を氣に入り、軍の幕營に寢起きさせた。西へ十五、六日ほど進む間に、李繼朗は每晩彼女に迫って、いうことを聞かせようとした。彼女は、

「私の姑は嚴しい人で、夫は嫉妬深い人でございます。このたびのことは、死をもって償わせて下さい」

といった。李繼朗は怒り、強引に脅しをかけたが、彼女はついに屈しなかった。（その頑なさに）李繼朗は笑って、彼女の心根を憐れみ、とうとう望みを遂げることができないまま、部下に命じて彼女を家に送りかえした。

注

（1）河池の婦人　諸版本、底本ともに出典を『玉堂閒話』とする。『玉堂閒話』は『玉堂閑話』の誤り。従って、ここでは『玉堂閑話』に改めた。現存する『玉堂閑話』（『說郛』弓四十八所收）には記載されていない。

（2）梁の太祖が……のことである　梁の太祖とは五代後梁の太祖朱全忠のこと。後梁の太祖は生沒年八五二～九一二年。在位九〇七～一二年。姓名は朱溫。唐の僖宗（在位八七三～八八年）より全忠の名を賜る。初め黃巢の亂の將であったが、唐に降り四鎮節度使を經て、梁王に封ぜられる。天祐（九〇四～〇七年）末、昭宗（在位八八八～九〇四年）・哀帝（在位九〇四～〇七年）を殺して帝位につき、梁を建てるが、在位わずか六年で子の友珪に殺される。『舊五代史』卷一～七太祖紀・『新五代史』卷一・二太祖紀參照。

太祖が岐隴を攻め圍んだことについては、『新五代史』卷四十、李茂貞傳に「天復元年、（崔）胤召梁太祖以西、梁軍至同州、全誨等懼、與繼筠劫昭宗幸鳳翔。梁軍圍之踰年、茂貞每戰輒敗、閉壁不敢出」とあり、『通鑑』卷二六二、昭宗天復元（九〇一）年條に「戊辰、朱全忠至鳳翔、軍於城東」とあり、天復元年に朱全忠が李茂貞を包圍したことが分かる。朱全忠が鳳翔一帶を攻め李茂貞と戰った記事はほかにも頻繁にみられるため、ここでの記事がこの年のことを指すものとは斷定できないが、天復元年の可能性は非常に高いものと思われる。

岐は岐州、現在の陝西省鳳翔縣。隴は隴州、現在の陝西省寶鷄市および甘肅省華亭縣。いずれも、唐代は京畿道に屬した。

（3）鳳翔　唐代の鳳翔府、唐代は京畿道に屬した。現在の陝西省寶鷄市および鳳翔、岐山、太白、麟游、扶風、眉縣などを含む地域。

（4）李茂貞　生沒年八五六〜九二四年。唐末五代、深州博野（河北省博野縣）の人。字は正臣、本姓は宋、名は文通。神策禁軍の卒から功をたてて僖宗より李姓を賜る。光啓三（八八七）年、鳳翔節度使李昌符の反亂を討伐し、鳳翔隴右節度使に任じられる。乾寧元（八九四）年、昭宗の討伐軍を破り、天復元年に岐王に封ぜられ、鳳翔府を都とする。天復三（九〇三）年、朱全忠に圍まれて下る。『舊五代史』卷一三二、李茂貞傳・『新五代史』卷四十、李茂貞傳參照。

（5）戎校の李繼朗　戎校はおそらく節度使の部將を指すものではないかと考えられる。『後漢書』卷七十四上、袁紹傳に「臣以負薪之資、拔於陪隸之中、奉職憲臺、擢授戎校」とある。しかし、唐代において戎校の事例はみられない。『新唐書』卷四十六、百官志に「從九品上曰陪戎校尉」とあるが、これが戎校を指すものかどうかは不明である。おそらく節度使の部將を指すものではないかと考えられる。
李繼朗は生沒年不詳。『舊五代史』卷三十八、明宗紀に「(天成二年二月)丁亥、以北京皇城使李繼朗爲龍武大將軍……」とみえるが、これがここで出てくる李繼朗と同一人物であるかについては明らかではない。

（6）河池縣　唐代は山南西道鳳州に屬した。現在の陝西省鳳縣の東北。

賀　氏

兗州有民家婦姓賀氏、里人謂之織女。父母以農爲業、其丈夫則負擔販賣、往來于郡。賀初爲婦、未浹旬、其夫出外、每出、數年方至、至則數日復出。其所獲利、蓄別婦於他所、不以一錢濟家。賀知之、每夫還、欣然奉事、未嘗形於顏色。夫慙愧不自得、更非理毆罵之、婦亦不之酬對。其姑已老且病、凛餒切骨、婦傭織以資之。所得傭直、盡歸其姑。己則寒餒、姑又不慈、日有淩虐、婦益加恭敬、下氣怡聲、以悅其意、終無怨歎、夫嘗挈所愛至家、賀以女弟呼之、略無慍色。賀爲婦二十餘年、其夫無半年在家、而能勤力奉養、始終無怨、可謂賢孝矣。出『玉堂閑話』

賀　氏（1）

兗州（2）に民家の婦《つま》で賀氏というものがいた。村人はこれを織女と呼んでいた。夫の兩親は農業を生業《なりわい》とし、夫は作物を擔いで販賣に攜わり、郡（兗州城）との間を往來していた。

賀氏が嫁となって十日も經たないうちに、夫は外に商いに出かけ、いつも一度出かけると數年も歸ってこなかった。家に歸ってきても、ほんの數日ほどいるだけで、また出かける始末だった。（さらに）稼いだ金で他所に女を圍い、一錢も家の方に入れようとはしなかった。賀氏は（夫が女を圍っていることを）知りながら、夫が歸ってくるごとに嬉嬉として盡くし、一度も怒りを顏に出したことはなかった。夫は恥じたり反省の態度を示そうともせず、かえって理不盡にも賀氏を毆ったり惡態をついたりしたが、賀氏は決して逆らわなかった。姑は老いて病氣がちであり、（賀氏は）骨の髓まで寒さや飢えに迫られ、織物の作業に雇ってもらって生計をたてた。貰える賃金は全て姑に渡し、自分は寒さや飢えに耐えた。姑も賀氏を慈しまず、毎日淩辱を加えたが、賀氏は益々恭しく仕え、聲を和らげてなだめ（3）、姑のご機嫌をとって、ついに怨み嘆くことはなかった。

夫が以前、自分の圍っている女を連れて家にきたことがある。賀氏はこれを女弟《いもうと》と呼び、殆ど險しい顏つきをあらわすことはなかった。賀氏は結婚してから二十餘年、その夫は半年も家にいることはなかったが、力を盡くして姑に孝養を盡くし、終始恨みがましい素振りを見せなかった。まさに賢婦孝婦と讃えるべきであろう。

注

（1）賀氏　諸版本、底本ともに出典を『玉堂閒話』とするが、『玉堂閑話』に改めた。現存する『玉堂閑話』（『説郛』弓四十八）にこの記事は收錄されていない。

（2）兗州　唐代は河南道に屬した。現在の山東省兗州市。

（3）賀氏は……聲を和らげてなだめ　「下氣怡聲」とは子供が親に仕える道のこと。心を落ち着け、聲を和らげることをいう。『禮記』內則に「及其所、下氣怡聲、問衣燠寒、疾病苛癢、而敬抑搔之、父母有過、下氣怡色、柔聲以諫」とある。

巻二七一・婦人二・才婦篇

謝道韞

王凝之妻謝道韞。王獻之與客談義不勝、道韞遣婢白獻之曰、「請與小郎解圍。」乃施靑綾步障自蔽、與客談、客不能屈。

出『獨異志』

謝道韞(1)

王凝之(2)の妻謝道韞《しやどううん》の話である。（あるとき義弟の）王獻之が客と論争してやりこめられていた。(3)（そこで）謝道韞は婢《はしため》を通じて王獻之に、「小郎《あなた》(4)の代わりに客の相手をさせて下さい」といい、青色の綾で歩障(5)をつくって顔を隠し、客と議論したところ、客は彼女を論破できなかった。

注

（1）謝道韞　諸版本、底本ともに出典を『獨異志』とする。現存する『獨異志』にはこの話は缺落しているが、『獨異志』補佚（所引『廣記』巻二七一）所收。『晉書』巻九十六、王凝之妻謝氏傳にも同様の記事がみられる。

謝道韞は生没年不詳。晉代、陳郡陽夏（河南省太康縣）の人。謝奕《しやえき》の娘で謝安の姪。幼時より聰明で文才があった。隆安三（三九九）年、孫恩の亂のとき、夫の王凝之と子供が賊に殺されると、自ら刀をふるって數人を殺した。のち、會稽（浙江省）に寡居する。『晉書』卷九十六、王凝之妻謝氏傳參照。

（2）王凝之　生没年？～三九九年。晉代、琅琊臨沂《りんき》（山東省臨沂市）の人。王羲之の子。江州刺史、左將軍、會稽内史を歴任する。草書、隷書を善くした。隆安三年、孫恩が會稽（浙江省中部一帶）を攻めたとき、捕らわれて殺害された。『通鑑』卷一一一、隆安三年十月條に「甲寅、（孫）恩陷會稽、（王）凝之出走、恩執而殺之、幷其諸子。凝之妻謝道韞、奕之女也、聞寇至、擧措自若、命婢肩輿、抽刀出門、手殺數人、乃被執」とある。『晉書』卷八十、王羲之附傳參照。

（3）王獻之が……やりこめられていた　『晉書』は「凝之弟獻之嘗與賓客談議、詞理將屈」に作る。

王獻之は生没年三四四～八八？年。晉代、琅琊臨沂（山東省臨沂市）の人。字は子敬。王羲之の息子。州主簿、祕書郎となり、建威將軍、吳興太守を歴任し中書令となる。草書、隷書、繪畫をよくし、その父と並んで二王と稱される。作品に「洛神賦十三行」「中秋帖」などがある。『晉書』卷八十、王羲之附傳參照。

（4）謝道韞は……といい　底本は「道韞遣婢白曰、『請與小郎解圍』」に作るが、ここでは『晉書』の記載に從った。

小郎は妻が夫の弟を呼ぶ語。『晉書』卷四十三、王澄傳に「（王）衍妻郭性貪鄙、欲令婢路上擔糞。（王）澄年一四、諫郭以爲不可。郭大怒、謂澄曰、『昔夫人臨終、以小郎屬新婦、不以新婦屬小郎』」とあり、清、趙翼『陔餘叢考』卷三十六、夫弟稱小郎には「女呼夫之弟曰小郎、是六朝人語」と説明している。

解圍は苦境から救うこと。ここでは客にやりこめられている王獻之の代わりに客の相手をつとめるという意

味。『廣記』巻一七一、蘇無名（所引『紀聞』）に「天后時、賞賜太平公主細器寶者兩食合。所直黃金千鎰、公主納之藏中。歲餘取之。盡爲盜所將矣。公主言之。天后大怒、召洛州長史謂曰、『三日不得盜、罪。』長史懼、謂兩縣主盜官曰、『兩日不得賊、死。』尉謂吏卒游徼曰、『一日必擒之、擒不得、先死。』吏卒游徼懼、計無所出。衢中遇湖州別駕蘇無名、相與請之至縣。……無名笑曰、『君怒吏卒、抑有由也。無名歷官所在、擒姦擿伏有名。每偷至無名前、無得過者。此輩應先聞、故將來。庶解圍耳。』尉喜、請其方」とある。

（5）歩障　女性が顔を隠すのに用いた布。『晉書』巻三十三、石崇傳に「（石崇）財產豐積、室宇宏麗。……與貴戚王愷、羊琇之徒以奢靡相尙。……作紫絲布步障四十里、（石）崇作錦步障五十里以敵之」とある。

楊容華

楊盈川姪女曰容華。幼善屬文、嘗爲「新粧」詩、好事者多傳之。詩曰、「宿鳥驚眠罷、房櫳乘曉開。鳳釵金作縷、鸞鏡玉爲臺。粧似臨池出、人疑月下來。自憐終不見、欲去復徘徊。」出『朝野僉載』

楊容華（1）

楊盈川《ようえいせん》（2）の姪は容華といった。幼い頃から文章が巧みで、彼女の作った「新粧」（3）詩は、多くの好事家に迎えられた。

その詩は、

宿鳥驚眠罷　　宿鳥（4）驚きて眠りを罷め

房櫳乘曉開
鳳釵金作縷
鸞鏡玉爲臺
粧似臨池出
人疑月下來
自憐終不見
欲去復徘徊

房櫳《ぼうろう》　曉に乘じて開く(5)
鳳釵《ほうさ》は　金を縷《いと》と作し
鸞鏡《らんきょう》は　玉を臺となす
粧《よそお》いは池に臨みて出づるに似たり
人疑ふらくは　月の下り來たるかと
自ら憐れむ　終に見ざるを
去らんと欲して　復た徘徊す

というものである。

注

(1) 楊容華　諸版本、底本ともに出典を『朝野僉載』(巻三)とする。『類說』巻四十、新粧詩にも同様の記事が収錄されている。
楊容華は生沒年不詳。楊烱《ようけい》の姪。詩が巧みであった。『全唐詩』巻七九九參照。

(2) 楊盈川　生沒年六五〇～九五?年。姓名は楊烱。唐代、華陰(陝西省渭南市)の人。幼少より學問優秀で神童に擧げられ、校書郎となり、永隆二(六八〇)年、崇文館學士となる。則天武后(在位六九〇～七〇五年)のとき、又從弟の神讓の罪に連座して梓州《ししゅう》司法參軍に左遷され、のちに盈川令に移り、そこで沒した。文章に優れ、王勃、盧照鄰、駱賓王とともに初唐の四傑と稱される。著書に『盈川集』(十巻)がある。『舊唐書』巻一九〇上、楊烱傳・『新唐書』巻二〇一、王勃附傳・元、辛文房『唐才子傳』巻一參照。

盈川は、唐代は江南東道に屬した。現在の浙江省衢州市。唐代、黔中道《けんちゅうどう》にも盈川縣（四川省彭水市）があるが、これは『太平寰宇記』巻一二〇、黔州によると、先天元（七一二）年に盈隆縣を盈川縣としたとあり、また『通鑑』巻二〇三、高宗永淳元（六八二）年條に「（楊）烱終於盈川令。（元、胡三省注）黔州彭水縣……非此也」とあり、また『全唐詩』巻五十にも「遷婺盈川令、卒於官」とあることから、楊烱が赴任して亡くなった地は江南東道の盈川縣であると思われる。

（3）「新粧」詩　『全唐詩』巻七九九所收。

（4）宿鳥　『全唐詩』では「啼鳥」に作るが、ここでは底本の記載に從った。

（5）房櫳　格子窗を指す。『廣記』巻二三七、同昌公主、所引『杜陽（雜）編』に「咸通九年、同昌公主出降、宅于廣化里。賜錢五百萬貫、更罄内庫珍寶、以實其宅。而房櫳戶牖、無不以衆寶飾之」とある。

上官昭容

唐上官昭容之方娠、母鄭氏夢神人畀之大秤、以此可稱量天下。生彌月、鄭弄之曰、「爾非秤量天下乎。」孩啞應之曰、「是。」襁中遇家禍、入掖庭。年十四、聰達敏識、才華無比。天后聞而試之、援筆立成、皆如宿構。自通天後建景龍前、恒掌宸翰。其軍國謀猷、殺生大柄、多其決。至若幽求英雋、鬱興詞藻。國有好文之士、朝希不學之臣。二十年間、野無遺逸、此其力也。而晚年頗外通朋黨、輕弄權勢、朝廷畏之矣。玄宗平難、被誅。出『景龍文館記』

上官昭容(1)

唐の上官昭容の母鄭氏が彼女を身ごもったときの話である。鄭氏の夢に神人が現れて大きな秤を與え、

「これで天下を秤量《はか》るがよい」

といった。生まれて數ヶ月經ったとき、母親が赤ん坊をあやしながら、

「お前、天下を秤で量るそうじゃないか(2)」

というと、赤ん坊はにっこり笑って、

「うん」

と答えた。

（昭容が）まだ乳飲み子であった頃、家が災難に見舞われ、掖庭宮に入れられた(3)。

十四歳のときには彼女は聰明でのみこみが早く、その文才の華やかさは比《なら》ぶものがなかった。則天武后(4)が噂を聞き、彼女を試したところ、筆を取ればたちどころに文となり、みな前もって構想を練っていたような出來映えであった。

昭容は萬歳通天（六九六～九七年）から、景龍（七〇七～一〇年）直前まで常に詔敕の作成を掌った。（またそれに關連して）軍事や國政に關するはかりごと、生殺與奪の權力を掌握し、その多くは彼女が決裁した。道を求め才能の豊かな人物たちとは、盛んに美しい詩文をものして樂しんでいた。國内には文學を好むものが多く朝廷には學問のない官僚はいなかった。二十年間というもの在野に文才のある人物を殘さなかったのは、彼女のおかげである。しかし晩年はしきりに官僚間の派閥爭いに關係し、輕々しく權勢を弄ぶようになり、朝廷のものたちは彼女の權勢を恐れた。玄宗が韋皇后の難を除き、唐朝を回復すると彼女は誅殺《ころ》された(5)。

注

（1）上官昭容　諸版本、底本ともに出典を唐、武平一『景龍文館記』とするが、現存する『景龍文館記』（『説郛』弓四十六所收）にはこの記事は收録されていない。
上官昭容は生沒年？～七一〇年。上官儀の孫娘。名は婉兒。謚は惠文。才知に長け、則天武后（在位六九〇～七〇五年）に認められて詔敕の作成に攜わるようになり、中宗（在位六八三～七一〇年）のとき、昭容となったが、のち韋后に與《くみ》してともに李隆基（のちの玄宗）により誅せられる。しかし、のちに玄宗（在位七一二～五六年）は、彼女の詩文集全二十卷の編纂を命じ、張説に序文を書かせた。現在は、張説の序文のみ殘存している。『舊唐書』卷五十一、上官昭容傳・『新唐書』卷七十六、上官昭容傳參照。

（2）お前、天下を秤で量るそうじゃないか　底本注に「乎字原闕。據明鈔本補」とあるように、諸版本には「乎」の字はないが、ここでは底本に從った。

（3）まだ乳飲み子であった頃……掖庭宮に入れられた　これは、麟德元（六六四）年、上官儀が則天武后を排斥しようとした事件で、上官婉兒の父庭芝が連座して誅され、母とともに掖庭宮に入れられたことを指す。『通鑑』卷二〇一、高宗麟德元年十二月條に「十二月、丙戌、（上官）儀下獄、與其子庭芝、王伏勝皆死、籍沒其家」とあり、『舊唐書』卷五十一に「父庭芝、與儀同被誅、婉兒時在襁褓、隨母配掖庭」とある。
掖庭宮は卷二七一・賢婦篇、肅宗朝公主、注（6）（本書138頁）參照。

（4）則天武后　卷二七一・賢婦篇、盧氏、注（8）（本書119頁）參照。

（5）玄宗が……誅殺された　玄宗は生沒年六八五～七六二年。在位七一二～五六年。唐の第六代皇帝、姓名は李隆基。唐の隆元（七一〇）年、中宗（在位六八三～八四・七〇五～一〇年）を毒殺して唐室を奪おうとした皇后韋氏およびその一黨を倒した。即位以來、その治世は開元の治と呼ばれたが、晩年は楊貴妃に溺れ、安祿山の亂を引き起こすに至った。『舊唐書』巻八・九、玄宗紀・『新唐書』巻五、玄宗紀參照。

張　氏

燕文貞公張說、其女嫁盧氏。嘗謂舅求官。候父朝下而問焉。父不語、但指搘牀龜而示之、女拜而歸室、告其夫曰、「舅得詹事矣」。出『傳載』

張　氏(1)

燕文貞公張說《ちょうえつ》(2)の娘は盧氏に嫁いでいた。以前、彼女は舅が仕官したがっている旨を父に言ったことがあった。(3)あるとき、張說が朝堂より戻るのを待って、依頼の件がどうなったのか尋ねると、張說は何もいわず、ただ搘牀龜《きしょうき》(4)を指し示しただけであった。張氏は拜して家に戻り、夫に、

「お義父様《とうさま》は詹事《せんじ》の官につくことができますよ(5)」

と告げた。

注

（1）張氏　諸版本、底本ともに出典を唐、闕名『傳載』（『說郛』巻三十八）とする。『南部新書』丁集・『類說』巻

四十、指龜得詹事・宋、葉廷珪『海録碎事』巻十一上（所引『傳載』）にも同様の記事が收錄されている。

（2）張説　生沒年六六七～七三〇年。唐代、洛陽（河南省洛陽市）の人。字は道濟または説之。玄宗（在位七一二～七五六年）のとき、中書令となり、燕國公に封じられた。詩文に通じ、宮廷詩人としても有名。著書に『張燕公集』がある。「文貞」は諡。『舊唐書』巻九十七、張説傳に「玄宗爲（張）説自製神道碑文、御筆賜諡曰文貞、由是方定」とある。『舊唐書』巻九十七、張説傳・『新唐書』巻一二五、張説傳參照。

（3）以前……があった　『北夢瑣言』には「爲其舅求官」とあるが、ここでは底本に從った。

（4）搘牀龜　古代傳説中の床を支える龜。『史記』巻一二八、龜策列傳に「南方老人用龜支牀足、行二十餘歳、老人死、移牀、龜尙生不死」とあり、唐、白居易「寄微之」詩（『全唐詩』巻四四一所收）に「鸚爲能言長剪翅／龜緣難死久搘牀」とある。

（5）お義父様は……できますよ　詹事は、皇后、皇太子の家事を掌る官。秩は正三品。この話の眼目は、父が搘牀龜を指さしただけで、「擔（擔ぐ、支える）」と「詹」が同音であることによる言葉遊びであることを了解し、すぐに詹事の官職に思い至った張氏の機轉の良さを敍述しているところである。

杜羔妻

杜羔妻劉氏、善爲詩。羔累擧不中第、乃歸、將至家、妻卽先寄詩與之曰、「良人的的有奇才、何事年年被放回。如今妾面羞君面、君到來時近夜來。」羔見詩、卽時廻去、竟登第。出『玉泉子』

杜羔の妻(1)

杜羔《とこう》(2)の妻劉氏(3)は詩をつくるのに巧みであった。杜羔は何年も科擧の試験を受けたが、及第しなかったので（あきらめて）鄉里へ歸った。彼がもう少しで家に辿り着こうとしたときに、（劉氏は）前もって杜羔に詩を贈り届けていった。

良人的的有奇才
何事年年被放回
如今妾面羞君面
君到來時近夜來

良人は　的的《まことに》奇才有り
何事ぞ　年年放ち回さるるや
如今《いま》　妾面《わがかお》は君の面《かお》を羞ず
君到來するの時　夜に近くして來たらんことを(4)

この詩をみて杜羔は、ただちにとって返し、とうとう及第したのだった。(5)

注

(1) 杜羔の妻　諸版本、底本ともに出典を『玉泉子』とする。『南部新書』丁集・『類説』巻四十一、劉氏寄詩にも同様の記事が収録されている。

(2) 杜羔　生没年不詳。字は中立。貞元（七八五～八〇五年）のはじめ、進士に及第する。元和年間（八〇六～八二〇年）に萬年縣令となり、ついで戸部郎中、振武節度使をへて、工部尚書を以て致仕した。『新唐書』巻七十二上、宰相世系表・『新唐書』巻一七二、杜兼附傳參照。

(3) 劉氏　『唐才子傳』巻二および『全唐詩』巻七九九では「趙氏」に作る。底本および『玉泉子』・宋、計有功『唐詩紀事』巻七十八には「劉氏」とあるので、ここでは底本に従った。

(4) 良人は……來たらんことを　趙氏「夫下第」詩として『全唐詩』巻七九九所收。

（5）この詩を見て杜羔は……及第したのだった　『玉泉子』には「羔見詩、即時而去、竟登第而返」とあり、『南部新書』丁集には「卽時回去。尋登第」のあとに「妻又寄詩云、『長安此去無多地／鬱蔥々佳氣浮／良人得意正年少／今夜醉眠何處樓』」と續く。

張暎妻

會昌中、邊將張暎防戍十有餘年。其妻侯氏、繡迴文作龜形詩、詣闕進上。詩曰、「暎離已是十秋彊、對鏡那堪重理粧。聞鴈幾廻修尺素、見霜先爲製衣裳。開箱疊練先垂淚、拂杵調砧更斷腸。繡作龜形獻天子、願敎征客早還鄉。」敕賜絹三百疋、以彰才美。出『抒情詩』

張暎の妻（1）

會昌年間（八四一〜四六年）のことである。張暎《ちょうき》は邊將として國境を警備すること十餘年に及んでいた。（2）張暎の妻侯氏は廻文（3）を刺繡して「龜形の詩」をつくり、宮城に參上して（天子に）奉った。詩は次のようなものであった。

暎離已是十秋彊　　暎離《わか》れること　已に是れ　十秋彊
對鏡那堪重理粧　　鏡に對い那《なん》ぞ堪えん　重ねて粧《よそおい》を理《おさ》むるを
聞雁幾廻修尺素　　雁《かり》の幾たびか廻《めぐ》るを聞きて　尺素《ふみ》（4）を修め
見霜先爲製衣裳　　霜を見て　先《ま》ず爲に　衣裳を製《つく》る

開箱疊練先垂涙
拂杵調砧更斷腸
繡作龜形獻天子
願敎征客早還鄉

箱を開き練《ねりぎぬ》を疊みて　先《ま》ず涙を垂らし
杵《きね》を拂い砧《きぬた》を調えて　更に斷腸す
繡《ぬいとり》もて龜形を作り　天子に獻ず
願わくは征客をして　早《つと》に鄉に還らしめよ(5)

(武宗はこれをみると)敕して、絹三百疋を賜り、彼女の素晴らしい詩才を表彰した。

注

(1) 張睽の妻　諸版本、底本ともに出典を『抒情詩』とする。『唐詩紀事』巻七十八にも同様の記事が収録されている。

(2) 張睽は……及んでいた　邊將とは、國境を守る將軍のこと。張睽は許刻本、黃刻本、『唐詩紀事』は「張睽」(「睽」は「睽」の誤字)に作り、『新唐書』巻七十二下、宰相世系表は「張揆」に作るが、談刻本および底本は「張睽」に作るので、ここでは底本に従った。なお、『新唐書』には同名の人物が二人いる。一人は張文蔚(仁化令張端の子)の子、もう一人は同州刺史張涗《ちょうぜい》の子であるが、ここでの張睽がこれらのいずれかなのかあるいは全くの別人なのかは明らかではない。

(3) 廻文　廻文詩のこと。廻文詩とは、詩の句を碁盤の目のように配列し、初めから讀んでも終わりから讀んでも、また、中央から旋回して讀んでも平仄も韻もかなうように作った詩文。璇璣詩ともいう。前秦の將軍竇滔《とうとう》の妻蘇蕙が、邊境に左遷されたまま歸らない夫を慕い、その思いを廻文詩に綴り、錦に織り込んでおくったのが始まりといわれるが、一説に道原(道慶?)ともいう。『晉書』巻九十六、列女傳、竇滔妻蘇氏に「(竇)滔、苻堅時

爲秦州刺史、被徙流沙、蘇氏思之、織錦爲廻文旋圖詩以贈滔。宛轉循環以讀之、詞甚凄惋、凡八四十字、文多不錄」とあり、また『陔餘叢考』巻二十三、廻文詩に「廻文詩世皆以爲始蘇蕙、然劉勰謂回文所興、道原爲始、則非起於蘇蕙矣。道原不知何姓、何時人。梅慶生註『文心雕龍』云、宗有賀道慶作四言廻文詩一首、計十二句、從尾至首讀亦成韻、勰所謂道原、或道慶之訛也。但道慶宋人而蘇蕙苻秦人、……今道慶廻文不傳、惟蕙詩見於記載、亦名璇璣圖、其序云、……而遺其妻蘇蕙於家、蕙織錦廻文、題詩二百餘首、計八百餘字、縱橫反覆、皆爲文章、名曰璇璣圖寄滔、滔感其意、仍迎蘇氏而遣陽臺、此廻文之祖也。隋書王卲傳……此蓋彷蘇蕙之體而今不傳、唐人惟皮、陸偶爲之、宋以後則無人不作矣」とある。

（4）尺素　手紙のこと。唐、韋應物「南池宴餞子辛賦得科斗」詩（『全唐詩』巻一九五所收）に「且願充文字／登君尺素書」とある。

（5）睽離れること……還らしめよ　『唐詩紀事』巻七十八所收。『全唐詩』巻七九九には「繡龜形詩」と題してこの詩を收錄している。唐代、このように戰地に留めおかれたままになっている夫を思う氣持ちを詠った有名なものに李白の「子夜呉歌」や杜甫の「擣衣」と題する詩がある。

李白「子夜呉歌」（『全唐詩』巻一六五所收）

「長安一片月／萬戸擣衣聲／秋風吹不盡／總是玉關情／何日平胡虜／良人罷遠征」

杜甫「擣衣」（『全唐詩』巻二二五所收）

「亦知戍不返／秋至拭清砧／已近苦寒月／況經長別心／寧辭擣衣倦／一寄塞垣深／用盡閨中力／君聽空外音」

關圖妹

關圖有一妹甚聰惠、文學書札罔不動人。圖常語同僚曰、『某家有一進士、所恨不櫛耳。』後寓居江陵、有鹺賈常某者、囊畜千金、三峽人也、亦家于江陵、深結託圖、圖亦以長者待之。數載、常公殂、有一子、狀貌頗有儒雅之風紀、而略曉文墨。圖竟以其妹妻之、則常修也。關氏乃與修讀書、習二十餘年、才學優博、越絕流輩。咸通六年登科、座主司空李公蔚也。初江東羅隱下第東歸、有詩別修云。「六載辛勤九陌中、却尋岐路五湖東。名慚桂苑一枝綠、鱠憶松江滿棹紅。浮世到頭須適性、男兒何必盡成功。惟應鮑叔深知我、他日蒲帆百尺風。」又「廣陵秋夜讀修所賦三篇、復吟寄修」云。「入蜀還吳三首詩、藏於篋笥重於師。劍關夜讀相如聽、瓜步秋吟煬帝悲。物景也知輸健筆、時情誰不許高枝。明年二月東風裏、江島閒人慰所思。」修名望若此、關氏亦有助焉。後修卒、關氏自爲文祭之、時人竟相傳寫。出『南楚新聞』

關圖の妹(1)

關圖に一人の妹がいた(2)。非常に聰明で、その文學や書簡は人を感動させずにはいなかった。關圖はいつも同僚に、

「某《それがし》の家に一人の進士がいる。惜しむらくは女であることだ(3)」

と語っていた。

關圖はのちに江陵(4)へ引っ越した。鹽商人の常某《じょうなにがし》という人物がいて、財を成していた。彼は三峽(5)の人で、やはり江陵に家を構えており、深く關圖に傾倒していた。關圖もまた彼を長者として遇した。數年經ち、常某が亡くなった。彼には息子が一人おり、その容貌には教養人の風格があった。また文墨に通じていたので、關圖は彼と妹を結婚させ

た。その彼こそ常修[6]である。

（結婚してから）闕氏は常修とともに讀書するようになった。勉學に勵むこと二十餘年で常修の才學はめっぽう博くなり、同輩たちから一頭地を抜きんでた。彼は咸通六（八六五）年、科擧に合格した。座主《しけんかん》は司空の李蔚《りうつ》[7]であった。

以前、江東の羅隱[8]が科擧に落第して故郷へ帰ったとき、常修に別れを告げた詩[9]がある。その詩は、

六載辛勤九陌中　　六載辛勤す　九陌《きゅうはく》の中《うち》[10]
却尋岐路五湖東　　却て岐路を尋ぬ　五湖の東[11]
名慚桂苑一枝緑　　名は桂苑[12]に慚ず　一枝の緑
繪憶松江滿棹紅　　繪は松江の滿棹の紅なるを憶ゆ[13]
浮世到頭須適性　　浮世到頭《ふせいとうとう》　須《すべか》らく性に適《かな》うべくんば
男兒何必盡成功　　男兒何ぞ必しも　盡く功を成さん
惟應鮑叔深知我　　惟《た》だ鮑叔の深く我を知るに應うるのみ[14]
他日蒲帆百尺風　　他日蒲帆[15]　百尺の風

というものであった。

また（同じく羅隱の）「廣陵の秋夜　修の賦する所の三篇を讀み、復た吟じて修に寄す」[16]の詩に、

入蜀還吳三首詩　　蜀に入り吳に還る三首の詩
藏於篋笥重於師　　篋笥《きょうし》に藏《かく》し　師より重んず
劍關夜讀相如聽　　劍關[17]に夜讀めば　相如[18]聽き
瓜步秋吟煬帝悲　　瓜步[19]に秋吟すれば　煬帝[20]悲しむ

物景也知輸健筆
時情誰不許高枝
明年二月東風裏
江島閒人慰所思

物景も也《また》　健筆を輸《いた》すを知り
時情　誰か高枝を許さざる
明年二月　東風の裏
江島の閒人[21]　思う所を慰めん

とある。

常修の名聲はこんな案配であった。また關氏も內助の功があった。のち常修が亡くなると、關氏は自ら文を作って彼を祀ったのだった。この話は當時傳寫され（評判になっ）た。

注

（1）關圖の妹　諸版本ともに出典を唐、蔚遲樞《うっちすう》『南楚新聞』とする。『南楚新聞』（『說郛』弓四十六）にはこの話は記載されていないが、『南部新書』丁集には、「關圖有一妹、有文學、善書札。圖嘗語同僚曰、『某家有一進士、所恨不櫛耳。』後適常氏、修之母也。修、咸通六年登科。」の一文のみがみえる。『登科記考』巻二十三（所引『南楚新聞』）に同樣の記事が収められている。

（2）關圖に一人の妹がいた　『廣記』巻二五一、關圖（所引『北夢瑣言』）、には「關圖妻卽常修妹」に作り、『北夢瑣言』巻四は「關圖妻、卽常修妹、才思婦也」とあり、關圖の妻になっている。一方『南部新書』丁集は「關圖有一妹、……後適常氏、修之母也」とあり、『南楚新聞』の記事に從っている。どちらも確證がないため、ここでは底本の記事に從う。

（3）某の家に……女であることだ　「不櫛」とは、通常男子がまだ髪を束ねていない（成人していない）状態を指す。この場合は、女性の身であるために、髪を束ねて櫛をさせない關圖の妹の比喩として用いられている。このことから、のちに「不櫛進士」とは文才のある女性を指すようになる。

（4）江陵　唐代の山南東道荊州江陵縣のこと。現在の湖北省江陵縣。

（5）三峽　現在の長江上流の四川、湖北兩省の境にある三つの峽谷。「巫峽、廣溪峽（瞿唐峽）、西陵峽」「巫峽、廣漢峽（瞿唐峽）、西陵峽」または「巫峽、歸峽、西陵峽」をいう。四川省奉節縣に端を發し、巫山縣、巴東縣を經て湖北省宜昌市に至る、全長約一九三キロメートル。北魏、酈道元『水經注』卷三十三、江水に「江水又東逕廣溪峽。斯乃三峽之首也、其間三十里。……」とあり、『通鑑』卷一三一、明帝泰始二（四六六）年條の胡三省注に「江水自巴東至夷陵、其間有廣溪峽、巫峽、西陵峽、謂之三峽」とあり、淸、顧祖禹『讀史方輿紀要』卷七十五、湖廣一、封域、山川險要、西陵に「西陵峽在荊州府夷陵州西二十五里、峽長二十里。層崖萬仞、三峽之一也。三峽者、一爲廣漢峽、卽瞿唐峽也。在四川夔州府奉節縣東三里。……一爲巫峽。巫峽在夔州府巫山縣東三十里。因山爲名。首尾一百六十里。一爲西陵峽也。（或曰三峽者、巫峽、歸峽、西陵峽也。歸峽卽今歸州空舲、馬肝、白狗、諸峽是矣。）三峽之間長七百里、兩岸連山、略無斷處。……」とある。

（6）常修　生沒年不詳。咸通六年の進士。『登科記考』卷二十三にその名がみられる。

（7）座主は司空の李蔚　座主は科擧の試驗官のこと。唐代、科擧の責任者を知貢擧といい、禮部侍郎がこれに當たった。合格者は知貢擧のことを座主と呼び、自らを門生と稱して、擬似師弟關係を結んだ。

司空は三公の一。實權のない名譽職である。秩は正一品。『舊唐書』卷四十三、職官志に「太尉、司徒、司空各一員。（注）謂之三公、正一品。……皆不視事、祭祀則攝者行也。三公、論道之官也」とある。

李蔚は生沒年？～八七九年。唐代、隴西（甘肅省隴西縣の東南）の人。懿宗（在位八五九～七三年）のとき、監察御史、尚書右丞を歴任し、僖宗（在位八七三～七九年）のとき、河東節度使、同平章事となる。『舊唐書』巻一八七、李蔚傳・『新唐書』巻一八一、李蔚傳參照。

（8）羅隱　生沒年八三三～九〇九年。五代、呉越の餘杭（浙江省餘杭市）の人。宋、韓滮《かんこ》『澗泉日記』は新城（浙江省富陽市の西南新登鎮）の人とする。文章が巧みで、詩文に優れる。江東生と稱する。風刺の精神に富んでいたので科擧に落第したが、唐の宰相李蔚、鄭畋《ていてん》の知るところとなる。唐の光啓三（八八七）年、錢塘令となり、善政を布く。朱全忠が亂を起こして唐を滅ぼしたとき、諫議大夫をもって召したが應ぜず、錢鏐に勸めて梁を討たせた。鹽鐵發運使、著作佐郎、諫議大夫、給事中を歴任する。著書に『讒書』『羅昭諫集』『兩同書』『甲乙集』などがある。『舊五代史』巻二十四、羅隱傳・『唐才子傳』巻九參照。

（9）常修に別れを告げた詩　『甲乙集』に「東歸別常修」として載せる。

（10）九陌　都城の多くの大通り。闕名『三輔黄圖』巻二、長安八街九陌に「有香室街、夕陰街、尚冠前街、三輔舊事云、長安城中八街九陌」とある。

（11）却て岐路を尋ぬ　五湖の東　『甲乙集』は「岐路」を「歸路」に作る。五湖は太湖およびその付近の四湖を指すが、諸説がある。唐、張守節『史記正義』夏本紀注に「五湖者、菱湖、游湖、莫湖、貢湖、胥湖、皆太湖東岸、五灣爲五湖、蓋古時應別、今並相連」とあり、『水經注』巻二十八、沔水中に「江南東注于具區、謂之五湖口。謂長塘湖、太湖、射湖、貴湖、滆湖也。……虞翻曰、『是湖有五道、故曰五湖。』韋昭曰、『五湖、今太湖也』」また『後漢書』巻二十八下、馮衍傳の注に「虞翻云、『太湖有道、故謂之五湖。滆湖、射湖、貴湖及太湖爲五湖、並太湖之小支、倶連太湖、故太湖兼得五湖之名』」とある。

（12）桂苑　科擧の試験場を指す。『晉書』巻五十二、郤詵傳に「（郤詵）累遷雍州刺史。武帝於東堂會送、問詵曰、

『卿自以爲何如。』詵對曰、『臣擧賢良對策、爲天下第一、猶桂林之一枝、崑山之片玉。』帝笑」とある。

(13) 繪は松江の滿棹の紅なるを憶ゆ　松江は現在の呉淞江。太湖から東シナ海に注ぐ。『甲乙集』は「滿棹」を「兩筋」に作るが、ここでは底本に從った。

(14) 惟だ鮑叔の深く我を知るに應ふるのみ　『甲乙集』は「惟慚鮑叔深知我」に作るが、ここでは底本に從った。鮑叔とは春秋時代、齊に仕えた鮑叔のこと。鮑叔は友人の管仲を桓公に推擧し、自ら進んでその下位にたった。『史記』卷六十二、管晏列傳に管仲の言葉として「……生我者父母、知我者鮑子也」とある。ここでは「管鮑の交わり」と稱される兩者の深い交わりを指す。この一文からも、羅隱と常修との深いつながりを窺うことができよう。

(15) 蒲帆　がまで織った帆。『唐國史補』卷下に「楊子、錢塘二江者、則乘兩潮發櫂、舟船之盛、盡于江西、編蒲爲帆、大者或數十幅」とある。

(16) 「廣陵の秋夜……修に寄す」の詩　『甲乙集』に「廣陵秋夜讀進士常修三篇因題」があり、また『登科記考』卷二十三に「廣陵秋夜讀修所賦三篇、復吟寄修」として載せる。

(17) 劍闕　劍閣を指す。長安から蜀に入る道にある要害の名。現在の四川省劍閣縣の東北にある大劍閣、小劍閣の二山。『水經注』卷二十、漾水注に「連山絕險、飛閣通衢、故謂之劍閣也」とある。

(18) 相如　司馬相如のこと。司馬相如は生沒年前一七九〜前一一七年。蜀郡、成都（四川省成都市）の人。字は長卿。前漢の景帝（在位前一五七〜前一四一年）のとき、武騎常侍となるが、景帝が辭賦を好まなかったため、その兄梁の孝王の客分となる。のち、武帝（在位前一四一〜前八七年）に召されて郎となり、西南の地へ派遣されて功績があった。以後は病身を理由に政治から身を引き、專ら文學者として仕え、賦を文學として確立した。作品に「大人賦」「子虚賦」などがある。『史記』巻一一七、司馬相如傳・『漢書』巻五十七、司馬相如傳參照。

(19)　瓜歩　隋代は江都郡に屬した。現在の江蘇省六合縣の東南。

(20)　煬帝　生沒年五六九〜六一八年。在位六〇四〜一七年。隋の第二代皇帝。姓名は楊廣。文帝の第二子。父の即位とともに晉王に任じられ、行軍元帥として、南朝の陳を滅ぼした。やがて皇太子である兄楊勇を失脚させて、これに代わった。即位後は黃河と淮水を結ぶ通濟渠を開くとともに、邗溝、永濟渠など多くの大運河をつくった。また對外的には高句麗に對して強硬な態度でのぞみ、大業八（六一二）年に高句麗遠征を行ったが失敗し、隋朝の政治的威信を失墜させた。翌年には楊玄感の亂が勃發し、農民暴動が各地で起こった。そのため、大業十二（六一六）年、煬帝は江都の離宮に赴いたが、翌年、擧兵して長安に入って恭帝（在位六一七〜一八年）をたてた李淵によって太上皇とされた。さらにその翌年、不滿を募らせた軍士たちによって弑逆された。『隋書』巻三、煬帝紀・『北史』巻十二、隋本紀下參照。

(21)　閒人　ひまな人間、あるいは無用の人間のこと。閑人ともいう。ここでは羅隱の自稱である。

魚玄機

女道士魚玄機、字惠蘭、甚有才思。咸通中、適李億補闕、後愛衰下山、隸咸宜觀爲道士。詩曰、「易求無價寶、難得有心郎。」又云、「蕙蘭銷歇歸春圃、楊柳東西絆客舟。」自是縱懷、乃倡婦也。竟以殺侍婢、爲京尹溫璋殺之、有集行於世。

出『北夢瑣言』

魚玄機(1)

女道士の魚玄機は字を恵蘭といった。彼女は豊かな才思《さいのう》の持ち主だった。咸通年間（八六〇〜七三年）、補闕の李億の妾となったが(2)、のち、彼の愛情が醒めたために捨てられ(3)、咸宜観に入って(4)女道士となったのである。（彼女はこのときの心境を、）

易求無價寶　價《あたい》無き寶は求め易く
難得有心郎　心有る郎《おとこ》は得難し(5)

と詠った。また、

蕙蘭銷歇歸春圃　蕙蘭《けいらん》は銷歇《しょうけつ》して　春圃に歸り
楊柳東西絆客舟　楊柳は東西して客舟に絆ぐ(6)

と詩に詠《うた》っている(7)。その後自由奔放に娼婦のような生活を續けた。そしてとうとう（嫉妬心から）侍婢を殺してしまい、京兆尹の溫璋によって處刑されたのである(8)。彼女の文集は、世に廣く讀まれている。

注

（1）魚玄機　諸版本、底本ともに出典を『北夢瑣言』（巻九）とする。『唐才子傳』巻八、『唐詩紀事』巻七十八、『三水小牘』巻下にも關連する記事がみられる。
魚玄機は生没年八四三（四四？）〜六八（七一？）年。唐代の女流詩人。京兆、長安（陝西省長安縣）の人。遊里（平康坊北里）に生まれ、咸通年間（八六〇〜七三年）、李億の妾となるが、正妻の嫉妬にあい、女道士となる。詩才があり、李郢《りえい》、溫庭筠《おんていいん》らと交際し盛名をうたわれた。のち侍婢の緑翹を嫉妬の果てに鞭打って殺し、遺體を庭に埋めて隠していたが、京兆尹の溫璋に發見され死刑となった。『廣記』巻一三〇、綠翹（所引『三水小牘』）字を底本は「惠蘭」に作るが、『北夢瑣言』および本記事に引く「寄子安」詩（『全唐詩』巻八〇四所收）は「蕙蘭」に作る。『三水小牘』巻下、『唐才子傳』巻八、『唐詩紀事』巻七十八では字を「幼微」とする。ここでは『北夢瑣言』および「寄子安」詩に從って「蕙蘭」とする。魚玄機の著書には『唐女郎魚玄機詩』一巻がある。『唐才子傳』巻八・『唐詩紀事』巻七十八・『全唐詩』巻八〇四參照。

（2）補闕の李億の妾となったが　底本は「適李億補闕」に作る。『北夢瑣言』は「爲李億補闕執箕帚」に作る。補闕は巻二七一・賢婦篇、潘炎妻、注（10）（本書143頁）參照。

李億は生沒年不詳。一説に澤州（山西省晉城市）の人。字は子安。魚玄機の詩よりその官歷をたどると、初めは學士（「酬李學士寄簟」）であり、次いで補闕となり、その後員外郞（「贈鄰女（一に寄李億員外郞に作る）」）の官となったと思われる。『登科記考』巻二十二にその名が記され、宋、梁克家『（淳熙）三山志』巻二十六、人物類一、科名に「（大中）十二年、進士三十人、狀元李億」とあるが、李億は科擧によらず官職についたとする說がある。また本人が一編の詩も殘していないことなどから、魚玄機と關係のあった「李億」なる人物の實在を疑う說もあり、具體的な經歷についての詳細は不明である。

（3）のち、彼の……捨てられ　下山は古詩に「上山采蘼蕪／下山逢故夫」（南朝梁、徐陵『玉臺新詠』巻一所收）とあることから、女性が夫や戀人に捨てられることを指す。

（4）咸宜觀　長安東城の親仁坊に位置する道觀。睿宗（在位六八四～九〇、七一〇～一二年）の即位前の舊宅で、のち玄宗（在位七一二～五六年）の第二十二女咸宜公主が出家して女道士となった際に道觀とされた。清、徐松『唐兩京條坊攷』巻三、西京、外郭城右街、親仁坊の條に「次南親仁坊、西南隅、咸宜女冠觀。（注）睿宗在藩之第、……寶應元年、咸宜公主入道、與太眞觀、換名沿焉」とある。

（5）價無き寶は……郎は得難し　「贈鄰女（一に寄李億員外郎に作る）」詩の一節。「贈鄰女」詩は「羞日遮羅袖／愁春懶起妝／易求無價寶／難得有心郎／枕上潛垂淚／花間暗斷腸／自能窺宋玉／何必恨王昌」とあり、『全唐詩』巻八〇四に収められている。また『廣記』巻一三〇、綠翹では「易求無價寶／難得有心郎／明月照幽隙／清風開短襟」とある。『三水小牘』巻下および『唐詩紀事』巻七十八では、この詩を獄中で作ったものとして載せる。『北夢瑣言』を引く底本および『唐才子傳』巻八では、この詩は咸宜觀に入って女道士となったときの作とする。『北夢瑣言』は「怨李公詩」に作る。

（6）蕙蘭は銷歇して……客舟に絆ぐ　「寄子安」詩の一節。「寄子安」詩は、「醉別千卮不浣愁／離腸百結解無由／蕙蘭銷歇歸春圃／楊柳東西絆客舟／聚散已悲雲不定／恩情須學水長流／有花時節知難遇／未肯厭厭醉玉樓」とあり、『全唐詩』巻八〇四に収められている。

（7）と詩に詠っている　『北夢瑣言』は「有怨李公詩曰」に作る。

（8）京兆尹の溫璋に……である　京兆尹は巻二七〇、竇烈女（一）、注（5）（本書68頁）参照。

溫璋は生沒年？～八七〇？年。唐代、河内（河南省沁陽市）の人。初め大理丞となり、侍御史、婺州《ぶしゅう》刺史、廬州刺史、宋州刺史、宣州刺史、邠寧《ひんねい》節度使、京兆尹などを歴任する。懿宗（在位八五九～七三年）のとき、直諫したため振州司馬におとされ、服毒自殺（『舊唐書』では縊死）した。『舊唐書』巻一六五、溫造附傳・『新唐書』巻九十一、溫大雅附傳參照。

『廣記』巻四十九、溫京兆（所引『三水小牘』）には、溫璋が京兆尹となったのは咸通十三（八七二）年のこととする。しかし『新唐書』巻九十一、溫大雅附傳や『通鑑』巻二五二、懿宗咸通十一（八七〇）年秋八月條では、溫璋が自殺したのは咸通十一年のこととあるので、『三水小牘』の記事は誤りであると思われる。魚玄機の處刑の時期に關しては、咸通九（八六八）年、同十（八六九）年、同十三年と諸說があるが、いずれも確證はない。ただ、處刑を行った當時の京兆尹が溫璋であったとすれば、處刑の時期は咸通九年か十年であったものと考えられる。

牛肅女

牛肅長女曰應貞、適弘農楊唐源。少而聰頴、經耳必誦、年十三、凡誦佛經三百餘卷、儒書子史又數百餘卷、親族驚異之。初應貞未讀左傳、方擬授之、而夜初眠中、忽誦『春秋』。起惠公元妃孟子卒、終智伯貪而復、故韓魏反而喪之、凡三十卷、一字無遺、天曉而畢。當誦時、若有教之者、或相酬和。其父驚駭、數呼之、都不答、誦已而覺。問何故、亦不知、試令開卷、則已精熟矣。問不答、著文章百餘首。後遂學窮三教、博涉多能、每夜中眠熟、與文人談論文、皆古之知名者、往來答難。或稱王弼、鄭玄、王衍、陸機、辯論烽起、或與文人論文、皆古之知名者、或論文章、談名理、往往數夜不已。年二十四而卒。今採其文「魍魎問影賦」、著于篇、其序曰、「庚辰歲、予嬰沈痛之疾、不起者十旬。毀頓精神、羸悴形體、藥物救療、有加無瘳、感莊子有魍魎責影之義、故假之爲賦、庶解疾焉。魍魎問於予影曰、『君英達之人、聰明之子、學包六藝、文兼百氏、賾道家之祕言、採釋部之幽旨、旣虔恭於中饋、又希慕於前史、不矯枉以干名、不毀物而成己。伊淑德之如此、卽精神之足恃、何故羸厥姿貌、沮其精神、煩冤枕席、憔悴衣巾。子惟形兮是寄、形與子兮相親、何不誨之以崇德、而敎之以自倫。異萊妻之樂道、殊鴻婦之安貧、豈痼疾而無生賴。將微賤而欲忘身。今節變歲移、臘終春首、照晴光於郊甸、動暄氣於梅柳、水解凍而繞軒、風扇和而入牖、固可蠲優釋疾、怡神養壽。何默爾無營、自貽伊咎。』僕於是勃然而應曰、『子居於無人之域、遊乎魑魅之鄕。形既圖於夏鼎、名又著於蒙莊。何所見之不博、何所談之不長。夫影依日而生、像因人而見。豈言談之足曉、何節物之能辨、隨晦明以興滅、逐形骸以遷變。以愚夫畏影、而蒙鄙之性以彰。智者覘陰、而遲暮之心可見。伊美惡兮由己、影何辜而遇譴、且予聞至道之精窈兮冥、至道之極昏兮默、達人委性命之修短、君子任時運之通塞、悔吝不能纒、榮耀不能惑、喪之不以爲喪、得之不以爲得。君子何乃恕予之不賞芳春、責予之不貴華飾、且吾之秉操、奚子智之能測。』言未卒、魍魎惕然而驚、歎而起曰、『僕生於絶域之外、長於荒遐之境、未曉智者之處身、是以造君而問影、既談玄之至妙、請終身以藏屛。』」初應貞夢裂書而食之、每夢食數十卷、則文體一變、如是非一。遂工爲賦頌、文名曰「遺芳」。出『紀聞』

牛肅の娘(1)

牛肅(2)の長女は應貞といい、弘農の楊唐源(3)のもとに嫁いだ。幼いときから聰明であり、一度聞いたものは必ず諳んじることができた。十三歳の時にはおよそ佛典三百餘卷、儒教の經典や諸子百家、歷史書などの書物數百餘卷(4)をも諳んじることができたので、親族のものたちは（彼女の才能に）驚嘆した。

最初、應貞がまだ『左傳』(5)を讀んでいないときに、（左傳を）教授しようとしたことがあった。するとその夜、彼女が眠りに落ちるや、にわかに『春秋』(6)を暗唱しはじめた。惠公の元妃孟子の死(7)から始まり、智伯が貪ることを繰り返し、そのために韓、魏が背いて、智伯を滅ぼすまでのおよそ三十卷(8)を一字も餘さず讀み上げたのだった。（暗唱は）夜明けとともに終わった。應貞が諳んじているときには、恰《あたか》も（傍《かたわ》らで）彼女に教えるものがいて(9)、彼女がこれに唱和するというような風情であった。父親はびっくりして、たびたび呼びかけたが、應貞は全く答えず、諳んじ終えると眠りから覺めた。どうしたことなのかと尋ねても、本人にも分からなかった。試しに『春秋』を開卷させてみると、すでに精通していた。その理由を質問すると、何にも答えずに百餘篇の文章を書き著した。

その後も研鑽を積み、儒教、佛教、道教の三教を究めた。さらに、廣く文獻を渉獵し、豊かな才能を身につけた。毎晩、熟睡すると、夢の中で文人たちと文學について議論したが、彼らはみな、古《いにしえ》の著名な文人であり、論難往復した。あるときは王弼(10)、鄭玄《じょうげん》(11)、王衍《おうえん》(12)、陸機(13)らと辯論を活發に行った。またあるときは文人たちと文章について語り合った。これらの文人はみな、古の著名な人物であった。また文章について論じ、名理(14)について語り、ともすれば幾晩經ってもやむことはなかった。やがて（應貞は）二十四歳で亡くなった。

いま、その文「魍魎《もうりょう》、影に問うの賦」を取り上げ本編《ここ》に紹介しよう(15)。その序には、こうある。

「庚辰の歳(16)に、私は重い病にかかり、百日ほど起てなかった。精神的にはぼろぼろになり、肉體も衰弱した。薬でもって病をなおそうとするのだが、病氣は一向によくならなかった。『莊子』にある『魍魎、影を責むるの義(17)』に感服したので、これに託して賦をつくり、病から解放されることをこいねがった。魍魎が私の影に問うていった。

『あなたは榮達の人であり、聰明なる君子である。學は六藝(18)にあまねく通じ、文學的教養は諸子百家のものを兼ね備えている。道家の奥深い教えを極めており、佛教の幽玄な旨を極め、すでに女性としての道につとめ、前代の史書の婦女の道を希慕している以上、曲がったことを無理になおしてまで名前を賣ろうとしたりせず、他人を傷つけてまで自己を完成させることのない人間である。かの女性としての徳がこのようであり、立派な精神を具備しているのに、なぜ、姿や形を病み衰えさせ、そしてその精神をずたずたにするのか。（またなぜ）うるさくも枕邊に居座って、衣巾をよれよれにするのか。あなたはただ肉體に宿っており、その肉體とあなたとは相親しむ關係であるはずだ。どうして肉體に徳を崇ぶことを誨《おし》えたり、自ら仲間とすることを教えないのか。萊妻《らいさい》(19)の道を樂しむと異なり、鴻婦《こうふ》(20)の貧に安んじたということも違う。どうして長く患って、生きる望みをなくさせ、病み衰えてしまって自身の肉體の存在さえ忘れさせてしまうのか。いま季節が變わり歳もすぎゆく。臘(21)が終わり、春が始まると、陽光は郊甸《こうてん》に照りはえ、梅柳に暄氣《けんき》が搖れ動いている。水は凍《い》てついたものをとかして軒をつたって流れており、和やかな風が窗から入ってくる。そしてもっぱら惱みをしずめ疾から解き放ち(22)、精神を豊かにさせ、壽命を長く保たせてくれるものだ。どうして默ったままで何の働きもみせず、自らその咎を受けようとするのか』

と。私はここでむっとして答えた。

『あなたは無人の世界に住み、魑魅《ちみ》の鄉《さと》に遊んでいる。あなたの姿はすでに夏鼎(23)に圖かれ、名前も『莊子』に書かれています。何とあなたのみるところはちっぽけであり、何とまあ、あなたの話は短絡的なものであろうか。そもそも影というものは日光によって生じ、像は人に因って現われる。あなたの說には說得力がない。どうして四季おりおりの景物をわきまえることができましょうか。影は晝と夜に隨ってあらわれたり消えたりし、姿形に伴って變化するものです。私が思うに、愚かな人間は影に怯えることによって、己の蒙昧さを露呈する。智者は陰を視て、晩年の精神をみることができる。影の美惡は己の肉體によるものである。影に何の咎があるとして責められましょうか。かつ、私が聞くところによれば、大いなる道の根源は窈《よう》にして冥、至道の極は昏にして默であると。悟りをひらいた人は性命の長短を自然のままに委ね、君子は時運の通《かよう》と塞《ふさがる》とに任《ゆだ》ね、悔やんだり惜しんだりする心にかかずらわないでいられる。榮耀などにも思い惑うことがない。榮耀を喪ったとしてもそれを喪《うしな》ったとは思わず、榮耀を得たとしてもそれを得たとは考えない。お前はなぜ私が芳春を賞でないからといって激怒したり、私が華飾を貴ばないからといって叱責するのですか。私は信念を貫こうと思います。あなた程度の知恵では推し量ることもできないでしょうが』

と。まだ言い終わらないうちに、魍魎は驚いて惕然《おそ》れたような表情になり、感歎しながら起ち上がり、

『私は遠方の人間世界を離れた世界に生まれ、非常に遠い邊境において成長し、いまだかつて智者の處身をわきまえて

おりませんでした。このために君のもとに至り、影に問うたのです。すでに幽玄のはなはだ不思議であることを承ったので、あとは一生涯この教えを大事にしていこうと思います」と言った」。

応貞は書物を引き裂き、(24)これを食べる夢をみたことがあった。夢の中で数十巻を食べるごとに、文體が一變した。このようなことがいくたびとなくあり、ついに巧みに賦や頌《しょう》を作るようになったのである。(彼女の)文集名は「遺芳(集)」といった。

注

(1) 牛肅の娘　諸版本、底本ともに出典を『記聞』とする。『記聞』の名は『隋書』巻三十四、經籍志、雜家類に「記聞二巻、宋後軍參軍徐益壽撰」とあり、南朝宋代のものであったことが分かる。從って、この「牛肅の女」は時期的に符合しないため、同書ではありえない。これは唐、牛肅『紀聞』の誤りであると考えられるので、『紀聞』に改めた。『紀聞』は『新唐書』巻五十九、藝文志、小說家類に「牛肅『紀聞』十巻」と記され、『宋史』巻二〇六、藝文志、小說類には「牛肅『紀聞』十巻」のあとに「崔造注」と注が記されている。『紀聞』は『宋史』に記載されたのちは史書から姿を消している。內山知也「牛肅と『紀聞』について」(『隋唐小說研究』所收)によれば、『廣記』には『紀聞』の記事が約百二十話も採錄されており、現在散佚してしまった『紀聞』を窺い知る大きな手掛かりを有している。牛肅の娘に關しては、唐、宋若昭『牛應貞傳』に同樣の記事がある。

牛肅の娘は名は應貞。牛肅の長女。幼い頃から文才を認められており、弘農の楊唐源に嫁いだが、二十四歲で亡くなった。著書に『遺芳集』があるが現存せず。生沒年七一七頃〜七四〇?年。底本および『牛應貞傳』は「牛應貞」に作る。『全唐文』巻九四五では「牛應眞」に作るが、これは誤り。

（2）牛肅　生没年、出身地など、牛肅に關する詳細はよく分からないが（『舊唐書』『新唐書』に傳なし）、『廣記』に引く『紀聞』（引用數は百話に及ぶ）の記事から考えるに、唐代、開元（七一三～四一年）・天寶（七四二～五六年）頃の人であると推測される。また『廣記』に引く『紀聞』の記事が懷州武德縣（河南省溫縣の東北武德鎭）のものが多く、この地方出身であるとも考えられる。著書に『吳保安傳』『紀聞』『王賈傳』がある。

（3）弘農の楊唐源　唐代は河南道虢《かく》州《しゅう》に屬す。現在の河南省靈寶縣の邊り。楊唐源については詳細は不明である。

（4）儒教の經典や諸子百家、歴史書などの書物數百餘巻　儒書とは儒家の書籍すなわち經部を指す。子部、史部はともに中國の書物の經、史、子、集の四部類の一つ。子部は儒家、墨家、法家、道家、小説家など、一家の言説を述べた書物の部類をいう。史部は各種の史書のほかに、地理や官職・制度などの書物が含まれる。

（5）『左傳』　『春秋左氏傳』を指す。春秋三傳（『左氏傳』『公羊傳』『穀梁傳』）の一つ。孔子の『春秋』に對して注釋を加えたもの。作者は孔子の門人左丘明とされる。魯の隱公元（前七二二）年から哀公二十七（前四六八）年までを記す。

（6）『春秋』　孔子もしくはその門人が編集したとされる。魯の隱公元年から哀公十四（前四八一）年までの中原諸國の歴史を魯國を中心にして編年體で記したものである。

（7）惠公の元妃孟子の死　惠公は諱は弗湟《ふっこう》、魯の隱公の父。在位前七六八～前七二三年、元妃とは始めに娶った正夫人を指す。孟子は女性の字であり、字のつけ方の一つとして、兄弟姉妹の長幼の順序（伯・孟・仲・叔・季）を生家の姓につける方法がある。子は宋國の姓であり、また宋國の長女であることから孟子と呼ばれた。

『春秋左氏傳』巻一、隱公は「惠公元妃孟子、孟子卒、繼室以聲子生隱公」とあり、孟子の死から始まる。

（8）智伯が貪る……のおよそ三十巻　智伯は生没年?～前四五三年。春秋末の晉の卿。諱は瑤。春秋末、晉の公室は衰え、六卿（范、中行、智、韓、魏、趙）が強大になっていた。前四五八年、智伯は趙・韓・魏三氏とともに范・中行の兩氏を滅ぼし、二氏の領地を併有して、勢いを強め、晉國において專横を極めた。智伯はさらに晉をあわせようとしたが、前四五三年、かえって韓、魏、趙のために滅ぼされた。『史記』巻三十九、晉世家參照。『春秋左氏傳』は、智伯の滅亡を以て終わる。

（9）恰も……がいて　底本注には「有原作不。據明鈔本改」とある。ここでは底本に從った。

（10）王弼　生没年二二六～四九年。三國時代、山陽（河南省修武縣）の人。字は輔嗣。幼時から英才であり十餘歳で老子を好み、文章辯論に優れ、鍾會《しょうかい》と並び稱された。魏の王族の權力者である曹爽により尙書郎に登用されたが、官吏としての業績は振るわなかった。正始十（二四九）年、曹爽の失脚とともに免官になり、その年の秋、疫病のため世を去った。著書に『周易注』『老子注』がある。『三國志』巻二十八、魏書・『世說新語』文學參照。

（11）鄭玄　生没年一二七～二〇〇年。高密（山東省高密縣）の人。若いとき仕官して鄕嗇夫となったが、學問を好み官吏として終わることを潔しとせず、太學で京兆の第五元、東郡の張恭祖、扶風の馬融らに師事して、四十數歳のとき鄕里に歸る。家が貧しく、小作農を營む傍ら學徒を敎えたが、その數は千人にも達した。黃巾の亂が起こったとき十年禁固に處され、隱遁を決め込んで經學を修め、門を閉じて出なかった。古文學を確立し、漢代經學を統一的に集大成した。『周易』『尙書』『毛詩』『儀禮』『周禮』『禮記』『論語』『尙書大傳』『中候』『乾象曆』に注し、『天文七政』『六藝論』などを著した。『漢書』巻六十五、鄭玄傳參照。

（12）王衍　生没年二五六～三一一年。西晉の老莊思想家。もと縱橫の術を好んだため、邊緣の地である遼東の太守にされ、以後世事を論ぜず、もっぱら老莊の理論に耽溺する。魏の何晏、王弼の無爲の論を尊重し、要職にありながら清談を行った。石勒が洛陽に迫ったとき元帥に推されたが、完敗した。『晉書』卷四十三、王衍傳參照。

（13）陸機　生沒年二六一～三〇三年。西晉の文人。吳（江蘇省吳縣）の人。三國吳の將軍陸遜の孫。二十歲のとき、吳の滅亡に遭う。一旦捕虜として洛陽に連れ去られたあと、十年鄉里に閉じこもった。太康（二八〇～八九年）の末、弟の陸雲とともに晉に仕え、賈謐の下で、二十四友として、洛陽の文人と交流した。以後政局の轉變に伴って主を變え、八王の亂のとき陣中で部下に裏切られて殺された。『晉書』卷五十四、陸機傳參照。

（14）名理　魏晉談論の風潮が生んだ論理學。特に名實に關する議論であり、戰國時代の詭辯學派名家の流れを汲むもの。『舊唐書』卷六十四、鄧王元裕傳に「鄧王元裕、高祖第十七子也。貞觀五年、封鄧王。十一年、改封鄧王、賜實封八百戶、歷鄧、梁、黃三州刺史。元裕好學、善談名理、與籖典盧照隣爲布衣之交」とある。

（15）いま、その文……紹介しよう　談刻本、底本には「今採其文魍魎問影賦。著干篇」に作り、許刻本では「今採其文魍魎問影賦。著千篇」に作るが、黃刻本では「今採其文魍魎問影賦。著于篇」に作る。文章の意味から考えると、黃刻本が正しいと思われるので、ここでは黃刻本に從った。

（16）庚辰の歲　開元二十八（七四〇）年のこと。

（17）『莊子』にある「魍魎、影を責むるの義」　『莊子』齊物論第二に、「罔兩《もうりょう》問景曰、『曩子行、今子止。曩子坐、今子起。何其無特操與。』景曰、『吾有待而然者邪。吾所待又有待而然者邪。吾待蛇蚹蜩翼邪。惡識所以然。惡識所以不然。』」とある。

（18）六藝　『漢書』卷八十八、儒林傳序に「古之儒者、博學六藝之文。（注）師古曰、『六藝、謂易、禮、樂、詩、書、春秋。』六（藝）者、王敎之典籍、先聖所以明天道、正人倫、致至治之成法也」とあるように六經を指している。六經とは『書經』『禮記』『易經』『春秋』『樂經』（散佚）『詩經』の六つの經書である。

(19) 萊妻　「二十四孝」の一人として名高い戰國時代、楚の老萊子の妻のこと。楚王に招聘されようとした夫を諌めて出仕させず、よく清貧に甘んじた賢夫人。漢、劉向『列女傳』巻二、賢明參照。

(20) 鴻婦　後漢の梁鴻の妻孟光のこと。梁鴻の賢明さを慕ってこれに嫁いだ。のち轉じて賢婦のたとえになる。『後漢書』巻八十三、梁鴻傳參照。

(21) 臘　臘は陰暦十二月のこと。巻二七一・賢婦篇、盧氏、注（6）（本書118頁）參照。

(22) そして……解き放ち　底本注には「觸原作觸。據明鈔本改」とある。ここでは底本に從った。

(23) 夏鼎　夏の禹王が九州の金を集めて鑄た鼎。九州の風物を彫り込んだもの。『春秋左氏傳』宣公（在位前六〇九～前五九一年）三年に「楚子問鼎之大小輕重焉、對曰、『在德不在鼎、昔夏之方角有無德也、遠方圖物貢金、九牧鑄鼎象物』」とある。

(24) 應貞は書物を引き裂き　底本注には「裂原作製。據明鈔本改」とある。ここでは底本に從った。

愼氏

愼氏、毗陵慶亭儒家之女也。三史嚴灌夫、因游覽、遂結姻好、同載歸蘄春。經十餘年、無嗣息。灌夫乃拾其過、而出妻、令歸二浙。愼氏慨然登舟、親戚臨流相送、妻乃爲詩以訣灌夫。灌夫覽之悽感、遂爲夫婦如初。愼氏詩曰、「當時心事已相關、雨散雲飛一餉間。便是孤帆從此去、不堪重上望夫山。」出『雲溪友議』

愼　氏(1)

愼氏は、毗陵《びりょう》慶亭(2)の儒家の娘である。三史の嚴灌夫《げんかんぷ》が慶亭を訪れたとき(3)、縁があって結婚し、一緒に郷里の蘄春《きしゅん》(4)へつれ帰った。しかし十餘年經っても跡繼ぎができなかったので、嚴灌夫は妻の落ち度を責めて離縁し(5)、二浙(6)にある彼女の實家に歸らせることにした。愼氏は、憂い悲しみながら舟に乗り、親戚たちは岸邊に立って彼女を見送った。彼女はそこで夫に暇乞いする詩を作った。嚴灌夫はその詩を讀み、心打たれた。そして再び元のさやに戻して、妻としたのである(7)。愼氏の作った詩(8)は、

當時心事已相關　　當時の心事(9)　已に相い關《とざ》され
雨散雲飛一餉間　　雨散じ雲飛ぶこと(10)　一餉《いっしょう》の間
便是孤帆從此去　　便ち是れ孤帆　此れ從り去らば
不堪重上望夫山　　重ねて望夫山に上るに堪えず(11)

というものである。

注

(1) 愼氏　諸版本、底本ともに出典を唐、范攄『雲溪友議』（巻上、毗陵出）とする。『唐詩紀事』巻七十八・『類説』巻四十一、愼氏詩・『山堂肆考』巻九十五、無嗣出妻にも同様の記事がみられる。本記事は、唐代「七出」（注(5)参照）のうち「無子」によって離婚される貴重な事例の一つである。

(2) 毗陵慶亭　底本は「北陵虔亭」に作るが、『雲溪友議』により改めた。毗陵は唐代、常州（江蘇省常州市）といい、江南東道に屬した。現在の江蘇省常州市武進縣。

慶亭は、『太平寰宇記』巻九十二、江南東道四、常州に、「(武進縣) 慶亭舗在縣西五十里、與丹陽縣分界。孫權射虎於慶亭傷馬焉」とあるように、現在の江蘇省常州市武進縣の西にあり、丹陽市と境を接する。

(3) 三史の嚴灌夫が慶亭を訪れたとき　『雲溪友議』は「三史嚴灌夫因遊彼」に作る。

三史とは、唐の科擧の一科であり、ここではその合格者を指す。唐初は六朝に倣って『史記』『漢書』『東觀漢記』を三史としたが、永徽年間（六五〇〜五六年）に『東觀漢記』を『後漢書』へ變更した。開元七（七一九）年、唐初の制度に復し、さらに開元二十五（七三七）年には永徽の制に復活し、その後、唐代を通じて變更されることはなかった。

嚴灌夫は生沒年不詳。『登科記考』巻二十七、諸科に「『雲溪友議』（注）三史嚴灌夫、毗陵愼氏。按三史、蓋以三史登科也」とあるが、詳細は不明である。

(4) 蘄春　蘄春縣を指す。唐代は淮南道蘄州に屬す。現在の湖北省蘄春の北。

(5) 嚴灌夫は……離縁し　『雲溪友議』は「經十餘秋無胤嗣」に作る。唐律には、妻が「七出」を犯せば、夫は離婚してもよいと規定している。「七出」とは、『唐律疏議』巻十四に「一無子、二淫佚、三不事舅姑、四口舌、五盜竊、六妬忌、七惡疾」とあるように、一、男兒を生まない、二、淫亂である、三、舅姑によく仕えない、四、他人の惡口を言い觸らす、五、盜みを行う、六、嫉妬心が強い、七、惡い病氣にかかる、の七つの事項であった。「七出」の第一に擧げられていることからも分かるように、當時跡繼ぎの男子を產まないことは、妻となった女性の最大の罪惡であると考えられていた。ただし、「七出」に該當する場合でも、一、舅姑の葬式をとり行った、二、嫁にきたときはともに貧しく、のちに豐かになった、三、離婚されても歸るべき實家がない、以上の三つの場合は離婚すべきではないと『唐律疏議』に「三不去」として規定されている。

（6）二浙　兩浙ともいう。浙東と浙西の併稱。現在の浙江・江蘇省一帶を指す。

（7）そして……妻としたのである　底本は「遂爲婦道如初」に作るが、『雲溪友議』により改めた。なお『雲溪友議』にはこのあとに續けて「雲溪子曰、曹叔妻敍東征之賦、劉伶室作誡酒之辭、以女子之所能實其罕矣。爰書薛媛之事、斯可附焉」とあるが、こちらは割愛した。

（8）愼氏の作った詩　この詩は「感夫詩」として『全唐詩』卷七九九に收められている。

（9）當時の心事　昔の思い。杜甫の「秋興八首（第三）」詩（『全唐詩』卷二三〇所收）に「匡衡抗疏功名簿／劉向傳經心事違」とある。

（10）雨散じ雲飛ぶこと　一に「雨散雲收」に作る。情事の終わり、男女の別離を表す比喩。雲雨をもって男女間の情事を仄めかすのは、戰國楚、宋玉「高唐賦」（『文選』卷十九所收）に「妾在巫山之陽、高丘之岨。旦爲朝雲、暮爲行雨」とあるのをふまえる。

（11）重ねて望夫山に上るに堪えず　一に「不堪重過望夫山」に作る。望夫山は山の名。昔ある女性が出征する夫を山まで見送り、そのまま石になったという傳說から、この石を望夫石、その山を望夫山と稱した。その一つは現在の安徽省當塗縣の西北にある。『太平寰宇記』卷一〇五、江南西道三、太平州に「（當塗縣）望夫山、在縣北四十七里、昔人往楚、累歲不還、其妻登此山望夫、乃化爲石。周迴五十里、高一百丈、臨江」とある。

薛媛

濠梁人南楚材者、旅游陳潁。歲久、潁守慕其儀範、將欲以子妻之。楚材家有妻、以受知於潁牧、忽不思義、而輒已諾之。遂遣家僕歸取琴書、似無返舊之心。或謂求道青城、訪僧衡嶽、不復留心於名宦也。其妻薛媛、善書畫、妙屬文、亦微知其意、乃對鏡圖其形、幷詩四韻以寄之。楚材得妻眞及詩、甚慙、遽有雋不疑之讓、夫婦遂偕老焉。里語曰、「當時婦棄夫、今日夫棄婦。若不逞丹青、空房應獨自。」薛媛「寫眞寄夫」詩曰、「欲下丹青筆、先拈寶鏡端。已經顏索寞、漸覺鬢凋殘。淚眼描將易、愁腸寫出難。恐君渾忘却、時展畫圖看。」出『雲溪友議』

薛媛(1)

濠梁《ごうりょう》の人南楚材(2)は陳州、潁州《えいしゅう》(3)を旅行し、長らく滯在した。潁州の刺史が彼の人柄に惚れ込み、娘を嫁がせようとした。楚材には故郷に妻がいたが、潁州の刺史に知遇を得たことから、たちまち妻を見限り、その申し出を受けることにした。(4)楚材は家僕をやって、家から琴棋書畫の類(5)を取ってこさせ、故郷に帰る意思のないことを示した。同時に、楚材は、

「青城で仙人の道を學んだり、衡嶽《こうがく》へ佛法の師を訪ねたりしたい。官界などにはもはや未練はない」

とことづけたのである。(6)

妻の薛媛《せつえん》は、書畫に巧みで、すぐれた文章を作った。彼女はほのかに夫の氣持ちを知ると、(7)鏡に向かって自分の顔を描き、四韻の詩を添えて楚材のもとに届けさせた。楚材は、妻の肖像畫と詩を手にして、大いに恥じ入った。(8)そし

て彼女の眞心に感動し、（妻のもとへ戻り）夫婦ともに老年になるまでの餘生を送ったのだった。

（この話は）俗謠に、

當時婦棄夫　　當時　婦《つま》が夫を棄て
今日夫棄婦　　今日　夫が婦を棄つ(9)
若不逞丹青　　若し丹青に逞《うま》からざれば
空房應獨自　　空房　應《まさ》に獨自《ひとり》なるべし(10)

と謠われた。
薛媛の「眞を寫して夫に寄す」(11)の詩に、

欲下丹青筆　　下ろさんと欲す　丹青《えのぐ》の筆
先拈寶鏡端　　先に拈《ひね》る(12)　寶鏡の端
已經顔索寞　　已《すで》に經にして　顔索寞《やつ》れ(13)
漸覺鬢凋殘　　漸《ようや》く覺ゆ　鬢《びん》の凋殘《おとろ》ゆるを
涙眼描將易　　涙眼は　描くに將《もっ》て易きも
愁腸寫出難　　愁いの腸は　寫《えが》き出すこと難し
恐君渾忘却　　恐るらくは君　渾《すべ》て忘却せるを
時展畫圖看　　時に畫圖を展《ひろ》げて看んことを

とある。

注

（1）薛媛　諸版本、底本ともに出典を『雲溪友議』（巻上、眞詩解）とする。『唐詩紀事』巻七十八・『類說』巻四十一、薛媛詩にも同様の記事がみえる。

（2）濠梁の人南楚材　濠梁は唐代の淮南道濠州一帯のこと。現在の安徽省鳳陽縣。南楚材については詳細不明である。

（3）陳州、潁州　ともに唐代、河南道に屬す。陳州は現在の河南省淮陽縣。潁州は現在の安徽省阜陽市。

（4）楚材には……受けることにした　『雲溪友議』は「楚材家有妻。以受潁守之眷深、忽不思議。而輒已諾之」に作るが、底本に從った。

（5）琴棋書畫の類　琴書とは琴棋書畫の類、ここでは、身の回りの愛用品を指すものと考えられる。『舊唐書』巻一六四、王播傳に「龜字大年、性簡澹蕭灑、不樂仕進、少以詩酒琴書自適、不從科試」とある。

（6）同時に……ことづけたのである　『雲溪友議』は「或謂求道青城。訪僧衡嶽。不親名宦、唯務玄虛」に作るが、底本に從った。青城は現在の四川省灌縣の西北にある山の名。歴代の方士たちが訪れた。衡嶽は五嶽のひとつで、衡山（南嶽）を指す。湖南省衡山縣の西十七キロに位置する。隋の文帝（在位五八一～六〇四年）のとき、南嶽に充てられ、唐以降、それが定着するようになった。

（7）彼女はほのかに夫の氣持ちを知ると　『雲溪友議』は「知楚材不念糟糠之情、別倚絲蘿之勢」に作るが、底本に從った。

（8）楚材は……大いに恥じ入った　『雲溪友議』は「楚材得妻眞及詩範」に作るが、底本に從った。

（9）今日夫が婦を棄つ　『雲溪友議』は「今日夫離婦」に作るが、底本に從った。

（10）空房應に獨自なるべし　底本および『雲溪友議』『唐詩紀事』は「空房應獨自」に作るが、『全唐詩』（卷七九九所收）は「空房應獨守」に作る。

（11）「眞を寫して夫に寄す」の詩　『全唐詩』卷七九九所收。

（12）先に拈る寶鏡の端　底本および『雲溪友議』は「先拈寶鏡端」に作るが、『全唐詩』『唐詩紀事』は「先拈寶鏡寒」に作る。

（13）已經にして　顔索寞れ　『雲溪友議』は「已驚顔索寞」に作るが、底本に從った。

孫　氏

樂昌孫氏、進士孟昌期之內子、善爲詩。一旦併焚其集、以爲才思非婦人之事、自是專以婦道內治。孫有代夫贈人「白蠟燭」詩曰、「景勝銀釭香比蘭、一條白玉逼人寒。他時紫禁春風夜、醉草天書仔細看。」又有「聞琴」詩曰、「玉指朱絃軋復清、湘妃愁怨最難聽。初疑颯颯凉風動、又似蕭蕭暮雨零。近若流泉來碧嶂、遠如玄鶴下青冥。夜深彈罷堪惆悵、霧濕叢蘭月滿庭。」又「謝人送酒」詩曰、「詩將清酒寄愁人、澄徹甘香氣味眞。好是綠牕風月夜、一盃搖蕩滿懷春。」出『北夢瑣言』

孫　氏（1）

樂昌（2）の孫氏の話である。彼女は進士孟昌期の正妻（3）で、詩を作るのが巧みであった。ところがある日、ことごとく詩集を焼いてしまった。詩文に勵むことは婦人のなすべきことではないと考えたからである。彼女は以後、婦道に基づいて家事に精を出したのだった。

孫氏が夫に代わって、人に贈った「白蠟燭」の詩(4)に、

景勝銀釭香比蘭　　景勝なる銀釭《ぎんこう》(5)　香は蘭の比《ごと》く
一條白玉逼人寒　　一條の白玉　人に逼りて寒し
他時紫禁春風夜　　他時紫禁　春風の夜
醉草天書仔細看　　天書を醉草して(6)　仔細に看ん

とある。また「琴を聞く」の詩(7)に、

玉指朱絃軋復清　　玉指朱絃　軋《あつ》しては復た清く
湘妃愁怨最難聽　　湘妃(8)の愁怨　最も聽き難し
初疑颯颯涼風動　　初めは颯颯《さつさつ》として　涼風の動けるが疑《ごと》く(9)
又似蕭蕭暮雨零　　又蕭蕭として暮雨の零《したた》るに似たり
近若流泉來碧嶂　　近きこと流泉の碧嶂《へきしょう》より來たれるが若《ごと》く
遠如玄鶴下青冥　　遠きこと玄鶴の青冥より下るが如し
夜深彈罷堪惆悵　　夜深く彈ずること罷みて　惆悵《ちょうちょう》に堪え
霧濕叢蘭月滿庭　　霧は叢蘭を濕して　月は庭に滿つ(10)

とある。また、「人の酒を送るに謝す」の詩(11)に、

謝將清酒寄愁人　　清酒を將《もっ》て　愁人に寄するに謝す(12)

澄徹甘香氣味眞　　澄徹せる甘香　氣味は眞なり
好是綠窗風月夜　　好《よ》きかな是れ　綠窗風月の夜(13)
一盃搖蕩滿懷春　　一盃の搖蕩《ようとう》　滿懷の春

とある(14)。

注

(1) 孫氏　諸版本、底本ともに出典を『北夢瑣言』(巻六)とする。『唐詩紀事』巻七十九・『類説』巻四十三、孫氏詩にも同様の内容がみえる。

(2) 樂昌　樂昌縣は唐代、嶺南道韶州《しょうしゅう》に屬す。現在の廣東省樂昌市。『北夢瑣言』は「樂安」に作る。樂安縣である場合は、淮南道光州樂安縣(河南省光山縣の西北の仙居)、あるいは江南東道台州樂安縣(浙江省仙居縣)である。

(3) 彼女は進士孟昌期の正妻　內子は士大夫の正妻をいう。唐、白居易に「贈內子(楊夫人のことを指す)」(『全唐詩』巻四四〇所收)と題する詩がある。孟昌期は詳細不明。

(4) 「白蠟燭」の詩　『全唐詩』巻七九九所收。

(5) 銀釭　諸版本は「銀缸」に作るが、底本に從った。銀釭は燈火。唐、白居易の「臥聽法曲霓裳」詩(『全唐詩』巻四四九所收)に「起嘗殘酌聽餘曲／斜背銀釭半下帷」とある。

(6) 天書を醉草して　醉草は草書のこと。唐、陸龜蒙「寄淮南鄭賓書記」詩(『全唐詩』巻六二四所收)に「清詞醉草無因見／但釣寒江半尺鱸」とある。天書は詔敕のこと。唐、韋應物「送鄭端公弟移院常州」詩(『全唐詩』巻一八九所收)に「清觴方對／天書忽告遷」とある。

（7）「琴を聞く」の詩　『全唐詩』巻七九九所收。

（8）湘妃　舜の妃である蛾皇と女英。舜の崩御を聞いて湖水に身を投げ、のちに湖水の神となる。晉、羅含『湘中記』に「舜二妃、死爲湘水神、故曰湘妃」とある。

（9）初めは……疑く　底本および『北夢瑣言』は「初疑颯颯涼風動」に作るが、『唐詩紀事』および『全唐詩』巻七九九は「初疑颯颯涼風勁」に作る。

（10）霧は……庭に満つ　底本および『北夢瑣言』『唐詩紀事』は「霧濕叢蘭月滿夜」に作るが、『全唐詩』は「露濕叢蘭月滿夜」に作る。

（11）「人の酒を送るに謝す」の詩　底本および『全唐詩』巻七九九は「謝人送酒」詩に作るが、『北夢瑣言』は「代謝崔家郎君酒」詩に作る。

（12）清酒を将て　愁人に寄するに謝す　諸版本および底本は「詩将清酒寄愁人」に作るが、明鈔本および『北夢瑣言』では「謝将清酒寄愁人」に作る。底本注には「明鈔本詩作謝」とあるものの「詩」の字を改めていないが、ここでは、明鈔本および『北夢瑣言』に従った。

（13）好きかな是れ　線窗風月の夜　『北夢瑣言』は「好是線窗明月夜」に作るが、底本に従った。

（14）……とある　『唐詩紀事』では、このあとに「三詩皆代夫之作。一旦曰、才思非婦人之事也。併焚其集」と續く。

巻二七二・婦人三・美婦人篇

夷光

越謀滅呉、畜天下奇寶美人異味、以進於呉。得陰峯之瑤、古皇之驥、湘沅之鱓、又有美女、一名夷光、二名修明、以貢於呉。呉處於椒花之房、貫細珠以爲簾幌、朝下以蔽景、夕巻以待月。二人當軒並坐、理鏡靚粧於珠幌之內。竊窺者莫不動心驚魂、謂之神人。呉王夫差目之、若雙鸞之在輕霧、沚水之漾秋蕖、妖惑既深、怠於國政。及越兵入國、乃抱二人以逃呉苑、越軍既入、見二人在竹樹下、皆言神女、望而不侵。今呉城蛇門內有折株。尚爲祠神女之處。出『王子年拾遺記』

夷光(1)

越は、呉を滅ぼそうと企て(2)、天下に名だたる珍しい寶や、美人、珍味を集めて呉に獻上した(3)。陰峯の瑤、古皇の驥、湘沅の鱓(4)が用意され、これに加えて美女が二人。一人を夷光といい、もう一人を修明といった(5)。越は、彼女らを貢ぎ物として呉に送ったのである。

呉王（夫差）は、彼女らを後宮(6)に住まわせ、細珠を繋いで簾幌《とばり》を作った。朝は簾を下ろして日光をさえぎり、夕方になると巻き上げて月の出を待った。彼女らは廊下に並んで座り、珠の簾のうちで鏡に向って美しく化粧した。その様子をのぞき見て心魂《こころ》を奪われないものはなかった。(7)神人ではないかと言われた。呉王夫差(8)は二人を目して、薄霧の中にいる二羽の鸞(9)か、はたまた中州《プール》に漂う蓮の花(10)のようであるといった。そしてその妖豔《いろか》に惑うあまり、國政を怠るようになってしまった。(11)

かくて越の軍勢が呉に侵入すると、呉王は彼女ら二人を抱えて呉苑に逃れた。入城した越軍の兵士たちは、(12)二人が竹林にいるのをみつけたが、(13)あまりの美しさに「神女だ」といってただうち眺《まも》るばかり、誰も手を出すことができなかった。(14)

今日、呉城の蛇門(15)の内に、折れた木の株がある。ここに神女として祀られているのだそうである。(16)

注

（1）夷光　底本および諸版本は出典を晉、王嘉撰、梁、蕭綺錄『王子年拾遺記』とする。『拾遺記』巻三所收。

（2）越は、呉を滅ぼそうと企て　越は前六〇一頃～前三三四年頃、春秋諸國の一つ。現在の浙江省北部から江蘇省東部沿岸を領有していた。呉は？～前四七三年、現在の江蘇省一帯を領有していた。前五〇六年に、呉王闔廬が楚の都郢（湖北省江陵縣）を陥れたとき、越王允常（在位年不詳）がその虚をついて本國に侵入したため、呉はやむなく軍をひいた。これより呉越兩國の激しい對立抗爭が開始される。前四九六年、呉王闔廬（或は「闔閭」に作る。在位前五一五～前四九六年）は、越王允常の死を聞き、越に攻め入ったが、允常の子句踐（或は「勾踐」に作る。在位前四九六～前四六五年）に敗れて傷死した。闔廬の子夫差（在位前四九六～前四七三年）は、父の遺言により報復を誓い、前四九四年、越王句踐を會稽（浙江省紹興市）に打ち破った。しかし、このとき句踐の命を助けたのが仇となり、前四七三年、今度は句踐に大敗する。王は自殺し、呉は滅亡した。本文中越王の名は記されていないが、呉王が夫差であることから、越王句踐であることが分かる。『史記』巻三十一、呉太伯世家、同巻四十一、越王句踐世家・『春秋左氏傳』・後漢、趙曄『呉越春秋』・後漢、袁康・呉平『越絶書』參照。

（3）珍味を……呉に獻上した　底本は「畜天下奇寶美人異味、以進於呉」とする。許刻本は「畜」を「玄」に作る。『拾遺記』には「以」字なし。

（4）陰峯の瑤、古皇の驥、湘沅の鱓　瑤は『說文解字』一上に「瑤、玉之美者、從玉䍃聲、詩曰、『報之以瓊瑤』」とあり、美しい玉のことを指す。『山海經』第十七、大荒北經には「東北海之外、大荒之中、河水之間、附禺之山、……有靑鳥、琅鳥、玄鳥、黃鳥、虎、豹、熊、羆、黃蛇、視肉、璿、瑰、瑤、碧、皆出于衞于（丘）山」とある。また『尙書』禹貢篇に「淮、海惟揚州、彭蠡既猪、陽鳥攸居、三江既入、震澤底定、篠簜既敷、厥草惟夭、厥木惟喬、厥土惟塗泥、……瑤、茆、篠、簜、齒革羽毛惟木、島夷卉服、……厥包橘柚錫貢。沿於江、海、達於淮、泗」とある。陰峯は、浙江省上虞縣南の東山一帶の南山を指す。南朝宋、謝靈運の「於南山往北山經湖中瞻眺」詩（『文選』巻二十二所收）に「朝日發陽崖／景落憩陰峯」という表現がみられるが、本篇の「陰峯」と同一の山を指しているのかどうかは定かでない。大方のご教示を仰ぎたい。

古皇は傳說上の王、有巢氏のこと。『韓非子』五蠹第四十九に「上古之世、人民少而禽獸衆、人民不勝禽獸蟲蛇、有聖人作、搆木爲巢、以避群害、而民悅之、使王天下、號之曰有巢氏」とある。驥は一日千里を走る駿馬である。『說文解字』十上に「驥、千里馬也。孫陽所相者、從馬冀聲」とある。才能のある人物のたとえに用いられ、『史記』巻六十一、伯夷傳に「顏淵雖篤學、附驥尾而行益顯」とあるなど、「驥尾に附す」の成語が有名である。

湘沅の鱓は、湘江と沅江で產する鱓。鱓はウナギである。具體的には詳かでないが、たいそう美味なものだったに違いない。湘江は廣西壯族自治區桂林市興安縣の南にある海陽山に源を發して北に、沅水は貴州省に源を發して東北に流れ、どちらも洞庭湖にそそいでいる。

（5）一人を夷光といい、もう一人を修明といった　二人の美女は西施と鄭旦を指す。底本は「越謀滅呉、蓄天下奇寶美人異味。以進於呉。得陰峯之瑶、古皇之驥、湘沅之鱓。又有美女、一名夷光、二名修明、以貢於呉」とするが、『拾遺記』には、「越謀滅呉、蓄天下奇寶、美人、異味進於呉。殺三牲以祈天地、殺龍蛇以祠川岳。矯以江南億萬戸民、輸呉爲傭保。越又有美女二人、一名夷光、二名脩明。卽西施、鄭旦之別名」とある。越王勾踐が呉王夫差を陥れるために美女を送った話は『史記』巻四十一、越王句踐世家に「於是句踐乃以美女寶器令種間獻呉太宰嚭」とあるが、西施と鄭旦の名がみられるのは『越絶書』と『呉越春秋』だけである。

（6）後宮　底本は「椒花之房」に作るが、『拾遺記』は「椒華之房」とする。皇后の住まいをいったものである。椒庭、椒房ともいう。皇后の宮殿では、泥の中に山椒を混ぜて壁を塗ったので、この名がある。後漢、應劭『風俗通義』佚文に「皇后居椒房、以椒塗房、取其溫且香也」、また『後漢書』巻四十上、班固傳に「後宮則有掖庭、椒房、后妃之室」とあり、少なくとも後漢時代には皇后の居室を椒房と稱していたことが分かる。ただし、春秋時代呉越においても後宮が同様の形態をとっていたかどうかは分からない。

（7）心魂を奪われないものはなかった　底本は「莫不動心驚魂」に作る。『拾遺記』は「莫不動心驚魄」に作る。

（8）呉王夫差　生没年？～前四七三年。注（2）參照。

（9）二羽の鸞　底本は「雙鸞」に作る。鸞は神鳥で、鳳凰の一種。『説文解字』四上に「鸞、亦神靈之精也。赤色五采鷄形、鳴中五音、頌聲作則至、從鳥䜌聲、周成王時惶納獻鸞鳥」とある。また唐、李賀「美人梳頭歌」（『全唐詩』巻三九三所收）に「西施曉夢膀帳寒／……／雙鸞開鏡秋水光／……」とある。

（10）中州に漂う蓮の花　底本は「沚水之漾秋蕖」に作る。沚水は州に湛えられた水。秋蕖は蓮の花。宋、梅堯臣

「八月二十二日迴過三溝」詩（『全宋詩』巻二九四所收）の結句に「西風滿眼是秋蕖」とある。談氏B本は「秋蕖」を「秋葉」に作る。

(11)　その妖豔に……なってしまった　底本は「妖惑既深怠於國政」、『拾遺記』は「呉王妖惑忘政」に作る。ニュアンスの違いだけなので底本に從う。

(12)　入城した越軍の兵士たちは　底本は「越軍既入」、談氏B本は「越人入國」、『拾遺記』は「越軍亂入」に作る。談氏B本の「越人入國」は上文「越兵入國」とかぶる。また敢えて「亂入」とする必要もないので底本に從った。

(13)　この二人が竹林にいるのをみつけた　底本は「見二人在竹樹下」、『拾遺記』は「見二女在樹下」に作る。

(14)　ただ……できなかった　底本は「望而不侵」、『拾遺記』は「望而不敢侵」に作る。あるいは「敢」字を入れた『拾遺記』の方が正しいのかもしれないが、このままでさしつかえないと思われるので、底本に從った。

(15)　呉城の蛇門　呉城は、呉郡呉縣（江蘇省蘇州市）を指す。蛇門について底本は「虵門」、『拾遺記』は「蛇門」に作る。「虵」と「蛇」は同じ。『呉越春秋』巻四、闔閭内傳に「子胥乃使相土嘗水、象天法地、造築大城、周迴四十七里。陸門八、以象天八風。水門八、以法地八聰。築小城、周十里、陵門三。不開東面者、欲以絶越明也。立閶門者、以象天門、通閶闔風也。立蛇門者、以象地戶也。闔閭欲西破楚、楚在西北、故立閶門以通天氣、因復名之破楚門。欲東幷大越、越在東南、故立蛇門以制敵國。呉在辰、其位龍也、故小城南門上反羽爲兩鯢虵、以象龍用。越在巳地、其位蛇也、故南大門上有木蛇、北向首內、示越屬於呉也」とある。また唐、陸廣微『呉地記』に「蛇門、南面、有陸無水。春申君造以禦越軍、在巳地、以屬蛇、因號蛇門」とあることから、呉城の東南にあったことが分かる。

(16)　ここに神女として祀られているのだそうである　底本は「尙爲祠神女之處」に作るが、許刻本は「問爲祠神女之處」に作る。『拾遺記』ではこのあとに、「初、越王入吳國有丹烏夾王而飛、故勾踐之覇也、起望烏臺、言丹烏之異也」と續く。『廣記』巻一三五、越王（所引『王子年拾遺記』）には「越王入吳國、有丹烏夾王飛、故句踐之覇也、起望烏臺、言丹烏之瑞也」とあり、違う項目として收錄している。

麗娟

漢武帝所幸宮人、名曰麗娟。年始十四、玉膚柔軟、吹氣如蘭。身輕弱、不欲衣纓拂、恐傷爲痕。毎歌、李延年和之。於芝生殿旁、唱廻風之曲、庭中樹爲之翻落。常致娟於琉璃帳、恐垢汚體也。常以衣帶繫娟被、閉於重幕中、恐隨風起。娟以琥珀爲佩、置衣裾裏、不使人知、乃言骨節自鳴、相與爲神怪也。出『洞冥記』

麗娟(1)

漢の武帝(2)が寵愛した麗娟という名の宮女(3)がいた。年はわずかに十四歳、その玉の膚《はだえ》は柔軟《やわらか》で、吐息をつけば悩ましく、蘭の香るが如くであった(4)。身は輕やかにたおやかで、帯や紐を結ぶのさえ嫌がった。締め付けられて痕がつくのを心配したのである。彼女が歌うと、いつも李延年(5)が唱和した。靈芝が生えた寝殿の傍らで(6)、「廻風の曲」を歌ったとき、庭中の樹という樹に咲き亂れた花々が、はらはらと散ったのである(7)。

武帝は常に、麗娟を瑠璃の帳の中に居らせた(8)。身體が垢で汚れてはと慮ったのである。またいつも衣帯(9)で麗娟のもすそをつなぎとめ、重ねた幕の中に閉じこめたのは、彼女が風に隨《の》って起《い》ってしまうのを恐れたからだった(10)。

麗娟[11]は琥珀で佩玉[12]を作り、人に知られないよう衣の裾に包み込んだ。そうしておいて骨や節が自然に鳴るといい、皆で神怪《ふしぎ》なことだと言い合ったのである。[13]

注

（1）麗娟　底本および黄刻本は出典を漢、郭憲『洞冥記』（巻四）とする。許刻本、談氏B・C本は出典を記載していない。

（2）漢の武帝　生沒年前一五九～前八七年、在位前一五九～前八七年。前漢の第七代皇帝。諱は徹、景帝（在位前一五七～前一四四年）の子。中央集權的國家權力を強化し、武威、酒泉、敦煌などの郡をおき、匈奴を北に驅逐するなど、周邊民族に對して積極的な政策を行った。『史記』巻十二、孝武帝紀・『漢書』巻六、武帝紀參照。

（3）宮女　底本は「宮人」に作る。『易經』剝に「貫魚、以宮人寵、无不利」とあり、清、李道平『周易集解纂疏』巻四、剝に「（注）何妥曰……夫宮人者、后夫人、嬪妾、各有次序、不相瀆亂」とある。また『管子』巻十、戒に「中婦諸子謂宮人。……（唐、房玄齢注）中婦諸子内宮之號……」とある。この一文、談氏B本には「漢武帝所幸麗娟在於宮中」とある。

（4）吐息をつけば……如くであった　底本は「吹氣如蘭」、『洞冥記』は「吹氣勝蘭」に作る。

（5）李延年　生沒年不詳。漢代中山（河北省定縣）の人。父母兄弟とともに漢室の樂人であり、罪に座して宮刑に處せられたりもしたが、歌が巧みで天地祠を祭る新聲曲が武帝の意にかなった。美貌の妹が武帝の寵愛を得て昌邑王を生み、李夫人となると、彼の身分も上昇し協律都尉となった。しばしば專横の振る舞いがあり、のちに寵が衰えると、弟の季が宮中を騷がせた罪で誅された。『史記』巻一二五、佞幸列傳・『漢書』巻九十三、佞幸傳・

『漢書』巻九十七上、外戚傳參照。

（6）靈芝が生えた寝殿　底本は「於□芝生殿旁」、『洞冥記』は「於芝生殿」に作る。「芝生殿」は、『史記』巻二十八、封禪書に「公孫卿曰、『仙人可見、而上往常遽、以故不見。……且僊人好樓居。』於是上令長安則作蜚廉桂觀、甘泉則作益延壽觀、使卿持節設具而候神人。乃作通天莖臺、置跟具其下、將招來僊神人之屬、於是甘泉更置前殿、始廣諸宮室。夏、有芝生殿房内中。天子爲塞河、興通天臺、若有光云、乃下詔曰、『甘泉房中生芝九莖、赦天下、毋有復作』」とあり、「芝、殿の旁に生ず」とよめる。瑞兆である靈芝が宮殿の側に生えたことをいう。ゆえに「芝生殿」の前に闕字があるとは考えにくい。従ってここでは『洞冥記』の記述に従う。南朝宋、裴駰『史記集解』はここでの夏を武帝、元封二（前一〇九）年のこととする。唐、司馬貞『史記索隱』に「芝生殿房中。案、生芝九莖、於是作芝房歌」とある。

（7）庭中の……散ったのである　底本は「庭中樹爲之翻落」、『洞冥記』は「庭中花爲之翻落」に作る。

（8）武帝は……におらせた　底本は「常致娟於琉璃帳」、『洞冥記』は「置麗娟於明離之帳」に作る。恐らくガラスの帳であろう。

（9）身體が……またいつも　底本注に「恐垢汚體也常六字原空闕。據黃本補」とある。談刻本、許刻本には、この一文がないが、ここでは底本に従った。

（10）彼女が……恐れたからだった　底本は「恐隨風起」に作る。『洞冥記』は「恐隨風而去」に作る。談氏B本・C本、許刻本は「恐隨風起娟」とあり、しかもここまでで記述が終わっている。

（11）麗娟　底本注には「娟原作媚。據黃本改」とある。ここでは底本に従った。

（12）佩玉　大帯にかけて飾りとした玉。『禮記』巻三十、玉藻に「佩玉有衝牙。君子無故、玉不去身、君子於玉比德焉。天子佩白玉而玄組綬、公侯佩山玄玉而朱組綬、大夫佩水蒼玉而純組綬、世子佩瑜玉而綦組綬、士佩瓀玟而縕組綬」とある。皇帝は白玉、公侯は玄玉、大夫は蒼玉、士は玉に似た瓀玟を用いることになっており、位の高下によって別がある。

（13）皆で神怪なことだと言い合ったのである　底本注には「以琥珀爲神怪也二十五字原空闕。據黄本補」とある。談刻本および許刻本には「以琥珀」以下の二十五字が缺落している。

趙飛燕

漢趙飛燕體輕腰弱、善行歩進退、女弟昭儀、不能及也。但昭儀弱骨豐肌、尤工笑語。二人並色如紅玉、當時第一、擅殊寵後宮。出『西京雜記』

趙飛燕（1）

漢の趙飛燕、身はほっそり、なよなよとした腰つき、立ち居振る舞いが素晴らしかった。妹の昭儀（2）は姉にこそ及ばぬものの、華奢な骨格ながら、肉付きは豊かであり、ユーモアに長けてもいた（3）。姉も妹も紅玉のような容色（4）であり、當世隨一の美人と謳われ、後宮での寵愛を一身に集めたのである（5）。

注

（1）趙飛燕　底本および諸版本は出典を晉、葛洪『西京雜記』（卷一）とする。底本は「趙飛鸞」に作るが、『西京雜記』のほか、漢、伶玄『趙飛燕外傳』・『漢書』卷九十七下、外戚傳・『廣記』卷二三六、趙飛燕（所引『西京雜記』）では「趙飛鸞」を「趙飛燕」に作る。從ってここでは「趙飛燕」とした。

趙飛燕は生沒年？～前一年。家が貧しく、生後すぐ放置されたが、そのまま三日間生き延びたため、父母はようやく育てる氣になったという。年頃になると、陽阿公主の家に仕えて、歌舞を學んだ。その後、陽阿公主のもとを訪れた成帝（在位前三三～前七年）の目にとまり、宮中に入った。婕妤の位に昇り（このとき父の趙臨が成陽侯となっている）、許后が廢されたのち、皇后となる。妹の昭儀（趙合德）ともども寵愛されたが、成帝が嗣子のないまま突然崩じ、哀帝（在位前七～前一年）も崩ずると、王莽によって庶人におとされ自殺した。『漢書』卷九十七下、外戚傳・『飛燕外傳』參照。

（2）妹の昭儀　趙飛燕の妹は趙合德という。成帝に寵愛されて昭儀となる。のち、成帝の死の罪をきせられ、自殺した（『漢書』卷九十七下、外戚傳參照）。昭儀は、女官の名。漢の元帝（在位前四九～前三三年）が設置し、位は丞相に見立て、爵は王侯にならぶものとされた。秩は正二品。

（3）華奢な骨格ながら……長けてもいた　底本には「但弱骨豐肌、尤笑語」とある。許刻本および『西京雜記』は「但昭儀弱骨豐肌、尤工笑語」に作る。ここでは、前後の文章から判斷して許刻本、『西京雜記』に從う。

（4）紅玉のような容色　紅玉は、女性の肌、顔だちの麗しさを表現する比喩として用いられる。唐、溫庭筠「張靜婉采蓮」曲（『全唐詩』卷二十一所收）に「蘭膏墜髮紅玉春／燕釵拖頸抛盤雲」、唐、皮日休「夜會問答」詩（『全唐詩』卷六一六所收）に「蓮花燭／亭亭嫩蕊生紅玉／不知含淚怨何人／欲問無由得心曲」とある。

（5）当世随一の……集めたのである　底本注には「殊字原空闕。據黄本補」とある。談刻本、許刻本および『西京雑記』には「殊」の字はないが、ここでは底本に従った。

薛靈芸

魏文帝所愛美人薛靈芸、常山人也。父名鄴、爲酇鄉亭長、母陳氏、隨鄴舍於亭傍居。生窮賤、至夜、毎聚鄰婦績、以麻藁自照。靈芸年十五、容貌絶世。閭中少年多以夜時來窺、終不得見。黄初元年、谷習出守常山郡、聞亭長有美女而家甚貧。時文帝選良家子女、以入六宮。習以千金寶賂聘之、既得、便以獻文帝。靈芸聞別父母、歔欷累日、淚下霑衣。至升車就路之時、以玉唾壺盛淚壺中、即如紅色。既發常山、及至京師、壺中淚凝如血。帝遣車十乘、以迎靈芸、車皆鏤金爲輪、丹畫其轂、軛前有雜寶、爲龍鳳銜百子鈴、鏘和鳴、響於林野。駕青色駢蹄之牛、日行三百里、此牛尸塗國所獻、足如馬蹄也。道側燒石葉之香、此石重疊、狀如雲母、其氣辟惡厲之疾、腹題國所獻也。靈芸未至京師數十里、膏燭之光、相續不滅、車徒噎路、塵起蔽於星月、時人謂爲塵宵。又築土爲臺、基高三十丈、列燭於臺下、而名曰燭臺。遠望如列星之墜地。又於大道之傍、一里致一銅表、高五尺、以誌里數、故行者歌曰、「青槐夾道多塵埃、龍樓鳳闕望崔嵬。清風細雨雜香來、土上出金火照臺。」（原注）此上七字、是妖辭也。時爲銅柱、以誌里數於道側。是土出金之義。以燭致臺而則火在土下之義。漢火德王、魏土德王、火伏而土興也。土上出金、魏滅而晉興也。靈芸未至京師十里、帝乘雕玉之輦、以望車徒之盛、嘆曰、「昔者言『朝爲行雲、暮爲行雨』、今『非雲非雨、非朝非暮』」、因改靈芸之名爲夜來、入宮乘寵愛。外國獻火珠龍鸞之釵、帝曰、「明珠翡翠尚不勝、況乎龍鳳之重」。乃止而不進。夜來妙於女功。雖處於深帷重帷之內、不用燈燭、裁製立成。非夜來所縫製、帝不服也。宮中號曰針神。出『王子年拾遺記』

薛靈芸(1)

魏の文帝(2)が寵愛していた美人(3)の薛靈芸《せつれいうん》は、常山(4)の人である。父は薛鄴といい、酇郷の亭長(5)であった。母は陳氏という。一家は鄴の仕事柄、(酇郷)亭の傍に住んだ。生活が貧しかったので、毎晩近隣の女たちを集めて絲をつむぎ、麻や藁をくべて明かりとした(6)。

薛靈芸は十五歳で、絶世の美女であった。だから夜ごと村の若者たちがやってきて隙あらばと窺ったが、誰一人會うことすらできなかった。

黃初元(二二〇)年、常山郡の太守となった谷習(7)は、亭長に美しい娘があると聞き及んだ。しかもその家はたいそう貧しいらしい。折しも文帝が、良家の子女を選んで六宮(8)の充實をはかっているときだった。谷習は莫大な金をつぎ込んで薛靈芸を召し出し、手に入れるやいなや、文帝に獻上した。薛靈芸は父母との別れを悲しみ、むせび泣いて日を過ごした。涙がしたたり、衣をぬらした。車に乗り、いよいよ出立しようとするとき、玉の唾壺《つぼ》に涙を注いだ。紅《くれない》の涙であった。常山郡を離れ、京師《みやこ》(9)へ至る頃、壺の涙はかたまって血のようであった。

文帝は、車十臺を連ねて薛靈芸を迎えた。車輪は全て金ばりである。車體は丹砂(10)で繪が描かれている。軛《くびき》の前には様々な寶石がちりばめられ、百子鈴を銜《ふく》んだ龍や鳳が象《かたど》ってある。鳴れば、林野に響きわたるのである。車をひくのは二頭の青毛の牛で、一日に三百里(約一三〇キロ)進んだ。牛は尸塗國(11)から獻上されたものである。足は馬蹄のようである。道の傍では石葉香(12)が焚かれた。平たい石が重疊《かさな》ったような形状で、雲母に似ている。香りは惡厲《わる》い病を辟《はら》うとされ、腹題國(13)の獻上品である。

薛靈芸が京師にたどり着く數十里前から、燈火が絶えることなく連ねられた。車に乗るものも徒歩のものもその煙に噎《む》せ返り、まいあがった塵が星や月を覆い隠した。人々はこれを「塵霄」と呼んだ。そればかりでなく、高さ三十丈（約七二メートル）ほどの台を築いて燈火をその下に連ね、これを「燭台」といった。遠く望めば、天なる星が地上に墜ちたかとみまがうばかりであった。また大道の傍らには、一里（約四三〇メートル）毎に高さ五尺（約一メートル）の標識を銅で作って立て、里數を記した。往來するものは、これを見て、

青槐夾道多塵埃　　青槐[14]道を夾みて　塵埃多し
龍樓鳳闕望崔嵬　　龍樓鳳闕　崔嵬を望む[15]
清風細風雑香來　　清風細風　香に雑りて來たり
土上出金火照台　　土上に金を出し　火は台を照らす

と歌った。[16]（原注）この上の七文字は妖《あや》かしの文辭である。

このとき銅柱を作って、里數を道の側に表示した。それを指して「土上に金を出す」といったである。「燭を台のもとに置く」とは、則ち火が土の下に在るという意味である。漢は火徳王であり、魏は土徳王である。すなわち火（漢）が屈伏して土（魏）が興隆したことをいったのである。「土上に金を出す」とは、今度は魏（土）が滅びて晉（金）に代わることを豫言したのである。

薛靈芸が京師に到達する十里（約四・三キロメートル）手前のところで、文帝は玉細工の輦[17]に乗って行列の盛んな様を打ち眺めると、溜息混じりに、

「昔の人は『朝は行雲となり、日暮れには行雨となる』と言ったものだ。[18]しかし今は『雲にあらず、雨にあらず。朝にあらず暮れにあらず』だ」

と言った。そこで靈芸は名を「夜來」と改め、宮中で寵愛されたのであった[19]。

外國が火珠[20]で龍と鸞をかたどった簪を獻上しようと持ってきたが、文帝が、

「寶珠や翡翠でさえ重いのに、まして龍鳳の重さに耐えられるものか」

と言ったので、上納を中止した。

夜來は縫い物といった女性の仕事にすぐれていた。幾重にも重ねた帷帳《とばり》のうちにいながら燈火《あかり》を用いず、裁縫[21]にとりかかると、たちどころに仕立て上げたものだ。文帝は、夜來の縫ったものでなければ着ようとしなかった。宮中のものは彼女を針神《めいじん》と呼んだ。

注

（1）薛靈芸　底本および諸版本は出典を『王子年拾遺記』とする。『拾遺記』巻七所收。また『御覽』巻三八〇、人事部二十二、美婦人下（所引『王子年拾遺記』巻七）にも、簡略化された記事が収録されている。

（2）魏の文帝　生没年一八七〜二二六年。在位二二〇〜二二六年。諱は丕。曹操の長子。後漢の獻帝（在位一八九〜二二〇年）より禪讓をうけ、二二〇年に三國魏の初代皇帝となる。『三國志』巻二、文帝紀參照。

（3）美人　漢代の女官の名。位は二千石になぞらえる。魏もこれにならう。宋、高承『事物紀原』巻一、嬪御命婦部、美人に「光武又置美人、歷代多有之、國初亦置之、正四品也。通典、前漢內命婦有美人」とある。

（4）常山　ここでは常山郡を指す。三國時代には冀州に屬す。現在の河北省石家庄市のあたり。

（5）鄮鄉の亭長　亭は、亭―郵という系統を有する縣の行政組織である。亭長は十里ごとに設置した亭の長官で、『後漢書』巻二十八、百官志に「亭有亭長、以禁盜賊、本注曰、『亭長主求捕盜賊、承望都尉』、（注）設十里一亭」と

あるように、盗賊の逮捕、取り調べを行った。鄭郷の具體的な所在は分からないが、郷は民政を擔當する縣の下部行政組織で郷―聚―里という系統を有する。

（6）毎晩……明かりとした　底本は「毎聚鄰婦績、以（注）績以原作以績。據明鈔本改麻藁自照」、談氏C本および許刻本、黄刻本は「毎聚鄰婦、以績麻藁自照」に作る。

（7）黄初元年……谷習　底本および『拾遺記』では、咸熙元（二六四）年とするが、咸熙元年は魏の元帝（在位二六〇～六五年）の年號で、これは誤りである。『拾遺記』四庫全書本では、正しく黄初元（二二〇）年とする。ここでは『拾遺記』四庫全書本の記述に従った。ちなみに黄初元年は文帝が即位した年であるが、管見の限り谷習（談氏B本は「俗習」に作るが、誤字）が常山郡の太守になった記事はみられない。谷習本人の經歴についても不明である。

（8）六宮　古の皇后の六つの宮殿。『禮記』昏義に「古者、天子后立六宮、三夫人、九嬪、二十七世婦、八十一御妻、以聽天下之爲內治、以明章婦順、故天下內和而家理。（注）天子六寢、而六宮在後、六官在前、所以承副施外內之政也。（疏）按、宮人云、掌王之六寢之修、注、路寢一、小寢五、是天子六寢也、云六宮在後者、后之六宮、在王之六寢之後、亦大寢一、小寢五、其九嬪以下、亦分居之」とある。

（9）京師　魏の都洛陽のこと。

（10）丹砂　水銀と硫黄との化合物。多く土状をなし、濃紅色、または赤褐色をなす。水銀を獲る原料に供し、また、精製して顔料、藥劑に供する。また仙藥の資。南朝梁、陶弘景『神農本草經』巻一に「丹沙味甘微、主身體五藏百病、養精神安魂魄、益氣明目殺精魅邪惡鬼、久服通神明不老、能化爲永生山谷」とある。

（11）尸塗國　『廣記』および『拾遺記』の記事以外管見の限りほかに記載がない。あるいは西塗國の誤りか。『太平御覽』卷七九〇に引く『異物志』には「西塗國、在海水、以草漆齒」とある。

(12) 石葉香　香の一種。南朝宋、葉廷珪『名香譜』石葉香に「魏文帝時、腹題國貢、狀如雲母、以辟疫」とある。

(13) 腹題國　『廣記』『拾遺記』『名香譜』の記事以外、管見の限りほかに記載が見當たらない。あるいは雕題國の誤りか。雕題國は『山海經』第十、海內南經にその名がみえるほか、『太平御覽』卷七九〇に引く『異物志』に「雕題國、畫其面及身、刻其肌而青之、或若錦衣、或若魚鱗」とある。

(14) 青槐　えんじゅのこと。晉、左思「魏都賦」（『文選』卷六所收）に「內則街衝突輻輳、朱闕結隅。石杠飛梁、出控嫩渠。疏通溝以濱路、羅青槐以蔭塗」とある。

(15) 龍樓鳳闕崔嵬を望む　龍樓は太子の宮殿。『漢書』卷十、成帝紀に「上嘗急召、太子出龍樓門。（注）張晏曰、門樓上有銅龍、若白鶴、飛廉之爲名也」とある。鳳闕は宮城を指す。『史記』卷十二、孝武本紀に「於是作健章宮、度爲千門萬戶。前殿度高未央。其東則鳳闕、高二十餘丈。（注）索隱『三輔故事』云、『北有圜闕、高二十丈、上有銅鳳皇、故曰鳳闕也』」とある。

崔嵬は、殿樓高閣などの大きく立派な樣子。後漢、班固「西都賦」（『文選』卷一所收）に「崔嵬層構。（注）崔嵬、高貌也」とある。

(16) ……と歌った　『全三國詩』卷五に魏、無名氏の行者歌として「青槐夾道多塵埃／龍樓鳳闕望崔嵬／清風細風雜香來／土上出金火照臺」とあり、その注に「此七字是妖辭也。銅表誌道是土上出金之義、以燭置臺下則火在土下之義。漢火德王、魏土德王、火伏而晉興之兆、晉以金王也」とある。

(17) 玉細工の輦　底本は「彫玉之輦」に作る。黃刻本は「彫王之輦」に作るが、これは誤字である。

(18) 昔の人は……と言ったものだ　戰國末、前三世紀頃の楚の宋玉（生沒年不詳）の「高唐賦」（『文選』卷十九所收）

の序に「昔者宋襄王與宋玉游於雲夢之台、望高唐之觀、獨有雲氣、……王問玉曰、『此何氣也』。玉對曰、『所謂朝雲者也』。王曰、『何謂朝雲』。玉曰、『昔者先王嘗游高唐、怠而晝寢、夢見一婦人、曰、『妾巫山之女也、爲高唐之客、聞君游高唐、願薦枕席』。王因幸之、去而辭曰、『妾在巫山之陽、高丘之岨、旦爲朝雲、暮爲行雨、朝朝暮暮、陽臺之下』。旦朝視之如言、故爲立廟、號曰朝雲（注）善曰、『朝雲行雨、神女之美也』」とある。このことから、「朝雲行雨」は神女の美しさを表現する言葉として用いられる。

(19) 宮中で寵愛されたのであった　底本は「入宮乘寵愛」に作る。許刻本は「入宮承寵愛」に作り、『拾遺記』は「入宮後居寵愛」に作る。いずれも異なるが、意味は大體同じである。ここでは底本のまま「宮に入り寵愛に乘《のぼ》る」と讀んで差し支えはないと思われる。

(20) 火珠　水晶によく似た紫色の玉。『隋唐嘉話』巻中に「貞觀初、林邑獻火珠、狀如水精、云得於羅刹國」とあり、また『新唐書』巻二二二下、南蠻下、婆利傳に「婆利者、直環王東南、自交州汎海、歷赤土、丹丹諸國乃至。地大洲、多馬、亦號馬禮。袤長數千里。多火珠、大者如鷄卵、圓白、照數尺、日中以艾藉珠、輒火出」とある。

(21) 裁縫　底本は「裁製」に作るが、談氏B本は「裁集」に作る。

孫亮姫朝姝

孫亮作綠琉璃屛風、甚薄而瑩澈、每於月下清夜舒之。嘗愛寵四姬、皆振古絕色。一名「朝姝」、二名「麗居」、三名「洛珍」、四名「潔華」。使四人坐屛風內、而外望之、如無隔。唯香氣不通於外。爲四人合四氣香。此香殊方異國所獻。凡經歲踐躡宴息之處、香氣沾衣、歷年彌盛、百浣不歇、因名百濯香。或以人名香、故有「朝姝」、「麗居」、「洛珍」、「潔華」香。亮每遊、此四人皆同與席。使來侍、皆以香名前後爲次、不得相亂。所居室爲思香媚寢。出『王子年拾遺記』

孫亮の姫朝姝(1)

孫亮(2)が作らせた綠色の瑠璃の屛風(3)は、それはたいそう薄く、透き通っていた。彼は煌々たる月光の下でその屛風を廣げて鑑賞した。孫亮にはかねて寵愛する四人の女性がおり(4)、いずれも古今に稀な美女である。一人目を朝姝といい、二人目を麗居、三人目を洛珍、四人目を潔華といった。四人を屛風の中に座らせて外から眺めると、あたかも隔てが無いかのようである。ただ香氣だけは外へもれてこなかった。

（孫亮が）四人のために調合してやった四氣の香は、遙か異國からの獻上品である(5)。彼女たちがいつも散歩したり、休息したりする場所には(6)、衣を潤す香氣が馥郁と立ちこめていた。時を經るほどに、その香りは增すばかりであった。いくら洗っても香りが落ちないことから、「百濯香(7)」と名付けられた。また皆の名前をつけて朝姝、麗居、洛珍、潔華の香と呼ぶこともあった。孫亮は、宴遊する度に四人を同席させた。召し出す時は香の名がすなわち席次であり、順序が混亂しないようになっていた。（孫亮の）居室は「思香媚寢」と稱された。

注

（1）孫亮の姫朝姝　底本および諸版本は出典を『王子年拾遺記』とする。『拾遺記』巻八所收。

（2）孫亮　生沒年二四三～六〇年。三國吳の孫權（大帝・在位二二二～五二年）の末子、太元二（二五二）年、孫權が死ぬと、十歲で位を嗣ぐが、太平三（二五八）年、孫綝によって廢され、會稽王におとされた。『三國志』巻四十八、孫亮傳參照。

（3）孫亮が……屛風　底本は「孫亮作綠瑠璃屛風」に作るが、『拾遺記』は「孫亮作瑠璃屛風」に作る。

（4）かねて寵愛する四人の女性がおり　底本は「嘗愛寵四姫」に作るが、『拾遺記』は「常與愛姫四人」に作る。

（5）四人のために……獻上品であった　底本には「爲四人合四氣香。此香殊方異國所獻」とある。談氏B本および『拾遺記』には「此香」なし。

（6）彼女たちがいつも……場所には　談氏B本は「凡經歲踐以攝安息之處」となっているが、「以」は衍字と思われる。

（7）「百濯香」　宋、洪芻『香譜』巻中には「百濯香」の名がみえ、その説明としてこの『拾遺記』の記事が簡略に引用されている。

蜀甘后

蜀先主甘后、沛人。生於賤微。里中相者云、「此女後貴、位極宮掖。」及后生而體貌特異。年至十八、玉質柔肌、態媚容冶。先主致后於白綃帳中。於戶外望者、如月下聚雪。河南獻玉人、高三尺。乃取玉人致后側、晝則講說軍謀、夕則擁后而玩玉人。常稱玉之所貴、比德君子、況爲人形、而可不玩乎。甘后與玉人潔白齊潤、觀者殆相亂惑、嬖寵者非唯嫉甘后、而亦妬玉人。后常欲琢毀壞之、乃戒先主曰、「昔子罕不以玉爲寶。『春秋』美之。今吳魏未滅。安以妖玩經懷。凡誣惑生疑、勿復進焉。」先主乃撤玉人像、嬖者皆退。當時君子以甘后爲神智婦人。出『王子年拾遺記』

蜀の甘后(1)

蜀漢の先主(2)の甘皇后は、沛(3)の出身で、賤微《しょみん》の生まれである。里の人相見によれば、「この娘は、やがて高貴な身分となり、後宮で最高の位（皇后）を極めるであろう」とのことだった。彼女は生まれつき姿體も顔かたちも人並みはずれていた。十八歳になると、玉のようにきめ細かい柔肌《やわはだ》は(4)、媚態にあふれ妖豔でさえあった。先主が甘皇后を白い薄絹の帳の内に坐らせたことがある。戸の外から透き見すると、さながら月下につもる雪のようであった。

河南から高さ三尺(5)（約七十センチメートル）ほどの玉製の人形を獻上するものがいた。先主は、その人形を甘皇后のそばへ置き、晝は臣下と軍略を討議し、夜になれば甘皇后を抱きながら人形と戯れる毎日だった。（先主は）いつも玉の高貴さを稱贊《たた》え、君子の徳になぞらえた(6)。「しかも人の形をしているのだから、これを愛玩しないでいられるものか」とで寵愛を争うほどのものは、甘皇后はおろか人形にも嫉妬しなければならなかったのである。

甘皇后も人形も清らかで白く、つややかな潤いを湛えていたので、見るものは目も眩むおもいであった。先主のも

實のところ、甘皇后も常々玉人形を壊してしまいたいと考えていたので、先主を諫めるかたちで、「昔、子罕は玉を寶としなかったので、『春秋』は譽めています(7)。今まだ吳も魏も滅びてはおりません。あやしげな玩具などに現《うつつ》を抜かしている場合ですか。そもそも疑いの心は誣言や誘惑から生じるものです(8)。こんな玉人など棄ててしまいなさい」

と言った。先主が玉人を捨てると、媚びへつらうものたちもみな退散した(9)。甘皇后は當時上流人士たちの間で神の智慧をもつ婦人《おんな》と呼ばれた。

注

（1）蜀の甘后　底本および諸版本は出典を『王子年拾遺記』とする。『拾遺記』卷八所收。また『御覽』卷三八〇、人事部二十二、美婦人下にも同樣の記事が收録されている。

甘皇后は沛縣（江蘇省徐州市沛縣）の人。はじめ先主の妾に納れられ、先主に從って、荊州へ行き、そこで後主（劉禪）を產む。曹操軍に追われ、先主と當陽の長阪（湖北省當陽市の北）にて再會。このとき、趙雲の活躍により難を逃れる。死後、蜀、章武二（二二二）年に皇思夫人と諡され、先主の沒後、昭烈皇后と追諡される。『三國志』卷三十四、二主妃子傳參照。

（2）蜀漢の先主　劉備のこと。劉備は生沒年一六一～二二三年。在位二二一～二二三年。涿郡涿縣（河北省涿州市）の人。字は玄德、諡は昭烈帝。前漢、景帝（在位前一五七～前一四一年）の子孫と稱する。後漢、靈帝（在位一六八～一八九年）の末に、黃巾の亂を討って、功を立てた。建安十九（二一四）年、劉璋を下して、成都（四川省成都市）をとる。建安二十四（二一九）年、漢中（陝西省漢中市）をとってその王となる。翌年、魏の曹丕が獻帝（在位一八九～二二〇年）を廢し、魏王朝を建國すると、魏、黃初二（二二一）年、漢のあとを繼承するとして、成都に建國し、國號を漢とした。卽位後、自ら兵を率いて吳の征伐に向かったが、大敗を喫し、志半ばで白帝城に病沒した（『三國志』卷三十二、先主傳第二參照）。こののち、蜀漢は後主劉禪（在位二二三～六三年）にひきつがれたが、諸葛亮が死ぬと、後主が奢侈に傾いたため、魏の炎興元（二六三）年に至って滅びた。

（3）沛　注（1）參照。三國時代は豫州に屬する。

（4）玉のようにきめ細かい柔肌は　底本は「玉質柔肌」に作る。黃刻本は「玉質柔飢」に作るが、これは誤り。

（5）河南から高さ三尺　河南は三國時代の司州河南郡。治所は洛陽。現在の河南省洛陽市。「高さ三尺」のところ、談氏B本は「商三尺」に作るが誤字である。

（6）いつも玉の……なぞらえた　『禮記』聘義に「夫昔者君子比德於玉焉。……詩云、言念君子、溫其如玉。故君子貴之也」とあり、玉を貴びその善さを君子の德になぞらえている事例である。しかしこの話の場合は先主の好事家としての一面を強調しているにすぎない。

（7）昔、子罕は……譽めています　『春秋左氏傳』卷三十二、襄公十五（前五五八）年に「宋人或得玉。獻諸子罕、子罕弗受、獻玉者曰、『以示玉人、玉人以爲寶也。故敢獻之。』子罕曰、『我以不貪爲寶、爾以玉爲寶。若以與我、皆喪寶也。不若人有其寶。』稽首而告曰、『小人懷璧、不可以越鄕、納此以請死也。』子罕寘其里、使玉人爲之攻之。富而後使復其所」とある。

（8）そもそも疑いの心は誣言や誘惑から生じるものです　底本は「誣惑生疑」、『拾遺記』は「淫惑生疑」に作る。

（9）先主が玉人を……みな退散した　あれだけ大事にされていた玉人が捨てられるのを見て、次は自分の番だと皆が思ったのである。かくて甘皇后の作戰は圖に當たり、玉人とともに他の競爭相手もいなくなったのである。

石崇婢翾風

石季倫所愛婢、名翾風。魏末。於胡中買得之。年始十歲、使房內養之。至年十五、無有比其容貌、特以姿態見美。妙別玉聲、能觀金色。石氏之富、財比王家、驕侈當世。珍寶瑰奇、視如瓦礫、聚如糞土。皆殊方異國所得、莫有辨識其處者。使翾風別其聲色、並知其所出之地。言西方北方、玉聲沈重而性溫潤、佩服益人性靈。東方南方、玉聲淸潔而性清涼、佩服者利人精神。石氏侍人美豔者數千人、翾風最以文辭擅愛。石崇常語之曰、「吾百年之後、當指白日。以汝爲殉。」答曰、「生愛死離、不如無愛。妾得爲殉、身其何朽。」於是彌見寵愛。崇常擇美容姿相類者數十人、裝飾衣服、大小一等、使忽視不相分別、常侍于側。使翾風調玉以付工人、爲倒龍之珮、縈金爲鳳冠之釵、刻玉爲倒龍之勢、鑄金像鳳凰之形。結袖繞楹而舞、晝夜相接、謂之常舞。若有所召者、不呼姓名、悉聽珮聲、視釵色。玉聲輕者居前、金色豔者居後、以爲行次而進也。使數十人各含異香、使行而笑語、則口氣從風而颺。又篩沈水之香如塵末、布致象牀下、使所愛踐之無跡、卽賜珍珠百粒。若有跡者、則節其飮食、令體輕弱。乃閨中相戲曰、「爾非細骨輕軀、那得百粒眞珠。」及翾風年至三十、妙年者爭嫉之、或言胡女不可爲羣、競相排毀。崇受譖潤之言。卽退翾風爲房老、使主羣少。乃懷怨懟而作五言詩。詩曰、「春華誰不羨、卒傷秋落時。哽咽追自泣、鄙退豈所期。桂芬徒自蠹、失愛在蛾眉。坐見芳時歇、憔悴空自嗤。」石氏房中並歌此爲樂曲、至晉末乃止。出『王子年拾遺記』

石崇の婢翾風（1）

石崇（2）が寵愛していた婢の名を翾風《けんぷう》といった。魏の末頃、胡人より買い取ったのである。年はわずか十歳であった。彼は翾風を房内《みうち》のもの（3）に育てさせた。十五歳になる頃には、他に比べようのない容姿となった。とりわけ、美しい姿態《からだつき》が評判だった。

彼女は音色で玉の善し悪し（4）を區別でき、黄金の種類を見分けるのに巧みであった。石氏の財産は王家に匹敵するほどで、當代随一の贅澤三昧な暮らしぶりであった（5）。珍貴な寶物も瓦礫に等しい扱いで、糞土のごとく無造作に積まれていた。それらは皆はるか異國の産物であったが、その産地を判別できるものはいなかった。そこで翾風に鑑定させると、音色と色合いによってその産地をズバリと當てた。彼女によれば、

「西方、北方の玉は音色が重厚で、品質は溫和でなめらかです。身につければ人の性靈をなごやかにします。東方、南方の玉は音色が清潔です。品質は淸らかでひんやりとしており、身に帯びると精神を豊かにしてくれます」ということである。

石崇には近くに侍る數千人の美女があったが、翾風ほどしゃれた文辭《かいわ》で寵愛をほしいままにしたものはいなかった。石崇はあるとき彼女に言った。

「俺は百年後太陽へ向かって飛び去ろうとおもう。そのときはお前を一緒につれていくぞ」

翾風は、

「生きている間だけの愛で、死んで離ればなれになるぐらいでしたら、いっそ愛されない方がましです。あなたのお伴ができるなら、この身は朽ちることなどございません」

と答え、それからは前にもまして寵愛されるようになったのである。

石崇はそっくりな容姿をした美女數十人を選び、サイズや裝飾の同じ衣服をまとわせた。そうしてちょっと見ただけでは區別がつかないようにし、いつも自分の側に侍らせていた。翾風に玉を選ばせて工人に依賴し、倒龍の珮《おびだま》と、金をちりばめた鳳冠の釵《かんざし》を作らせた。また玉を刻んで倒龍の勢をかたどり、金で鳳凰の形を鑄造させた。（美女たちは皆それを着けて）袖を結び、柱を圍繞しながら晝夜を分かたず踊るのである。これを「常舞」(6)といった。誰かを召し出す場合、名前を呼ぶことはしない。珮の音色を聞き、釵の色豔を見て、玉の音の輕やかなものを前列に、金の色の豔やかなものを後列に配してあるので、この順序通りに（彼女たちの方から）やってくるのである。數十人に違った香を含ませておき、(7)談笑すると口氣が風に乘って舞い上がるのを樂しむこともあった。

また沈水香をふるいにかけて粉末にし、(8)象の彫刻をしたベッドの上にばらまいておき、その上を寵愛する女性たちに踐《ふ》ませるというゲームもあった。跡がつかなければ眞珠百粒を與え、跡がついたものにはダイエットを課し、輕くたおやかな體にさせた。女たちは互いに、

「あんたは骨太で體も重いから、眞珠百粒なんて貰える氣遣いはないわよ」

などと言ってふざけあったものだ。

翾風が三十歳になると、妙齢の女たちは石崇の寵愛を爭って彼女に對する嫉妬をあらわにした。あるものは、

「あんな胡《えびす》の女なんかと一緒にしないでほしいわね」

とまで言った。みなも競うように翾風を誹謗した。石崇はそれらの讒言を容れてすぐさま翾風を退け、房老(9)として少女たちを管理させた。彼女は怨みを抱き、五言の詩(10)を作った。

春華誰不羨　　春華　誰か羨まざる(11)
卒傷秋落時　　卒《にわ》かに傷む　秋落の時
哽咽追自泣　　哽咽し　追われて自ら泣き(12)
鄙退豈所期　　鄙退《ひたい》す　豈に期する所あらんや
桂芬徒自蠹　　桂芬(13)　徒らに自ら蠹《そこ》ない
失愛在蛾眉　　失いたる愛は　蛾眉に在り
坐見芳時歇　　坐して見る　芳時の歇《つ》くるを
憔悴空自嗤　　憔悴して　空しく自ら嗤う

石氏の家中ではこれに曲をつけ、女たちに歌い繼がれたが、晉の末年になって廢《すた》れた。

注

（1）石崇の婢翾風　底本および諸版本は出典を『王子年拾遺記』とする。『拾遺記』巻九所收。『拾遺記』は「翾風」に作る。『全晉詩』（注（9）參照）には「翾風（注）翾作翔風、非是」とあり、「翾風」が正しいとしている。

（2）石崇　生沒年二四九～三〇〇年。字は季倫。晉代、渤海、南皮（天津市）の人。石苞の第六子。元康初（二九一）年、荊州刺史となる。商人を使い航海貿易で富を築くが、横領により免官される。洛陽の北西金谷に別莊金谷園を建て、王磊らと贅澤比べをした。孫秀に愛妾の綠珠を乞われたが與えなかったがために恨みを買い、陥れられて誅殺された。『晉書』巻三十三、石苞附傳參照。

（3）房内のもの　房内は家族の意。

（4）玉の善し惡し　談氏B本は「五聲」に作るが、これは誤り。

（5）當代隨一の……であった　底本は「驕侈當世」に作る。談氏B本、許刻本および黃刻本は「嬌侈當世」に作る。文意からすれば、底本が正しいと思われる。

（6）「常舞」　『拾遺記』は「恆舞」に作る。

（7）數十人に違った香を含ませておき　底本は「使數十人各含異香」に作る。黃刻本は「使數十人各舍異香」に作るが、これは誤り。

（8）また沈水香をふるいにかけて粉末にし　底本は「又篩沈水之香如塵末」、黃刻本は「又飾沈水之香如塵末」に作る。

沈水香は香の名、熱帶產の瑞香科に屬する常綠亞喬木の香木。この木材を長年水に漬けておくと皮幹が腐り、芯の堅い部分が水に沈むので沈香という。晉、嵆含『南方草木狀』巻中に「蜜香　沈香　鷄骨香　黃熟香　鷄舌

香　棧香　青桂香　馬蹄香　按此八香同出于一樹也。交趾有蜜香樹、根幹枝節各有別色也。木心與節堅黑。沈水者爲沈香、與水面平者爲鷄骨香」とある。また宋、趙汝适『諸蕃志』沈香に「沈香所出非一、眞臘爲上、占城次之、三佛齊、闍婆等爲下」とあり、『南史』巻七十八、林邑國傳に「沈水香者土人斫斷、積以歳年、朽爛而心節獨在、置水中則沈、故名曰沈香、次浮者棧香」とある。

（9）房老　房長ともいう。年老いて、容色の衰えた婢妾。宋、顧文薦『負暄雜錄』房老に「婢妾年久而位高者、謂之房長」とある。

（10）五言の詩　『全晉詩』巻七所收。「怨詩」と題する。

（11）春華誰か羨まざる　『拾遺記』『全晉詩』は「羨」を「美」に作る。

（12）哽咽し追われて自ら泣き　『拾遺記』『全晉詩』は「哽咽追自泣」を「突烟還自低」に作る。

（13）桂芬　『拾遺記』『全晉詩』は「桂芬」を「桂芳」に作る。

浙東舞女

寶曆二年、浙東貢舞女二人。一曰「飛鸞」、一曰「輕鳳」。修眉黟首、蘭氣融冶。冬不纊衣、夏無汗體。所食多荔枝榧實、金屑龍瑙之類。帶輕金之冠、軿羅衣無縫而成。其文織巧、人未能識。輕金冠以金絲結之、爲鸞鶴之狀。仍飾以五彩細珠、玲瓏相續。可高一尺、秤之無三二錢、上更琢玉芙蓉以爲頂。二女歌舞臺、每夜歌舞一發、如鸞鳳之音。百鳥莫不翔集其上。及於庭際、舞態豔逸、非人間所有。每歌罷、上令內人藏之金屋寶帳、蓋恐風日故也。由是宮中女曰、

「寶帳香重重、一雙紅芙蓉。」出『杜陽雜編』

浙東の舞女[1]

寶曆二（八二六）年、浙東[2]が舞女二人を獻上した。一人を飛鸞、もう一人は輕鳳といった。（二人は）整った眉毛につややかな黑髮[3]、蘭の香るような美しさであった。冬は綿入れの衣を着ることもなく、夏に汗ばむこともなかった。食べるものは大抵、茘枝や榧實《かやのみ》、金屑、龍腦[4]の類である。輕金の冠をかぶり、軿羅衣を着ていたが、この縫い目がないように仕立てられた着物は、綾模様が精巧にできており、どのように織るのか分からないほどだった[5]。輕金冠は金の絲で鸞鶴[6]の姿を作ってあった。さらに五色の珠玉で細かく飾りつけられていたので、涼やかな玉の音が鳴り響いた。その高さは一尺（約三十センチ）ばかりあったが、重さは六錢[7]もなかった。冠の上部は琢《みが》いた玉製の芙蓉が頂を爲している。

二人は舞臺の上で歌った。毎夜歌舞が始まると、その鸞鳳のような歌聲に誘われてか、鳥たちが二人の上に集まってきて、とうとう庭いっぱいになるのだった。その舞い姿はなまめかしく、この世のものとも思えなかった[8]。歌舞が終わると、皇帝[9]は女官たちに命じ、二人を立派な部屋の美しい帳に入れてやった。風や日光にさらされるのを恐れたからである[10]。宮中の女官たちは、「美しい帳に香りが一杯なのは、一雙紅芙蓉《あのふたり》がいるからね」と言い合った[11]。

注

（1）浙東の舞女　底本および諸版本は出典を唐、蘇鶚『杜陽雜編』巻中とする。黃刻本は題名を「淛東舞女」に作る。

（2）浙東　『杜陽雑編』は「浰東國」につくるが、底本および許刻本、黄刻本はともに「浙東」に作る。浰は浙と同義であり、この當時、この一帯に國は存在していないことから、「浙東」が正しいと思われる。

（3）整った眉毛につややかな黒髪　底本には「修眉黟首」とある。許刻本は「脩眉黟首」、黄刻本および『杜陽雑編』は「修眉黟首」に作る。

（4）金屑、龍脳　金屑は黄金の粉末のこと。唐、段成式『酉陽雑俎』前集巻十六、羽篇に「嗽金鳥、出昆明國（雲南西部に居住していた昆彌（昆瀰）の種族がつくった國であろう）、形如雀、色黄、常或翔於海上。魏明帝時、其國來獻此鳥、飴以眞珠及龜脳、常吐金屑如粟、鑄之、乃爲器服。宮人爭以鳥所吐金爲釵珥、謂之辟寒金、以鳥不畏寒也」とある。

龍脳は龍脳香のこと。熱帯産の香木の名で高さは二十数メートルにおよぶ。花は佳香を有し、果實は一個の種子を含んでいる。『酉陽雑俎』前集巻十八、木篇に「龍脳香樹、出婆利國（バリ島）、婆利呼爲固不婆律。亦出波斯國（藤善眞澄譯注『諸蕃志』波斯國、二〇四頁では、スマトラ島北端に近いパアシールとする）。樹高八九丈、大可六七圍、葉圓而背白、無花實、其樹有肥有痩、痩者有婆律膏香。一曰痩者出龍脳香、肥者出婆律膏也」とある。

（5）輕金の冠……分からないほどだった　底本には「帯輕金之冠、軿羅衣無縫而成。其文織巧、人能識末」とあるが、『杜陽雑編』巻中には「衣軿羅之衣、戴輕金之冠、表異國所貢也。軿羅衣無縫而成其紋、巧織人未之識焉」とある。

（6）鸞鶴　鸞は神鳥、鶴は仙鳥。ともに仙人の乗るもの。鸞は巻二七二・美婦人篇、夷光、注（9）（本書198頁）参照。

（7）六錢　底本は「三二錢」に作るが、『杜陽雑編』は「二三分」に作る。一錢は現代の約三・七グラム。

（8）冠の上部には……思えなかった　底本には「上更琢玉芙蓉以爲頂、（注）明鈔本無頂字二女歌舞臺。毎夜歌舞一發、如鸞鳳之音。百鳥莫不翔集其上。及於庭際、舞態豔逸、非人間所有」とあるが、『杜陽雑編』には「上更琢玉芙蓉、以爲二女歌舞臺。毎歌聲一發、如鸞鳳之音。百鳥莫不翔集其上。及觀於庭際、舞態豔逸、更非人間所有」とある。鸞鳳は至徳の瑞兆としてあらわれるという神鳥のこと。

（9）皇帝　この話は寶暦二（八二六）年のことであり、敬宗皇帝（在位八二四～二六年）を指す。

（10）風や日光……恐れたからである　底本は「蓋恐風日故也」に作るが、『杜陽雑編』は「蓋恐風日所侵故也」に作る。

（11）宮中の女官たちは……言い合った　底本は「由是宮中女曰」に作るが、『杜陽雑編』は「由是宮中語曰」に作る。

巻二七二・婦人三・妬婦篇

車武子妻

『俗說』。車武子妻大妬。呼其婦兄宿。取一絳裙衣、挂屛風上。其婦拔刀徑上牀、發被。乃其兄也。慙而退。出『要錄』

車武子の妻(1)

『俗說』(2)に次のような話がある。車武子の妻は大變嫉妬深かった。あるとき、(車武子が)彼女の兄を家に招いて泊まらせた。(3)絳《あか》い裙衣《スカート》が屛風の上に掛けられているのをみて、彼女は(てっきり車武子が女を連れ込んだものと思いこみ)、刀を拔いて眞一文字にベッドの上にとびのった。布團をひっぺがしてみると、何と自分の兄であった。彼女は恥じいって退出《にげだ》した。(4)

注

(1) 車武子の妻　底本および諸版本は出典を『要錄』とする。『要錄』は、『隋書』卷三十四、經籍志に「撰者未詳、六十卷」としてみえる。『舊唐書』卷四十七、經籍志には子部、類事として、『新唐書』卷五十九、藝文志には子部、類書としてそれぞれ「要錄六十卷」の記載がみられるが現存しない。出典が『要錄』となっており、『俗説』に觸れていないのは、おそらく編者が原典である『俗說』の存在に氣づかなかったか、あるいは『俗說』の記事を收錄した『要錄』の方を誤って記したものと解される。この話は梁、沈約『俗說』の諸版本にみえるほか、『御覽』巻六九六、服章部十三にも『俗說』の記事を引いて收錄されている。

（2）『俗說』　『隋書』巻三十四、經籍志には、「『俗說』三巻（注）沈約撰。梁五巻」とある。『通志』には、『俗說』を梁、沈約撰の三巻本と撰者不詳の一巻本ありと記す。『宋史』巻二〇六、藝文志には沈約撰の一巻本を記す。現在は『玉函山房輯佚書』子編雜家類・『古小說鉤沈』などに收錄されている。

（3）『俗說』に……泊まらせた　底本には「『俗說』、車武子妻大妬。呼其婦兄宿」とあるが『御覽』に引く『俗說』には「『俗說』曰、『車武子妻大妬。夜恆出掩襲車、車後呼其婦兄顏熙、夜宿共眠』」とある。

（4）彼女は恥じいって退出した　底本には「取一絳裙衣、挂屛風上。其婦拔刀徑上牀、發被、乃其兄、慙而退」とあり、『御覽』に引く『俗說』には「取一絳裙掛着屛風上、其婦果來拔刀徑上牀、發欲欲刄牀上人、定看乃是其兄、於是慙羞而退」とある。底本のほうは記載が簡略である。これは、出典である『要錄』が『俗說』を收錄する際に削ったものなのか、あるいは『廣記』に收錄する際に削ったものであるのか明らかでない。『御覽』に引く『俗說』から考えるに、車武子が赤い裙衣を屛風の上に掛けたのは、妻の嫉妬を懲らしめるための策略であった。

段　氏

臨濟有妬婦津。傳言晉泰始中、劉伯玉妻段氏字明光、性妬忌。伯玉嘗於妻前誦「洛神賦」。語其妻曰、「取婦得如此、吾無憾焉。」明光曰、「君何得以水神美而欲輕我。吾死何患不爲水神。」其夜乃自沈而死。死後七日、夢見與伯玉曰、「君本願神。吾今得爲神矣。」伯玉遂終身不復渡水。有婦人渡此津者、皆壞衣枉粧、然後敢濟。不爾、風波暴發。醜婦雖粧飾而渡、其神亦不妬也。婦人渡河無風浪者、以爲醜不能致水神。醜婦諱之、莫不皆自毀形容、以塞嗤笑也。故齊人語曰、「欲求好婦、立在津口。婦立水傍、好醜自彰。」出『酉陽雜俎』

段　氏(1)

臨濟(2)に妬婦津というところがある。うわさによると、西晉の泰始中(3)にこんなことがあったという。劉伯玉の妻段氏は、字を明光といい、嫉妬深い性格であった。あるとき(4)伯玉が、妻の前で「洛神の賦」(5)を吟詠し、

「洛神のような美女を妻にできたら、本望なんだが」

と言った。

明光はそれを聞くと、

「あなたは、どうしてよりによって水神なんかを持ち出して私を馬鹿になさるのですか。私が死ねば妻が水神でないことを不満に思うこともなくなるでしょうよ」

と言い、その夜、濟水に身を投げてしまった。死後七日して、伯玉の夢に妻が現れた。

「あなたは美しい水神を妻にしたいと願っていました。私はいま、水神になれました」

伯玉は（恐ろしくなり）、生涯河を渡れなかった。(6)

この渡し場にさしかかると、女性たちはみなわざとやぶれ衣を着、化粧を崩して河を渡った。そうしなければ、に

わかに風が吹き波がさかまいて渡れなくなってしまうのだった。ただし醜い女性の場合、いくら美しく着飾って渡ろうと、(7)水神は嫉妬しなかった。河を渡るとき風や波が立たなかった女性は、醜いから水神の嫉妬心を刺激しなかったのだといわれた。醜女《しこめ》たちはこれを嫌って、みな自分で化粧を崩し、笑いものになることを避けたのである。だから(8)齊の人々は、

「美人の女房が欲しければ、渡し場で待っていなさい。女性が水際に立つと、(9)自ずとその美醜が分かるから」

というのである。

注

(1)　段氏　底本および諸版本は出典を『酉陽雜俎』（前集巻十四）とする。談氏B本・C本、許刻本は「叚氏」に作る。

(2)　臨濟　西晉期、靑州に屬す。現在の山東省徑博の北。『酉陽雜俎』は「臨淸」（山東省淸平縣の西）に作る。

(3)　西晉の泰始中　底本は「太始」に作る。西晉武帝（在位二六五～九〇年）の泰始年間（二六五～七四年）。太と泰は音通し、たとえば『唐六典』巻八、門下省、符寶郎には「晉武帝太始元年」とある。しかし『晉書』では「泰始」に作っているので、本文は泰始に改めた。

西晉は、二六五年、司馬炎（武帝・在位二六五～九〇年）が三國魏の元帝（在位二六〇～六五年）より禪讓されて建國し、洛陽に都する。のち前趙に滅ぼされ、三一七年、司馬睿（元帝・在位三一七～二二年）が都を建康に移し、東晉を建てる。

(4)　あるとき　底本は「嘗」に作る。『酉陽雜俎』は「常」に作るが、同義。

（5）「洛神の賦」　洛神とは、洛水の女神。上古の傳說の皇帝（三皇の一）伏羲の娘宓妃《ふくひ》である。洛水で溺死し、水神となったとされる。「洛神賦」は魏、曹植が黃初三（二二二）年に作る。作者の曹植が、都洛陽からの歸途洛水を渡ったとき、この女神に出會い、その美しさを謳った作品である。『文選』卷十九所收。

（6）伯玉は……渡れなかった　底本は「伯玉遂終身不復渡水」に作るが、『酉陽雜俎』は「伯玉寤而覺之、遂終身不復渡水」に作る。

（7）いくら美しく着飾って渡ろうと　談氏C本、許刻本、黃刻本ともに「不粧飾而渡」に作るが、これは誤り。底本注に、「雖下原有不字。據明鈔本删」とあるように、文脈を考えれば、底本が正しいと思われる。

（8）齊　山東省一帶の地を指す。

（9）女性が水際に來ると　底本は「婦人水傍」に作るが、『酉陽雜俎』は「婦立水傍」に作る。文意から考えて『酉陽雜俎』の記載に從う。

王導妻

王導妻曹氏甚妬忌、制丞相不得有侍御。乃至左右小人、有姸少者、必加誚責。乃密營別館、衆妾羅列、有數男。曹氏知、大驚恚、乃將黃門及婢二十人、人持食刀、欲出討尋。王公遽命駕、患遲、乃親以麈尾柄助御者打牛、狼狽奔馳、乃得先至。司徒蔡謨聞、乃詣王謂曰、「朝廷欲加公九錫、知否」。王自敍謀志。蔡曰、「不聞餘物、惟聞短轅犢車、長柄麈尾耳。」導大慙。出『妬記』

王導の妻(1)

王導の妻(2)曹氏は嫉妬深いといったらなかった。丞相（王導）を尻に敷き、側女《そばめ》をおくことも許さない。（のみならず）左右に召し使う小間使い(3)であっても、若くて美しいものがいれば、必ずやかましく責めたてた。そこで王導は内密に別宅を設け、たくさんの妾たちを圍い、息子も數人生ませていたのである。曹氏はそのことを知ると大いに驚き、怒った。そして宦官(4)と婢あわせて二十人を引き連れ、てんでに食刀《ナイフ》を持たせ、討尋《しらべ》(5)に行こうとしていた。（これを知った）王導は大慌てで乗り物を手配させ、遲れをとってはならじと、彼自ら麈尾《しゅび》の柄で馭者を助けて牛を打ち、周章狼狽して驅けつけた。それで何とか妻より先に別宅へ着くことができたのである。(6)

司徒の蔡謨(7)が事の次第を聞きつけ、王導の許に訪ねて來た。

「朝廷では、公《あなた》に九錫(8)を加授しようという話がありますが、ご存知ですか」

王導は眞に受けて辭退したい旨を述べた。(9)すかさず蔡謨が、

「九錫のうちほかのものは聞いていませんな。あなたが授與されるのは、轅《ながえ》の短い犢車(10)と、柄の長い麈尾《しゅび》だけだそうですよ」

とやったので、王導は非常に恥じ入った。(11)

注

（1）王導の妻　底本は出典を南朝宋、虞通之『妬記』とする。許刻本にはこの項目は記載されていない。『妬記』は『隋書』巻三十三、經籍志および『新唐書』巻五十八、藝文志には二巻本として記される。現存する『古小說鉤沈』輯本は一巻本である。またこの記事は南朝宋、劉義慶『世說新語』輕詆篇第二十六の注および『藝文類聚』

巻三十五、人部十九、妬にも『妬記』を引いているほか、『晉書』巻六十五、王導傳にも同様の話がみられる。

王導の妻は曹氏。生沒年?～三三五年。王導の妻。注（1）諸史料にその名がみえる。死後、金章紫綬を贈られる。談氏B本は「曹氏」に作るが、誤り。

（2）王導　生沒年二七六～三三九年。晉代、臨沂（江蘇省句容市）の人。字は茂弘。西晉の末に大亂の起こるのを豫想し、天下の賢才を集めて事に當たった。元帝（在位三一七～三二二年）を佐けて、建國の功あり。ゆえに東晉建國以後、官は丞相に至る。のち明帝（在位三二二～三二五年）および成帝（在位三二五～三四二年）を補佐し、司徒、太傅の官位につく。『晉書』巻六十五、王導傳參照。

丞相は、『晉書』巻二十四、職官志に「丞相、相國、並秦官也。晉受魏禪、並不置、自惠帝之後、省置無恆。爲之者、趙王倫、梁王彤、成都王穎、南陽王保、王敦、王導之徒、皆非復尋常人臣之職」とある。

（3）小間使い　底本には「小人」とある。召使い、奴僕。『論語』陽貨に「唯女子與小人爲難養也」とあり、南宋、朱熹の『四書集注』に「此小人、亦謂僕隸下人也」とある。

（4）宦官　底本には「黃門」とある。『漢書』巻十九上、百官公卿表に「又中書謁者、黃門、鉤盾、尚方、御府、永巷、內者、宦者官令丞。諸僕射、署長、中黃門皆屬焉。（唐、顏師古注）中黃門、奄人居禁中在黃門之內給事也」とあるように、漢代、黃門令、中黃門の諸官に皆、宦者を任用したことから、宦官の通稱としても用いられる。

（5）麈尾の柄　オオシカの尾で作った拂子《ほっす》。『晉書』巻四十三、王衍傳に「妙善玄言、唯談老莊爲事。毎促玉柄麈尾、與手同色」とある。

（6）王導は……できたのである　底本では「王公亦遽命駕、患遲、乃親以麈尾柄助御者打牛、狼狽奔馳、乃得先至。（注）至原作去、據明鈔本改」とあり、『世説新語』に引く『妬記』には「王公亦遽命駕、飛轡出門、猶患牛遲、乃以左手攀車蘭、右手捉麈尾、以柄助御者打牛、狼狽奔馳、劣得先至」とある。ここでは底本に従う。「先至」を談氏B本・C本、黄刻本では「先去」に作る。

（7）司徒の蔡謨　司徒は三公の一。禮教の事を掌った。『晉書』巻二十四、職官志に「太尉、司徒、司空、並古官也。自漢歷魏、置以爲三公」とある。

蔡謨は生没年二八一～三五六年、『晉書』蔡謨傳では、晉代、兗州陳留郡考城縣（河南省開封市）の人とする（『世說新語』方正篇に引く『蔡司徒別傳』によれば、蔡謨は濟陽郡の人とする。雍丘縣は陳留郡に所屬し、また『世說新語』輕詆篇第二十六の注に引く『晉諸公贊』に、蔡謨の父充が陳留郡雍丘縣の人としていることから考えると、あるいは陳留郡雍丘縣の人とも考え得るが、ここでは斷定することは避けたい）。字は道明。侍中となり、蘇峻を討伐した功績で濟陽男に封ぜられる。官は東晉の康帝（在位三四二～四四年）のとき、侍中、司徒となる。『晉書』巻七十七、蔡謨傳參照。

（8）九錫　勳功のあるものに特に賜る九種の品物。『漢書』巻六、武帝紀に「元朔元年……有司奏議曰、古者諸侯。貢士、一適謂之好德、再適謂之賢賢、三適謂之有功、乃加九錫。（注）應劭曰、『一日車馬、二日衣服、三日樂器、四日朱戶、五日納陛、六日虎賁百人、七日鈇鉞、八日弓矢、九日秬鬯。此皆天子制度尊之』」とある。これを賜ることは、天子の位を讓られる前提でもあった。

（9）王導は……述べた　底本は「王自敍謀志」に作る。談氏B本は「謙志」に作る。『世說新語』に引く『妬記』には「王謂信然、自敍謙志」に作り、『藝文類聚』巻三十五に引く『妬記』は「王爲信、自敍謙志」、『晉書』は「導弗之覺、但謙退而已」に作る。ここでは『晉書』の記載に従う。

（10）犢の短い犢車　犢車は牛車。漢の諸侯で貧しい者が乘ったが、のちに貴人の乘り物となった。『宋書』巻十八、禮志に「犢車、輧車之流也。漢諸侯貧者乃乘之、其後轉見貴。孫權云『車中八牛』即犢車也」とある。

(11) 王導は非常に恥じ入った　底本には「蔡曰、『不聞餘物、惟聞短轅犢車、長柄麈尾耳。』導大慙」とある。『藝文類聚』巻三十五に引く『妬記』も、若干の文字の異同はあるものの、同一の終わり方をしている。これに對し、『晉書』巻六十五、王導傳では「謨曰、『不聞餘物、惟有短轅犢車、長柄麈尾爾。』導大怒、謂人曰、『吾往與群賢共游洛中、何曾聞有蔡克兒也』」とあり、『古小説鉤沈』所收の『妬記』は「蔡曰、『不聞餘物、唯聞有短轅犢車、長柄麈尾爾。』王大愧、後貶蔡曰、『吾昔與安期千里共洛水集處、不聞天下有蔡充兒。正忿蔡前戲言耳』」とある。後半の王導の言葉は、『世說新語』輕詆篇第二十六にみられる。

杜蘭香

杜蘭香降張碩。碩妻無子、取妾。妻妬無已。碩謂香、「如此云何。」香曰、「此易治耳。」言卒而碩妻患創委頓。碩曰、「妻將死如何。」香曰、「此創所以治妬。創已亦當瘥。」數日之間、創損而妻無妬心。遂生數男。出『杜蘭香別傳』

杜蘭香(1)

杜蘭香が仙界より張碩のもとにやって來たときの話である。(2) 張碩の妻には子供が無かったので、彼は妾をおいた。(そうしたところ)妻が嫉妬して仕方がなかったので、張碩は杜蘭香に相談した。

「こんな譯だがどうしたらいいだろう」

彼女は、

と言った。言い終わるや、張碩の妻に腫れ物ができ、床についてしまった。張碩が、

「女房が死にそうなんだが、どうしたものだろう」

と言うと、杜蘭香は、

「この腫れ物は嫉妬を治すためのものです。腫れ物がひけば、嫉妬もおさまります」

　はたして数日のうちに腫れ物は癒え、妻の嫉妬心もなくなった。そして数人の男の子を産んだのである。(3)

注

（1）杜蘭香　底本および諸版本は出典を闕名『杜蘭香別傳』とする。しかし、現存する『杜蘭香別傳』（『藝文類聚』巻七十九所引）には、この記事は収錄されていない。晉、干寶『捜神記』（巻一）所收。杜蘭香に關してほかに晉、曹毗『杜蘭香傳』（『藝文類聚』巻七十九所引）があるが、『杜蘭香別傳』と同じ記事ではない。
杜蘭香は『杜蘭香傳』および『杜蘭香別傳』では、南陽（後漢代の南陽郡、現在の河南省南陽市）の人とする。『捜神記』では、南康とする。南康は晉代に設置された郡で、現在の江西省南康市にあたる。だが、『捜神記』に「漢時、有杜蘭香者、自稱南康人氏」とあり、漢代の人としながら、南康という晉代の地名を用いていることから、南陽の方が正しいものと考えられる。おそらく『捜神記』の南康という地名は、この記事が創作された晉代の狀況を反映したものであろう。

　神女としての杜蘭香は、注（1）諸史料のほか、『晉書』巻九十二、曹毗傳に「時桂陽張碩、爲神女杜蘭香所降、毗因以二篇詩嘲之、幷續蘭香歌詩十篇、甚有文彩」とある。晉代においてかなり人口に膾炙していた名前であっ

たことが分かる。さらに、これ以後も、『太平寰宇記』卷八十九、潤州丹徒縣の項に引く南朝宋、劉敬叔『異苑』および同書卷九十、昇州上元縣の項に引く『郡國志』、『廣記』卷六十二、女仙七、杜蘭香に引く五代、杜光庭『墉城集仙錄』などにもその名が散見される。

（2）杜蘭香が……話である　杜蘭香が張碩のもとを訪れたのは、『杜蘭香別傳』および『杜蘭香傳』によれば、西晉の建興四（三一六）年のことである。『搜神記』では「建業四年」に作るが、建業という年號は存在しない。張碩は注（2）『晉書』の記事によれば、桂陽軍（湖南省郴州）の人である。『杜蘭香傳』では、もとの名を「張傳」に作る（『搜神記』『杜蘭香別傳』では「張傳」に作る）。この兩者が出會った場所は、『太平寰宇記』卷九十、昇州上元縣の項に引く『郡國志』に、「金陵西浦亦云、碩口卽張碩捕魚遇杜蘭香處」とあるように、金陵すなわち西晉代の揚州毗陵郡丹徒縣（江蘇省鎭江市丹徒縣）という說がある。また、『廣記』卷六十二、女仙七、杜蘭香に引く『墉城集仙錄』の、洞庭の包山（江蘇省吳縣市の西南）という說もある。しかし『晉書』の記事によれば、張碩は桂陽軍の人間であり、いずれも一致しない。このように場所はいずれとも決めかねるが、杜蘭香と張碩の說話が時期的にも地域的にもかなり流布していたことは確かである。

（3）そして……産んだのである　底本は「遂生數男」に作る。談氏B本には「數」字なし。

任瓌妻

唐初、兵部尚書任瓌、敕賜宮女二。女皆國色。妻妒、爛二女頭髮禿盡。太宗聞之、令上宮齎金胡缾酒賜之、云、「飲之立死。瓌三品、合置姫媵。爾後不妬、不須飲之。若妬卽飲。」柳氏拜敕訖曰、「妾與瓌結髮夫妻、倶出微賤、更相輔翼、遂致榮官。瓌今多內嬖、誠不如死。」遂飲盡、然非酖也。既睡醒。帝謂瓌曰、「其性如此。朕亦當畏之。」因詔二女、令別宅安置。出『朝野僉載』

又房玄齡夫人至妬。太宗將賜美人、屢辭不受。乃令皇后召夫人、語以媵妾之流。令有常制、且司空年近遲暮。帝欲有優崇之意、夫人執心不迴。帝乃令謂曰、「寧不妬而生、寧妬而死。」曰、「妾寧妬而死。」乃遣酌一巵酒與之曰、「若然、可飲此一酖。」一擧便盡、無所留難。帝曰、「我尚畏見、何況於玄齡乎。」出『國史異纂』

任瓌の妻(1)

唐の初め、兵部尚書の任瓌(2)は、太宗(3)から宮女二人を賜った。女たちは二人とも大變な美女であった。（任瓌の）妻は彼女らに嫉妬し、二人の髪に火をつけて丸坊主に燒いてしまった。太宗はこれを聞き、彼女を宮中に招き寄せ、金の胡瓶(4)に入った酒を賜って、

「この酒を飲めばお前はたちどころに死ぬ。任瓌は三品の官位にあり、妾を置くのは當然なのだ。今後嫉妬しないと約束するなら、この酒は飲まなくていい。それがいやなら、すぐ飲め」

と言った。柳氏(5)は太宗の言葉に頭を下げると、

「妾と瓌は夫婦です。(6)二人とも微賤の生まれですが、互いに支え合って參りました。おかげさまで瓌は名譽ある官位に着くことができましたが、いまやたくさんの內嬖《めかけ》たちを置く始末です。どうやら妾《わたし》は死んだ方がよさそうですね」

と言って、そのまま酒を飲み干してしまった。しかし本物の毒酒ではなかったので、柳氏はやがて目覺めた。(7)太宗は任瓌に言った。

「柳氏の性格がこの有様では、朕もお手上げじゃ」

そして二人の美女は、別宅に住まわせることにした。

房玄齢の夫人(8)も大變嫉妬深かった。太宗が美女を賜ろうとしても、房玄齢はその都度斷って受けようとはしなかった。そこで皇后に命じて、(9)房玄齢の夫人を召し出させ、官僚が妾の類をおくのは、令によって認められており、(10)かつ司空《かれ》(11)は老い先短いのだから（そのくらいは大目にみてやってはどうか）と説諭させた。太宗は房玄齢を特に厚遇しようとするのだが、夫人は頑として聞き入れない。そこで太宗が、

「今後嫉妬しないなら生かしてやろう。それとも嫉妬して死ぬ方がよいか」

と問わせたところ、夫人は、

「妾《わたし》は嫉妬して死ぬほうを選びます」

と答えた。そこで杯に酒を酌んで彼女に届けさせた。

「そんなら、この毒酒を飲むがよい」

夫人はその酒を一氣に飲み干し、一向にたじろぐ様子もなかったという。（これを聞いた）太宗は、

「朕ですら彼女に會うのが恐ろしいくらいだ。玄齢などなおさら怖い思いをしていることだろう」

と、言った。

注

（1）任瓌の妻　前半の任瓌の妻は、底本および諸版本では出典を『朝野僉載』（巻三）とする。後半の房玄齢の妻

は、出典を唐、闕名『國史異纂』とするが、現存する『國史異纂』には記載されていない。『朝野僉載』補輯（所引『廣記』巻二七二）所收。

（2）兵部尚書の任瓌　兵部尚書は、兵部の長官、正三品。武官の選擧を掌り、兵部・職方・駕部・庫部の四司を統轄した。

任瓌は生没年?～六二九年。廬州合肥縣（安徽省合肥市）の人。字は瑋。南朝陳に仕え十九歳で靈溪令となり、ついで衡州司馬となる。隋が陳を滅ぼしたとき、自分を取り立ててくれた都督の王勇に、陳氏の子孫を立てて嶺南に獨立しようと持ちかけたが、王勇が隋に降伏したため官を棄てて去った。唐の高祖（在位六一八～二六年）が即位すると、穀州刺史に任じられ、王世充の攻撃をよく防ぎ、その功績によって管國公に封ぜられる。のち、王世充、徐圓朗、輔公祏を討って功をあげる。武徳九（六二六）年、玄武門の變に坐して通州都督に左遷され、貞觀三（六二九）年卒す。『舊唐書』巻五十九、任瓌傳・『新唐書』巻九十、任瓌傳參照。

任瓌が兵部尚書になったのは、嚴耕望『唐僕尚丞郎表』では、「任瓌―武徳末是年（武徳八年）或明年曾官尚書」であると指摘する。だとすれば、この話は武徳八（六二五）年あるいは九年のことであると考えられる。

（3）太宗　生没年五九八～六四九年。在位六二六～四九年。巻二七一・賢婦篇、注（3）（本書114～115頁）參照。

（4）金の胡瓶に入った酒　底本は「金胡缾酒」に作るが、『朝野僉載』は「金壺缾酒」に作る。金胡缾は金銅で作り、頭を鳳凰の形にした主に北方で作られた酒瓶。禁中で節會のときなどに据えつけて飾りとした。

（5）柳氏　『舊唐書』巻五十九、任瓌傳には、「劉氏」に作るが、底本および『朝野僉載』巻三は「柳氏」に作る。ここでは底本に従う。

（6）妾と瓌は夫婦です　底本は「妾與瓌結髮夫妻」に作る。結髮はもと元服のことで、元服と同時に夫婦となったためこの名がある。江紹源氏、高木智見氏によれば古代髪は生命エネルギーの象徴であった。そして先祖代々家系が存續してきたことを表す神聖なものであった。髪に象徴される生命エネルギーは植物に喩えられ、ゆえに子孫を苗裔また末葉と稱する。結髪はまた合髻ともいう。新郎を左、新婦を右に座らせてその髪の一部を結びつける結婚儀禮の一つ。唐代においても、盛んに行われていた。髪への神聖視と兩者の絆を深めようとする狙いがかかる儀禮を生み出したものと思われる。

(7) とうとう酒を……やがて目覺めた　底本には「遂飲盡。然非酖也。既睡醒」とあり、『朝野僉載』には「飲盡而臥。然實非酖也。至夜半既睡醒」とある。ここでは底本に従う。

(8) 房玄齢の夫人　房玄齢は巻二七〇・盧夫人、注（2）（本書81頁）参照。盧夫人は『廣記』巻二七〇および『朝野僉載』では「盧夫人」、『隋唐嘉話』巻中では「梁公夫人」として、それぞれ名前がみえる。『廣記』巻二七〇の記事を除けば、あとの二者はこの記事と同じ内容である。

(9) そこで皇后に命じて　底本は「乃令皇后」に作り、黄刻本は「乃今皇后」に作る。

(10) 官僚が……認められており　官人が妾を持つことが令に規定されていたことは、唐、長孫無忌等奉敕撰『唐律疏議』巻二十二、鬪訟に「諸妻毆夫、徒一年、若毆傷重者、加凡鬪傷三等、死者、斬。……媵及妾犯者、各加一等。加者、加入於死。過失殺傷者、各減二等。疏議曰、『依令、五品以上有媵、庶人以上有妾。故媵及妾犯夫者、各加妻犯夫一等、謂毆夫者、徒一年半、毆傷重者、加凡鬪傷四等』」とあることからも分かる。

(11) 司空　三公の一で、秩は正一品。ここでは房玄齢を指す。房玄齢は、太宗の貞観十六（六四二）年に司空となり、貞観二十二（六四八）年に死ぬまでその位にあった。

楊弘武妻

楊弘武爲司戎少常伯。高宗謂之曰、「某人何因、輒授此職。」對曰、「臣妻韋氏性剛悍、昨以此見屬、臣若不從、恐有後患。」帝嘉不隱、笑而遣之。出『國史異纂』

楊弘武の妻(1)

楊弘武は司戎少常伯であった。(2)（あるとき）高宗(3)が、「お前は何某をどうしてこれこれの職につけたのか」と詰ったところ、(4)楊弘武は、「臣の妻の韋氏は氣が強くて猛々しい女でありまして、先頃、彼女に何某をこのポストにつけるよう頼まれたのです。もし斷ったりしようものなら、ひどい目に遭わされます」と答えた。高宗は（楊弘武の）正直な態度をよしとし、笑って彼を退がらせた。(5)

注

（1）楊弘武の妻　底本および諸版本は出典を『國史異纂』とするが、現存する『國史異纂』には記載されていない。『隋唐嘉話』巻中所收。また『新唐書』巻一〇六、楊弘武傳にも同様の記事が収録されている。

（2）楊弘武は司戎少常伯であった　楊弘武は生没年?～六六八年。太宗（在位六二六～四九）・高宗（注（3）參照）

に仕え、太府卿になった楊弘禮の弟。永徽年間（六五〇～五六年）、吏部郎中、太子中舍人を歴任する。麟德中（六六四～六六年）、荆州司馬より司戎少常伯に拔擢される。また、吏部五品官を授けられ、西臺侍郎に遷る。『舊唐書』卷七十七、楊弘武傳・『新唐書』卷一〇六、楊弘武傳參照。

司戎少常伯は高宗の龍朔二（六六二）年に兵部尙書の屬官である兵部侍郎の名を改めたもの。武官の銓選・軍營のことを掌る。秩は正四品下。嚴耕望『唐僕尙丞郎表』によれば、楊弘武が司戎少常伯に任じられたのは麟德二（六六五）年のことである。

（3）高宗　生沒年六二八～八三年。在位六四九～八三年。唐朝第三代の皇帝。諱は治。その治世は、總章元（六六八）年に高句麗を滅ぼしたりするなど、唐の國力を盛んにしたが、晩年は則天武后に政權を握られ、傀儡皇帝となる。『舊唐書』卷四・五、高宗紀・『新唐書』卷三、高宗紀參照。

（4）高宗が……と詰ったところ　底本および『隋唐嘉話』卷中では、「楊弘武爲司戎少常伯。高宗謂之曰、『某人何因、輒授此職』」とあり、『新唐書』卷一〇六では「帝嘗讓曰、『爾在戎司、授官多非其才、何邪』」とある。

（5）楊弘武は……笑って彼を退がらせた　底本には「對曰、『臣妻韋氏性剛悍、昨以此見屬、臣若不從、恐有後患。』帝嘉不隱、笑而遣之」とあり、『隋唐嘉話』卷中には「對曰、『臣妻韋氏性剛悍、服以此人見囑、臣若不從、恐有後患。』帝嘉不隱、笑而遣之」とある。『新唐書』卷一〇六、楊弘武傳には「弘武曰、『臣妻剛悍、此其所屬、不敢違。』以諷帝用后言也。帝笑不罪」とあり、『廣記』および『隋唐嘉話』の中では描かれていないが、楊弘武の言葉は則天武后の尻に敷かれた高宗に對する皮肉であると指摘をしている。

房孺復妻

房孺復妻崔氏性妬忌。左右婢不得濃粧高髻見。給臙脂一豆、粉一錢。有一婢新買、粧稍佳。崔怒謂曰、「汝好粧耶。吾爲汝粧。」乃令刻其眉、以青塡之、燒鏁桁、灼其兩眼角。皮隨焦卷、以朱傅之。及痂落、瘢如粧焉。出『酉陽雜俎』

房孺復の妻(1)

房孺復(2)の妻崔氏(3)は根っからの焼き餅焼きだった。左右の婢は濃い化粧をしたり、髷を高く結ったりすることを許されず、毎月臙脂《べに》一豆、粉《おしろい》一錢分しか支給されなかった。(4)（あるとき）新しく買い入れた婢がちょっと綺麗に化粧をしていたので、崔氏は怒った。

「お前はお化粧が好きなんだね。私がお前のためにお化粧をしてあげよう」

と言い、何と彼女の眉に傷をつけて、青い顔料を塗り込んだのである。さらに焼いた鎖(5)で目尻に焼きをいれ、火で皮がめくれ上がると、そこに朱を傅《ぬ》りつけた。かさぶたがとれると、傷跡がまるで化粧のようになっていた。(6)

注

（1）房孺復の妻　底本および諸版本は出典を『酉陽雑俎』（前集巻八）とする。

（2）房孺復　生没年七五六〜九七年。宰相房琯の子。氣ままで放縦な生活を送った。淮南節度使陳少遊、ついで浙西節度使韓滉の幕府に招かれて官途についた。のち杭州刺史となるも、妻崔氏が房孺復の侍女二人を殺した罪に連座し、連州司馬に貶される。やがて辰州刺史、容州刺史を歴任し、貞元十三（六九七）年に卒す。『舊唐書』巻一一一、房琯附傳參照。

（3）崔氏　生没年不詳。台州刺史崔昭の娘。房孺復に嫁いだが、非常に嫉妬深く、房孺復の侍女二人を杖殺して雪中に埋めた。このため、房孺復は左遷される。左遷後、一旦房孺復と離婚させられるも、密かに往來し、のち再婚する。しかしその後二年餘にして再び離婚した。『舊唐書』巻一一一、房琯附傳參照。

（4）毎月……支給されなかった　底本には「見給臙脂一豆、粉一錢」とあるが、『酉陽雜俎』には「月給臙脂一豆、粉一錢」とある。ここでは『酉陽雜俎』の記載に従う。豆、錢は重量の單位。漢、劉向『說苑』辯物に「十六黍爲豆、六豆爲一銖、二十四銖重一兩、十六兩爲一斤」とあり、一豆は一銖の六分の一、一兩が二十四銖であった。唐代以後、兩以下を錢、分、厘の單位に改め、十錢を一兩、十分を一錢、一錢を二銖四絫とした。『通典』巻九、食貨に「大唐武德四年、廢五銖錢、鑄開通元寶錢。毎十錢重一兩、計一千重六斤四兩、（注）歐陽詢爲文書、含八分及隸體、毎兩二十四銖、則一錢重二銖半以下、古秤比今秤三之一也。則今錢爲古秤之七銖以上、古五銖則加重一銖以上。輕重大小、最爲折衷、遠近便之」とある。一錢は現在の三、七三グラム。いずれにせよ、この場合、錢も豆もごく微量のものを指す表現として用いられているものと考えられる。

（5）燒いた鎖　底本では「鏁桁」に作るが、『酉陽雜俎』では「鎖梁」に作る。「鏁」と「鎖」は同義。

（6）火で皮が……なっていた　底本では「皮隨焦卷、以朱傅之。及痂落、瘢如粧焉」とあるが、『酉陽雜俎』では「皮隨手焦卷、以朱傅之。及痂落、瘢如粧焉」とある。「手」字があると意味がぼやけるため、ここでは底本の記載に従う。

李廷璧妻

李廷璧二十年應擧、方於蜀中策名。歌篇靡麗、詩韻精能。嘗爲舒州軍倅。其妻猜妬。一日鈴閣連宴、三宵不歸。妻達意云、「來必刃之。」泣告州牧。徙居佛寺、浹辰晦迹、因詠愁詩曰、「到來難遣去難留、着骨黏心萬事休。潘岳愁絲生鬢裏、婕妤悲色上眉頭。長途詩盡空騎馬、遠鴈聲初獨倚樓。更有相思不相見、酒醒燈背月如鉤。」出『抒情集』

李廷璧の妻(1)

李廷璧(2)は二十年間にわたって科擧の試験を受け續け、ようやく蜀の地方に官職を得た(3)。彼の作る詩歌は華麗で美しく、韻の踏み方が絶妙であった。

これは彼が以前、舒州(4)の兵士だったころの話である。彼の妻は疑り深く焼き餅焼きであった。あるとき彼が鈴閣(5)での宴席に連なり、三晩ほど帰らなかったことがある。すると妻が、

「帰ってきたら、たたっ斬ってやる」

と言付けてきた。李廷璧が州の長官に泣きついたところ、長官は彼を佛寺に移し、十二日の間(6)身を隠させた。そこで李廷璧は悲しみの心を歌い上げた(7)。

到來難遣去難留　　到來するものは遣り難く　去るものは留め難し
着骨黏心萬事休　　着骨黏心すれども　萬事休す
潘岳愁絲生鬢裏　　潘岳(8)の愁絲　鬢の裏に生ず

婕妤悲色上眉頭
長途詩盡空騎馬
遠雁聲初獨倚樓
更有相思不相見
酒醒燈背月如鉤

婕妤の悲色(9)　眉頭に上る
長途に詩盡きて　空しく馬に騎り
遠雁聲《なき》初《そ》めて　獨り樓に倚る
更に相思あるも　相見えず
酒醒め燈燈を背にして　月は鉤の如し

注

(1) 李廷璧の妻　底本および諸版本は出典を唐、盧瓌『抒情集』とする。『抒情集』は『新唐書』巻六十、藝文志に「盧瓌杼情集二巻」とあり、『崇文總目』巻五には「『抒情集』二巻　唐盧瓌集」とある。宋、鄭樵『通志』巻七十、藝文志も著者・書名ともに『崇文總目』と同じである。『宋史』巻二〇九、藝文志には「盧環『抒情集』二巻」とあるが、これは盧瓌の誤りであると考えられる。盧錦堂氏は「太平廣記引書種數試探」の中で、『抒情集』を『杼情集』の誤りであると指摘するが、いずれが是でいずれが非かは判然としない。

(2) 李廷璧　生沒年不詳。僖宗朝（八七三〜八八年）の進士。五代、王定保（?）『唐摭言』巻九・『全唐詩』巻六六七にもその名がみえるが、詳細は不明。

(3) 官職を得た　策名は「策名委質」の略。仕官することを指す。『春秋左氏傳』巻十五、僖公二十三（前六三七）年には「策名委質、貳乃辟也。（西晉、杜預注）名書於所之策。（唐、孔穎達疏）策、簡策也。古之仕者、於所臣之人書己名於策、以明繫屬之也」とある。また唐代の事例として、『舊唐書』巻一二四、令狐彰傳に「令狐彰、京兆富平人也。遠祖自燉煌徙家焉、代有冠冕。父濞、天寶中任桔州錄事參軍、……初任范陽縣尉、通幽州人女、生彰、及秩滿、留彰于母氏、

彰遂少長范陽、拊拯有膽氣、涉獵書傳、粗知文義、善弓矢、乃策名從軍、事安祿山」とある。

（4）舒州　唐代は淮南道に屬す。現在の安徽省安慶市潛山縣。

（5）鈴閣　翰林院および將軍あるいは州の長官の役所を指す。この場合は後者であろう。唐、韓翃「寄裴郢州」詩（『全唐詩』巻二四五所收）に「烏紗靈壽對秋風／悵望浮雲濟水東／官樹陰陰鈴閣暮／州人轉憶白頭翁」とある。

（6）十二日の間　底本には「浹辰」とある。古代の干支を以て日を示したもの。子から亥までの一周の十二日を指す。『春秋左氏傳』巻二十六、成公九（前五八二）年に「浹辰之間、而楚克其三都。（西晉、杜預注）浹辰、十二日也」とある。

（7）そこで李廷璧は悲しみの心を歌い上げた　「愁詩」として『全唐詩』巻六六七所收。談氏B本は「詠愁詩自」に作るが、「自」は「曰」の誤字。

（8）潘岳　生沒年二四七～三〇〇年。滎陽郡中牟縣（河南省鄭州市中牟縣）の人。字は安仁。幼少の頃より才氣煥發で評判をとる。泰始二（二六六）年、秀才に擧げられる。同四（二六八）年、晉の武帝（在位二六五～九〇年）の藉田の禮を行った際に、「藉田賦」を賦し、その才名を世にあらわした。諸官を歴任したあと、太康八、九（二八七、八八）年頃に尚書令、元康二（二九一）年、長安令となり、黄門侍郎にのぼるが、孫秀の誣告により、石崇、歐陽建らとともに死刑に處せられる。陸機とともに「潘・陸」と併稱された文人であった。『晉書』巻五十五、潘岳傳參照。

（9）婕妤の悲色　底本は「婕好」に作る。黄刻本は「婕好」に作るが誤りである。婕妤は女官の名。漢代におかれる。漢代女官十四等の昭儀に次ぐ第二等にあたる。『漢書』巻九十七上、外戚傳に「至武帝制倢伃、娙娥、傛華、充衣、各有爵位（唐、顏師古注）、倢言接幸於上也。伃美稱也。……伃音予、字或從女、其音同耳。而元帝加昭儀之號、凡十四等云、昭儀、位視丞相、爵比諸侯王、倢伃、視上卿、比列侯」とある。

婕妤の悲色とは、前漢成帝（在位前三三〜前七年）に寵愛された班婕妤が趙飛燕姉妹（巻二七二・美婦人篇、趙飛燕、本書203〜204頁參照）のために寵を失い、東宮に退いて、賦を作った故事による。『漢書』巻九十七下、外戚傳に「趙氏姊弟驕妒、倢伃恐久見危、求共養太后長信宮、上許焉。（班）倢伃退處東宮、作賦自傷悼、其辭曰、……」とある。のち、これによって「婕妤怨」の歌が作られた。北宋、郭茂倩編『樂府詩集』巻四十三、相和歌辭十八、楚調曲下、班婕妤に「樂府解題曰、『婕妤怨者、爲漢成帝班婕妤作也。徐令彪之姑、況之女。美而能文、初爲帝所寵愛。後幸趙飛燕姊弟、冠於後宮。婕妤自知見薄、乃退居東宮、作賦及紈扇詩以自傷悼。後人傷之而爲『婕妤怨』也』」とある。

張裼妻

張裼尚書典晉州。外貯所愛營妓、生一子。其内蘇氏妬忌、不敢取歸。乃與所善張處士爲子、居江淮間。常致書題、問其存亡、資以錢帛。及漸成長、教其讀書。有人告以非處士之子、爾父在朝官高。因竊其父與張處士緘札、不告而遁歸京國。裼已死。至宅門僮僕無有識者、但云「江淮郎君」。兄弟皆愕然。其嫡母蘇夫人泣而謂諸子曰、「誠有此子、吾知之矣。我少年無端、致其父子死生永隔、我罪矣」。家眷衆泣、取入宅、齒諸兄之列。名仁龜、有文學、修詞應進士擧、及第。歴侍御史、因奉使江浙而死。出『北夢瑣言』

張裼の妻(1)

尚書の張裼《ちょうせき》が晉州の長官であったとき(2)、外に圍って寵愛していた妓女(3)が男の子を産んだ。妻の蘇氏が非常に嫉妬深かったので、張裼はその子供を引き取ることができず、親交のあった張處士(4)に預けて、彼の子供とした。張處士父子は江淮(5)地方に住んでいたので、張裼は常に手紙を書いて子供の安否を尋ね、生活費を送った。

その子が成長すると、張處士は學問を教えた。あるとき誰かがその子に、お前は張處士の子ではなく、實の父親は朝廷の高官だと告げた。その子はさっそく父が張處士に宛てた緘札《てがみ》(6)を盗みだし、張處士には何も告げず、都の長安へ上った(7)。(ところが、)張裼はすでに亡くなっていた(8)。彼は張裼の家に足を運んだが、彼のことを知る召使いはいなかった。(召使いは)ただ、

「江淮の郎君《わかぎみ》がいらっしゃいました」

とだけ取り次いだ。(それを聞いた)彼の(腹違いの)兄弟たちは大變驚いた。嫡母(9)の蘇夫人は泣きながら息子たちに言った。

「確かに張裼はよそに子供がおりました。私はこの子を知っています。私は昔、若氣の至りで、張裼と息子である彼を會わせないまま死別させてしまいました。これは私の罪なのです」

それを聞いた家族はみな涙を流し、手を取って彼を家に引き入れ、兄弟の一員として迎えた。彼の名は仁龜といい、文學の才能があったので、詩文を學び進士に合格した。彼は侍御史(10)を勤めたあと、江浙地方(11)に派遣され、その地で亡くなった(12)。

注

（1）張裼の妻　底本および諸版本は出典を『北夢瑣言』（巻八）とする。底本には「張褐妻（注）褐原作揚。據北夢瑣言改」とある。しかし、現行の『北夢瑣言』は「張裼」に作っており、尙書ということからも、「張裼」が正しいと思われる。許刻本および黃刻本では「楊」に作るが、これも誤り。この記事は『南部新書』丁集にも收録されている。

（2）尙書の張裼が……あったとき　張裼は生沒年八一四～七七年。唐代、河間縣（河北省河間市）の人。字は公表。會昌四（八四四）年、進士に合格する。大中年間（八四七～六〇年）、司勳員外郎、翰林院學士となる。ついで中書舍人、戶部侍郎に拜されるが、咸通（八六〇～七四年）末、于琮が韋保衡によって失脚させられたのに伴って、封州司馬に貶される。やがて韋保衡が誅されると、再び入朝し、吏部侍郎、京兆尹となる。乾符三（八七六）年、華州刺史となる。同年冬、檢校吏部尙書鄆州刺史、天平軍節度觀察使などを兼任したが、翌年任地で卒した。ここでの「尙書」という呼稱は、吏部尙書を指す。『舊唐書』卷一七八、張裼傳參照。
晉州は唐代、河東道に屬す。現在の山西省臨汾市、霍州、汾西縣、安澤縣などを含む地域。

なお、張裼が晉州に鎭したのは、咸通年間（八六〇～七四年）のことと考えられるが、張裼が晉州の長官になったという記事は、管見の限り、本記事および『北夢瑣言』『南部新書』にしかみえないため、あるいは創作とも考えられる。

（3）妓女　底本は「營妓」に作る。營妓とは、もともと軍營の管轄下におかれた妓女であり、主として將士やそこに所屬する官僚の宴席に侍った。唐代は、地方長官の管理下におかれ、官府に奉仕した。官妓と營妓を全く別個のものとする說もあるが、唐代の文獻には兩者を同義に使っている記述も見られる。張裼の妾となった妓女はおそらく狹義の軍妓ではなく、地方の樂營に所屬していたため、略して營妓と呼ばれたものと考えられる。樂營官妓は、節度使や州刺史などの地方長官によって直接掌握され、彼らの私有財産化が進んでいた。そのため、張裼は容易に妾とすることができたのである。

（4）張處士　處士とは、朝廷に仕えないで民間にある士人をいう。『事物紀原』巻三、學校貢部、處士に「『史記』、伊尹於湯致於王道、曰伊尹處士、湯迎惟五反、然後往、此名處士之始也」とある。

（5）江淮　底本および許刻本・黃刻本、また『北夢瑣言』は「江津」に作る。しかしあとの文に「江淮」とあることから考えると、「江津」ではなく、「江淮」の誤りであると考えられる。よってここでは「江淮」に改めた。江淮とは、長江と淮水を指し、いわゆる淮南・江南地方のことである。

（6）緘札　底本は「緘札」に作り、『北夢瑣言』は「緘劄」に作る。唐、李商隱「春雨」詩（『全唐詩』巻五四〇所収）に「玉璫緘札何由達／萬里雲羅一雁飛」とある。

（7）張處士に何も告げずに、都の長安へ上った　底本には「不告而遁歸京國」とある。京國とは唐の都、長安を指す。

（8）張裼はすでに亡くなっていた　底本は「裼已死」に作る。談氏B本は「已巳」に作るが誤り。

（9）嫡母　一般に父の正妻を指す。庶子が正妻を呼ぶときの呼稱。元、闕名『元典章』禮部三、喪禮に「妾生子喚父正室曰嫡母」とある。

（10）侍御史　御史臺の屬官。從六品下。百官の罪の追及、裁判の罪の取り調べなどを掌った。『唐六典』巻十三に「侍御史四人、從六品下。侍御史掌糾擧百僚、推鞫獄訟。其職有六、一曰『奏彈』、二曰『三司』、三曰『西推』、四曰『東推』、五曰『贓贖』、六曰『理匭』。（注）侍御史年深者一人判臺事、知公廨雜事等、次知西推、贓贖、三司、受事監奏、次知東推、理匭之事」とある。

（11）江浙地方　江蘇、浙江兩省に跨る地域を指す。
（12）江浙地方……その地で亡くなった　底本には「因奉使江浙而死」とある。『北夢瑣言』には「因奉使江浙、於候館自經而死。莫知所爲。先是張處士悵恨而終。必有冥訴、罹此禍也。杜史爲楊鉅侍郎愛婿也」とあり、ずいぶん詳しいが、ここでは底本に従う。

呉宗文

王蜀呉宗文、以功勳繼領名郡、少年富貴。其家姫僕樂妓十餘輩、皆其精選也。其妻妬、毎怏怏不愜其志。忽一日、鼓動趨朝、已行數坊、忽報云放朝。遂密戒從者、潛入、遍幸之。至十數輩、遂據腹而卒。出『王氏見聞』

呉宗文（1）

王蜀（2）の呉宗文は、勲功により、親の後を継いで名郡を領有していた。若くして、彼は富貴であった。家には小間使いや婢妾、樂妓たち十数人がおり、いずれ選りすぐりの美女ばかりであった。しかし妻が嫉妬深かったので、手を出すこともできず、彼は常に悶々としていた。

ある朝、時を告げる太鼓にあわせて朝廷に出かけたが、数坊を過ぎた所で、急に朝禮がお休みになったという報せを受けた。そこで從者に口止めすると、女たちの許に忍び込んだ。彼は萬遍なく次から次と手をつけて行き、十数人目でとうとう腹上死してしまった。

注

（1）呉宗文　底本および諸版本は出典を唐、闕名『王氏見聞』とする。ただし現存する『王氏見聞』（『説郛』巻十一所收）にこの話は收錄されていない。呉宗文の名が見えるのは、管見の限りこの記事だけである。「繼領名郡」とあることからも、前蜀の中で勢力を張っていた一族だと考えられるが、清、呉任臣輯『十國春秋』巻四十四、前蜀にも呉氏一族の名はみられない。あるいは架空の人物とも考えられるが、詳細は不明である。

（2）王蜀　前蜀のこと。前蜀は五代十國の一。建國者王建は八九一年成都に入り、唐より西川節度使に任じられる。のち九〇三年に蜀王となり、九〇七年、唐が滅びると、自ら帝位について蜀を建國した。王建の死後、九一五年、後主王衍（在位九一八～二五年）のとき、後唐の荘宗（在位九二三～二五年）によって滅ぼされる。

蜀功臣

蜀有功臣忘其名。其妻妬忌。家畜妓樂甚多、居常卽隔絶之。或宴飲、卽使隔簾幙奏樂、某未嘗見也。其妻左右、常令老醜者侍之。某嘗獨處、更無侍者、而居第器服盛甚。後妻病甚、語其夫曰、「我死。若近婢妾、立當取之。」及屬纊、某乃召諸姬、日夜酣飲爲樂。有掌衣婢、尤屬意、卽幸之。方寢息、忽有聲如霹靂、帷帳皆裂。某因驚成疾而死。出『王氏見聞』

蜀の功臣（1）

名前は覺えていないが、蜀(2)にある功臣がいた。彼の妻は嫉妬深かった。その家には舞姫《まいひめ》や歌姫《うたひめ》がたくさんいたが、(妻によって)彼女たちは普段、別棟に隔離されていた。酒宴が開かれる時には、簾や幕ごしに音樂を奏でるのだった。そのため功臣某は自分の女たちを直に見たことがなかったのである。(3)妻はいつも年老いて醜い女ばかり召し使っていた。某は平生獨りで過ごし、近くに侍る者もいなかったが、屋敷の調度品や衣服だけは、やけに立派であった。

その後妻は重い病氣にかかり、いまわの際に、

「私はもう死にます。でも、もしあなたが婢妾を近づけるようなことをなさったら、たちどころにとり殺しますよ」

と、言い殘した。

妻の埋葬が終わると、(4)某はさっそく女たちを召し出した。そして晝夜分かたず酒宴を開き、歡樂の限りを盡くしたのである。彼は女たちのなかで衣裝係の婢を最も氣に入り、すぐに夜伽を命じた。

あたかも二人が寢息《やす》もうとしたときである。突如雷鳴のような轟音が鳴り響き、とばりがすべて引き裂かれた。彼は驚きの餘り病氣にかかり、やがて死んだ。

注

(1) 蜀の功臣　底本および諸版本は出典を『王氏見聞』とする。現存する『王氏見聞』(『説郛』巻十一所收)にこの話は記載されていない。

(2) 蜀　前蜀のことを指すものだと考えられる。巻二七二・妬婦篇、呉宗文、注(2)(本書252頁)參照。

(3) そのため……がなかったのである　底本は「某未嘗見也」に作る。許刻本は「其未嘗見也」、談氏B本は「未嘗見也」に作る。底本に從う。

（4）妻の埋葬が終わると　底本では「及屬壙」、許刻本では「及屬纊」に作る。

秦騎将

秦騎将石某者、甚有戰功。其妻悍且妬、石常患之。後其妻獨處、乃夜遣人刺之。妻手接其刃、號救叫喊、婢妾共擊賊。遂折鐔而去、竟不能害。婦十指皆傷。後數年、秦亡入蜀。蜀遣石将兵、屯于褒梁。復於軍中募俠士、就家刺之。褒蜀相去數十里。俠士於是挾刃、懷家書。至其門曰、「褒中信至、令面見夫人。」夫人喜出見。俠拜而授其書。捧接之際、揮刃斫之。妻有一女躍出、擧手接刃。相持久之、竟不能害。外人聞而救之、女十指波傷。後十年、蜀亡、歸秦邦。竟與其夫偕老、死於牖下。出『玉堂閑話』

秦の騎将（1）

秦（2）の騎将石某は、大變戰功のあった人である。彼の妻は氣が強い上に嫉妬深く、石某はいつもこのことを思い患っていた。あるとき、妻が獨りで家にいるところをねらって、夜刺客を放ち、刺し殺させようとした。妻は素手でその剣先をつかみ、大聲で救いを求めた。すぐに婢妾が出てきて賊に打ちかかったので（3）、賊は剣を折られて退散し、とうとう妻を殺すことができなかった（4）。妻の指は十本とも切り落とされていた。

その數年後、秦から蜀（5）に亡命した。石某は蜀に仕え、兵を率いて褒梁（6）に駐屯することになった。彼はまたぞろ軍の中から義俠の刺客を募り、妻を殺せと命じた。褒州と蜀とは數千里も離れている（7）。（刺客は）剣を攜え、石某から妻へ

の手紙を懐にすると、石家にやって來た。門前で、

「褒中からのお手紙をお持ち致しました。奥様にお目通りさせて下さい」

と言うと、妻は喜んで出てきた。刺客は夫人に挨拶し、手紙を渡すとみせて、(8)剣をふるい斬りかかった。彼女には一人の娘がおり、この娘が飛び出して來るや、手をあげて剣先を受け止めた。しばらく攻防が續き、とうとう刺客は石の妻を殺すことができなかった。近所の人々が、騒ぎを聞きつけて助けに來たとき、娘もまた指を十本とも切り落とされていた。


その後十年たって、石其は蜀から亡命し（再び）漢中(9)に歸ってきた。夫婦ともにつつがなく年を重ね、天壽を全うしたのだった(10)。

注

(1) 秦の騎将　底本および諸版本は出典を『玉堂閒話』とするが、『玉堂閑話』と改めた。ただし『說郛』弓四十八に收錄する『玉堂閑話』にこの話は記載されていない。

(2) 秦　『舊五代史』巻五十七、王仁裕傳には「王仁裕字德輦、天水人也。少不知書、以狗馬彈射爲樂、年二十五始就學、而爲人儁秀、以文辭知名秦、隴間。秦帥辟爲節度判官。秦州入于蜀、仁裕因事蜀爲中舍人、翰林學士」とあり、『玉堂閑話』の作者である王仁裕が秦州が前蜀によって征服されたのち、前蜀に仕えたことを記している。ここでの秦とは、九〇一年に李茂貞が鳳翔府（陝西省寶鶏市鳳翔縣）を都として建國した岐のことを指すものと思われる。

(3) すぐに婢妾が……打ちかかった　底本は「婢妾共擊賊」、黄刻本は「婢妾其擊賊」に作る。底本に從う。

（4）とうとう……できなかった　底本は「竟不能害」に作る。談氏Ｂ本は「竟不能言」に作るが、これでは意味をなさない。

（5）蜀　前注の假定により、前蜀のことを指すものと考えられる。前蜀に關しては巻二七二・妬婦篇、呉宗文注（2）（本書252頁）參照。

（6）褒梁　底本は「褒梁」に作る。褒州と梁州は非常に距離が隔たっていることから、この兩州を指したものではないと考えられる。唐代の山南西道に梁州褒城縣がある。あとの文で、「褒中信至」という記述がみられる。褒中とは現在の陝西省の褒城縣を指す。おそらくは、梁州褒城縣（陝西省褒城縣）を指すものと思われる。

（7）褒州と蜀とは數千里も離れている　底本は「數千里」に作る。談氏Ｂ本は「數十里」に作るが、これは誤り。

（8）妻は喜んで……渡すとみせて　底本は「夫人喜出見、俠拜而授其書」に作る。談氏Ｂ本は「夫人喜出、望外拜而授其書」に作る。また下行「この娘が飛出して來ると云々」のところ、底本には「妻有一女、躍出擧手接刄、相持久之」とあるが、談氏Ｂ本では「妻有一女、躍出見俠拜而授其久之」となっており、脱落、混亂がみられる。

（9）漢中　底本には「秦邦」とあるが、おそらく漢中のことを指すものと考えられることから、漢中と譯した。漢中は現在の陝西省渭水盆地一帯を指す。

（10）夫婦ともに……全うしたのだった　底本には「與其夫偕老。死於牖下」とある。「偕老」は、ともに老いることである。『詩經』邶風、撃鼓に「執子之手／與子偕老（傳）偕、倶也」とある。「死於牖下」とは、窗の下つまり家で死ぬこと、壽命を全うすることである。『春秋左氏傳』巻五十七、哀公二（前四九三）年に「簡子巡列日、『畢萬匹夫也、七戰皆獲、有馬百乘、死於牖下。』（注）死於牖下、言得壽終」とある。

巻二七三・婦人四・妓女篇※

※底本、談刻本、黄刻本には「巻二百七十三　婦人四」のあとに「妓女」の篇目をたてている。本巻の記事で、妓女が主役といえるものは武昌妓、徐月英の二件にすぎない。しかし、李季蘭も正式な妓女ではないものの、彼女の妓女的ともいうべき生き方によって、この篇に附されたものと考えられることから、ここでは許刻本に従って、本巻全篇を「妓女篇」とした。

周　皓

太僕卿周皓、貴族子、多力負氣。天寶中、皓少年、常結客爲花柳之遊、竟畜亡命、訪城中名姬、如蠅襲羶、無不獲者。時靖恭有姬子夜來、稚齒巧笑、歌舞絕倫、貴公子破産迎之。皓時與數輩富者更擅之。會一日、其母白皓曰、「某日夜來生日、豈可寂寞乎。」皓與往還、竟求珍貨、合錢數十萬、會飮其家。樂工賀懷智、紀孩孩、皆一時絕手。扃方合、忽覺擊門聲甚急、皓戒內勿開、良久、折關而入。有少年紫衣、騎從數十、詬其母。即將軍高力士之子也。母與夜來泣拜、諸客將散、皓時血氣方剛、且恃其力、顧從者不相敵、因前讓其怙勢、攘臂格之、紫衣者踣於拳下、且絕其頷骨、大傷流血、皓遂突出。時都亭驛所由魏貞、有心義、好養私客、皓以情投之。貞乃藏於妻女間。時有司追捉急切。貞恐蹤露、乃夜辦裝具、腰白金數錠、謂皓曰、「汴州周簡老、義士也。復與郎君當家、今可依之、且宜謙恭不怠。」周簡老蓋大俠也。見魏貞書、喜甚、皓因拜之爲叔、遂言其狀、簡老令居一船中、戒無妄出、供與極厚。居歲餘、忽聽船上哭泣聲、皓潛窺之、見一少婦、縞衣甚美、與筲老相慰。其夕、筲老忽至皓處、問『君婚未、某有表妹、嫁與甲、甲卒無子、今無所歸、可事君子。』皓拜謝之、卽夕其表妹歸皓。有女二人、男一人。猶在舟中。筲老忽語皓、「事已息、君貌寢、必無人識者、可遊江淮。」乃贈百餘千。號哭而別。於是遂免。出『酉陽雜俎』

周　皓(1)

太僕卿(2)周皓は名門の生まれである。腕力が強く意氣軒昂であった。天寶年間（七四二〜五六年）のこと、まだ年若かった周皓はいつも徒黨を組んで花柳界で遊んでいたが、しまいには渡世人(3)を養うまでに至った。彼らは長安城内の名妓のもとに押しかけてはあたかも生臭いものに群がる蠅のようにやりたい放題であった。

當時靖恭坊に夜來という藝妓(4)がいた。年若く愛嬌があり、歌と踊りのうまさは天下一品であった。貴公子たちは彼女に入れあげ、彼女の意を迎えようとした。周皓はそのとき、數人の金持ちたちと彼女を自由にしあった。

ある日、夜來の母が周皓に、

「何月何日は夜來の誕生日です。どうか寂しがらせないでやって下さい」

といった。彼はあちこちと示し合わせ數十萬錢にもなる珍しい寶物を買い求め、夜來の家で打ち揃って酒宴を開いた。（集めた）樂人は賀懷智、紀孩孩(5)といったときの名手である。戸締まりをしようとした頃、突然激しく門を叩く音が聞こえた。周皓は家人に開けないよう命じた。かなり經ってから、かんぬきをへし折って入ってくるものがいた。紫色の衣を着た年若い男であった。彼は數十人の騎馬の從者とともに夜來の母にくってかかった。彼こそ將軍高力士(6)の息子その人であった。夜來母娘《おやこ》は泣いて謝り、客たちは浮き足だって歸り支度を始めた。周皓は血氣盛んな頃であり、かつ腕に覺えがあったので、相手の從者を見渡して自分に勝てそうなものがいないと見定めるや、進み出て、權勢を侍んで押し入ってきたことを詰り、腕をまくって毆りかかった。紫衣の若者は彼の拳によって打ち倒された。(7)しかも頷《あご》の骨が砕け、血を流す大怪我であった。周皓はそのままそこを飛び出した。

當時都亭驛で驛役人をしていた魏貞(8)は義理人情に厚く、好んで食客を養っていた。周皓は事の次第を訴えて彼のもとへ身を寄せた。魏貞は周皓を妻女の部屋にかくまった。折しも官憲の追求が嚴しかった。魏貞は事が露見するのを恐れて、夜、旅装を調えてやり、數錠の白金を腰につけさせ、

「汴州の周簡老は義俠心に富む男です。あなた様と縁續き(同姓)ですので頼って行かれるがよろしかろう。行ったらしばしの間ひたすら身を愼むよう努めて下さい」

と告げた。

周簡老は大親分であり、魏貞の手紙を讀んでたいそう喜んだ。そこで周皓は周簡老に叔父として對する禮をとり、逃げてきた經緯《いきさつ》を語った。周簡老は彼を一艘の船の中に住まわせ、みだりに外出してはならないと諭し、痒いところに手が届くようにもてなした。

一年餘りが過ぎた頃、突如船の上で泣き叫ぶ聲が聞こえた。周皓がこっそりと覗いてみると、縞模様の着物を着た美しい若妻が周簡老と二人で抱き合っているのがみえた。その夕方、周簡老がいきなり周皓のもとへやってきて、彼に結婚しているのかどうかと尋ね、

「私に母方の從妹《いとこ》(9)がいます。甲某に嫁いでいたのですが、夫は亡くなり、子供もいないので今や歸るところとてありません。貴公《あなた》に嫁がせたいのですが」

といった。周皓はありがたくこの申し出を受けた。夕方、周簡老の從妹は彼に嫁いできた。

その後女の子二人と男の子一人をもうけたが、それでもまだ彼らは船の中で暮らしていた。周簡老が不意にやって

來て、

「あの事件は既に落着しました。貴公は風采が上がらないから、貴公だと知る人もいないでしょう。江淮の邊りにお行きなさい」

といい、百餘貫の錢《かね》(12)を贈って餞《はなむけ》とした。周皓は大いに聲をあげて泣き、別れを告げた。かくして危機を脱したのである。(13)

注

(1) 周皓　底本および諸版本は出典を『酉陽雜俎』(前集巻十二)とする。『酉陽雜俎』では、太僕卿であった周皓が司徒の薛平に昔話として語ったという形態をとっているが、『廣記』ではその部分は全て省略されている。
周皓は生没年不詳。『册府元龜』巻九八〇、外臣部、通好に「(興元元年)八月甲子、以右武衛將軍周皓爲太僕卿、兼御史大夫、宣慰迴紇使」とあるように、興元元(七八四)年に太僕卿となり、『舊唐書』巻三十七、五行志に「貞元四年二月、太僕寺郊牛生犢、六足、太僕卿周皓白宰相李泌、……」とあるように、少なくとも貞元四(七八八)年二月まではその地位にあったことが窺える。

(2) 太僕卿　太僕卿は九卿の一。太僕寺の長官。車馬および牧畜を掌る。秩は從三品。『新唐書』巻四十八、百官志には「太僕寺。卿一人、從三品、少卿二人、從四品上、丞四人、從六品上、主簿二人、從七品上、錄事二人。卿掌廏牧、輦輿之政、總乘黃、典廏、典牧、車府四署及諸監牧」とある。

(3) 渡世人　底本は「亡命」に作る。亡命とは通常他國から逃れてきたものを指すが、ここでは自分の命を省みない向こう見ずなものを指す。『新唐書』巻一一六、王及善傳に「及善曰、俊臣凶狡不道、引亡命汙戮善良、天下疾之」とある。

（4）當時……藝妓がいた　夜來の傳は管見の限り見當たらず、詳細は不明であるが、魏の文帝（在位二二〇～二六年）に寵愛された夜來（元の名は薛靈芸）という女性がいる（巻二七二・美婦人篇、薛靈芸（本書205～211頁）參照）。絶世の美女だったということで、あるいはその名の由來であるかもしれない。

靖恭坊は長安城内の坊の一つ。東市の南東にある。『唐兩京城坊攷』巻三では「次南靖恭坊。（注）靖一作靜。寶應二（七六三）年、萬年縣靖恭坊南街柳樹上降甘露、有賀表。……夜來宅（注）『酉陽雜俎』靖恭有姫、字夜來。稚齒巧笑、歌舞絶倫、貴公子破産迎之」として、徐松は夜來の宅を靖恭坊内に比定している。

（5）賀懷智、紀孩孩　賀懷智は生沒年不詳。唐、段安節『樂府雜錄《がふざつろく》』琵琶に「開元中有賀懷智、其樂器以石爲槽、鵾鷄筋作絃、用鐵撥彈之」とあるほか、唐、鄭處誨『明皇雜錄』逸文に「天寶中、上命宮女數百人爲梨園弟子、皆居宜春北院。上素曉音律、時有馬仙期、李龜年、賀懷智洞知音律」とあり（『廣記』巻二〇四、樂、梨園樂は同記事を『譚賓錄』より引くとする）、開元（七一三～四一年）・天寶年間に有名な音樂家であったことを窺い知ることができる。紀孩孩は唐代の樂人。その詳細は不詳。

（6）高力士　生沒年六八四～七六二年。唐代の宦官。潘州（廣東省茂名縣）の人。中宗（在位六八三～七一〇年）の景龍年間（七〇七～〇九年）、在藩時代の玄宗（在位七一二～五六年）に近づき、韋氏の亂の平定、太平公主の排除に功績があり、右監門將軍を加えられ内侍省のことを掌った。宦官でありながら妻帯し、以後の宦官の跳梁は彼に始まるとされる。安史の亂のとき、玄宗に從って蜀へ逃れ、上元元（七六〇）年、宦官李輔國によって巫州（湖南省鄜江縣）に流された。寶應二（七六二）年、許されたが、歸京の途中で沒した。代宗（在位七六二～七九年）に揚州大都督を贈られ、玄宗の泰陵に陪葬された。『舊唐書』巻一八四、高力士傳・『新唐書』巻二〇七、高力士傳參照。

（7）紫衣の若者は……打倒された　『酉陽雜俎』は「攘臂毆之、踣於拳下」に作るが、底本に従った。

（8）當時都亭驛で驛役人をしていた魏貞　底本には「時都亭驛所由魏貞」とある。驛については巻二七三、劉禹錫、注（4）（本書287頁）參照。

都亭驛は、唐代、長安、洛陽にあった館驛。ここでの都亭驛とは、長安城内にあったものであろう。『唐兩京城坊攷』巻三に「次南敦化坊。（注）一作敦教坊。……。東門之北、都亭驛」とあるように、長安の都亭驛は、萬年縣管轄下の坊里の一つである敦化坊の東北にあった。

なお、この部分を今村与志雄氏は「ゆかりのある魏貞」と譯しておられるが（段成式著、今村与志雄譯注『酉陽雜俎』2、二七三頁）、所由は、南朝から唐代まで、官吏を指すのに使用されたものである。事務がみなその手に由って行われるため、そう呼ばれた。『通鑑』巻二四三、敬宗寶曆二（八二六）年春正月條に「（裴）度初至京師、朝士塡門、度留客飲。京兆尹劉栖楚附度耳語、侍御史崔咸擧觴罰度曰、『丞相不應許所由官呫囁耳語。』（元、胡三省注）京尹任煩劇、故唐人謂府縣官爲所由官。項安世家說曰、『今坊市公人謂之所由。』……、呫囁、細語、口動而聲不遠聞』」とあり、また『唐會要』巻六十一、御史臺中、館驛條に「（大中六年二月）臣今欲條流諸道節度觀察使刺史及諸道監軍、別敕判官赴任、及歸闕庭、若有家口及三從人、即量事祗供。其本管迎送軍將官健所由、諸色受雇人等、本道既各給程限、兼已受傭直、……」とあることからも、ここでは下級官吏の意で譯したほうがよいと考えられる。魏貞はこの記事以外、管見の限りその名は見あたらない。

（9）母方の従妹　底本は「表妹」に作る。表妹とは、母方の從妹。

（10）貴公は風采が上がらない　底本は「君貌寢」に作る。「寢」一字でもともと身體の短小なことや風采のあがらない様を表わす。「寢容」「寢陋」などとも熟して用いられる。『史記』巻一〇七、魏其武安侯列傳に「武安者、貌侵、生貴甚。（集解）韋昭曰、『侵音寢、短小也。又云醜惡也。音核。』（索隱）案、服虔云、『侵、短小也。』韋昭曰、『刻确也。』按、确音刻。又孔文祥『侵、醜惡也。音寢』」、『三國志』巻二十一、魏書王粲傳に「乃之荊州依劉表。表依粲貌寢而體弱通侻、不甚重也。（劉宋、裴松之注）貌寢、謂貌負其實也。通侻者、簡易也」とある。また『酉陽雜俎』續集巻四、貶誤に「今人謂醜爲貌寢、誤矣。『魏志』曰、『劉表以王粲貌寢、體通侻、不甚重也。註云、寢、貌不足也』」、『唐詩紀事』巻六十九、羅穩に「隱貌寢陋、女一日簾下窺之、自此絕不詠其詩」とあるように、唐代においても、一般的に「貌寢」が醜い風貌を指す言葉として用いられていたことが窺える。

(11) 江淮　江蘇、安徽省一帶。長江、淮河流域の地。

(12) 百餘貫の錢　通常千錢が一貫であるので、「千」は「貫」を意味する。從って、「百餘千」とは百餘貫となる。

(13) かくして危機を脱したのである　『酉陽雜俎』にはこの文章に當たる「於是遂免」がなく、以下「簡老尋卒。皓官己達、簡老表妹尚在、兒娶女嫁、將四十餘年、人無所知者。適被老吏言之、不覺自愧、不知君子察人之微也。有人親見薛司徒說之也」と續く。

李季蘭（一）

李季蘭以女子有才名。初五六歲時、其父抱於庭。作詩詠薔薇、其末句云、「經時未架却、心緒亂縱橫。」父恚曰、「此女子將來富有文章、然必爲失行婦人矣。」竟如其言。出『玉堂閑話』

李季蘭（一）(1)

李季蘭は女の身でありながら才知を以て聞こえていた。彼女がまだ五、六歳の頃、庭で父に抱かれていたとき、薔薇をテーマにした詩を作った。その末句に、

經時未架却　　時を經るも　未だ架却せず
心緒亂縱橫　　心緒　亂れて縱橫たり

と詠んだ。(2)これを聞いた父はむっとして、

「この娘《こ》は將來豐かな文才を發揮するであろうが、どうやら行《みち》を踏み外した女になりそうだ(3)」

といった。(4)果たせるかな、のち彼女はその言葉通りになった。

注

（1）李季蘭　底本および諸版本は出典を『玉堂閒話』とするが、『玉堂閑話』に改めた。ただし『玉堂閑話』（『說郛』弓四十八所收）にこの話は收錄されていない。『唐詩紀事』卷七十八および『唐才子傳』卷二に同樣の記事がみられる。また底本は「李秀蘭」に作るが、談氏B・C本および唐、高仲武『中興閒氣集』『唐詩紀事』『唐才子傳』では「李季蘭（李治）」に作る。從って次の「李季蘭（二）」とともにすべて「李季蘭」に改めた。

李季蘭は、生沒年?〜七八四年、名は冶（一に裕に作る）、季蘭は字である。本籍地について、『全唐詩』（卷八〇五）は吳興（浙江省烏程縣）、『唐才子傳』は峽中（峽州、現在の湖北省宜昌府）としており、一定しない。女道士で、琴や詩をよくした點では魚玄機に似ている（卷二七一、才婦篇、魚玄機（本書172〜176頁）參照）。『茶經』の著者である陸羽や才氣煥發の佛僧皎然らと交流する。天寶（七四二〜五二年）中、玄宗（在位七一二〜五六年）は彼女の詩才

を聞き及び、宮中に召し入れて一月あまり留め置いたあと、多くの賜物を与えて故郷に帰らせた。その後は一説に、徳宗（在位七七九～八〇五年）のとき反亂者の朱泚《しゅせい》に詩を奉ったため、徳宗の命により撲殺されたという。『唐才子傳』巻二參照。

（2）その末句に……と詠んだ　『全唐詩』巻八〇五所收。句の下にこの話とほぼ同じ文章が掲載されている。

（3）行を踏み外した女　「失行婦人」とは、不貞をはたらく女性のことをいう。『魏書』巻十三、孝文帝幽皇后傳に「豈可令失行婦人宰制天下、殺我輩也」とある。

（4）父はむっとして……といった　『中興間氣集』巻下に「士有百行、女唯四德。季蘭則不然。形氣既雄、詩意亦蕩」とあり、詩文にも彼女の奔放な性格が顯われているというのである。薔薇の花を見て卽座に昔の戀人を忘れかねている、といった内容の詩を作る幼兒というのは不氣味である。早くもこれを發見した父親は、臍《ほぞ》をかんだに違いない。

李季蘭（二）

季蘭嘗與諸賢會烏程縣開元寺。知河間劉長卿有陰疾、謂之曰、「山氣日夕佳。」長卿對曰、「衆鳥欣有託。」擧坐大笑。論者兩美之。季蘭有詩曰、「遠水浮仙棹。寒星伴使車。」蓋五言之佳境也。上方班姬卽不足、下比韓英則有餘。亦女中之詩豪也。嘗「賦得三峽流泉歌」曰、「妾家本住巫山雲、巫山流水常自聞。玉琴彈出轉寥敻、直似當時夢中聽。三峽迢迢幾千里、一時流入深閨裏。巨石奔湍指下生、飛波走浪絃中起。初疑噴湧含雷風、又似嗚咽流不通。廻湍瀨曲勢將盡、時復滴瀝平沙中。憶昔阮公爲此曲、能使仲容聽不足。一彈既罷又一彈、願與流泉鎮相續。」出『中興閒氣集』

李季蘭（二）(5)

李季蘭は、烏程縣の開元寺(6)で開かれる風流人たちのサークルに參加していた。あるとき、河間縣の劉長卿(7)が下半身の病氣(8)を患っていることを知り、

「山氣　日夕に佳し(9)（疝氣の具合はどうですか）」

とからかうと、劉長卿がすかさず、

「衆鳥　託する有るを欣ぶ(10)（あんたも男の出入がお盛んでよろしいね）」

とやり返したので、滿座の人々は大いに受け、「どちらもうまい」といって褒めそやした。

　李季蘭の詩に、

　遠水浮仙棹　　遠水　仙棹を浮かべ
　寒星伴使車　　寒星　使車を伴う

とある(11)。けだし「五言詩の佳境」といえよう。昔の班姫(12)に比べると見劣りするが、近く韓英(13)とでは李季蘭の方が優れている。まさに「女性の詩豪」である。

　彼女が詠んだ「賦得三峽流泉の歌」(14)を紹介しよう。

　妾家本住巫山雲　　妾が家本住む　巫山(15)の雲
　巫山流水常自聞　　巫山の流水　常に自ら聞く
　玉琴彈出轉寥夐　　玉琴彈出(16)すれば　轉《うた》た寥夐《りょうけい》(17)

直似當時夢中聽
三峽迢迢幾千里
一時流入深閨裏
巨石奔湍指下生
飛波走浪絃中起
初疑噴湧含雷風
又似嗚咽流不通
廻湍瀨曲勢將盡
時復滴瀝平沙中
憶昔阮公爲此曲
能使仲容聽不足
一彈既罷又一彈
願與流泉鎭相續

直《ただ》似たり　時に當たりて夢中に聽くに
三峽(18)迢迢《ちょうちょう》として　幾千里
一時に流入す　深閨の裏《うち》
巨石奔湍して　指下に生じ
飛波走浪　絃中に起こる
初め疑うらくは　噴湧雷風を含むかと
又似たり　嗚咽し流れ通ぜざるに
廻湍瀨曲すれば　勢い將に盡きんとするも
時に復た滴瀝たり　平沙の中《うち》
憶う昔　阮(19)公此の曲を爲る
能く仲容をして不足を聽かしめん
一彈既に罷め　又《さらに》一彈
願わくは流泉と與に　鎭《とこしな》えに相い續かんことを

注

（5）李季蘭　底本および諸版本は出典を『中興間氣集』（巻下）とする。本記事は底本および諸版本では、「李季蘭」として前の記事に附し、分類されてはいない。ただ底本および諸版本では、この記事の文頭に「又」の一字があり、かつ前半と後半の出典も異なることから、「又」を同じ題名の記事と考え、便宜上、㈠と㈡に分類した。

（6）烏程縣の開元寺　烏程縣は唐代は江南東道湖州に屬した。現在の浙江省吳興縣。開元寺は『（嘉泰）吳興志』巻十三、寺院、州治に「開元寺、在子城（注）『西統記』云『一百二十步』天監中、尙書右僕射徐勉以居宅有慶雲之瑞、捨爲尼寺、號八政。武德元年改居僧、開元二十六年改今名殿内有明皇眞容、武宗初例廢。會昌五年奉敕再置。……」とある。

（7）河間縣の劉長卿　河間縣は、唐代は河北道瀛州に屬した。現在の河北省河間縣。劉長卿は、生沒年不詳。字は文房。若い頃、嵩山（河南省登封縣）にあって書を讀んだが、のち鄱陽（江西省波陽縣）に移り住む。開元二十一（七三三）年、進士に及第し、至德（七五六～五八年）中、監察御史をへて檢校祠部員外郎の地位で使判官にうつる。淮西岳鄂轉運使の留後を勤めていたとき、觀察使の吳仲孺の誣告により獄につながれるが、のち、睦州（浙江省建德縣）司馬に移され、隨州（湖北省隨縣）の刺史に終わる。詩をよくし、權德輿に「五言の長城」と稱された。『新唐書』巻六十、藝文志には『劉長卿集』十巻がみえるが、現在は殘っていない。『唐才子傳』巻二および『全唐詩』巻一四七では、河間縣の出身とするが、唐、姚合『極玄集』巻下では宣城（安徽省宣城縣）とし、『新唐書』巻六十、藝文志の『劉長卿集』の注には出身地が記されておらず、詳細は不明である。

（8）下半身の病氣　底本は「陰疾」に作る。『唐才子傳』には「陰重之疾」とある。「陰重」は『史記』巻一〇三、周文傳「爲人陰重不泄。常衣敝補衣溺袴」の韋昭の注に「陰重如今帶下病泄利」とある。現在における正確な病名は分からないが注（9）の解釋（疝氣）が正しいとすれば、大小腸、生殖器など下腹部の疾患である。

（9）「山氣　日夕に佳し」　陶潛の「飮酒」（『陶淵明集』巻三）其五の一句。「山氣日夕佳／飛鳥相與還」とある。疝と山は同音である。これをひっかけて「疝氣は日夕《このごろ》、よろしいですか」と訊ねた譯である。

（10）「衆鳥　託する有るを欣ぶ」　同じく陶潛の「讀山海經」（『陶淵明集』巻四所收）其一の一句。「衆鳥欣有託／吾亦愛吾廬」とある。鳥は男性の象徵。李季蘭が陶潛（淵明）の詩でからんできたので、「衆鳥《おとこたち》が託《あつま》って欣《よろこ》ばしいことですね」と劉長卿も陶詩でやり返したのである。布目潮渢・中村喬『唐才子傳の研究』では、山氣が男性の象徵であり、その氣と陰重の疾病よりもれる臭氣をひっかけたものであるとし、「季蘭が淵明の詩でからかったので、劉長卿もすかさず淵明の詩で『それでもみなはよろこんで集まってくれるんだよ。』と應じたのである」と解說している。しかしこの部分、「それでもみなが集まってくれる」では、李季蘭のことばに劉長卿が屈服したような印象をうける。ここはやはり、お互いに相手の痛いところを突いていると解釋すべきで、本文のように譯した。

（11）李季蘭の詩に……とある　李季蘭の五言詩のうちの代表作「寄校書七兄」（『全唐詩』卷八〇五所收）「無事烏程縣／蹉跎歲月餘／不知藝閣吏／寂寞竟何如／遠水浮仙棹／寒星伴使車／因過大雷岸／莫忘八行書」の中の一句。寒星とは寒夜の星のこと。孟郊の「石淙」詩（『全唐詩』卷三七五所收）に「百尺明鏡流／千曲寒星飛」とある。使車は使者の車を指す。岑參の「靑門歌送東台張判官」（『全唐詩』卷一九九所收）に「靑門金鎖平旦開／城頭日出使車回」とある。

（12）班姬　漢の班婕妤（生沒年前四八?~前六?年）のこと。成帝（在位前三三~前七年）のとき、後宮に入り寵愛を受けて婕妤となったが、趙飛燕の出現によって寵を失う。以後失意のときを過ごしたが、文才があり、「自悼賦」「怨歌行」などをよんだ。『漢書』卷九十七、外戚傳參照。

（13）韓英　南朝齊の韓蘭英（生沒年不詳）のこと。吳郡（江蘇省蘇州市）の人。南朝宋の孝武帝（在位四五四~六四年）のとき、「中興賦」を獻じ、後宮に入る。南朝齊の武帝（在位四八二~九三年）は、彼女を博士となし、六宮書學を教える。博學であることから「韓公」と稱された。『隋書』卷三十五、經籍志には「又有婦人牽氏集一卷。宋後宮司儀韓蘭英集四卷、亡」と記し、彼女の作品集である『韓蘭英集』は隋代以降、すでに散佚していたことが分る。

『南齊書』巻二十、皇后傳・『南史』巻十一、皇后傳參照。

（14）「賦得三峽流泉の歌」　『全唐詩』巻八〇五に「從蕭叔子聽彈琴賦得三峽流泉歌」として載せる。字句に若干の異同があるので、ここに全文を掲げておく。傍線部が本篇に引く詩と字が異なる部分である。

「妾家本住巫山雲／巫山流泉常自聞／玉琴彈出轉寥夐／直是似當時夢裏聽／三峽迢迢幾千里／一時流入幽閨裏／巨石崩崖指下生／飛泉走浪弦中起／初疑噴怒含雷風／又似嗚咽流不通／迴湍曲瀨勢將盡／時復滴瀝平沙中／憶昔阮公爲此曲／能使仲容聽不足／一彈既罷又一彈／願作流泉鎮相續」

この詩は三峽の水の流れと、玉琴の奏でる樂の音と、妖豔《エロティック》な連想とが、三者相俟って獨特のリズムをなしている。また「賦得」とは、古人の詩句を拜借してつけた題の頭につけることばである。科擧では必ずこの形式で出題され、また何人かで集まって詩を作るときにも行われた。ここで李季蘭が誰の詩句を用いたかは明らかでない。候補として古人ではないが唐、岑參の「秋夕聽羅山人彈三峽流泉」詩（『全唐詩』巻一九八所收）が擧げられる。

（15）巫山　三峽の一角をなす巫峽のことを指す。西は四川省奉節縣の白帝城から、東は四川省巫山縣大溪鎭まで全長約八キロメートル。唐代は山南東道夔州巫山縣に屬した。『讀史方輿紀要』巻六十六、四川一に「巫山亦曰『巫峽』在夔州府巫山縣東三十里。爲三峽之一。長一百六十里、所謂巴東三峽巫峽長也。……世傳巫山十二峯、曰『望霞』、曰『翠屛』、曰『朝雲』、曰『松巒』、曰『集仙』、曰『聚鶴』、曰『淨壇』、曰『上昇』、曰『起雲』、曰『飛鳳』（亦作棲鳳）、曰『登龍』、曰『聖泉』、是也。下有神女廟。……然十二峯不可悉見、所見八九峯。惟神女峯最爲鮮麗。巫峽之名蓋因山以名峽也。蜀人以其在蜀東境、亦謂之東峽云」とある。

李季蘭の詩は宋玉『高唐賦』から喚起されるイメージにかぶせて表現していると考えられる。

（16）彈出　『中興閒氣集』では「彈」を「奏」に作る。

（17）寥夐　廣々とした様をいう。唐、賈島の「登樓」詩（『全唐詩』巻五七三）に「遠近涯寥夐（一作廓）／高低中太盧」とある。

（18）三峽　巻二七一・才婦篇、關圖妹、注（5）（本書169頁）參照。

（19）阮公　阮咸のことを指す。阮咸は生沒年不詳、西晉、陳留郡尉氏（河南省開封市尉氏縣）の人。仲容は字。阮籍の甥（兄の子）。竹林の七賢の一人。音律に通じ琵琶の演奏が巧みであった。社交界ではあまり他人と交流せず、もっぱら親しいものと宴會を開き、音樂に興じた。『晉書』巻四十九、阮籍附傳參照。

杜　牧

唐中書舍人杜牧少有逸才、下筆成詠、弱冠擢進士第、復捷制科。牧少雋、性踈野放蕩、雖爲檢刻、而不能自禁。會丞相牛僧孺出鎭揚州、辟節度掌書記。牧供職之外、唯以宴遊爲事。揚州勝地也、每重城向夕、倡樓之上、常有絳紗燈萬數、輝羅燿烈空中、九里三十歩街中、珠翠塡咽、邈若仙境。牧常出沒馳逐其閒、無虛夕。復有卒三十人、易服隨後、潛護之、僧孺之密敎也。而牧自謂得計、人不知之、所至成歡、無不會意。如是且數年、及徵拜侍御史。僧孺於中堂餞、因戒之曰、「以侍御史氣槩達馭、固當自極夷塗。然常慮風情不節、或至尊體乖和。」牧因謬曰、「某幸常自檢守、不至貽尊憂耳。」僧孺笑而不答、卽命侍兒、取一小書簏、對牧發之、乃街卒之密報也。凡數十百、悉曰、「某夕杜書記過某家、無恙。」「某夕宴其家、亦如之。」牧對之大慙、因泣拜致謝、而終身感焉。故僧孺之薨、牧爲之誌、而極言其美、報所知也。牧既爲御史、久之分務洛陽。時李司徒愿罷鎭閒居、聲妓豪華、爲當時第一。洛中名士、咸謁見之。李乃大開宴席、當時朝客高流、無不臻赴。以牧持憲、不敢邀致、牧遣座客達意、願預斯會。李不得已馳書、方對酒獨斟、亦已酣暢、聞命遽來。時會中已飲酒、女妓百餘人、皆絕藝殊色。牧獨坐南行、瞪目注視、引滿三巵、問李云、「聞有紫雲者孰是。」李指示之、牧復凝睇良久曰、「名不虛得、宜以見惠。」李俯而笑、諸妓皆亦迴首破顏。牧又自飲三爵、朗吟而起曰、「華堂今日綺筵開、誰喚分司御史來。忽發狂言驚滿座、兩行紅粉一時迴。」意氣閑逸、旁若無人。牧又自以年漸遲暮、常追賦感舊詩曰、「落魄江湖載酒行、楚腰纖細掌中情。三年一覺揚州夢、贏得青樓薄倖名。」又曰、「觥船一棹百分空、十載青春不負公。今日鬢絲禪榻伴、茶煙輕颺落花風。」太和末、牧復自侍御史出佐沈傳師江西宣州幕。雖所至輒遊、而終無屬意、咸以非其所好也。及聞湖州名郡、風物姸好、且多奇色、因甘心遊之。湖州刺史某乙、牧素所厚者、頗喩其意。及牧至、每爲之曲宴周遊、凡優姬倡女、力所能致者、悉爲出之。牧注目凝視曰、「美矣、未盡善也。」乙復候其意、牧曰、「願得張水嬉、使州人畢觀、候四面雲合、其當閒行寓目、冀於此際、或有閱焉。」乙大喜、如其言。至日、兩岸觀者如堵。迨暮、竟無所得。將罷舟艤岸、於叢人中、有里姥引鵶頭女、年十餘歲、牧熟視曰、「此眞國色、向誠虛設耳。」因使語其母、將接致舟中。姥女皆懼、牧曰、「且不卽納、當爲後期。」姥曰、「他年失信、復當何如。」牧曰、「吾不十年、必守此郡。十年不來、乃從爾所適可也。」母許諾、因以重幣結之、爲盟而別。故牧歸朝、頗以湖州爲念。然以官秩尙卑、殊未敢發。尋拜黃州池州、又移睦州、皆非意也。牧素與周墀善。會墀爲相、乃併以三牋干墀、乞守湖州。意以弟顗目疾、冀於江外療之。大中三年、始授湖州刺史。比至郡、則已十四年矣。所約者、已從人三載、而生三子。牧既卽政、函使召之。其母懼其見奪、攜幼以同往。牧詰其母曰、「曩既許我矣、何爲反之。」母曰、「向約十年、十年不來而後嫁、嫁已三年矣。」牧因取其載詞視之、俛首移晷曰、「其詞也直、彊之不祥。」乃厚爲禮而遣之。因賦詩以自傷曰、「自是尋春去校遲、不須惆悵怨芳時。狂風落盡深紅色、綠葉成陰子滿枝。」出『唐闕史』

杜　牧(1)

唐の中書舎人(2)であった杜牧は若い頃から豊かな才能を持っており、一度筆を下せばたちまち詩歌となった。若くして進士に及第し(3)、また制科(4)にも合格した。杜牧は若い頃からすぐれていたが、その性質は粗野で放蕩好きであった。自制しようとしてもおさえることができなかった。

ちょうど丞相の牛僧孺が揚州の長官として赴任した折に、節度掌書記に辟召された(5)。杜牧は職務にあたるほかは、もっぱら宴遊に明け暮れた。揚州は景勝の地である。州の城壁が薄暮につつまれていく度に、妓楼の上には夥しい絳紗の燈《ともしび》(6)が飾られ、きら星の如く空中に照り輝いた。九里三十歩（約四・二キロメートル）の中心街は眞珠や翡翠を身につけた女性たちで埋め盡くされ、その界隈はあたかも仙境のようであった(7)。

杜牧はいつも街中に出沒し、徘徊しない日はなかった。その後ろを變裝した士卒三十人が尾行し、ひそかに警護していたが、これは牛僧孺がこっそりと命じたものであった。しかし杜牧は、してやったり、誰も自分の不行跡を知るまい、と思い込み、行く先々で歡樂の限りを盡くし悦に入っていた。

このようにして數年がたち、杜牧は（中央に）召されて侍御史に任じられることになった(8)。牛僧孺は中堂(9)で餞《はなむけ》の宴を設け、その席上、杜牧を戒めて言った。

「侍御史《あなた》の氣性は闊達であり、必ずや出世をとげることは間違いありますまい。しかしあなたは不節制極まりないご様子であり、ひょっとして健康を損なわれるのではと心配しております」

杜牧はそこで僞って、

「私は幸いなことに、平素から身持ちには充分氣をつけておりますので、どうかご心配なく」

と答えた。牛僧孺は笑ったままで答えず、すぐ召使いに命じて一つの小さな文箱を取ってこさせ、杜牧の目の前でこれを開けた。これは街卒《パトロール》から密かに届けられた報告書であった。おびただしい數であり、どれも「某夕、杜書記、某家に立ち寄る。つつがなし。某夕、某家で宴を催す。つつがなし」と書かれていた。杜牧はこれをみて大いに恥じ入り、また涙ながらに深々と牛僧孺に頭を下げ感謝した。そしてこの恩を終生忘れることはなかった。ゆえに牛僧孺が薨《みまか》ったとき、杜牧は彼の墓誌を書き、言葉を極めて彼の美德を褒めそやし、自分をよく理解していてくれたことに報いたのである。(10)

杜牧は御史となったあと、しばらく經ってから洛陽に轉勤した。(11)その頃ちょうど司徒の李愿が節度使を退き、閑居していた。(12)（彼の）歌姫たちは粒ぞろいであり、當時ならぶものがなかった。洛陽中の名士はみな李愿のもとを訪れ、歌姫を見ようとした。李愿はそこで大いに酒宴を開き、當時の官僚や貴族でこれに赴かないものはなかった。杜牧は法令を掌る身であったので、(13)李愿はあえて招こうとしなかった。杜牧は客に頼んで、自分も招いて欲しいという意向を傳えた。李愿がやむなく書狀を送り届けたところ、あたかも杜牧は獨り酒を飲んでおり、すでに上機嫌であった。李愿からのことづけを聞くと慌ただしく驅けつけた。そのとき、みなは酒盛りの眞っ最中で、妓女百餘人は、いずれも藝達者、とびきりの美女揃いであった。杜牧は獨りで南側の列に座り、目を凝らして（妓女たちを）注視し、三杯の酒を飲み干すと、李愿に尋ねた。

「紫雲というものがいるそうですが、どの妓《こ》がそうですか」

李愿は紫雲を指さした。杜牧はまた長い間瞳をこらしてみていたが、

「噂に違わぬ美しさだ。なるほどこれなら愛されるのも當然だ」

といった。李愿はうつむいて笑いをかみ殺した。居並ぶ妓女たちもみな振り向いて微笑んだ。杜牧はさらに自分でついで三杯飲みほすと、立ち上がって聲高らかに、

華堂今日綺筵開　　華堂に今日　綺筵開かる
誰喚分司御史來　　誰か喚ぶ分司の御史　來たりて
忽發狂言驚滿座　　忽ち狂言を發し　滿座を驚かす
兩行紅粉一時廻　　兩行の紅粉　一時に廻らす(14)

と吟じた。その聲音は閑雅で秀逸であり、あたかもまわりに人がいないかのような風情であった。
杜牧はまた、晩年を迎えるにつれ、若き日に想いをはせ、次のような詩を賦した。

落魄江湖載酒行　　江湖に落魄して　酒を載せて行く
楚腰纖細掌中情　　楚腰纖細なり　掌中の情
三年一覺揚州夢　　三年一たび覺ゆ　揚州の夢
贏得青樓薄倖名　　贏ち得たり　青樓薄倖の名(15)

と。
また曰く、

觥船一棹百分空　　觥船一棹　百分空し
十載青春不負公　　十載青春　公に負かず
今日鬢絲禪榻伴　　今日の鬢絲　禪榻の伴
茶煙輕颺落花風　　茶煙輕颺す　落花の風(16)

太和（八二七〜三五年）の末に、杜牧はまた侍御史から轉出し沈傳師のもとで江西宣州の幕職官になった。(17)行く先々で樂しんではいたが、とうとう手に入れたいとおもう妓女はいなかった。みな、杜牧の好みにあわなかったのである。

杜牧は湖州(18)が名郡であり、景色はよく美人も多いと聞きおよび、期待に胸膨らませて湖州を訪れた。湖州刺史の某乙《なにがし》(19)は、杜牧が前々から親しくしていた人物である。よろこんで杜牧の意を汲み、彼がやってきてからというもの、つねに小宴會を催したりあちこち見物させたりした。またおよそ刺史が集められる限りの優姫《げいこ》や倡女《うたひめ》をことごとく杜牧接待の宴會に侍らせた。しかし、目を凝らして彼女たちをみていた杜牧は、

「美しいものだ。だがまだ完璧な美ではない」

といった。某乙はまた杜牧にどうしたいのかを尋ねた。杜牧が、

「願わくば、張水の嬉《あそ》びを催し、それを湖州の人々みんなに見物させて欲しいものだ。彼らが四方から雲のように集まるのを待って、私がその間を微行し、人々の様子をみてみたいのだ。その際に、ひょっとすると（理想の女性を）みつけることができるかもしれない」

というのを聞いて某乙は大いに喜び、杜牧の言ったとおりに準備をした。

その當日、兩岸に集まった見物人たちはまるで垣根のようであった。（しかし）日暮れになっても、氣に入った女性を見つけることができず、今にも舟行を中止して、岸邊に舟をつけようとしたちょうどそのとき、人垣の中に村の老婆が連れていた十餘歳ほどの鴉頭《あげまき》の娘がいた。杜牧はこの娘をじっとみていった。

「この娘こそ國一番の美人だ。今まで散々無駄骨を折ったことよ」

そこで人をつかわして母親にその旨を傳えさせ、舟の中に招き入れようとしたところ、母と娘は怖がった。杜牧は、

「すぐに差し出せという譯ではない。後日にきっと迎え入れるから」

といった。母親は、

「何年か經っても音沙汰がなかった場合は、一體どのようにしたらよいのでしょうか」

と尋ねた。杜牧は、

「私は十年も經たないうちに必ずここの長官として赴任してくる。もし十年經っても私が來ない場合は、好きなところに嫁がせれば良かろう」

といった。母親はそれを聞いて承諾した。そこで（杜牧は）老婆に手厚い贈り物をして結納とし、約束を交わして別れた。

そのような譯で、杜牧は朝廷に戻ると、ひたすら湖州の長官になることを願い續けた。しかし官秩はまだ低く[20]、なかなかそこの長官に赴任することはできなかった。まもなく黄州[21]、池州[22]の刺史に任ぜられ、さらに睦州[23]へと移った。しかしそれらはすべて杜牧の本意ではなかった。

杜牧は前々から周墀[24]と仲が良かった。たまたま周墀が宰相になったので、三度牋《てがみ》を書いて湖州の刺史にしてくれるように願った[25]。その理由として、弟の杜顗《とぎ》が眼病を患っており、江南でこれを治療させることを擧げた[26]。大中三（八四九）年、はじめて湖州刺史を授けられ、湖州に赴任してきたときにはすでに十四年がたっていた。約束した女の子はすでに嫁入りして三年がたち、三人の子供を生んでいた。杜牧は着任すると、封書をつかわしてこの娘を召し出させた。この娘の母親は、娘が奪い取られるのではないかと恐れ、孫たちを連れて杜牧のもとに赴いた。杜牧は母親を、

「昔、お前は私の嫁にくれることを承知したではないか。それなのにどうして約束を破ったのか」

と詰ったところ、母親は、

「あのときは十年とお約束致しました。十年あなた様がお越しにならなかったので、娘を嫁がせたのです。娘は嫁いでから三年になります」

と答えた。杜牧はそこでそのときの誓紙を取り寄せてみた。（そして）がっくりと首をうなだれ、しばし沈黙のあと、

「全くお前の言う通りだ。文句をつけるなどもっての外だった」

といった。そして手厚く贈り物を与えて歸らせた。そこで詩を賦し、自らを憐れむように、

自是尋春去校遲　　是れ自り春を尋ぬるも　去《ゆ》くこと校《や》や遲し
不須惆悵怨芳時　　惆悵するを須《もち》いず　芳時を怨む
狂風落盡深紅色　　狂風落盡す　深紅の色
綠葉成陰子滿枝　　綠葉陰を成し　子《み》は枝に滿つ(27)

と詠《うた》った。

注

(1) 杜牧　談刻本、許刻本、黄刻本いずれも出典を『唐闕文』とするが、これは誤り。底本は出典を唐、高彦修『唐闕史』（巻上、杜舍人牧湖州）と改める。『唐闕史』には前半部分が缺落し、かつ後半部分もかなり記述が異なっているものの、杜牧の湖州における顚末が記載されている。本篇の記事に最も近いのは唐、于鄴『揚州夢記』である。おそらく本記事のもとになったのは『揚州夢記』ではないかと考えられる。また唐、孟棨『本事詩』高逸第三・『唐語林』巻七にも本記事の内容の一部が採錄されている。

杜牧は生沒年八〇三～五二（一説に八五三）年。字は牧之。京兆萬年縣（陝西省西安市）の人。『通典』の著者杜佑の孫。李商隱とともに晩唐を代表する詩文の大家。詩文集『樊川文集』が現在に傳わる。『舊唐書』巻一四七、杜佑附傳・『新唐書』巻一六六、杜佑附傳參照。杜牧の官歷などは、繆鉞『杜牧年譜』に詳しく、本譯注においても、一々典據は記さないが、杜牧の略歷は同書の記載に從った。

（2）中書舍人　詔敕や制敕を掌る官。中書令、中書侍郎に次ぐ官。秩は正五品上。『通典』巻二十一、中書舍人に「龍朔以後、隨省改號、而舍人之名不易。專掌詔誥、侍從、署敕、宣旨、勞問、授納訴訟、敷奏文表、分判省事。……故中書舍人爲文士之極任、朝廷之盛選、諸官莫比焉」とあるように、唐代の文人たちにとってかなりの要職であった。杜牧が中書舍人に任じられたのは、大中六（八五二）年である。

（3）若くして進士に及第し　杜牧が進士に及第したのは、太和二（八二八）年、杜牧二十六歳のときである。『唐摭言』巻六には、太學博士の吳武陵が、杜牧の「阿房宮賦」をたずさえ、ときの試驗委員長であった崔郾《さいえん》にみせたところ、高く評價されたという記事がある。こうしたこともあり、崔郾が監督官であった洛陽での試驗に合格した。『唐才子傳』巻六、杜牧參照。

（4）制科　科擧の一種で、天子自ら直接出題する試驗。杜牧がこれに合格したのは、太和二年閏三月のことで、登科後、すぐに弘文館校書郎に任じられた。底本および『舊唐書』は制擧（策）に合格したとするが、『新唐書』では賢良方正科に合格したとする。

（5）ちょうど丞相の牛僧孺が……に辟召された　牛僧孺は生沒年？～八四七年。字は思黯。長慶三（八二三）年、穆宗朝（八二〇～二四年）に宰相となる。これ以後、李德裕を中心とする李黨と「牛李の黨爭」と呼ばれる權力抗爭に明け暮れる。のち、武宗（在位八四〇～四六年）の世に、兵權を解かれて太子少保になり、ついで循州長史に左遷され、宣宗（在位八四六～五九年）の世になって長安に戻り、太子少師となって沒した。『舊唐書』巻一七二、牛僧孺傳・『新唐書』巻一七四、牛僧孺傳參照。

牛僧孺が淮南節度使であったのは太和六（八三二）年から開成二（八三七）年のことであった。また、杜牧が淮南節度府掌書記となったのは太和七（八三三）年のことである。

（6）絳紗の燈　紅色の薄絹を張った燈火。紅いぼんぼりのようなもの。歡樂街を象徴するもの。明、楊愼『升菴集』巻七十三、鄱陽水神に「余姚戚瀾、字文湍、景泰二年進士。授翰林編修、丁艱服闋、上京渡錢塘風濤大作。有絳紗燈數百對、照江水」とある。

（7）州の城壁が……あたかも仙境のようであった　この部分の文章は唐代、揚州の繁榮ぶりを示す貴重な史料の一つである。『通鑑』巻二五九、景福元（八九二）年條に「先是揚州、富庶甲天下。時人稱揚一益二」とあるように、揚州は唐中期以降大いに榮えた。德宗（在位七七九～八〇五年）末から憲宗（在位八〇五～二〇年）の淮西で亂が頻發した時期にあっても、唐、王建「夜看揚州市」（『全唐詩』巻三〇一所收）に「夜市千燈照碧雲／高樓紅袖客粉々／如今不似時平日／猶自笙歌徹曉聞」とあるように、不夜城ともいえる揚州歡樂街の繁榮ぶりは變わらなかった。

ここでいう「九里三十歩の中心街」が何を指すのかについては、大別すると二つの解釋がある。一つは南北大街とみなす說であり、もう一つは東西大街とみなす說である。安藤更生氏の實測によれば、南北は約四千二百メートルであり、これに合致する。また東西大街說は、ことさらに東端を城外東郊まで伸ばす點において首肯し難い。おそらくこの中心街とは南北大街を指したものであると考えられる。

（8）杜牧は……任じられることになった　侍御史は、巻二七〇、鄭路女、注（6）（本書106頁）參照。杜牧が侍御史（監察御史）に任じられたのは太和九（八三五）年のことである。

（9）中堂　ここでの中堂とは、中央にある御殿を指す。中堂はあるいは正堂ともいう。たとえば、唐、劉禹錫の「冬夜宴河中李相公中堂命箏歌送酒」（『全唐詩』巻三五五所收）という詩の題が示すように、宴などで客を招く場として用いられた。唐代においては、唐初の名宰魏徵などがその邸宅に中堂がないことで有名になったほど、貴族、官僚の邸宅の中で重要な地位を占めた。『明皇雜錄』巻下、李龜年に「唐開元中、樂工李龜年、特承顧遇、於東都

大起第宅。僭侈之制、踰於公侯。宅在東都通遠里、中堂制度、甲於都下」とある。

（10）ゆえに牛僧孺が……報いたのである　杜牧が牛僧孺のために書いた墓誌は「唐故太子少師奇章郡開國公贈太尉牛公墓誌銘幷序」として『樊川文集』巻四に收錄されている。

（11）杜牧は……洛陽に轉勤した　底本は「牧旣爲御史。久之分務洛陽」に作る。「分務洛陽」とは東都分司のこと。杜牧が監察御史東都分司となったのは、太和九年のことである。

（12）その頃ちょうど……閑居していた　司徒は三公の一。祭祀を掌った。秩は正一品。『舊唐書』巻四十二、職官志に「太尉、司徒、司空各一員。（注）謂之三公、並正一品。魏、晉至北齊、三公置府僚。隋初亦置府僚、尋省府僚、初拜於尙書省上、唐因之。武德初、太宗爲之、其後親王拜三公、皆不視事、祭祀則攝者行也。三公、論道之官也。蓋以佐天子理陰陽、平邦國、無所不統、故不以一職名其官。大祭祀、則太尉亞獻、司徒奉俎、司空掃除」とある。

李愿は生沒年？～八二五年。元和元（八〇六）年、夏綏銀宥節度使を領し、簡略かつ嚴格な政治を行ったが、鳳翔の鎭に移ってからは聲色を近づけ、長慶二（八二二）年、宣武節度使となるも、牙將李臣則らが反亂をひきおこし、隋州刺史に左遷された。また河中、晉などの州の節度使になるが、その爲政は亂れ、まもなく沒した。『舊唐書』巻一三三、李晟附傳・『新唐書』巻一五四、李晟附傳參照。

杜牧が監察御史東都分司になったのを太和九年のこととすれば、この時點で李愿はすでに物故しており、二人が會うはずはない。おそらく作者の思い違いかあるいは創作によるものかと考えられる。

（13）杜牧は法令を掌る身であったので　底本には「以牧持憲、不敢邀致」とある。「持憲」とは法令を掌ることをあらわす。杜牧が監察御史（注（8）参照）になったことからこのような表現になったのであろう。

（14）華堂に今日……一時に廻らす　この詩は『樊川文集』別集に收錄されている「兵部尙書席上作」詩である。

『樊川文集』には「華堂今日綺筵開／誰召分司御史來／偶發狂言驚滿坐／三重粉面一時回」とある。

(15)　江湖に落魄して……青樓薄倖の名　この詩は『樊川文集』外集に收錄されている「遣懷」詩である。『樊川文集』には「落魄江南載酒行／楚腰腸斷掌中輕／十年一覺揚州夢／占得青樓薄倖名」とある。楚腰とは、古の楚國の宮女のようにほっそりとした腰の美人のこと。楚の靈王が腰の細い美人を愛したため、寵愛を得ようとした宮女たちは爭ってやせようとし、中には餓死するものまででたという。『韓非子』巻二や『戰國策』巻十四などにその話がみえる。

青樓は元來、天子の居や高貴の家を意味したが、のちに轉じて倡女のいる處、妓樓、妓館を指すようになった。

(16)　舳船一棹……落花の風　この詩は『樊川文集』巻三に收錄されている「題禪院」詩である。『樊川文集』には「舳船一棹百分空／十歲青春不負公／今日鬢絲禪榻伴／茶煙輕颺落花風」とある。

(17)　太和の末に……幕職官になった　沈傳師は生沒年七六九～八二七年。字は子言。貞元（七八五～八〇五年）の進士。官は知制誥、中書舍人、江南西道觀察使などをへて吏部侍郎になり、死後、吏部尙書を贈られる。『舊唐書』巻一四九、沈傳師傳・『新唐書』巻一三二、沈旣濟附傳參照。杜牧が江西觀察使であった沈傳師に辟され、江西の幕下に赴いたのは太和二（八二八）年十月、彼が沈傳師の宣歙觀察使就任に伴って、宣州に赴いたのは、太和四（八三〇）年九月のことである。再び杜牧が宣州に赴いたのは、宣歙觀察使崔鄲に辟せられて、宣州團練判官、殿中侍御史供奉となった開成二（八三七）年のことであり、太和末に沈傳師より辟召されたという記事とはいずれも時期的に符合しない。また沈傳師は太和元年にすでに沒していることからも、先の李愿（注(12)）同樣、この記述は作者の思い違いか創作であると考えられる。

(18)　湖州　唐代は江南東道に屬した。現在の浙江省湖州市。

(19) 某乙　『唐詩紀事』巻五十六・『全唐詩』巻五二七には「崔君」とある。『(嘉泰)呉興志』巻十四、郡守題名には、この記事と時期的に近い崔という名字の刺史は、長慶三（八二三）年から寶暦二（八二六）年迄湖州刺史に在職した崔元亮一名がみえるのみである。しかしこれも時期的にやや早いため、おそらく別人であろう。また同書によれば太和八年の湖州刺史は敬昕であるが、この人物であるとも斷定はできない。

(20) 宮秩はまだ低く　底本注に「卑原作畢。據明鈔本改」とある。ここでは底本に従った。

(21) 黄州　唐代は淮南道に屬した。現在の湖北省武漢市新洲縣。

(22) 池州　唐代は江南西道に屬した。現在の安徽省貴池市。

(23) 睦州　唐代は江南東道に屬した。現在の浙江省杭州市建德縣。

(24) 周墀　生沒年七九三～八五一年。字は德升。長慶二（八二二）年の進士。古文にすぐれ、歴史の才能があったので、文宗より重んじられ、太和の末、知制誥、翰林學士に任じられる。のち宰相となり、宰相を罷めたあと、檢校刑部尚書、劍南東川節度使などを歴任して卒した。『舊唐書』巻一七六、周墀傳・『新唐書』巻一八二、周墀傳參照。

(25) たまたま周墀が……ことを願った　周墀が宰相になったのは、『舊唐書』巻十八下、宣宗紀では大中二（八四八）年三月己酉のこととするが、『新唐書』巻八、宣宗紀では大中二年五月己未のこととする。
牋とは手紙のことであるが、この場合周墀が宰相であるので上申書をさすものと考えられる。杜牧のこのときの文章は『樊川文集』巻十六に「上宰相求湖州」（第一啓～第三啓）としてみえる。杜牧が周墀にこの文章を書いて送ったのは大中四（八五〇）年、杜牧四十八歳のときである。

(26) 弟の杜顗の……ことを擧げた　諸版本は「意以頭目疾」とするが、底本注に「顗原作頭。據杜牧集上周墀書改」とあるように、底本では『樊川文集』巻十六「上宰相求湖州」(第一啓〜第三啓)によって「意以顗目疾」に改めている。ここでは底本に従った。「上宰相求湖州」啓において杜牧は、京官の俸祿が薄給のため、病氣の弟や寡婦となった妹たちを養うことができず、より收入の多い刺史の職につきたいと述べている。

杜顗は生沒年未詳。字は勝之。幼くして目を患ったが、進士に擧げられ、祕書省正字を授かる。李德裕に推されて浙西府賓佐となり、太和の末、咸陽尉、直史館に任じられる。『新唐書』巻七十二上、宰相世系表では淮南節度判官としてその名がみえる。『新唐書』巻一六六、杜佑附傳參照。

(27)　そこで詩を賦し……と詠った　この詩は、底本、『唐闕史』『揚州夢記』『全唐詩』巻五二七に收錄されている。『全唐詩』では「悵詩」と題する。また『樊川文集』別集および『唐才子傳』巻六には「歎花」詩として收錄されており、『唐才子傳』『樊川文集』には「自恨尋芳到已遲／往年曾見未開時／如今風擺花狼藉／綠葉成陰子滿枝」とある。

劉禹錫

劉禹錫赴任姑蘇、道過揚州。州師杜鴻漸飮之酒、大醉而歸驛。稍醒、見二女子在旁、驚非己有也。乃曰、「郎中席上與司空詩、特令二樂妓侍寢。」且醉中之作、都不記憶。明旦、修啓致謝、杜亦優容之。夫禹錫以郎吏州牧、而輕忤三司、豈不過哉。詩曰、「高髻雲鬟宮様粧、春風一曲杜韋娘。司空見慣尋常事、斷盡蘇州刺史腸。」出『雲溪友議』

劉禹錫(1)

劉禹錫は蘇州に赴任したとき、道すがら揚州に立ち寄った(2)。彼は當地で刺史の杜鴻漸(3)にしたたか飲まされ、大いに酔っぱらって驛(4)へ帰ってきた。暫くして酔いが醒めると、二人の女性が側に寝ていた。自分の女たちではないので驚いていると、二人は、

「郎中《あなたさま》(5)は宴會の席上で司空(6)に詩を差し上げ、たっての願いといって二樂妓《わたしたち》をお連れになったのです」

と言った。劉禹錫は酔っぱらって作った詩を全く覚えていなかった。翌朝、手紙を書いてお詫びを述べたところ、杜鴻漸は快く許してくれた。

それにしても劉禹錫は主客郎中や蘇州刺史程度の身分で、宰相を務めたような人に不遜な態度で接し(7)、よく咎められなかったものだ。そのときの詩(8)はこれである。

高髻雲鬟宮様粧　　高髻雲鬟(9)　宮様の粧
春風一曲杜韋娘　　春風一曲　杜韋娘(10)
司空見慣尋常事　　司空は見慣れて　尋常の事なるも
斷盡蘇州刺史腸　　斷ち盡さん　蘇州刺史の腸を

注

(1) 劉禹錫　底本および諸版本は出典を『雲溪友議』（巻中）とする。『雲溪友議』の記述はより複雑で、細部にも違いがみられる。『本事詩』情感第一にも同様の記事がみられ、「劉尚書禹錫罷和州爲主客郎中、集賢學士。李司空罷鎭在京、慕劉名、嘗邀至第中、厚設飲饌。酒酣、命妙妓歌以送之。劉於席上賦詩曰『鬌鬐梳頭宮様粧、春風

一曲杜韋娘、司空見慣渾閑事、斷盡江南刺史腸。』李因以妓贈之。（注）鬖髻字亦作低墮。並上聲。古今注言卽墮馬之遺傳也」とある。

生沒年から考えると、劉禹錫（注（2））と李紳（注（6））が杜鴻漸（注（3））に出會うはずがない。『雲溪友議』および『廣記』（所引『雲溪友議』）の記事は李紳と杜鴻漸とを取り違えており、物語の整合性という觀點からみれば、むしろ『本事詩』の記事を尊重すべきであろうが、ここでは底本に從った。

（2）劉禹錫は……立ち寄った　劉禹錫は生沒年七七二～八四二年。唐代、彭城（江蘇省銅山縣）の人。字は夢得。貞元九（七九三）年の進士。監察御史となる。永貞元（八〇五）年、王叔文一派が左遷されたいわゆる八司馬事件に連座して連州刺史におとされ、さらに郎州司馬に移る。以後數十年、諸州の刺史を歷任したが、のち召されて太子賓客となり、檢校禮部尙書となる。『舊唐書』巻一六〇、劉禹錫傳・『新唐書』巻一六八、劉禹錫傳・『唐才子傳』巻五參照。

蘇州（底本は「姑蘇」に作る。姑蘇は蘇州の雅號）は唐代江南東道に屬す。現在の江蘇省蘇州市。『舊唐書』巻一六〇、劉禹錫傳に「（太和）六年、授蘇州刺史、就賜金紫」とある。劉禹錫が蘇州刺史であったのは太和五（八三一）年から同八（八三四）年までのことと考えられる。

揚州は唐代淮南道に屬す。現在の江蘇省揚州市。

（3）杜鴻漸　生沒年七〇八～六九年。字は之選。安祿山の亂のとき、肅宗（在位七五六～六二年）を擁立した功績により河西節度使となる。代宗（在位七六二～七九年）の廣德二（七六四）年、兵部侍郎同中書門下平章事となり、次いで中書侍郎に昇進する。永泰二（七六六）年、崔旰が成都（四川省成都市）で留後を自稱し反亂を起こすと、その追討のために成都へ向かった。しかし兵威振るわず、崔旰を不問にし、劍南節度使を讓るということで事を收めた。大曆二（七六七）年、門下侍郎となる。『舊唐書』卷一〇八、杜鴻漸傳・『新唐書』卷一二六、杜暹附傳參照。

（4）驛　唐代においては通常、三十里ごとに一驛がおかれ、官用交通、通信、軍事的な緊急の際に利用された。そのほかに官命を帶びて往來するものの面接所あるいは公事を行う場所、官營の宿泊施設としても使用された。唐初は城内に設置されたが、のちには城門が夜閉鎖されたときにも發着に便利なように、城外へ移されたものもあった。『劉夢得文集』卷八、管城新驛記に「大和二年閏三月、滎陽守歸厚上言、『臣治所直天下大逵、肘武牢而咽東夏。誰何宜謹、啓閉宜度。先是驛於城中、駟遽不時、四門牡鍵通夕弗禁、請更於外隧、永永便安。』制曰『可』。守臣奉詔、無徵命、無奪時、靡羨財、募游手、逮八月既望、新驛成」とある。

（5）郎中　主客郎中のこと。唐代は禮部の屬官で、諸蕃が入貢したときの接待役。秩は從五品上。ここでは劉禹錫のこと。『舊唐書』卷一六〇、劉禹錫傳に「大和二年、（劉禹錫）自和州刺史徵還、拜主客郎中」とあり、劉禹錫が主客郎中に任じられたのは太和二（八二八）年のことである。

（6）司空　『本事詩』は「李司空」に作る。李紳のこと。生沒年七七二？～八四六年。唐代、潤州無錫（江蘇省無錫市）の人。字は公垂。元和元（八〇六）年の進士。詩賦を善くした。長慶年間（八二一～二五年）の初め、戶部侍郎となる。『舊唐書』卷一七三、李紳傳・『新唐書』卷一八一、李紳傳參照。

司空は三公の一。實權のない名譽職である。秩は正一品。ここでの司空は本來杜鴻漸を指すはずのものだが、杜鴻漸はこの位に就いていない（注（3）參照）。『本事詩』の記事が正しいとしても（注（1）參照）、李紳と杜鴻漸が何故混同されたかは分らない。

（7）それにしても……態度で接し　底本には「夫禹錫以郎吏州牧、而輕忤三司」とある。『唐刺史考全編』によれば、李紳が淮南節度使であったのは、開成五（八四〇）年から會昌二（八四二）年および會昌四（八四四）年から同六（八四六）年のことである。

郎吏は主客郎中（注（5）参照）、州牧は刺史のこと。ここでは蘇州刺史。蘇州は上州であるため蘇州刺史の秩は従三品である。

（8）そのときの詩　「贈李司空妓」詩として、『全唐詩』巻三六五所收。

（9）高髻　唐初より流行した髪型《ヘアースタイル》の名。房々とした髪を頭上で高く結う様式。唐、劉肅『大唐新語』巻一、極諫に「皇甫德參上書曰、『陛下修洛陽宮、是勞人也、收地租、是厚斂也、俗尚高髻、是宮中所化』太宗怒曰、『此人欲使國家不收一租、不役一人、宮人無髪、乃稱其意』」とある。

（10）杜韋娘　當時流布していた樂曲の名であろう。唐、崔令欽『教坊記』に曲名の一つとして「杜韋娘」を載せている。曲名のモデルとなった杜韋娘がいかなる人物であるかは詳かでない。ちなみに『教坊記』の成立は八世紀の後半である。この話はすでに八三〇年代のものであるから、ふたつの「杜韋娘」が同じものなら、百年近く演奏されつづけてきたことになる。

李逢吉

李丞相逢吉性彊愎而沉猜多忌、好危人、略無怍色。既爲居守、劉禹錫有妓甚麗、爲衆所知。李恃風望、恣行威福。分務朝官、取容不暇。一旦陰以計奪之、約曰、「某日皇城中堂前致宴。應朝賢寵嬖。並請早赴境會。稍可觀矚者。」如期雲集。敕閽吏、先放劉家妓從門入。傾都驚異、無敢言者。劉計無所出、惶惑吞聲。又翌日、與相善數人謁之、但相見如常、從容久之、並不言境會之所以然者、座中默然、相目而已。既罷、一揖而退。劉嘆咤而歸、無可奈何。遂憤懣而作四章、以擬四愁云爾、「玉釵重合兩無緣、魚在深潭鶴在天。得意紫鸞休舞鏡、能言青鳥罷銜牋。金盆已覆難收水、玉軫長抛不續絃。若向蘼蕪山下過、遙將紅淚灑窮泉。」「鸞飛遠樹栖何處、鳳得新巣已去心。紅璧尚留香漠漠、碧雲初散信沈沈。情知點汚投泥玉、猶自經營買笑金。從此山頭似人石、丈夫形狀涙痕深。」「人曾何處更尋看、雖是生離死一般。買笑樹邊花已老、畫眉牕下月猶殘。雲藏巫峽音容斷、路隔星橋過往難。莫怪詩成無涙滴、盡傾東海也須乾。」「三山不見海沈沈、豈有仙蹤更可尋。青鳥去時雲路斷、姮娥歸處月宮深。紗窗遙想春相憶、書幌誰憐夜獨吟。料得夜來天上鏡、只因偏照兩人心。」『見本事詩』

李逢吉(1)

丞相の李逢吉は、非常に頑固で疑い深く、しかもその上に人の好き嫌いが激しい性格であった。彼は、他人《ひと》を陥れて少しも恥じる様子がなかった。

李逢吉が東都留守であったときのこと、(2)劉禹錫お抱えの妓女が大變美しいことは、世間の評判であった。(3)李逢吉は世間での名聲を頼んで威張り散らしており、東都洛陽勤めの官僚は、彼に氣に入られようと汲々としていた。ある日、李逢吉はひそかに劉禹錫の妓女を奪う計畫をたて、

「某日、皇城内の堂の前にて宴を催しますので、朝賢寵姫の皆さん、すみやかに宴會にお集まり下さい。(4)いささか目を樂しませようではありませんか」

と觸れまわらせた。

宴の當日、人々はまるで雲の湧くが如く集まってきた。李逢吉は門番に命じて、劉禹錫の妓女たちを先に門から宴

の會場へ入らせた。（彼女たちの餘りの美しさに）洛陽中の人々は驚嘆し、みな言葉を失った。劉禹錫はなす術もなく、ただ恐れ惑いつつ捺し默るしかなかった。翌日、劉禹錫は親しい友人數人とともに李逢吉に面會したが、李逢吉は普段と變わらず、まるで何事もなかったかのような樣子であった。（そして）ずっとくつろいだ樣子で無駄話をし、(5)何故このような宴會を企畫したのかについては口にしなかった。その座にあった人々はじっと默ったままで、お互いに目配せするだけであった。まもなく謁見が終わり、（劉禹錫たちは）挨拶をして退いた。劉禹錫は、（彼女たちを取り返すこともできず）長嘆息しながら歸り、手を拱《こまね》いているより仕方がなかった。そこで憤懣やる方なく、「四愁」の詩を眞似て詩四章を次のように詠《うた》いあげた。(6)

玉釵重合兩無緣
魚在深潭鶴在天
得意紫鸞休舞鏡
能言青鳥罷銜箋
金盆已覆難收水
玉軫長拋不續弦
若向蘼蕪山下過
遙將紅淚灑窮泉
鸞飛遠樹棲何處
鳳得新巢已去心

玉釵重なり合い　兩《ふた》つながら緣無く
魚は深潭に在りて　鶴は天に在り
意《おもい》を得たる紫鸞は　鏡に舞うを休め
言を能くする青鳥は　箋を銜《ふく》むを罷む(7)
金盆已に覆りて　水を收め難く
玉軫《ぎょくしん》長《とこし》えに拋《なげう》つも　續弦せず(8)
若し蘼蕪《びぶ》に向かいて　山下を過《よ》ぎらば(9)
遙かに紅淚を將て　窮泉に灑がん
鸞は遠樹に飛びて　何れの處にか棲まん
鳳《おおとり》は新巢を得て　已に心を去る

紅璧尙留香漠漠
碧雲初散信沈沈
情知點汚投泥玉
猶自經營買笑金
從此山頭似人石
丈夫形狀涙痕深

人曾何處更尋看
雖是生離死一般
買笑樹邊花已老
畫眉窗下月猶殘
雲藏巫峽音容斷
路隔星橋過往難
莫怪詩成無涙滴
盡傾東海也須乾

三山不見海沈沈
豈有仙蹤更可尋

紅璧尙留むるも　香漠漠たり
碧雲初め散ず(10)　信《まこと》に沈沈たり
情は點汚を知り　泥に玉を投じ
猶自ら經營す　買笑(11)の金
此れ從り山頭　人に似たるの石
丈夫の形狀　涙痕は深し

人曾《かつ》て何れの處《ところ》にか　更に尋ね看ん
是れ生離すると雖も　死すると一般
買笑の樹邊に　花は已に老い
畫眉の窗下に　月は猶お殘る
雲は巫峽を藏《おお》い　音容は斷たれ(12)
路《みち》は星橋(13)に隔てられて　過往《ゆきき》するは難し
怪しむ莫れ(14)　詩成るも涙滴無きを
盡く東海を傾けて　また須らく乾くべし

三山(15)見えず　海沈沈たり
豈に仙蹤の更に尋ぬべき有らんや(16)

青鳥去時雲路斷
姮娥歸處月宮深
紗窗遙想春相憶
書幌誰憐夜獨吟
料得夜來天上鏡
只因偏照兩人心

青鳥去りし時　雲路は斷たれ
姮娥《こうが》(17)歸るの處《ところ》(18)　月宮深し
紗窗遙に想う　春に相憶うを
書幌誰か憐まん　夜獨《ひと》り吟ずるを
料り得たり　夜來天上の鏡(19)
只因りて偏《ひとえ》に照らす　兩人《ふたり》の心(20)を

注

（1）李逢吉　底本および諸版本は出典を『本事詩』とする。『本事詩』情感第一所收。ただし、『廣記』と『本事詩』の話の内容は多少異なっており、『本事詩』では劉禹錫の名前は出てこない。また宋、胡仔『苕溪漁隱叢話』前集巻六十、憶妓詩（所引『古今詩話』）にも劉禹錫の名前はみえないものの、同様の記事が収錄されている。

李逢吉は生沒年七五八～八三五年。唐代、隴西（甘肅省隴西縣の東南）の人。字は虛舟。貞元（七八五～八〇四年）中、進士となり、德宗（在位七七九～八〇五年）に召されて左拾遺となる。憲宗（在位八〇五～二〇年）の元和十一（八一六）年には、門下侍郎、同平章事となる。性格は陰濕で、裴度が淮西を討つや、その功績を妬み、密かに阻止を圖るが、憲宗によって劍南東川節度使に左遷された。穆宗（在位八二〇～二四年）が立つと、襄州刺史、山南東道節度使となり、裏工作し兵部尙書となり都に戻る。敬宗（在位八二四～二六年）のとき、張又新ら十六人がその配下として暗躍し、「八關十六子」と稱された。文宗（在位八二六～四〇年）の太和八（八三四）年、尙書左僕射を拜され、九（八三五）年正月、七十八歲で死去する。『舊唐書』巻一六七、李逢吉傳・『新唐書』巻一七四、李逢吉傳參照。

（2）李逢吉が東都留守であったときのこと　『本事詩』には「太和初、有爲御史分務洛京者……時太尉李逢吉留守」とあるが、『舊唐書』巻一六七、李逢吉傳に「大和二年、改汴州刺史、宣武軍節度使。（太和）五年八月、入爲太子太師、東都留守、東畿汝防禦使、加開府儀同三司。八年、李訓用事。三月、徵拜左僕射、兼守司徒」とあり、李逢吉が東都留守であったのは太和五（八三一）年から尚書左僕射となる太和八年迄のこととする。

（3）劉禹錫が……であった　劉禹錫は巻二七三・前篇、劉禹錫、注（2）（本書286頁）参照。『本事詩』には「太和初、有爲御史分務洛京者、子孫官顯、隱其姓名。有妓善歌時稱尤物」とあり、劉禹錫の名は記載されてはいない。張達人編訂、王雲五主編『唐劉夢得先生禹錫年譜』では、太和二（八二八）年に劉禹錫が東都の分司勤めをしたとする。ただ李逢吉が東都留守であった期間に劉禹錫が官吏として洛陽にいた形跡はない。この期間に兩者が出會ったと考えられるのは、『劉賓客外集』巻六に「將赴蘇州途出洛陽留守李相公累申宴餞寵行話舊形於篇章謹抒下情以申仰謝」の詩があることから、太和六（八三二）年、劉禹錫が蘇州に赴任する途中、當時洛陽留守であった李逢吉に招かれたときであろう。『舊唐書』巻一六〇、劉禹錫傳に、劉禹錫が主客郎中をもって集賢殿學士に充てられた太和二年、一度ならず二度までも再び當時の權力者を風刺した詩を作り、「禹錫甚怒武元衡、李逢吉、而裴度稍知之」とあるように、李逢吉との關係が良好ではなかったことが窺える。そのためこの兩者が出會ったということと、兩者の險惡な仲を考えあわせて、かかる話が作られていったものと思われる。『本事詩』には、この記事の直前に劉禹錫に關する記事が載せられている。あるいは刊本流布の過程において、二つの記事が混同されていったとも考えられるが、いずれも確證はない。

（4）「某日、……お集まり下さい」　皇城は宮城の南側に位置する。ここでの堂がいずれの殿を指すのかは明確ではない。「境會」とは、堂の前で催される宴會のことを指す。

（5）ずっと……無駄話をし　底本には「從容久之」とある。從容とはゆったりとくつろいだ様子のこと。唐、蘇鶚『杜陽雜編』巻下に「凡與朝士從容、未嘗一日不論儒學」とある。

（6）「四愁」の詩を……詠いあげた　『本事詩』には、底本に載せられている四つの詩のうち、最後の一首しかみえない。宋、江洵『燈火間談』によれば、この最初の三首は、呂用之によって無實の罪で獄に入れられ、妻の裴氏を奪われた商人の劉損が作ったものとする。『燈火間談』にみえる劉損の詩は、「寶釵分股合無緣／魚在深淵日在天／得意紫鸞休舞鏡／能言靑鳥罷銜箋／金盃倒覆難收水／玉軫傾欹懶續絃／從此蘼蕪山下遇／祇應將軍淚比流泉」「鸞辭舊律知何止／鳳得新梧想稱心／紅粉尙殘香漠漠／白雲將散信沈沈／已休磨琢投歡玉／懶更經營買笑金／願作山頭似人石／丈夫衣上淚痕深」「舊常遊處徧尋看／觀物傷情死一般／買笑樓前花已謝／畫眉窗下月空殘／雲歸巫峽音容斷／路隔星河去住難／莫道詩成無淚下／淚如泉滴亦須乾」の三首である。また『苕溪漁隱叢話』には『廣記』にみえる最後の一首のみ載せており、そのあとで「『苕溪漁隱』曰、『餘觀劉賓客外集有憶妓四首、內一首卽前詩也。其餘三首亦是前詩之意。』『古今詩話』中既不誌御史姓名、則此詩豈非夢得爲之假手乎』」と續ける。「四愁」の詩とは、後漢、張衡の作った詩。『文選』巻二十九、雜詩類・『玉臺新詠』巻九・『藝文類聚』巻三十五などに収められている。張衡の「四愁詩」を眞似た詩としては、ほかに晉、張載「擬四愁詩」（『藝文類聚』巻三十五所收）などがある。

『本事詩』には、底本に載せられている四つの詩のうち、最後の一首しかみえない。また『全唐詩』巻三六一に「懷妓 前三首一作劉損詩。題作憤惋」、同書巻五九七には「劉損。劉損、咸通時人、詩三首。憤惋詩三首（注）一作劉禹錫、詩題作懷妓」として收錄されている。おそらく前の三首は劉禹錫のものではなく、劉損の詠んだ詩と思われるが、斷定はできない。

（7）言を能くする青鳥は　箋を銜むを罷む　底本注に「能字原空闕。據明鈔本補」とある。談刻本、許刻本はともに「能」を「寄」に作る。ここでは底本に從った。

（8）玉軫長えに抛つも　續弦せず　底本注に「軫字原空闕。據明鈔本補」とある。ここでは底本に從った。

玉軫とは、南朝梁の元帝（在位五五二～五五四年）の「詠秋夜」詩（『玉臺新詠』卷七所收）に「秋夜九重空／蕩子怨房櫳／鐙光入綺帷／簾影進屛風／金徽調玉軫／茲夕撫離鴻」とあるように、通常、玉製の琴絲のしめ木のことを指すが、ここでは引き裂かれた男女の絆のことを指しているものと考えられる。

「續弦」とは、『山堂肆考』卷一五四、斷絃に「詩云、妻子好合如鼓瑟琴、故世俗夫喪妻者曰、『斷絃言如琴瑟之斷其絃也。』復娶者謂之續絃」とあるように、後妻を迎えることを指す。

（9）蘼蕪に向かいて……過ぎらば　「古詩八首」（『玉臺新詠』卷一所收）に「上山采蘼蕪／下山逢故夫／長跪問故夫／新人復何如」とあるように、もともとは山に登って蘼蕪（おんなぐさ。香草の一種。香料のほか、女性が子供を得るための薬用としても用いられた）を採って、山から下りて元の夫に出逢ったということから、のちに男に棄てられた女性を指すようになる。ここでは、妓女（あるいは妻）を奪われた劉禹錫（あるいは劉損）が彼女たちに逢いたいがために山の下《ふもと》に行きたいという氣持ちを表したものであろう。

（10）碧雲初め散ず　底本注に「斷字原空闕。據明鈔本補」とあるが、談刻本、許刻本ともに「斷」を「散」に作る。意味から考えると、後者の方が妥當と思われるので、ここでは「散」とした。

（11）買笑　遊女を買うことをいう。南宋、吳自牧『夢粱錄』卷一、元宵に「諸酒庫亦點燈毬、喧天鼓吹、設法大賞、妓女群坐喧嘩、勾引風流子弟買笑追歡」とある。

（12）雲は巫峽を藏い　音容は斷たれ　巫峽とは、四川省巫山縣の東にある長江上流の難所とされる三峽の一つ。

巻二七三・前篇、李季蘭（二）、注（15）（本書270頁）参照。

また音容は、白居易の「長恨歌」（『全唐詩』巻四三五所収）に「一別音容兩渺茫」とあるように、聲と顏のことをあらわす。ここでは二人の仲が引き裂かれたことを指す。

（13）星橋　天の川の橋、神話中の鵲橋のこと。唐、張文恭「七夕」詩（『全唐詩』巻三十九所収）「星橋百枝動／雲路七香飛」とある。

（14）東海　東方の大海のことを指す。魏、曹植「與吳季重書」（『文選』巻四十二所収）に「過屠門而大嚼（注）慈躍切、雖不得肉、貴且快意。（注）桓子『新論』曰、『人聞長安樂、則出門向西而笑、知肉味美、對屠門而大嚼。』當斯之時、願舉太山以爲肉、傾東海以爲酒、伐雲夢之竹以爲笛、斬泗濱之梓以爲箏、……」とある。

（15）三山　ここでの三山とは、蓬萊、方丈、瀛州山のことである。『史記』巻二十八、封禪書に「於是始皇遂東遊海上、行禮祭祠名山大川及八神、求僊人羨門之屬。……自威、宣、燕昭使人入海求蓬萊、方丈、瀛州。此三神山者、其傳在勃海中、去人不遠、患且至、則船風引而去」とある。

（16）豈に仙蹤の更に尋ぬべき有らんや　『本事詩』は「豈有仙踪尚可尋」に作るが、ここでは底本に従った。

（17）姮娥　『本事詩』は「嫦娥」に作る。姮娥とは、堯の時代に、怪物を退治するべく堯が地上に派遣した弓の達人羿《げい》の妻。怪物を退治した羿に堯は姮娥を与えたが、のちに慢心を抱いた羿は天上に帰ることができなくなり、不老不死の藥を求めるに至った。やがて彼は西王母より不老不死の藥を得るが、姮娥はその藥を勝手に盜んで飲み、月の世界へと旅立ち、月の女神となったとされる。前漢、劉安撰『淮南子』巻六、覽冥訓には「羿請不死之藥于西王母、姮娥竊之、奔月宮。（注）姮娥羿妻。羿請不死之藥於西王母、未及服之、姮娥盜食之、得仙、奔入月中、爲月精」とある。前漢の文帝（在位前一八〇〜前一五七年）の諱が恆であり、同音を避けて、漢代は嫦娥と呼ばれた。

(18) 紗窗遙に想う　『本事詩』は「紗窗暗想」に作るが、ここでは底本に従った。
(19) 料り得たり　夜來天上の鏡　『本事詩』は「料得此時天上月」に作るが、ここでは底本に従った。
(20) 只因りて……兩人の心を　『本事詩』は「祇應偏照兩人心」に作るが、ここでは底本に従った。

洛中擧人

擧子某乙、洛中擧人也。偶與樂妓茂英者相識。英年甚小、及乙到江外、偶於飲席遇之、因贈詩曰、「憶昔當初過柳樓、茂英年小尚嬌羞。隔牕未省聞高語、對鏡曾窺學上頭。一別中原俱老大、重來南國見風流。彈絃酌酒話前事、零落碧雲生暮愁。」擧子因謁節使、遂客遊留連數月、帥遇之甚厚、宴飲既頻、與酒糺諧戯頗洽。一日告辭、帥厚以金帛贐行、復開筵送別。因暗留絶句與糺曰、「少插花枝少下籌、須防女伴妬風流。坐中若打占相令、除却尚書莫點頭。」因設舞曲遺詩、帥取覽之、當時卽令人送付擧子。出『盧氏雜說』

洛中の擧人(1)

擧人(2)の某乙《なにがし》は洛陽(3)の住人であった。たまたま茂英(4)という樂妓と知り合った。茂英はまだ非常に幼かった。のちに、彼が江南(5)にやって來たとき、酒席でばったり茂英と出くわしたので彼女に詩を贈った。その詩は、

憶 昔 當 初 過 柳 樓　　憶う昔　當初柳樓(6)を過《よぎ》る
茂 英 年 小 尚 嬌 羞　　茂英年小《わか》く　尚お嬌羞(7)す

隔牕未省聞高語　牕《まど》を隔て未だ省《み》ずして　高語(8)を聞くのみ
對鏡曾窺學上頭　鏡に對い曾《すなわ》ち窺いて　上頭(9)を學ぶ
一別中原俱老大　一たび中原に別れてより　俱に老大(10)す
重來南國見風流　重ねて南國に來たりて　風流を見る
彈絃酌酒話前事　絃を彈じ酒を酌み　前事を話《かた》らん
零落碧雲生暮愁　零落す碧雲　暮愁を生ず

というものであった。(11)

そこで擧人は節度使に謁し、とうとう客として留まること數ケ月にも及んだ。節度使は彼を非常に厚遇し、宴會を頻繁に開き、（彼は）彼女と遊び呆けた。(12)そうしたある日彼は節度使に暇乞いをした。節度使は黃金や絹をたっぷり餞別として與え、また送別の宴を開いた。（擧人は）そこでこっそりと絶句を彼女に手渡した。その詩は、

少插花枝少下籌　少《わか》くして花枝を插し　少くして籌を下す
須防女伴妬風流　須く防ぐべし　女伴(13)の風流を妬むを
坐中若打占相令　坐中若し占相の令(14)を打たば
除却尚書莫點頭　尚書(15)を除却せんとして　點頭(16)する莫し

というものであった。(17)

（擧人は）そこで（お禮として）宴を設けて詩を遺《おく》った。節度使はこれを受け取って讀むと、すぐに人を遣わして茂英を擧子に送り届けたのである。(18)

注

（1）洛中の擧人　底本では出典を『盧氏雜説』とする。『盧氏雜説』は『新唐書』巻五十九、藝文志、小説家類および『崇文總目』小説類に一巻本と記され、撰者名は記されていないが、『直齋書錄解題』小説家類に「唐、盧言撰」と記す。現存する『盧氏雜説』にはこの記事は記載されてはいない。明、徐應秋輯『玉芝堂談薈』巻六に同じ記事が收錄されている。これはおそらく『廣記』から採ったものであると思われる。

（2）擧人　「擧子」とは科擧の試驗に應じるものすなわち擧人を指す。『舊唐書』巻一一一、高適傳に「(高)適年過五十、始留意詩什、數年之間、體格漸變、以氣質自高、毎吟一篇、已爲好事者稱誦。宋州刺史張九皐深奇之、薦擧有道科。時右相李林甫擅權、薄於文雅、唯以擧子待之」とある。

（3）洛陽　唐代の河南道河南府。『舊唐書』巻三十八、地理志に「顯慶二年置東都、……光宅元年爲神都、……神龍元年復爲東都、……天寶元年、改東都爲東京也」とあるように、何度か呼稱は變わったものの、唐代にはおおむね東都と呼ばれ、經濟都市として繁榮した。現在の河南省洛陽市。

（4）茂英　茂英の名は『廣記』『玉芝堂談薈』『全唐詩』のほかにはみえない。

（5）江南　底本は「江外」に作る。江外は巻二七〇、鄭路女、注（4）（本書106頁）參照。

（6）柳樓　妓樓を指す。妓樓は靑樓、妓館、妓舍、娼家、娼樓、花柳營、花門柳戶などと樣々な呼稱を持つ。管見の限り、柳樓という表現はこの洛中の擧人の詩以外には見當たらないが、ほかにも多く柳の字を用いていることからも、妓樓を示したものと考えてよかろう。

（7）嬌羞　愛らしく恥じらうこと。唐、韓偓「想得」詩（『全唐詩』巻六八三所收）に「兩重門裏玉堂前／寒食花枝月午天／想得那人垂手立／嬌羞不肯上鞦韆」とある。

(8) 高語　高い話し聲。唐、薛用弱『集異記』裴珙に「珙居水南、日已半規、卽促歩而進、及家暝矣。入門、方見其親與珙之弟妹張燈會食。珙乃前拜、曾莫顧瞻、因俯階高語曰、『珙自外至。』卽又不聞」とある。

(9) 上頭　娼妓が初めて接客することを指す。明、陶宗儀『輟耕錄』巻十五、上頭入月に「倡家處女初得薦寢於人、亦曰上頭」とある。

(10) 老大　年をとること、またはその人を指す。ここでは年をとったことをいう。唐、白居易「琵琶行」(『全唐詩』巻四三五所收)に「門前冷落鞍馬稀／老大嫁作商人婦」とある。

(11) その詩は……というものであった　『全唐詩』巻七八四、「洛中擧子」詩二首に「贈妓茂英『太平廣記』、茂英年小時、擧子與相識。後到江外。偶於飮席遇之。因贈」とあり、そのあとにこの詩が記されている。

(12) 節度使は……と遊び呆けた　底本には「帥遇之甚厚。宴飮既頻、與酒糾諸戲頗洽」とあるが、『全唐詩』では「宴飮既頻、茂英爲酒糾、諸戲頗洽」とある。酒糾とは妓女のこと。酒席に侍り酒をお酌したりすることからそのように呼ばれる。また、唐代、妓女に對してはほかに席糾、錄事などという呼稱も用いられた。南宋、陸游『老學庵筆記』巻六に「蘇叔黨政和中至東都、見妓稱錄事、太息語廉宣仲曰、『今世一切變古、唐以來舊語盡廢、此猶存唐舊爲可喜』。前輩謂妓曰、『酒糾』、蓋謂錄事也」とある。『全唐詩』の記事から、擧人が遊び呆けた酒糾は茂英であることが分かる。

(13) 女伴　女の連れのこと。ここでは茂英と同じ妓樓に所屬する妓女のことを指すと思われる。『敎坊記』に「是以諸女戲相謂曰、『女伴、爾自今後、縫壓婿士袋、當加意丹夾縫縫之、更勿令開綻也』」とある。

(14) 占相　他人の人相や顏色をみて吉凶禍福を占うこと。『通鑑』巻二〇七、長安四(七〇四)年十二月辛未條に「許州人楊元嗣、告昌宗嘗召術士李弘泰占相、弘泰言昌宗有無天子相談、勸於定州造佛寺、則天下歸心」とある。

(15) 尚書　宋、石茂良『避戎夜話』に「郭京乃殿司龍衛營兵員、人皆呼爲郭尚書、蓋營塞俚俗呼兵員之稱也」とあるように、兵士を指す呼稱としても用いられるが、そこから轉じてこの場合は節度使を指すものと考えられる。

(16) 點頭　承知の意をあらわして頭を下げること。唐、李靖『李衛公問對』上に「臣敎之以陳法、無不點頭服義」とある。

(17) その詩は……というものであった　『全唐詩』卷七八四、「洛中擧子」詩二首の「贈妓茂英」のあとに「又贈」とあり、この詩が記されている。

(18) すぐに人を遣わして……届けたのである　底本では「當時卽令人所在送付擧子」とあるが、『全唐詩』では「卽令人送付擧子」とある。「所在」とは通常、人の居場所などを意味するが、そのように譯するとこの一文が理解しにくい。從って、ここでは『全唐詩』の記載に従う。

蔡　京

邕南節度使蔡京過永州、永州刺史鄭史與京同年、連以酒樂相邀。座有瓊枝者、鄭之所愛、而席之最妍、蔡彊奪之行、鄭莫之競也。邕南之所爲、多如此類、爲德義者見鄙、終其不悛也。及邕南制禦失律、伏法。出『雲溪友議』

蔡　京(1)

邕南《ようなん》節度使の蔡京が永州に立ち寄ったときの話である。(2) 永州刺史の鄭史(3)と蔡京とは同じ年の科擧及第者であり、(4) 二人は連日宴會を催しては互いに招きあった。宴席に瓊枝という妓女がいた。(5)鄭史の思いもので、宴席隨一の美人であった。蔡京が彼女を強引に連れ去ったが、鄭史は連れ戻すことができなかった。蔡京のやり口はおおむねこのようであったので、德義を重んじるものからは輕蔑されたが、ついに改めようとはしなかった。(6)邕南における蔡京の支配秩序が崩れると、(7)彼は誅殺された。(8)

注

（1）蔡京　底本および諸版本は出典を『雲溪友議』（巻中、買山讖）とする。『唐語林』巻七にも同様の記事がみられる。『雲溪友議』『唐語林』ともに蔡京に關する記事は『廣記』よりも詳細で長い。

蔡京は生沒年?～八六二年。初め僧であったが令孤楚に見出され、その勸めにより科擧を受け、開成元（八三六）年、進士に及第する。澧、撫、饒州刺史を歷任し咸通三（八六二）年、嶺南西道節度使となる。本文にある邕南節度使とはおそらくこのことであろう。貪虐な政治を行い殘酷な刑罰を設けたりしたので、部下に追放されて崖州に左遷されることになったが、赴こうとせず、零陵で死を賜った。『通鑑』巻二五〇、咸通三年條に「嶺南舊分五管、廣、桂、邕、容、安南、皆隸嶺南節度使、蔡京奏請分嶺南爲兩道節度、從之。五月、敕以廣州爲東道、邕州爲西道……尋以嶺南節度使韋宙爲東道節度使、以蔡京爲西道節度使。……（八月）嶺南西道節度使蔡京爲政苛慘、設炮烙之刑、闔境怨之、遂爲邕州軍士所逐。……京無所自容、敕貶崖州司戶、不肯之官還、至零陵、敕賜自盡」とある。正史に傳はないが、『通鑑』巻二五〇および『舊唐書』巻十八下・『新唐書』巻九に名前が散見されるほか、『唐詩紀事』巻四・『登科記考』巻二十一・『全唐詩』巻四七二・『全唐文』巻七六〇に名前が散見される。

（2）邕南節度使……話である　底本は「邕南朝度使蔡京過永州」に作るが、許刻本は「邕南節度使過永州」に作る。また、『雲溪友議』『唐語林』ともに「及假節邕交、道經湘口（『唐語林』は「湖口」）」に作っているので、ここでは「邕南節度使」に改めた。邕南は邕州の南方。唐代は嶺南道に屬した。現在の廣西壯族自治區、南寧市。『雲溪友議』『唐語林』は「邕交」に作る。交は交州。唐代は嶺南道に屬した。現在のベトナム社會主義共和國ハノイ。また永州は唐代、江南西道に屬した。現在の湖南省永州市。

（3）永州刺史の鄭史　底本は「永州刺史鄭史」に作る。『雲溪友議』『唐語林』は「零陵太守鄭史」に作る。零陵は永州の州治。現在の湖南省永州市。

鄭史は生沒年不詳。唐代、宜春（江西省宜春市）の人。字は惟直。開成元（八三六）年の進士。易學博士をへて永州刺史となり、國子博士で終わった。『唐詩紀事』卷五十六・『全唐詩』卷五四二・『登科記考』卷二十一參照。

（4）同じ年の科擧及第者であり　底本は「同年」に作る。ともに開成元（八三六）年の進士である。『登科記考』卷二十一參照。

（5）宴席に……妓女がいた　底本および『雲溪友議』『唐語林』は妓女の名を瓊枝とするが、『唐詩紀事』では「經過池陽廉使崔君、悅一妓行雲」とあるように、その名を行雲とする。

（6）ついに改めようとはしなかった　底本および黃刻本は「終其不悛也」に作る。許刻本は「終怙不悛也」、『雲溪友議』は「終其不佺也」に作る。『唐語林』にはこの一文が缺落している。

（7）邕南に……崩れると　『雲溪友議』『唐語林』にはこの前に「行泊中興頌所、黽勉不前、題篇久之、似有悵悵之意（『唐語林』は「思」）」の語あり。

（8）彼は誅殺された　底本は「及邕南制禦失律、伏法」に作る。『雲溪友議』は「伏法湘川、權厝於此」に作る。『唐語林』は「伏法湘川」に作る。

武昌妓

韋蟾廉問鄂州、及罷任、賓僚盛陳祖席。蟾遂書『文選』句云、「悲莫悲兮生別離、登山臨水送將歸。」以牋毫授賓從、請續其句、座中悵望、皆思不屬、逡巡。女妓泫然起曰、「某不才、不敢染翰、欲口占兩句。」韋大驚異、令隨口寫之。「武昌無限新栽柳、不見楊花撲面飛。」座客無不嘉歎。韋令唱作楊柳枝詞、極歡而散、贈數十箋、納之、翌日共載而發。

出『抒情詩』

武昌の妓(1)

韋蟾《いせん》が鄂州觀察使であったときのことである(2)。その任務が終わるとき、鄂州の役人たちが盛大に餞《はなむけ》の宴を開いてくれた。韋蟾は最後に『文選』から、

悲　莫　悲　兮　生　別　離　　悲しきこと生別離より悲しきは莫し(3)

登　山　臨　水　送　將　歸　　山に登り水に臨んで將に歸らんとするを送る(4)

という二句を選んでしたため、箋紙と筆を列席者にまわして後の句を續けて欲しいと頼んだ。しかし一座の人々は困り果てて視線を宙にさまよわせ、思案に耽るばかりで誰も後を續けることができず、逡巡するだけであった。

そのときである。一人の妓女がはらはらと涙を流しながら立ち上り、

「私は無學で、字を書くようなことはもっての外ですので、口頭で兩句に續けさせて頂けませんか」

といった。韋蟾は大いに驚いたが、彼女の唱うままに書き取らせた。

武昌無限新栽柳　　武昌は無限　新たに栽えられし柳
不見楊花撲面飛　　見ずや楊花の　面を撲ちて飛ぶを(5)

居並ぶ客たちは贊嘆の聲を惜しまなかった。韋蟾は妓女に件《くだん》の四句を「楊柳枝詞(6)」の曲にのせて唱い舞わせ、宴は歡樂の限りを盡くしてお開きとなった。韋蟾が數十貫(7)を彼女に贈ったところ、承諾したので、翌日一緒に出發した。(8)

注

（1）武昌の妓　底本および諸版本は出典を『抒情詩』とするが、これは『杼情集』の誤り。『杼情集』は巻二七二・妬婦篇、李廷璧妻、注（1）（本書245頁）參照。『唐詩紀事』巻五十八にも同様の記事が收錄されている。

武昌は唐代、江南西道鄂州に屬する。現在の湖北省武漢市武昌區。

（2）韋蟾が……ときのことである　底本は「韋蟾廉問鄂州」に作る。廉問とは『唐會要』巻七十九に「其月、中書門下奏、觀察使職當廉問、……」とあるように、觀察使のことである。觀察使は、最初は按察使といい、やがて採訪處置使、觀察處置使などと名前が變わったが、安史の亂後、觀察使と改名し、一道の軍司令官、節度使や經略使などの役職と兼任されるようになった。一道の民政を總掌し、管内の刺史以下の州縣官の考課も掌り、大きな權限を有した。『唐刺史考全編』では、韋蟾が鄂州觀察使であった時期を乾符元（八七四）年から同四（八七七）年の間であるとしている。

韋蟾は生沒年不詳。唐代、下杜（陝西省西安市の南）の人。字は隱珪。大中七（八五三）年の進士。初め徐商掌書記となり、咸通年間（八六〇～七四年）の末、尚書左丞となる。『舊唐書』巻一八九下、韋表微傳に「子蟾、進士登第、咸通末、爲尚書左丞」とある。『唐詩紀事』巻五十八・『全唐詩』巻五六六參照。

鄂州は唐代、江南西道に屬した。現在の湖北省武漢・鄂州・黃岡・黃石・咸寧市一帶。

（3）悲しきこと生別離より悲しきは莫し　『文選』巻三十三、騒下、屈平、九歌二首、少司命の一句。「……悲莫悲兮生別離／樂莫樂兮新相知……」とある。

（4）山に登り水に臨んで將に歸らんとするを送る　『文選』巻三十三、騒下、宋玉、九辨五首に「……憭慄兮若在遠行／登山臨水兮送將歸……」とある。

（5）見ずや楊花の面を撲ちて飛ぶを　『全唐詩』巻八〇二に武昌妓「續韋蟾句」として載せる。ほかに南宋、祝穆『方輿勝覽』巻二十八・『萬首唐人絶句』巻六十五・『唐詩紀事』巻五十八所收。

（6）「楊柳枝詞」　樂府、近代曲辭の一つ。古曲の元々別れを惜しむ歌である。折楊柳の流れを汲む曲。折楊柳には横吹曲と琴調曲の二系統があったが、いずれに屬するものかは不明。ただ隋の煬帝（在位六〇四～一七年）のときに柳枝歌があったといい、直接にはこれを承けるものであろう。のちに『樂府詩集』巻八十一、近代曲辭、楊柳枝二首に「楊柳枝、白居易洛中所製也。本事詩曰、『白尙書有妓樊素善歌、小蠻善舞、嘗爲詩曰、『櫻桃樊素口、楊柳小蠻腰』。年既高邁、而小蠻方豐豔、乃作楊柳枝』……薛能曰『楊柳枝者、古題所謂折楊柳也』」とあるように、白居易が二人の愛妾のために楊柳枝を作ったが、これとは同名異曲のものと考えられる。白居易、劉禹錫が楊柳枝詞を作ったのち、大いに流行した。その詞は七言、四句から成り、柳をモチーフとして情感を歌い上げる。なお、武昌の楊柳については、『藝文類聚』巻八十九、木部下、楊柳に、「『晉中興書』曰、『陶侃明識過人、武昌道種柳、人有竊之、植于其家。侃見而識之、問『何以盜官柳種。』于時以爲神」とある。

（7）數十貫　底本では「贈數十箋」とあるが、『全唐詩』は「贈數十千」とある。この場合、「箋」と「千」は同義。一千文すなわち一貫をあらわす。

（8）　翌日一緒に出發した　ここでの妓女は鄂州の官廳で用いられていることから、地方官妓であると考えられる。地方の官妓は當時、地方官府に所屬していたため、州の長官より許可が與えられると自由に取引できた。そのため、韋蟾が一緒に連れ歸ることが可能であった。

韋保衡

韋保衡嘗訪同人。方坐、李鉅新及第、亦繼至。保衡以其後先、匿於帷下。旣入曰、「有客乎。」同人曰、「韋保衡秀才、可以出否。」鉅新及第、甚自得意。徐曰、「出也、何妨。」保衡竟不之出。洎衡尙公主爲相。李蠙鎭岐下、鉅方自山北舊從事辟焉。初保衡旣登第、獨孤雲除東川、辟在幕下。樂籍間有佐飲者、副使李甲屬意也。時以逼於他適、私期、迴將納焉。保衡旣至、不之知、祈於獨孤、且請降其籍。李至、意殊不平、每在宴席、輒以語侵保衡。保衡不能容、卽攜其妓人以去。李益怒之、屢言於雲。雲不得已、命飛牒追之而迴。無何、堂牒追保衡赴輦下。乃尙同昌公主也。李固懼之矣。不日、保衡復入翰林。李聞之、登時而卒。出『玉泉子』

韋保衡（1）

韋保衡（2）が同人《しんゆう》（3）のところを訪ねたときのことである。席に着こうとすると、科擧に合格したばかりの李鉅（4）が續いてやって來た。韋保衡はまだ及第していなかったので、遠慮して帷《とばり》の中に身を隱した。李鉅は部屋に入ると友人に、「先客があるのですか」

と尋ねた。友人は、

「秀才の韋保衡です。（5）（すでに及第されたあなたと）同席させてよいものでしょうか」

といった。及第したばかりの李鉅は得意絶頂だったので、（6）徐《おもむ》ろに答えた。

「彼を同席させたからといって何の差し障りがありましょうか」

しかし韋保衡は、とうとう帳の中から出てこなかった。

のち、韋保衡は公主を娶り、宰相にまでのぼりつめた。（7）（反對に）李鉅はずっと山北の従事をしており、（李蠙《りひん》が鳳翔府の長官になったとき）その地に辟召された。（8）

韋保衡が科擧に合格したとき、東川節度使となっていた獨孤雲（9）が、彼を幕僚として招いてくれた。（當地の）妓女のなかに、酌をするものがおり、（10）副使の李甲が彼女に熱を上げていた。（11）李甲は機會あるごとに結婚を迫り、勝手に彼女を身請けしようと決めていた。（その頃）ちょうど、韋保衡が喚ばれて來たのである。彼は何も知らず、獨孤雲に拝み倒して、彼女を身請《ひ》かせて欲しいと頼んだ。（12）李甲はやって來てそのことを知ると、心中穏やかではいられない。宴會が催されるたびに韋保衡に對して暴言を吐いた。しかし韋保衡は屈せず、その妓女を連れ去ってしまった。李甲はいよいよ激昂し、しばしば獨孤雲に何とかしてほしいとねじ込んだ。獨孤雲は仕方なく、飛脚を走らせ、（13）韋保衡の跡を追って連れ戻した。するとと間もなく中央から、韋保衡にすぐ都に赴くようにという通達が届いた。（14）（15）同昌公主を娶ることになったのである。（16）李甲は大變彼を懼れるようになった。そうこうするうちに、韋保衡は今度は翰林院に入ることになった。（17）李甲はそれを聞くと、ショックのあまり即死した。

注

（1）韋保衡　底本および諸版本は出典を『玉泉子』とする。底本は題名を「韋保衢」に作るが、『舊唐書』巻一七七、韋保衡傳・『新唐書』巻一八四、路巖附傳により「韋保衡」に改めた（黄刻本は題名の頭注に「衢乃衡之誤」とある）。

韋保衡は生沒年？～八七三年。唐代、京兆（陝西省西安市）の人。字は蘊用。咸通五（八六四）年の進士。起居郎に拜され、咸通十（八六九）年正月、懿宗（在位八五九～七三年）の娘、同昌公主を娶る。咸通十一（八七〇）年四月、翰林學士、兵部侍郎、同中書門下平章事となる。恩寵をかさにきて、横暴な振舞いが多かった。同年八月、同昌公主が死去すると（『新唐書』巻八十三、諸帝公主傳では咸通十年）、恩寵も衰え、咸通十四（八七三）年九月、隠れた惡事を摘發されて、賀州刺史に左遷される。翌月、崖州長滿令に貶され、まもなく死を賜った。『舊唐書』巻一七七、韋保衡傳・『新唐書』巻一八四、路巖附傳・『通鑑』巻二五二、咸通十四年條參照。

（2）韋保衡　底本にはこの下に「明鈔本衡」という注があるが「韋保衢」のままである。

（3）同人　同じ志をもつ親しい友人のこと。唐、陳子昂「偶遇巴西姜主簿序」（『陳拾遺集』巻七）に「逢太平之化、寄當年之歡、同人在焉、而我何歎」とある。

（4）李鉅　『新唐書』巻七十二上、宰相世系表に「（李）鉅、綿竹丞」「（李）鉅、新息尉」とあり、綿竹縣丞、新息縣尉という地方官のポストについていたことが分かるが、詳細は不明である。

（5）秀才　『唐六典』巻四に「凡擧試之制、毎歳仲冬、率與計偕。其科有六、一曰『秀才』、試方略策五條。此科取人稍峻、貞觀已後遂絶。二曰『明經』、三曰『進士』、四曰『明法』、五曰『書』、六曰『筭』」とあるように、選擧（科擧）制度では秀才科、明經科、進士科が併設されていた。秀才科は『通典』巻十五、選擧に「貞觀中有擧而不第者、坐其州長、由是廢絕」とあるように、落第すると推薦した州の長官が處罰されたため次第に應じるものものがなくなった。そして『新唐書』巻四十四、選擧志に「高宗永徽二年、始停秀才科」とあり、三代高宗（在位六四九～八三年）の時代に廢止されている。『陔餘叢考』巻二十八、秀才に「爲秀才者殆絕、而多趨明經、進士、然唐時擧子皆稱秀才」とあり、唐代では科擧の受驗者はみな秀才と呼ばれていたとしている。ただし、明經科などほかの科の受驗者は秀才とは呼ばれなかったようであるが、少なくとも進士科受驗者の呼稱として定着していたことは確かであろう。

（6）李鉅は……であったので　底本は「鉅新及第、甚自得意」、『玉泉子』は「鉅新成事、甚自得」に作る。底本に從う。

（7）韋保衡は……のぼりつめた　咸通十年、公主との結婚を機に出世街道に登ったことは『舊唐書』巻一七七、韋保衡傳に「咸通十年正月、尙懿宗女同昌公主。公主郭淑妃所生、妃有寵、出降之日、傾宮中珍玩以爲贈送之資。尋以保衡爲翰林學士、轉郎中、正拜中書舍人、兵部侍郎承旨。不期年、以本官平章事」とあることからもわかる。

（8）（反對に）李鉅はずっと……その地に辟召された　李蠙は生沒年不詳。『玉泉子』および『唐語林』巻七に「李蠙、王鐸、進士同年也」とあり、『舊唐書』巻一六四、王播附傳に「播弟炎。炎子鐸、字昭範、會昌初進士第」とあるように、會昌元（八四一）年の進士。『因話錄』巻六および『唐語林』巻四に「大中九年、沈詢侍郎以中書舍人知擧。……同年有起居者之會、倉部李郎中蠙時在座、因戲諸進士曰……」とあるように、その名は散見されるが、詳細は不明である。『唐刺史考全編』では李蠙が鳳翔府の長官となった時期を咸通十一（八七〇）年から十二年に比定している。

岐下は鳳翔府を指す。鳳翔府は唐代、京畿道に屬した。現在の陝西省鳳翔縣。山北は昭義軍を指すものと考えられる。昭義軍は唐代、河東道に屬した。現在の山西省長治市。『通鑑』巻二五〇、咸通五（八六四）年條に「（咸通五年）春、正月、以京兆尹李蠙爲昭義節度使、取歸秦心肝以祭沈詢」とあるように、李蠙は咸通五年に昭義節度使となっている。李鉅はもと山北の從事として李蠙の部下であった縁から、幕下に辟召されたのであろう。なお、從事は官名。『通典』巻三十二、職官に「部郡國從事史、毎郡國各一人、漢制也。主督促文書、擧非法」とある。また、清、王昶『金石萃編』巻一〇七、使院石幢記に「唐元和十二年九月十二日、徐之從事立石、紀氏於府庭之南端」とあり、攝節度副使以下幕職僚佐の名を記していることから、幕職官一般を指すとも考えられる。李鉅は早く科擧に合格したが、幕職官も、のちに就く縣丞もあまり高い地位とはいえない。遲いスタートだったが、公主と結婚してトントン拍子に出世した韋保衡の好對照として配されているのである。

（9）東川節度使となっていた獨孤雲　底本は「獨孤雲除東川」に作るが、『玉泉子』は「獨孤雲除西川」に作る。「東川」とは、劍南東川節度使を指し、治所は梓州（四川省三台縣）。至德二（七五七）載、劍南節度使を分割しておかれたもので、「西川」は分割されたもう一方の劍南西川節度使を指すと思われる。獨孤雲は、『舊唐書』巻十九上、懿宗本紀に「（咸通十三年）三月、以吏部尚書蕭鄴、吏部侍郎獨孤雲考官、職方郎中趙蒙、駕部員外郎李超考試宏詞選人」、同巻十九下、僖宗本紀に「（乾符三年）五月、以江西觀察使爲少傅」とある。また『新唐書』巻七十五下、宰相世系表に「（獨孤）雲、字公遠、吏部侍郎」とあるなど名前は散見するが、詳細は不明である。

（10）酌をするものがおり　底本は「樂籍間有佐飲者」、『玉泉子』は「樂籍間有佐酒者」に作る。ともに大差はないので底本に從う。樂籍は、藝人および妓女を指す。唐、杜牧「張好好」詩序（『全唐詩』巻五二〇所收）に「牧太和三年、佐故吏部沈公江西幕。好好年十三、始以善歌來樂籍中。後一歲、公移鎭宣城、復置好好於宣城籍中」とある。

（11）副使の李甲が彼女に熱を上げていた　底本は「副史李甲」に作るが、談刻本、許刻本および『玉泉子』は「副使李甲」に作ることから、本文では「副使」に改める。副使とは、正使の補佐役で、唐代、節度使などの屬僚。『舊唐書』巻四十四、職官志に「節度使一人、副使一人、行軍司馬一人、判官二人、掌書記一人、參謀、隨軍四人」とある。

李甲は生沒年不詳。『新唐書』巻七十二上、宰相世系表に「(李)甲、恆王友」とあり、『登科記考』巻二十七、進士科に「李甲」の名がみえるが、詳細は不明である。

（12）彼女を……と頼んだ　底本は「且請降其籍」に作るが、『玉泉子』は「且將解其籍」に作る。

（13）飛脚　底本は「飛牒」に作る。迅速に通達される文書。飛脚か早馬の類と思われる。『新唐書』巻一三四、楊愼矜傳に「(王)鉷乃與(李)林甫作飛牒、告(楊)愼矜」とある。

（14）都　底本は「輦下」に作るが、『玉泉子』は「闕下」に作る。

（15）通達　底本は「堂牒」に作る。堂牒とは唐宋時代、宰相からの下達文書を指す。『通鑑』巻二八一、天復二(九三七)年六月條に「閩主又以空名堂牒、使醫工陳究賣官於外。(注)堂牒卽今人所謂省劄。空名者未書所授人名、既賣之得錢而後書塡」とある。また清、畢沅『續資治通鑑』巻六十六、神宗熙寧二(一〇六九)年夏四月條に「(王)安石既執政、奏言、中書處分劄子、皆稱聖旨、不中理者十常八九、宜止令中書出牒。帝愕然。(唐)介曰、『昔寇準用劄子遷馮拯官不當、拯訴之。』太宗謂、『前代中書用堂牒、乃權臣假此爲威福。太祖時以堂牒重於敕命、遂削去之。今復用劄子、何異堂牒……』」とある。

（16）同昌公主　生沒年?～八七〇(六九?)年。衞國文懿公主。懿宗(在位八五九～七三年)の娘。母は郭淑妃。はじめ同昌(唐、劍南道扶州、現在の四川省南坪縣)に封ぜられたのでこの名がある。『通鑑』巻二五一、咸通十(八六九）年春正月條に「丁卯、同昌公主適右拾遺韋保衡、以保衡爲起居郎、駙馬都尉。（注）同昌、隋郡名、唐爲疊州常芬縣。公主、郭淑妃之女、上特愛之、傾宮中珍玩以爲資送、賜第於廣化里、窗戸皆飾以雜寶、井欄、藥臼、槽匱亦以金銀爲之、編金縷以爲箕筐、賜錢五百萬緡、他物稱是」とあるように、咸通十（八六九）年三月に韋保衡に降嫁するが、翌十一年八月死去（『通鑑』による。『新唐書』は咸通十年とする）。彼女を特に可愛がっていた懿宗はその死を悼んで自ら挽歌を作った。『新唐書』巻八十三、諸帝公主傳參照。

(17)　韋保衡は……入ることになった　『通鑑』巻二五一、咸通十（八六九）年條に「三月、辛未、以起居郎韋保衡爲左諫議大夫、充翰林學士」とある。

翰林院は、唐代、天子の詔敕作成を掌る官廳である。翰林學士はもと翰林供奉といい文書作成を職掌としていたが、玄宗の開元二十六（七三八）年供奉を學士と改め、宰相や將軍の任免に關する文書の起草を擔當した。「天子の私人」と言われるほど皇帝に近い位置にあったので、宰相に匹敵する要職となった。『新唐書』巻四十六、百官志に「學士之職、本以文學言語被顧問、出入侍從、因得參謀議、納諫諍、其禮尤寵、而翰林院者、待詔之所也。……玄宗初、置翰林待詔、以張說、陸堅、張九齡等爲之、掌四方表疏批答、應和文章、既而又以中書務劇、文書多壅滯、乃選文學之士、號翰林供奉、與集賢院學士掌制詔書敕。開元二十六年、又改翰林供奉爲學士、別置學士院、專掌內命。凡拜免將相、號令征伐、皆用白麻。其後、選用益重、而禮遇益親、至號爲內相、又以爲天子私人。凡充其職者無定員、自諸曹尙書下至校書郎、皆得與選」とある。

曹生

盧常侍銍、牧瀘江日、相座囑一曹生、令署郡職、不免奉之。曹悅營妓名丹霞、盧沮而不許。會餞朝客於短亭、曹獻詩曰、「拜玉亭間送客忙、此時孤恨感離鄉。尋思往歲絕纓事、肯向朱門泣夜長。」盧演爲長句、和而勉之曰、「桑扈交飛百舌忙、祖亭聞樂倍思鄉。樽前有恨慙卑宦、席上無㝹愛豔粧。莫爲狂花迷眼界、須求眞理定心王。遊蜂採掇何時已、祇恐多言議短長。」出盧懷『抒情集』

曹　生(1)

常侍の盧銍(2)が、瀘江郡(3)の長官をつとめていた時分のことである。彼はたまたま同席していた曹生《なにがし》を見込んで、郡のポストにつけることにした。曹生はやむなく命令に従った。彼は丹霞という名の妓女(4)を氣に入っていたが、盧銍は落籍《ひ》かせることを承知しなかった。短亭(5)で中央の官吏(6)を餞《たむけ》る宴が催されたとき、曹生は次のような詩(7)を作って（盧銍に）獻じた。

拜玉亭間送客忙　　玉亭に拜するの間　送客忙《あわただ》し
此時孤恨感離鄉　　此の時孤《わが》恨みは　鄉を離るるを感《おも》う
尋思往歲絕纓事　　尋思す　往歲纓を絕つる事(8)
肯向朱門泣夜長　　肯て朱門(9)に向い　夜に泣くこと長し

それに對して盧銍は唱和の長句(10)を作って、次のように詠い曹生を激勵した。

桑扈交飛百舌忙
祖亭聞樂倍思鄉
樽前有恨慙卑宦
席上無寥愛豔粧
莫爲狂花迷眼界
須求眞理定心王
遊蜂採掇何時已
祇恐多言議短長

桑扈　交《こもごも》飛び(11)　百舌《もず》忙し
祖亭に樂を聞けば(12)　倍《ますます》鄉を思う
樽前に恨有り　卑宦を慙じ(13)
席上無寥にして　豔粧を愛づるも(14)
狂花の爲に(15)眼界を迷わさるる(16)なかれ
須く眞理を求め　心王(17)を定むべし
遊蜂の採掇　何《いつ》の時にか已まん
祇《ただ》恐るらくは(18)多言して　短長を議さんことを(19)

注

(1) 曹生　底本および諸版本は出典を『抒情集』とする。『南部新書』（辛集）および『唐詩紀事』巻八十にも同様の記事がみられる。

(2) 常侍の盧鉟　常侍は、唐代、散騎常侍の略稱。顯慶二（六五七）年に左右散騎常侍に分かれ、左散騎常侍は門下省に、右散騎常侍は中書省にそれぞれ屬した。各二名、正三品下。『新唐書』巻四十七、百官志に「(門下省)左散騎常侍二人、正三品下。掌規諷過失、侍從顧問……（中書省）右散騎常侍二人、右諫議大夫四人、右補闕六人、右拾遺六人、掌如門下省」とある。盧鉟については詳細不明である。

(3) 瀘江郡　唐代は淮南道に屬した。現在の安徽省合肥市。『舊唐書』巻四十、地理志に「隋瀘江郡、武德三年改爲瀘州」とある。

（4）丹霞という名の妓女　底本は「營妓名丹霞」に作る。營妓は、巻二七二・妬婦篇、張褐妻、注（3）（本文249～250頁）参照。丹霞については詳細不明である。

（5）短亭　城外の大通りに設けられた旅行者の休憩所。十里ごとに長亭、五里ごとに短亭がおかれた。南宋、周密『齊東野語』巻十四、姚幹父雜文に「五里短亭、十里長亭、繚繞乎其甬道」とある。

（6）中央の官吏　底本は「朝客」に作る。中央の官吏を指す。唐、鄭棨『開天傳信記』に「法善居玄眞觀、嘗有朝客數十人詣之、解帶淹留、滿座思酒」とある。

（7）次のような詩　『全唐詩』巻七八三に曹生「獻盧常侍」として収められている。また『萬首唐人絕句』巻六十四に「獻盧江牧」として載せる。送別の宴會にかこつけて恨み言をいったのである。

（8）纓を絕つる事　前漢、『說苑』巻六、復恩にみえる故事。楚の莊王（春秋五霸の一人、在位前六一三～前五九一年）が群臣を集めて開いた宴會の席上、ふとしたはずみで燈火が消えた。そのとき闇に紛れて莊王の寵愛する美人の衣を引いて、口說こうとするものがいた。彼女はとっさの機轉でその男の冠の纓を絕《き》り、莊王にこのことを告げた。こうして犯人を摘發しようとしたのである。しかし王は群臣みなに纓を絕るよう命じて分らなくさせてしまった。その二年後、晉との戰爭の際、わが身を省みず常に王の前に立ちふさがって敵を退けるものがあった。莊王が譯を尋ねると、美人を口說こうとした犯人であったという。こういう故事もあるのだから、いちどくらいの火遊びは許してもらいたい、と曹生はいいたかった譯である。

（9）朱門　高位高官や富貴の家のこと。高貴な人は家の門を朱漆で塗ったため、高官や富豪などの家を朱門と稱するようになった。唐、杜甫の「自京赴奉先縣詠懷五百字」詩（『全唐詩』巻二一六所收）に「朱門酒肉臭／路有凍死骨」とある。

（10）長句　『全唐詩』巻七七一に盧鉟「勗曹生」として収められている。この詩の應酬は、前の詩で曹生が怨みがましいことを言ってきたので、妓女などに現を抜かしていないで（莫爲狂花迷眼界）、もっと現實を見据えて生きて行け（須求眞理定心王）、と諭したのである。若干の皮肉も交えて。

（11）桑扈交飛び　桑扈はアトリ科の鳥、イカル（古名斑鳩《いかるが》）のこと。體は灰褐色で、頭、喉、翼、尾は青黒色をしている。『詩經』小雅、桑扈序に「桑扈、刺幽王也、君臣上下、動無禮文焉。交交桑扈、有鶯其羽。君子樂胥、受天之祜」とあり、南宋、朱熹『詩經集傳』巻五は「此亦天子燕諸侯之詩。……頌禱之詞也」と説明している。底本は「桑扈交飛」に作るが、『唐詩紀事』は「桑扈交暉」に作る。

（12）祖亭に樂を聞けば　底本は「祖亭聞樂」に作るが、『唐詩紀事』は「祖亭同樂」に作る。祖亭は送別の宴會が開かれた場所を指す。祖は、旅立ちに際して道祖神を祭ること。『漢書』巻五十三、臨江閔王榮傳に「榮行、祖於江陵北門。（注）師古曰、『祖者、送行之際、因饗飲也。昔黃帝之子、累祖好遠游而死於道、故後人以爲行神也』」とある。

（13）卑官を慙じ　底本は「慙卑宦」、『唐詩紀事』は「同卑宦」に作る。ここは恥じるところであるから底本に従う。

（14）席上無寥にして　豔粧を愛づるも　底本は「席上無寥愛豔粧」、『唐詩紀事』は「席上無寥發靚粧」に作る。意味は少しく異なるが、底本に従う。

（15）狂花の爲　通常は季節外れに咲く花の意であるが、ここでは妓女の陰喩であると考えられる。底本は「莫爲狂花」、『唐詩紀事』は「莫與狂花」に作る。「爲」、「與」はどちらもに「ために」とよむ。

（16）眼界　目に見える範圍。佛教語で視覺を指す。唐、唐彥謙の「遊清涼寺」詩（『全唐詩』巻六七一所收）に「萬有倶空眼界清」とある。

（17）心王　佛教語で心（サンスクリットではcitta）および心の主體となる識（眼、耳、舌、身、意、末那識、阿賴耶識）をいう。北涼、曇無讖譯『大般涅槃經』巻一、壽命品に「頭爲殿堂／心王居中」とあり、劉禹錫「閑座憶樂天以詩問酒熟未」詩（『全唐詩』巻三五八所收）に「減書存眼力／省事養心王」とある。
（18）祇恐るらくは　底本は「祇恐」、『唐詩紀事』は「却恐」に作る。底本に從う。
（19）……議さんことを　『北夢瑣言』には、このあとに、「令丹霞改令罰曹、霞乃號爲怨胡天、以曹狀貌甚胡。滿座歡笑、盧乃目丹霞爲怨胡天」の一文が續いている。

羅　虬

羅虬詞藻富贍、與宗人隱、鄴齊名。咸通乾符中、時號三羅。廣明庚子亂後、去從鄜州李孝恭。籍中有紅兒者、善爲音聲、常爲副戎屬意。會副戎聘鄰道、虬請紅兒歌、而贈之繒綵。孝恭以副車所貯、不令受所貺。虬怒、拂衣而起。詰旦、手刃紅兒。既而思之、乃作絶句百編。號比紅兒詩、大行於時。出『摭言』

羅　虬（1）

羅虬《らきゆう》は詩文の才能が豊かな人物であった。（2）同族の羅隱、（3）羅鄴（4）といずれ劣らぬ名聲を博し、咸通（八六〇～七四年）、乾符（八七四～七九年）年間には、三羅と稱された。（羅虬は）廣明庚子の亂後、（5）都を去って鄜州《ふしゆう》に赴き、李孝恭に仕えた。（6）（雕陰の）樂籍に歌の上手い紅兒という妓女がいたが、（7）彼女はかねてより副長官の（8）屬意《おもいもの》であった。たまたま副長官が隣の藩鎮に召聘されて居なくなったのをいいことに、羅虬は紅兒に歌を所望し、鮮やかな絹を贈った。ところが副長官(9)の圍われものであるからという理由で、李孝恭は彼女に貺《おくりもの》を受けとらせなかった(10)。羅虬は怒った。決然と衣を拂って立ち上がり、翌朝早く、劍で紅兒を殺してしまったのである。

のちに彼は紅兒のことを追想し、絶句百篇を作った(11)。この詩は、「紅兒に比《くら》ぶるの詩(12)」と稱され、當時、大いに流行した。

注

（1）羅虬　底本および諸版本は出典を『摭言』とする。『唐摭言』巻十所收。

羅虬は生沒年不詳。台州（浙江省臨海市）の人。羅隱、羅鄴とともに三羅と稱せられる。新・舊『唐書』には傳がなく、『唐才子傳』巻九にこの話と同様の記載があるほか、『北夢瑣言』巻十三・『南部新書』己集・『唐語林』巻三・宋、晁公武『郡齋讀書志』巻四中などに名前がみえる。

（2）詩文の才能が豊かな人物であった　底本は「詞藻富贍」、『唐摭言』は「辭藻富贍」に作る。底本に從う。

（3）羅隱　生沒年八三三～九〇九年。餘杭（浙江省杭州市餘杭縣）の人（一説に新城縣（浙江省杭州市新城縣）とする）。字は昭諫。本名は横。科擧に落第し、食客として諸侯に仕える。詳しくは巻二七一・才婦篇、關圖妹、注（8）（本書170頁）參照。

（4）羅鄴　生沒年未詳。餘杭（浙江省杭州市餘杭縣）の人。咸通中（八六〇～七四年）高位につくことを目指して科擧を受けるが結果は常に落第であった。最終的に江西觀察使の崔安潛に見出されて郡の佐官である督郵に任じられる。結局初めの志は果たせないままであった。著書に『蔣子文傳』『羅鄴詩集』がある。『唐詩紀事』巻六十八・

『唐才子傳』巻八・『全唐詩』巻六五四参照。

(5) 廣明庚子の亂　廣明元（八八〇）年十二月、黃巢が長安に入り、帝號を稱した。いわゆる黃巢の亂である。『通鑑』巻二五四、僖宗廣明元年十二月の條に「壬辰、（黃）巢卽皇帝位于含元殿」とある。

(6) 鄜州に赴き……仕えた　鄜州は唐代、關內道に屬す。現在の陝西省延安市富縣。

李孝恭は『新唐書』巻七十二上、宰相世系表に李元稱の孫として、また『舊唐書』巻十九下、僖宗本紀および『新唐書』巻一八五、鄭畋傳には鄜延節度使としてその名がみえる。『通鑑』巻二五五、中和三（八八三）年五月條に「又建延州爲保塞軍、以保大行軍司馬延州刺史李孝恭爲節度使」とある。

(7) 樂籍に……いた　底本は「籍中有紅兒者」とするが、『唐才子傳』には「時雕陰籍中有妓杜紅兒者」とある。また清、沈可培『比紅兒詩註』の羅虬の原序には「比紅者、爲雕陰官妓杜紅兒作」とあり、同じく雕陰の官妓としている。雕陰はここでは戰國時代魏の邑名で、鄜州の北の邊りを指す雅稱として用いられたものと考えられる。

(8) 副長官　底本には「副戎」に作るが、『唐摭言』では「貳車」に作る。副官のことである。『舊唐書』巻一一一、房琯傳に「又各樹其私黨劉秩、李揖、劉彙、鄧景山、竇紹之徒、以副戎權」とあり、また『册府元龜』巻四十八、帝王部、從人欲に「乃召還京、何福進以僕馬遣之、再授副戎而思鄉之情、不復已也」とある。

(9) 副長官　底本は「副車」に作る。副戎と同義。注（8）参照。

(10) 李孝恭は……受けとらせなかった　底本は「孝恭以副車所盼。不令受之」に作るが、『唐摭言』では「孝恭以副車所貯。不令受所貺」に作る。この場合、貳車は當地を離れているので「所盼」という表現よりは「所貯」の方が適切であろう。ゆえにここでは『唐摭言』に従う。

(11) 絶句百篇を作った　底本は「詰旦、手刃紅兒。既而思之。乃作絶句百編。號『比紅兒詩』。大行於時」、『唐摭言』は「詰旦、手刃絶句百編。號比紅詩。大行於時」に作るが、「手刃絶句百編」では意味をなさない。底本に従う。

(12)「紅兒に比ぶるの詩」　『說郛』弓八十四・『唐代叢書』第三集等所收。『比紅兒詩註』一巻もある。『比紅兒詩註』の羅虬の原序に「比紅者、爲雕陰官妓杜紅兒作。貌麗年少、樸（機）智慧悟、不與群女等。餘知紅者、乃擇古之美色灼然、稱於史傳者、優劣於章句間、遂題比紅兒一百首」とある。百首作った詩の中で、褒姒、杜蘭香、楊貴妃など古えの美女たちを紅兒と比べて語っていることから、「比紅兒詩」と題したのである。

徐月英

江淮間有徐月英者、名娼也。其送人詩云、「惆悵人間萬事違、兩人同去一人歸。生憎平望亭中水、忍照鴛鴦相背飛。」又云、「枕前淚與階前雨、隔箇牕兒滴到明。」亦有詩集。金陵徐氏諸公子、寵一營妓、卒乃焚之、月英送葬、謂徐公曰、「此娘平生風流、沒亦帶焰。」時號美戲也。出『北夢瑣言』

徐月英(1)

江淮地方(2)に、徐月英という有名な娼妓がいた。彼女が作った餞《たむ》け(3)の詩を紹介しよう。

惆 悵 人 間 萬 事 違　　惆悵たり人間《じんかん》　萬事違う
兩 人 同 去 一 人 歸　　兩人《ふたり》同に去り　一人歸る

生憎平望亭中水　　憎しみを生ず　平望亭(4)中の水
忍照鴛鴦相背飛　　忍《むご》くも照らす　鴛鴦の相背きて飛ぶを

またこんな詩もある。(5)

枕前涙與階前雨　　枕前の涙と　階前の雨と
隔箇窗兒滴到明　　隔箇《れんじ》の窗兒《まど》に　滴として明《あかつき》に到る(6)

彼女には詩集もある。

金陵(7)で徐氏の公子たちと浮き名を流していた一人の營妓がいる。この營妓が死んで荼毘にふされた。徐月英は葬送の際、徐公に向かって、

「生前彼女は風流《こい》多き娘でしたが、亡くなってもなお炎に身を焦がしています」

と、言った。人々は美しい戯言《メタファー》だと褒めそやした。(8)

注

(1) 徐月英　底本および諸版本は出典を『北夢瑣言』とする。『北夢瑣言』巻九所收。『類說』『唐詩紀事』下『全唐詩』巻八〇二にも同様の記事がみられる。なお、『北夢瑣言』はこの記事を「魚玄機」に附している。

(2) 江淮地方　長江と淮水下流域の現在の江蘇省、安徽省一帯のこと。

(3) 彼女が作った餞けの詩　底本には「送人詩」とある。『全唐詩』巻八〇二所收。「忍照鴛鴦相背飛」といった句から推すに、彼女とかなり馴染んだ人物に贈ったものと思われる。

(4) 平望亭　唐代、江南東道蘇州嘉興縣に屬す。現在の江蘇省呉江市平望鎮。呉興市と嘉興市の中央にあり、運

河に面している。『呉郡志』巻四十七、異聞（所引『錄異記』）には「謝遐之、爲呉興郡。帳下給使鄒覽、乘樵船至平望亭」また『方輿勝覽』巻二に「平望驛（注）張祜題、一派呉興水西來、此驛分路、遙經幾日」とある。

（5）またこんな詩もある　『全唐詩』巻八〇二所收。

（6）隔箇の窗兒に　滴として明に到る　『唐詩紀事』巻七十九は「枕前泪與堦前水／隔箇閑窗滴到明」に作る。またこの句は清、徐釚『詞苑叢談』巻八に「長安妓聶勝瓊歸李之問、寄李鷓鴣天詞云……」とあり、長安の妓女聶勝瓊が李之問に嫁いだとき贈った詞の一節ということになっている。隔箇は『陔餘叢考』巻二十二、隔に「窗戶之有疏欞可取明者、古曰綺疏。今日槅子。按槅當作隔、謂隔限內外也」とある。この句は、れんじ窓の「隔」と家の内と外を隔てるという意味の「隔」がかけことばになっている。

（7）金陵　唐代には初め揚州、昇州に屬したが、至德二（七五七）年には江寧郡に屬し、乾元元（七五八）年には昇州、さらに上元二（七六一）年には潤州に屬した。現在の南京市。

（8）人々は美しい戯言だと褒めそやした　底本は「號美戲」に作り、「美字原闕、據明鈔本補」と注する。談氏B本・C本、許刻本、黄刻本には「美」字がないが、ここでは底本に従った。『北夢瑣言』では、このあとに「唐末有『北里誌』、其間卽孫尙書儲數賢平康狎游之事、或云孫棨舍人所撰」という一文が續く。

參考文獻一覽

1、ここで掲げた文獻は『廣記』に關するものおよび本譯注作成にあたって利用したものであり、解說部分に關するものは含まない。

2、本文では省略したが、一次史料に關してはこの參考文獻一覽に載せている版本を使用した。また、二次史料に關しても、紙幅の都合上、辭典・索引・論文などは割愛し（ただし、『廣記』に關するものは除く）、著書に關しても最少限にとどめたため、ここに記す諸文獻のほかさまざまな先學の研究によるところが大きいことを付記しておきたい。

3、配列は項目別・時代別・著者の五十音順とした。

一次史料

（二十四史）

『史記』（中華書局、一九五九年）
『後漢書』（中華書局、一九六五年）
『三國志』（中華書局、一九五九年）
『晉書』（中華書局、一九七四年）
『北史』（中華書局、一九七四年）

『南史』（中華書局、一九七五年）
『周書』（中華書局、一九七一年）
『陳書』（中華書局、一九七二年）
『隋書』（中華書局、一九七三年）
『舊唐書』（中華書局、一九七五年）
『新唐書』（中華書局、一九七五年）
『舊五代史』（中華書局、一九七六年）
『新五代史』（中華書局、一九九七年）
『宋史』（中華書局、一九八五年）

（漢代以前）

闕名撰、袁珂校譯『山海經校譯』（巴蜀書社出版、一九九六年）
王文錦譯解『禮記譯解』（中華書局、二〇〇一年）
沈欽韓注『春秋左氏傳補註』（『叢書集成初編』中華書局、一九八五年所收）
張素貞校注『新編韓非子』上・下（『中華叢書・新編諸子叢書』國立新譯館、二〇〇一年所收）

（漢代）

漢、闕名『三輔黃圖』（『四庫全書』史部地理類、臺灣商務印書館、一九七〇年所收）

漢、袁康・吳平『越絕書』（『四庫全書』史部載記類、臺灣商務印書館、一九七〇年所收）
漢、許愼撰、清、段玉裁注『說文解字注』（臺灣藝文印書館、一九九七年）
漢、郭憲『洞冥記』（『叢書集成初編』總類、中華書局、一九八五年所收）
漢、鄭玄注、唐、孔穎達疏『禮記正義』（北京大學出版社、二〇〇〇年）
漢、劉安撰、何寧注釋『淮南子集釋』（中華書局、一九九八年）
漢、劉向『說苑』（『四庫全書』子部儒家類、臺灣商務印書館、一九七〇年所收）
漢、劉向撰、清、任兆麟撰輯『烈女傳』（王雲五主編『國學基本叢書』臺灣商務印書館、一九六八年所收）
漢、伶玄『趙飛燕外傳』（『說郛』卷三十二、北京中國書店、一九八六年所收）
漢、應劭撰、王利器校注『風俗通義校注』（中華書局、一九八一年）
漢、崔寔撰、石聲漢校注『四民月令校注』（中華書局、一九六五年）
漢、趙曄撰、周生春著『吳越春秋輯校匯考』（上海古籍出版社、一九九七年）

（魏晉南北朝）

無名氏撰、晉、葛洪撰、程毅中點校『燕丹子・西京雜記』（中華書局、一九八五年）
晉、王韶之『南雍州記』（『說郛』弓六十一、北京中國書店、一九八六年所收）
晉、袁山松撰、清、王謨輯『郡國志』（『重訂漢唐地理書鈔』、中華書局、一九六一年所收）
晉、王嘉撰、梁、蕭綺錄『王子年拾遺記』（中華書局、一九八一年）
晉、葛洪『抱朴子』（『叢書集成初編』中華書局、一九八五年所收）

晉、干寶撰、汪紹楹校注『搜神記』（中華書局、一九八一年）
晉、嵇含『南方草木狀』（『四庫全書』史部地理類、臺灣商務印書館、一九七〇年所收）
晉、常璩『華陽國志』（『四庫全書』史部載記類、臺灣商務印書館、一九七〇年所收）
晉、曹毗『杜蘭香傳』（『藝文類聚』卷七十九、上海古籍出版社、一九九九年所收）
晉、陶潛『陶淵明集』（『四庫全書』集部別集類、臺灣商務印書館、一九七〇年所收）
晉、羅含『湘中記』（『說郛』弓六十一、北京中國書店、一九八六年所收）
北涼、曇無讖譯『大般涅槃經』（『西藏大藏經』卷十二涅槃部、西藏大藏經研究會、一九六一年所收）
北魏、酈道元撰、王國維校、袁英光・劉寅生標點『水經注校』（上海人民出版社、一九八四年）
南朝宋、裴駰『史記集解』（『四庫全書』史部正史類、臺灣商務印書館、一九七〇年所收）
南朝宋、劉義慶撰、徐震堮著『世說新語校箋』（上）（下）（中華書局、一九九九年第六版）
南朝宋、劉敬叔撰、范寧校點　北齊、陽松玠撰・程毅中・程有慶輯校『異苑・談藪』（中華書局、一九九六年）
南朝梁、徐陵輯、清、吳兆宣注、清、程琰刪補、穆克宏點校『玉台新詠箋解』（上）（下）（中華書局、一九八五年）
南朝梁、昭明太子輯、唐、李善注『文選』（上海古籍出版社、一九八六年）
南朝梁、沈約撰、清、馬國翰輯『俗說』（『玉函山房輯佚書』子編雜家類、上海古籍出版社、一九八九年所收）
南朝梁、陶弘景撰、馬繼興主編『神農本草經輯注』（人民衞生出版社、一九九五年）
南朝梁、劉勰撰、黃叔琳注、李詳補注、楊明照校注拾遺『文心雕龍』（中華書局、一九六一年）

〔隋唐〕

唐、于鄴『揚州夢記』（『叢書集成初編』文學類、中華書局、一九八五年所收）
唐、蔚遲樞『南楚新聞』（『說郛』弓四十六、北京中國書店、一九八六年所收）
唐、歐陽詢、汪紹楹點校『藝文類聚』（上）（下）（上海古籍出版社、一九九九年）
唐、牛肅『紀聞』（『舊小說』乙集、上海書店、一九八五年所收）
唐、虞世南『北堂書鈔』（上）（下）（文海出版社、一九六二年）
唐、慧然撰、駒澤大學文學部國文學研究室編『臨濟錄抄』（汲古書院、一九七五年）
唐、闕名『王氏見聞』（『說郛』卷十一、北京中國書店、一九八六年所收）
唐、闕名『玉泉子（眞錄）』（『四庫全書』子部小說家類、臺灣商務印書館、一九七〇年所收）
唐、闕名『國史異纂』（『說郛』卷六十七、北京市中國書店、一九八六年所收）
唐、闕名『傳載』（『說郛』卷三十八、北京中國書店、一九八六年所收）
唐、闕名『杜蘭香別傳』（『藝文類聚』卷七十九、上海古籍出版社、一九九九年所收）
唐、高彥休『唐闕史』（『知不足齋叢書』所收）
唐、高仲武『中興間氣集』（『四庫全書』集部總集類、臺灣商務印書館、一九七〇年所收）
唐、皇甫枚『三水小牘』（中華書局、一九五八年）
唐、谷神子撰　唐、薛用弱撰『博異志・集異記』（中華書局、一九八〇年）
唐、崔令欽撰、任半塘校訂『教坊記箋訂』（中華書局、一九六二年所收）
唐、蕭嵩等『大唐開元禮』（汲古書院、一九七二年）
唐、司馬貞『史記索隱』（『四庫全書』史部正史類、臺灣商務印書館、一九七〇年所收）

唐、道世『法苑珠林』（『四庫全書』子部釋家類、臺灣商務印書館、一九七〇年所收）
唐、徐堅等『初學記』（中文出版社、一九七八年）
唐、蘇鶚撰　唐、馮翊撰『杜陽雜編・桂苑叢談』（『叢書集成初編』文學類、中華書局、一九八五年所收）
唐、何卓等『羯鼓錄・樂府雜錄・碧鷄漫志』（上海古籍出版社、一九八八年）
唐、段成式『酉陽雜俎』（中華書局、一九八一年）
唐、張固『幽閑鼓吹』（『說郛』弓五十二、北京中國書店、一九八六年所收）
唐、張守節『史記正義』（『四庫全書』史部正史類、臺灣商務印書館、一九七〇年所收）
唐、長孫無忌等撰・劉俊文箋解『唐律疏議箋解』（上）（下）（中華書局、一九九六年）
唐、趙璘『因話錄』（上海古籍出版社、一九五七年）
唐、陳子昂『陳拾遺集』（『四庫全書』集部別集類、臺灣商務印書館、一九七〇年所收）
唐、鄭棨『開天傳信記』（五代、王仁裕等撰、丁如明輯校『開元天寶遺事十種』上海古籍出版社、一九八五年所收）
唐、鄭處誨撰　裴庭裕撰、田廷柱點校『明皇雜錄・東觀奏記』（中華書局、一九九四年）
唐、杜牧『樊川集』（上海古籍出版社、一九七八年）
唐、杜佑撰、王文錦等點校『通典』（一）〜（五）（中華書局、一九九六年第三版）
唐、范攄『雲溪友議』（中華書局、一九八五年）
唐、武平一『景龍文館記』（『說郛』弓四十六、北京中國書店、一九八六年所收）
唐、孟棨『本事詩』（『叢書集成初編』文學類、中華書局、一九八五年所收）
唐、姚合『極玄集』（『四庫全書』集部總集類、臺灣商務印書館、一九七〇年所收）

唐、羅隱『甲乙集』（『四部叢刊』、上海商務印書館、出版年不明所收）
唐、羅隱『（廣陵）妖亂志』（『虞初志』巻四、上海書店、一九八六年所收）
唐、羅隱『羅隱集校注』（中華書局、一九八三年）
唐、李肇『唐國史補』（上海古籍出版社、一九五七年）
唐、李濬『松窗雜錄』（『四庫全書』子部小說家類、臺灣商務印書館、一九七〇年所收）
唐、李冗撰　唐、張讀撰、張永欽・侯志明點校『獨異志・宣室志』（中華書局、一九八三年）
唐、李靖『李衞公問對』（『四庫全書』子部兵家類、臺灣商務印書館、一九七〇年所收）
唐、李林甫撰、陳仲夫點校『唐六典』（中華書局、一九九二年）
唐、陸廣微『吳地記』（江蘇古籍出版社、一九八六年）
唐、劉禹錫撰、瞿蛻園箋解『劉禹錫集箋解』（上・中・下）（上海古籍出版社、一九八九年）
唐、劉禹錫『劉賓客外集』（『四庫全書』集部別集類、臺灣商務印書館、一九七〇年所收）
唐、劉肅『大唐新語』（中華書局、一九八四年）
唐、劉餗撰　唐、張鷟撰、程毅中・趙守儼點校『隋唐嘉話・朝野僉載』（中華書局、一九七九年）
唐、劉恂撰、商壁・潘博校補『嶺表錄異校補』（廣西民族出版社、一九八八年）
唐、盧言『盧氏雜說』（『說郛』巻七十三、北京中國書店、一九八六年所收）
五代、王仁裕（?）『玉堂閑話』（『說郛』弓四十八、北京中國書店、一九八六年所收）
五代、王定保『唐摭言』（上海古籍出版社、一九七八年）
五代、孫光憲撰、賈二強點校『北夢瑣言』（中華書局、二〇〇二年）

五代、杜光庭『墉城集仙錄』（『舊小說』丙集、上海書店、一九八五年所收）
五代、杜光庭『錄異記』（『津逮祕書』第十一集所收）

（宋以降）

宋、袁褧『楓窗小牘』（『四庫全書』子部小說家類、臺灣商務印書館、一九七〇年所收）
宋、王應麟『玉海』（一）〜（八）（臺灣華文書局、一九六四年）
宋、王堯臣等輯、錢東垣等輯釋『崇文總目』（上）（下）（商務印書館、一九三九年）
宋、王欽若等『册府元龜』（一）〜（十二）（中華書局、一九六〇年）
宋、王讜撰、周勛初校證『唐語林校證』（中華書局、一九八七年）
宋、王溥撰、楊家駱主編『唐會要』（世界書局、一九六八年）
宋、樂史『太平寰宇記』（一）（二）（文海出版社、一九六二年）
宋、郭茂倩『樂府詩集』（一）〜（四）（中華書局、一九七九年）
宋、韓淲撰　宋、陳鵠撰、孫菊園・鄭世剛點校『澗泉日記・西塘集耆舊續聞』（上海古籍出版社、一九七八年）
宋、虞通之『妬記』（『古小說鉤沈』北京人民文學出版社、一九五一年所收）
宋、計有功撰、王仲鏞校箋『唐詩記事校箋』（上）（下）（巴蜀書社出版社、一九八九年）
宋、阮閱『詩話總龜』（『四庫全書』集部詩文評類、臺灣商務印書館、一九七〇年所收）
宋、胡仔『苕溪漁隱叢話』（『四庫全書』集部詩文評類、臺灣商務印書館、一九七〇年所收）
宋、顧文薦『負暄雜錄』（『說郛』卷十八、北京中國書店、一九八六年所收）

宋、江洵『燈火閒談』（『說郛』卷三十七、北京中國書店、一九八六年所收）
宋、高承『事物紀原』（『四庫全書』子部類書類、臺灣商務印書館、一九七〇年所收）
宋、洪芻『香譜』（『四庫全書』子部譜錄類、臺灣商務印書館、一九七〇年所收）
宋、洪邁『萬首唐人絕句』（『四庫全書』集部總集類、臺灣商務印書館、一九七〇年所收）
宋、孔平仲『孔子談苑』（『叢書集成初編』文學類、中華書局、一九八五年所收）
宋、吳自牧『夢粱錄』（宋、孟元老等著『東京夢華錄（外四種）』臺北古亭書屋、一九七五年所收）
宋、釋贊寧撰、范祥雍點校『宋高僧傳』（上）（下）（中華書局、一九八七年）
宋、司馬光『資治通鑑』（一）～（二十）（中華書局、一九五六年）
宋、朱熹『四書集注』（中文出版社、一九八四年）
宋、周密『齊東野語』（中華書局、一九八三年）
宋、祝穆『方輿勝覽』（『四庫全書』史部地理類、臺灣商務印書館、一九七〇年所收）
宋、徐鉉撰、白化文點校　宋、張師正撰、白化文・許德楠點校『稽神錄・括異錄』（中華書局、一九九六年）
宋、章如愚『群書考索』（上海古籍出版社、一九九二年）
宋、葉廷珪『名香譜』（『香豔叢書』第四集、進學書局、一九六九年所收）
宋、葉廷珪『海錄碎事』（『四庫全書』子部類書類、臺灣商務印書館、一九七〇年所收）
宋、錢易撰、黃壽成點校『南部新書』（中華書局、二〇〇二年）
宋、潛說友『（咸淳）臨安志』（『宋元方志叢刊』四、中華書局、一九九〇年所收）
宋、曾慥『類說』（『四庫全書』子部雜家類、臺灣商務印書館、一九七〇年所收）

宋・石茂良『孫公談圃・避戎夜話』（中華書局、一九九一年）
宋、談鑰『（嘉泰）吳興志』（『宋元方志叢刊』五、中華書局、一九九〇年所收）
宋、晁公武撰、宋、陳振孫撰『郡齋讀書志・直齋書錄解題』（中文出版社、一九八四年再版）
宋、趙汝适撰、馮承鈞校注『諸蕃志校注』（臺灣商務印書館、一九七〇年）
宋、張邦基撰　宋、范公偁撰　宋、張知甫撰、孔凡禮點校『墨莊漫錄・過庭錄・可書』（中華書局、二〇〇二年）
宋、鄭樵『通志』（『四唐全書』史部別史類所收、臺灣商務印書館、一九七〇年）
宋、馬永易『實賓錄』（『四庫全書』子部類書類、臺灣商務印書館、一九七〇年所收）
宋、范成大撰、陸振嶽校點『吳郡志』（江蘇古籍出版社、一九九九年）
宋、楊萬里『誠齋集』（『四部叢刊』初編、上海商務印書館、出版年不明所收）
宋、李昉等『太平御覽』（一）〜（四）（中華書局、一九六〇年）
宋、李昉等輯、汪紹楹點校『太平廣記』（一）〜（十）（中華書局、一九八六年第三版）
宋、李昉等『文苑英華』（一）〜（六）（中華書局、一九九五年）
宋、梁克家『（淳熙）三山志』（『宋元方志叢刊』八、中華書局、一九九〇年所收）
宋、陸游『老學庵筆記』（中華書局、一九八五年）
宋、廖瑩中『江行雜錄』（『說郛』弓四十七、北京中國書店、一九八六年所收）
元、辛文房撰、孫映逵校注『唐才子傳校注』（中國社會科學出版社、一九九一年）
明、解縉等『古今列女傳』（『四庫全書』史部傳記類、臺灣商務印書館、一九七〇年所收）
明、徐應秋『玉芝堂談薈』（『四庫全書』子部雜家類、臺灣商務印書館、一九七〇年所收）

明、徐獻忠『呉興掌故集』（『中國方志叢書』華中地方、成文出版社、一九八三年所收）
明、曹學佺『蜀中廣記』（『四庫全書』史部地理類、臺灣商務印書館、一九七〇年所收）
明、陶宗儀『輟耕錄』（世界書局、一九八七年）
明、陶宗儀等『説郛三種』（一）～（十）（上海古籍出版社、一九八八年）
明、彭大翼『山堂肆考』（『四庫全書』子部類書類、臺灣商務印書館、一九七〇年所收）
明、楊愼『升菴集』（『四庫全書』集部別集類、臺灣商務印書館、一九七〇年所收）
明、李時珍『本草綱目』（一）～（四）（人民衛生出版社、一九七七年）
清、王夫之『宋論』（中華書局、一九九八年第三版）
清、王昶『金石萃編』（北京中國書店、一九八五年）
清、呉任臣『十國春秋』（『四庫全書』史部載記類、臺灣商務印書館、一九七〇年所收）
清、顧祖禹『讀史方輿紀要』（一）～（六）（樂天出版社、一九七三年）
清、黄之雋等『江南通志』（華文書局、一九六七年）
清、謝旻等修、陶成等纂『江西通志』（一）～（八）（成文出版社、一九八九年）
清、徐釚編著、王百里校箋『詞苑叢談校箋』（人民文學出版社、一九九八年）
清、徐松撰、趙守儼點校『登科記考』（上）～（下）（中華書局、一九九三年）
清、徐松撰、張穆校補、方嚴點校『唐兩京城坊考』（中華書局、一九八五年）
清、沈可培『比紅兒詩註』（『昭代叢書』己集廣編、上海古籍出版社、一九九〇年所收）
清、沈家本撰、鄧經元・駢宇騫點校『歷代刑法考』（一）～（四）（中華書局、一九八五年）

清、陳奐『尚友錄』（『清代傳記叢刊』明文書院、一九八五年所收）
清、張潮『虞初新志』（『虞初志合集』上海書店、一九八六年所收）
清、趙翼『陔餘叢考』（商務印書館、一九五七年）
清、趙翼撰、王樹民校證『廿二史箚記校證（訂補本）』（上）（下）（中華書局、二〇〇一年再版）
清、董誥等編『全唐文』（一）～（十一）（中華書局、一九九六年）
清、畢沅『續資治通鑑』（一）～（十二）（上海古籍出版社、一九八六年）
清、彭定求等『全唐詩』（一）～（二十五）（中華書局、一九六〇年）
清、楊家駱『宋會要輯稿』（一）～（八）（中華書局、一九六四年）
清、李適平『周易集解纂疏』（中華書局、一九九四年）

（譯注）

石川忠久『詩經』（上）（中）（下）（明治書院、一九九八年）
今村与志雄譯注『酉陽雜俎』（一）～（五）（平凡社、一九八〇年）
愛宕元譯注『唐兩京城坊攷——長安と洛陽——』（平凡社、一九九四年）
興膳宏・川合康三『隋書經籍志詳攷』（汲古書院、一九九五年）
齋藤茂譯注『教坊記・北里志』（平凡社、一九九二年）
謝浩范・朱迎平譯注『管子全譯』（貴州人民出版社、一九九六年）
竹內照夫譯『春秋左氏傳』（平凡社、一九六八年）

竹田晃譯『捜神記』（平凡社、一九七九年）
程俊英譯註『詩經譯註』（上海古典籍出版社、一九八五年）
布目潮渢・中村喬『唐才子傳の研究』（アジア史研究會、一九七二年）
福井重雅編『譯注西京雜記・獨斷』（東方書店、二〇〇〇年）
藤善眞澄譯注『諸蕃志』（關西大學出版、一九九一年）
星川清孝譯注『楚辭』（明治書院、一九七〇年）
前野直彬『唐代傳奇集』（平凡社、一九六三年）
前野直彬『六朝・唐・宋小說選』（平凡社、一九六八年）
目加田誠譯注『文心雕龍』（龍溪書舍、一九八六年）
守屋美都雄譯注、布目潮渢ほか補訂『荊楚歲時記』（平凡社、一九九三年）

二次史料

①『廣記』に關するもの

著　書

（日文）

木村秀海監修・堤保仁編『譯注　太平廣記　鬼部一』（やまと崑崙企畫、一九九八年）
木村秀海監修・堤保仁編『譯注　太平廣記　鬼部二』（やまと崑崙企畫、二〇〇一年）
魯迅著、今村与志雄譯『中國小說史略』上・下（筑摩書房、一九九七年）
魯迅著、中島長文譯注『中國小說史略』一・二（平凡社、一九九七年）

（中文）

郭伯恭『宋四大書考』（上海商務印書館、一九四〇年）
嚴一萍『太平廣記附校勘記』（臺灣藝文印書館、一九七〇年）
鄧嗣禹『太平廣記篇目及引書引得』（燕京大學圖書館引得編纂處、一九三四年）
李季平・王洪軍主編『太平廣記社會史料集萃』（齊魯書社出版、一九九九年）
陸又言編著『中國七大典籍纂修考』（啓業書局、一九六八年）
魯迅『中國小說史略』（『魯迅全集』第九卷所收、人民文學出版社、一九八一年）

論　文

（日文）

稻田尹「醉翁談錄と太平廣記」（『神田博士還曆記念書誌學論集』神田博士還曆記念會、一九五六年）
王建康「『太平廣記』と近世怪異小說——「伽婢子」の出典關係および道敎的要素——」（『藝文研究』六四、一九九三年）
木曾庸介「『太平廣記』にあらわれた唐代の巫の職能」（『大正大學大學院研究論集』一二、一九八八年）

小松建男「「封陟」の改作――「太平廣記」から「醉翁談錄」へ」（『中國文化』四九、一九九一年）
塩卓悟「宋太宗の文化事業――『太平廣記』を中心に――」（『比較文化史研究』五、二〇〇三年）
周以量「日本における『太平廣記』の流布と受容――近世以前の資料を中心に――」（『和漢比較文學』二六、二〇〇一年）
佐野誠子「臺灣大學藏孫潛校本『太平廣記』について」（『東京大學中國文學研究室紀要』四、二〇〇一年）
菅谷省吾「『太平廣記』所收の龍說話について――龍と人との接近――」（『四條畷學園女子短期大學研究論集』二五、一九九〇年）
竹田晃「二十卷本搜神記に關する一考察――主として『太平廣記』との關係について――」（『中國文學研究』二、一九六一年）
竺沙雅章「『太平廣記』と宋代佛教史籍」（『汲古』三〇、一九九六年）
富永一登「唐代における鬼の小說――『太平廣記』鬼類を中心として――」（『學大國文』二七、一九八四年）
富永一登「『太平廣記』の諸本について」（『廣島大學文學部紀要』五九、一九九九年）
西上勝「情死の發生――『太平廣記』卷二七四「情感」をめぐって――」（『未名』一七、一九九九年）
野崎充彥「夢說話類型考――『太平廣記』を中心に――」（『中國學志』需號、一九九〇年）
橋本堯「「五行志」と「妖怪」――「太平廣記」の妖怪――」（『和光大學人文學部紀要』三三、一九九八年）
堀誠「『太平廣記鈔』篇目索引」（『中國詩文論叢』八、一九八九年）
松尾良樹「中國漆工藝史料としての『太平廣記』」（『（奈良女子大學文學部）研究年報』三九、一九九五年）
安田眞穗「文言小說における再生譚に關する一考察――『太平廣記』を中心に――」（『中國學志』泰號、一九九六年）
山田利明「太平廣記神仙類にみられる治病法について」（『東洋大學大學院紀要』一〇、一九七四年）

（中文）

王宇「『太平廣記』中〝許〟字的虚化現象」（『古漢語研究』一六、一九九二年）
王鍈「『太平廣記』語詞譯義」（『語言學論叢』一四、一九八七年）
王國良「談『太平廣記』之閲讀與研究」（『中國學研究論集』五、二〇〇〇年）
郭在貽「『太平廣記』里的俗語詞考釋」（『中國語文』一九八〇―一、一九八〇年）
魏明安「從藝術史料上窺探『太平廣記』」（『蘭州大學學報・社會科學』一九八七―二、一九八七年）
辜美高「『聊齋志異』與『太平廣記』的關係」（『書目季刊』二三―四、一九八九年）
周志鋒「『〈太平廣記〉詞語小箚』商榷」（『古漢語研究』二六、一九九五年）
焦杰「從『太平廣記・夢』看唐代社會觀念」（『陜西師大學報・哲社版』一九九一―四、一九九一年）
岑仲勉「跋歷史語言研究所所藏明末談刻及道光三讓本太平廣記」（『國立中央研究院歷史語言研究所集刊』一二、一九四七年）
張國風「試論『太平廣記』的版本演變」（『文獻』一九九四―四、一九九四年）
張國風「『太平廣記』陳校本的價值」（『中國人民大學學報』一九九四―五、一九九四年）
張國風「『太平廣記』陳鱣校宋本異人文輯選」（『北京圖書館館刊』一九九五―三・四、一九九五年）
張國風「文淵閣四庫本『太平廣記』底本考察」（『社會科學戰線』一九九五―三、一九九五年）
張國風「『太平廣記』宋本原貌考」（『中華文史論叢』五六、一九九八年）
程毅中「『太平廣記』的幾種版本」（『社會科學戰線』四三、一九八八年）
董志翹「『太平廣記』同義複詞擧隅」（『花園大學研究紀要』二六、一九九四年）
方積六「『太平廣記』唐五代人名校正拾零」（『古籍整理與研究』六、一九九一年）

李亞明「『太平廣記』詞語札記」（『中國語學』二三〇、一九八三年）
李煒「『太平廣記』詞語校釋」（『杭州大學學報・哲學社會科學版』二七、一九九七年）
盧錦堂「太平廣記引書種數試探」（『漢學研究』二―一、一九八四年）

譯注

尾田洋子・河村晃太郎・塩卓悟「譯注『太平廣記』婦人之部①――巻二七〇――」（『千里山文學論集』六一、一九九九年）
尾田洋子・河村晃太郎・塩卓悟「譯注『太平廣記』婦人之部②――巻二七一・賢婦篇――」（『千里山文學論集』六二、一九九九年）
尾田洋子・河村晃太郎・塩卓悟「譯注『太平廣記』婦人之部③――巻二七一・才婦篇――」（『千里山文學論集』六三、二〇〇〇年）
河村晃太郎・塩卓悟「譯注『太平廣記』婦人之部④――巻二七二・美婦人篇――」（『千里山文學論集』六六、二〇〇一年）
河村晃太郎・塩卓悟「譯注『太平廣記』婦人之部⑤――巻二七二・妬婦篇――」（『千里山文學論集』六七、二〇〇二年）
河村晃太郎・塩卓悟「譯注『太平廣記』婦人之部⑥――巻二七三・前篇――」（『千里山文學論集』六八、二〇〇二年）
河村晃太郎・塩卓悟「譯注『太平廣記』婦人之部⑦――巻二七三・後篇――」（『千里山文學論集』六九、二〇〇三年）
太平廣記研究會「『太平廣記』譯注――巻三百五十六「夜叉」（一）」（『中國學研究論集』一〇、二〇〇二年）
北夢瑣言研究會「北夢瑣言譯注稿(1)――序および巻一」（『大阪市立大學東洋史論叢』一三、二〇〇三年）
山内正博「『舊唐書』の「烈女傳」と『宋史』の「烈女傳」」（『宮崎大學教育學部紀要、社會科學』二九、一九七一年）

②女性史に關するもの

※紙幅の都合上、ここでは最少限の著書のみにとどめた。女性史に關する他の著書・論文については、小林徹行編『中國女性文獻研究分類目錄――附　江戸以降女性詩人文獻目錄――』（汲古書院、二〇〇一年）を參照されたい。

著書

（日文）

飯塚　朗『中國四千年の女たち』（時事通信社、一九八三年）
石川忠久編『中國文學の女性像』（汲古書院、一九八二年）
王悅・大場雅子『中國の詩妓』（禮文出版、一九九八年）
大澤正昭『唐宋變革期における女性・婚姻・家族の研究』（平成十二〜十四年度科學研究費補助金基盤研究（C）（2）研究成果報告書　二〇〇三年）
岸邊成雄『唐代音樂の歴史的研究・樂制篇　上卷・下卷』（東京大學出版會、一九六〇・一九六一年）
岸邊成雄編『儒敎社會の女性たち』（評論社、一九七七年）
高世瑜著、小林一美・任明譯『大唐帝國の女性たち』（岩波書店、一九九九年）
小林徹行『明代女性の殉死と文學――薄少君の哭夫詩百首――』（汲古書院、二〇〇三年）
齋藤茂『妓女と中國文人』（東方書店、二〇〇〇年）

下見隆雄『儒教社會と母性――母性の威力の觀點でみる漢魏晉中國女性史』（研文出版、一九九四年）
下見隆雄『孝と母性のメカニズム』（研文出版、一九九七年）
シャルル・メイエール著、辻由美譯『中國女性の歷史』（白水社、一九九五年）
中津濱涉『中國の女詩人たち』（朋友書店、一九八一年）
中津濱涉『續中國の女詩人たち』（朋友書店、一九八七年）
R．H．ファン・フーリック著、松平いを子譯『古代中國の性生活――先史から明代まで』（せりか書房、一九八八年）
村松暎『中國烈女傳』（中央公論社、一九六八年）
柳田節子『宋代庶民の女たち』（汲古書院、二〇〇三年）
山崎純一『教育からみた中國女性史資料の研究――『女四書』と『新婦譜』三部書――』（明治書院、一九八六年）
山崎純一『烈女傳　歷史を變えた女たち』（五月書房、一九九一年）

（中文）

王書奴『中國娼妓史』（生活書店、一九三四年、のち上海書店、一九九二年）
蕭國亮『中國娼妓史』（文津出版社、一九九六年）
徐君・楊梅『妓女史』（上海文藝出版社、一九九五年）
段塔麗『唐代婦女地位研究』（人民出版社、二〇〇〇年）
陳東原『中國婦女生活史』（上海商務印書館、一九二八年）
鄭志敏『細說唐妓』（文津出版社、一九九七年）

③その他

著　書

（日文）

青山定雄『唐宋時代の交通と地誌地圖の研究』（吉川弘文堂、一九六三年）
荒井健『杜牧』（筑摩書房、一九七四年）
安藤更生『鑑眞大和上傳之研究』（平凡社、一九六〇年）
植木久行『唐詩の風景』（講談社、一九九九年）
內山知也『隋唐小說研究』（木耳社、一九七七年）
小川環樹編『唐代の詩人――その傳記』（大修館書店、一九七五年）
愛宕元『唐代地域社會史研究』（同朋舍出版、一九九七年）
來村多加史『唐代皇帝陵の研究』（學生社、二〇〇一年）
相田洋『異人と市――境界の中國古代史』（研文出版、一九九七年）
妹尾達彥『長安の都市計畫』（講談社、二〇〇一年）
高木智見『先秦の社會と思想――中國文化の核心』（創文社、二〇〇一年）
程千帆著、松岡榮志・町田隆吉譯『唐代の科學と文學』（凱風社、一九八六年）
礪波護『唐の行政機構と官僚』（中央公論社、一九九八年）
中村喬『中國歲時記の研究』（朋友書店、一九九三年）

中村裕一『隋唐王言の研究』（汲古書院、二〇〇三年）
奈良行博『道教聖地　中國大陸踏査記錄』（平河出版社、一九九八年）
西岡弘『中國古代の葬禮と文學』（汲古書院、二〇〇二年）
日野開三郎『唐代邸店の研究』（九州大學文學部東洋史研究室、一九六八年）
日野開三郎『續唐代邸店の研究』（九州大學文學部東洋史研究室、一九六八年）
傅起鳳・傅騰龍著、岡田陽一譯『中國藝能史――雜技の誕生から今日まで』（三一書房、一九九三年）
福井重雅『漢代官吏登用制度の研究』（創文社、一九八八年）
室永芳三『大都長安』（教育社、一九八二年）
山内春夫『杜牧の研究』（彙文堂書店、一九八五年）

（中文）

郁賢皓『唐刺史考全編』（安徽大學出版社、二〇〇〇年）
王興瑞『冼夫人與馮氏家族』（中華書局、一九八四年）
嚴耕望『唐僕尚丞郎表』（中央研究院歷史言語研究所、一九五六年）
吳廷燮『唐方鎭年表』（中華書局、一九八〇年）
江紹原『髮鬚爪』（開明書店、一九二八年）
朱大渭ほか著『魏晉南北朝社會生活史』（中國社會科學出版社、一九九八年）
徐珂『清稗類鈔』（臺灣商務印書館、一九六六年）

譚黎宗纂編撰『杜牧研究資料彙編』（藝文印書館、一九七二年）
張達人編訂、王雲五主編『唐劉夢得先生禹錫年譜』（臺灣商務印書館、一九八二年）
張兵『宋遼金元小説史』（復旦大學出版社、二〇〇一年）
陳垣『沈刻元典章校補』（文海出版社、一九六七年）
丁福保編『全漢三國晉南北朝詩』上・中・下（世界書局、一九六九年）
北京大學古文獻研究所編『全宋詩』（北京大學出版社、一九九九年）
李斌城ほか著『隋唐五代社會生活史』（中國社會科學出版社、一九九八年）
繆鉞『杜牧年譜』（人民文學出版社、一九八〇年）

跋

『太平廣記』婦人の部の輪讀をはじめたのは確か一九九七年の春頃であったと思う。私は當時博士課程後期課程の二年目であったが、同前期課程であった尾田洋子氏から唐代風俗史をやりたいとの話を聞き、ちょうど唐代の史料を讀む必要性を感じていたこともあって、學部四回生であった河村晃太郎氏と三名で『太平廣記』の婦人の部をとりあげて讀むようになったのがその始まりであった。そして一年間三人で讀み進めていくうちに、ただ讀むだけでは面白みがない、折角だから譯注を作って公刊しようという話になり、翌一九九八年四月より藤善眞澄先生のご臨席を賜って譯注作業を進めることになった。その結果、本書の凡例に記しているように、こつこつと繼續的に譯注を公刊していくことができた。途中、諸般の事情により尾田洋子氏がメンバーから外れたが、その後、河村晃太郎氏と譯注を繼續し、このたび、從來の原稿に手直しを加え、ようやく一書としてまとめることができたことは、望外の喜びである。

本書をまとめるにあたって、從來の原稿を見直すと、多くの不備がみつかった。またその當時、紙幅の都合上、割愛せざるを得ない部分もあった。そのために今回大幅に加筆、修正を行った箇所も多々ある。それでもまだ遺漏や誤謬は免れないだろう。その文責はすべて譯者にある。大方のご叱正を仰ぎたい。

輪讀開始から本書の刊行まで約七年、思えばあっという間に過ぎ去った氣がするが、いま振り返るとさまざまな思い出が去來する。最初は輕い氣持ちであったが、實際にはじめてみると譯注は時間や勞力がかかる割にはなかなかはかどらない難物であることを實感した。仕事を終えたあと、疲れた身體で大學に向かい、河村氏と二人で毎日のように夜中まで譯注作業を行ったことも現在となってはなつかしい。途中、私が過勞でダウンしたこともあったが、それもいい思い出である。當初は尾田氏のためにはじめたものであるが、本譯注をすすめる過程で私の關心が宋代社會生活史だけにとどまらず、唐代社會生活史ひいては小説史料の研究にも向かうようになったのも運命の皮肉だろうか。

今回、本書を公刊することができたのは、今まで多くの方々のご支援があったからに他ならない。本書の序文を賜った藤善眞澄先生には、大學院入學後現在に至るまで、公私に渡り大變お世話になり、本譯注においてもひとかたならぬご教示を賜った。また漢文の嚴しさ、樂しさを十二分に教えて頂いた學恩は計り知れない。故藤本勝次先生には仲人をつとめていただいたほか、よく酒席をともにさせていただき、學問に對する姿勢を教えて頂いた。故大庭脩先生には學問の深さ・おもしろさを學ばせていただいた。そして松浦章先生には、研究のノウハウを教えて頂くと同時に、ともすれば挫けそうなときに、たびたび激勵を賜った。東洋工藝史の高橋隆博先生、歴史地理學の高橋誠一先生には、分野こそ違えど、學部・院生の頃より氣に懸けて頂き、いつも溫かい言葉をかけていただいた。そのほかに關西大學東洋史の諸先輩方には、絕えず學問・人生上の啓發とご示教、勵ましの言葉を頂いており、同じく東洋史研究室の博士課程後期課程の內野花・川瀨実信氏、同前期課程の田上聡洋氏には校正・索引作成などにご協力を頂いた。關西大學の皆様に深謝したい。

學外においても、お世話になった方は枚擧に遑がなく、すべての方々を列擧はできないが、伊原弘先生（城西國際大學）をはじめ宋代史研究會の皆樣、平田茂樹（大阪市立大學）・川村康（關西學院大學）・岡元司（廣島大學）・冨田孔明（龍谷大學）諸先生方をはじめ宋代史談話會の皆樣、唐代史研究會の諸先生方、そのほか多くの先生方より研究上のご教示を賜っており、感謝に堪えない。

本書の版本調査に關しては、關西大學圖書館（內藤文庫）、京都大學人文科學研究所、新潟大學、復旦大學、東洋文庫、國立國會圖書館の諸機關にお世話になった。各機關の方々に厚く御禮申し上げるとともに、その調査にあたってご協力頂いた復旦大學の韓昇先生、同大學圖書館の吳格先生、專修大學非常勤講師の三浦理一郎氏、新潟大學人文科學研究科の榎並岳史氏、關西大學博士課程後期課程の氷野善寛氏に謝意を表したい。

平成十三年度より日本學術振興會の特別研究員奬勵費を頂いたことが、本書を公刊する上で大きな經濟的基盤となった。このような不況のご時世に研究奬勵金を頂いたこと、感謝にたえない。本書がいささかでも社會のお役に立てれば、これにまさる喜びはない。

汲古書院の石坂叡志社長には本書の出版を快諾頂いたこと、編集部の小林詔子氏には本書の出版にご努力とご助言を頂き、たび重なる原稿の遲延を根氣強くお待ち頂いたこと、文末ではあるが、あわせて厚く御禮を申し上げたい。

最後に、專門外ながらも本譯注を終始一貫ともに行ってきた河村晃太郎氏に改めて感謝申し上げたい。この跋文を私一人で書くことになったのも氏のご厚意によるものである。本書の公刊によって七年の苦勞が報われたことを、二人でささやかながら喜びを分かち合いたい。氏のご厚情に甘え、私事で恐縮だが、私の好き勝手な生き方を許し見守ってくれてきた父英哲《ひであき》、母貴志子、二人の姉瑞紀《みずき》、歩紀《あゆき》、學生結婚をしてから十年餘もずっと苦勞をかけっぱなしであったにも關わらず、文句一つ言わず支えてくれた妻の有規《あき》への深謝の念を末尾ながら付記させていただく。

二〇〇三年十月十六日

塩　卓悟

編者略歴

塩　卓悟（しお　たくご）

1968年生まれ。關西大學二部文學部史學・地理學科卒業。同大學院文學研究科博士課程後期課程單位修得退學後、日本學術振興會特別研究員を經て、現在、關西大學・佛教大學通信教育部非常勤講師。論文に、「宋代における肉食の普及狀況－南宋期・江南の事例を中心に－」（『集刊東洋學』79、1998年）、「宋代牛肉食考」（『中國―社會と文化』16、2001年）、「歴史史料としての『夷堅志』―その虛構と史實―」（『中國筆記小說硏究』6、2002年）、「宋太宗の文化事業―『太平廣記』を中心に―」（『比較文化史研究』5、2003年）がある。

河村　晃太郎（かわむら　こうたろう）

1975年、山口縣生。1998年、關西大學文學部哲學科卒業。現在、同大學院文學研究科哲學專攻博士課程後期課程在學。專攻は中國美術史。論文に、「蘇東波と文同」（『關西大學中國文學會紀要』第23號、2002年3月）がある。

譯注　太平廣記　婦人部

平成十六年七月六日　發行

編　者　塩　卓悟
　　　　河村　晃太郎
發行者　石坂　叡志
印刷所　中台整版
　　　　モリモト印刷

發行所　汲古書院
〒102-0072　東京都千代田區飯田橋二－五－四
電　話〇三（三二六五）九七六四
FAX〇三（三二二二）一八四五

ISBN 4－7629－2727－9　C3097

KYUKO-SHOIN, Co.,Ltd.　Tokyo

索　引

（ア）

（イ）

（ウ）

（エ）

（キ）

（ク）

（ケ）

（コ）

（シ）

（ス）

（ソ）

（タ）

（ツ）

（テ）

（ナ）

（ニ）

（ヌ）

（ネ）

（ノ）

（ハ）

（ヒ）

（フ）

（へ）

（リ）

（ル）

（レ）

（ロ）

（ワ）